TOVE SIMPFENDÖRFER

Weihertod

ZWEISCHNEIDIG Spätsommer in Oberschwaben: Fünf Frauen und ein Mann feiern am Weiher den Abschluss einer Bergtour. Am nächsten Morgen wird der Bergführer, eigentlich Chef einer Bank, nackt und tot am Ufer gefunden. Das Bärlauchpesto, das er verzehrt hat, bestand in Wirklichkeit aus Herbstzeitlosen. Besteht ein Zusammenhang mit der Zwangsräumung, für die der Bankchef acht Jahre lang gekämpft hat und die sechs Wochen zurück liegt? Damals wurde Bauer und Erfinder Wilhelm Gotterbarm, völlig überschuldet, enteignet und in die Psychiatrie eingewiesen. Einen Tag vor dem Mord entlassen, verschwindet er spurlos – wie sein Neffe, ein Ziegenzüchter und Waffennarr.

Im Verlauf der Ermittlungen trifft Mäx Seeberger, aufstrebender Star der Kripo Ravensburg, auf eine geheimnisvolle Schönheit. Kollege »Grizzly« Weinschenk warnt ihn: »Man lässt sich mit keiner Verdächtigen ein!« – vergeblich. Und die ehemalige Geliebte des Bankers könnte ein doppeldeutiges Spiel treiben.

© Felix Kästle

Tove Simpfendörfer, in Öhringen/Hohenlohe geboren, arbeitet als Journalist und lebt seit fast 20 Jahren in der Nähe des Bodensees. Verheiratet ist er mit einer Indonesierin, die er im Studium in Australien kennengelernt hat. Seine Verwandtschaft lebt auf vier Kontinenten. Er hat Kinderbücher, Krimis, die Biografie eines australischen Aborigines und ein Kochbuch mit internationalen Rezepten verfasst. 2008 erhielt er einen interkulturellen Forschungspreis. Wie sein Held, Polizeihauptkommissar Mäx Seeberger, liebt er Fußball, rauchigen Whisky und Jazzmusik.

TOVE SIMPFENDÖRFER

Weihertod

Kriminalroman

GMEINER SPANNUNG

Personen und Handlung sind frei erfunden.
Ähnlichkeiten mit lebenden oder toten Personen
sind rein zufällig und nicht beabsichtigt.

Besuchen Sie uns im Internet:
www.gmeiner-verlag.de

Im Ehnried 5, 88605 Meßkirch
Telefon 07575/2095-0
info@gmeiner-verlag.de

1. Auflage 2016

Lektorat: Claudia Senghaas, Kirchardt
Herstellung: Julia Franze
Umschlaggestaltung: U.O.R.G. Lutz Eberle, Stuttgart
unter Verwendung eines Fotos von: © fotofuerst – Fotolia.com
Druck: CPI books GmbH, Leck
Printed in Germany
ISBN 978-3-8392-1836-5

Für Maria

Mein Dank gilt dem oberschwäbischen Enthüllungsjournalisten Dr. Roland Reck. Der Herausgeber von blix hat über die Zwangsräumung eines oberschwäbischen Bauernhofs in der Ausgabe Juli 2012 berichtet. Diese tatsächlich geschehene Enteignung hat jedoch nichts mit den Geschehnissen in diesem Buch zu tun.

EINS

Irgendetwas kauerte im Dunkeln. Irgendeine Kreatur.

Der Schein des Lagerfeuers flackerte, als ob sich das Etwas hinter dem Busch hektisch bewegt hätte. Harty legte ein Scheit Holz nach. Die Frau und der Mann, die unter der gemeinsamen Decke hockten, kuschelten sich aneinander.

Wieder hörte sie es. »Da war doch was?« Ihre sanfte Stimme klang dünn. Nichts mehr von wohliger Zufriedenheit.

»Wo?« Harty kniff die Augen zusammen und machte Anstalten, sich zu erheben, überlegte es sich aber anders. »Vergiss es. Ein Wald schläft nie. Erst recht nicht in der Nacht.«

Die Frau kicherte leise.

Die Flammen warfen ein unregelmäßiges Muster in ihr Gesicht, das sich mit jedem Zucken des Feuers änderte. Schatten und warmes Licht wechselten einander ab, überlagerten sich und verschwammen mit jedem Windhauch, der über das Feuer wehte. In Katjas Gesicht vereinten sich Finsternis und Helligkeit, als ob das Feuer sagen wollte, dass beide Pole einen Menschen ausmachten.

Die Haare hingen ihr nass um den Kopf. Hatte die Frau getanzt, bis der Schweiß aus den Poren gesprudelt war? Wegen der Nässe wirkten die Haare, bei Sonnenlicht hellblond, jetzt dunkel, fast braun.

Erneut zuckte Katja zusammen. Unter der Decke streckte sie die Hände hilfesuchend nach dem Mann aus. Finger berührten sich.

Im See plätscherte es. Ein Frosch?

»Ein Frosch bei Nacht?«, fragte sie.

»Frösche singen immer bei Nacht.«

»Aber nicht im Spätsommer, oder? Ich kenne Froschkonzerte vom Mai …« Sie schwieg.

Obwohl sie auf den See hinausblickte, spürte sie, dass Harty lächelte. Seine Schultern, gerade eben noch verkrampft, hatten sich gelockert, wie sich sein ganzer Körper entspannt hatte.

Die Nacht im Wald war nicht ruhig. Als Grundschullehrerin hätte Katja das wissen müssen. Viele Waldtiere gingen, sobald es dunkelte, auf Nahrungssuche. Zumindest in der Theorie wusste sie es auch, aber welche Grundschullehrerin sitzt schon die halbe Nacht im Wald, um die Theorien des Schulbuchs zu überprüfen?

Nun ja, streng genommen saß sie gerade fast die halbe Nacht im Wald, aber aus einem anderen Grund. Nicht wegen der Forschung, sondern aus Leidenschaft.

Das Aufstehen heute würde hart werden.

Sie legte ihren Kopf auf seine Schulter. Sie atmete nun so leise, dass sie das Feuer knistern hörte.

Wieder schreckte sie auf. »Harty, da war doch was.«

»Dummerchen«, strich er ihr über die Nase. »Du fürchtest dich doch nicht vor einer Maus?«

Katja hasste es, wenn Männer wie etwa in der Autowerkstatt sie nicht ernst nahmen. Doch wenn Harty sie wie ein kleines unwissendes Mädchen behandelte, fühlte sie sich beschützt und beglückt. Merkwürdigerweise und gegen alle Vernunft. Gleichzeitig betrachtete Harty Katja als Beute, die ihn anmachte und die er mit aller Macht begehrte. Wahrscheinlich wäre er zu keinem Mord bereit gewesen, aber Ehebruch schreckte ihn nicht. Auch nicht der Gedanke an ihre zwei Kinder, an die er zu 100 Prozent überhaupt nicht dachte.

Wo war die Zivilisation geblieben? Der schöne Schein? Am Feuer im Wald waren 5000 Jahre Fortschritt von jetzt auf nachher wie hinweggewischt. Die Menschen besannen sich plötzlich auf ihr Urinnerstes, das sie Millionen von Jahren bestimmt hatte. Wie schnell das ging! Die hauchdünne Hülle weggeworfen wurden Mann und Frau erneut zu Tieren, die allein das Überleben der eigenen Gattung im Gehirn und zwischen den Beinen stecken hatten.

Das ist jetzt ungerecht. Denn ganz so verhielt es sich nicht. Harty nahm Katja ernst. Anders als ihr Mann, der ihr nach 15 Jahren Ehe nichts mehr zu bieten hatte und sich dessen nicht einmal bewusst war. Ihm fiel die Monotonie, die nie enden wollte, überhaupt nicht auf.

Harty dagegen, auch abgesehen von seiner Potenz, verkörperte das Gegenteil von Alltag. Er erschien Katja aufregend, romantisch, tatkräftig, jugendlich, voller Visionen und Träume. Voller ausgeflippter Fantasien, die sich um ihren Körper und zugleich um den Himmel auf Erden drehten. Er beschwor eine Gegenwart und noch mehr eine Zukunft, die für Katja paradiesisch wirkte. Genauso unrealistisch und an den Haaren herbeigezogen, aber es bekümmerte sie nicht.

Bei all seiner Leidenschaft und seiner rohen Primitivität blieb Harty geistreich. Mit Worten wickelte er Katja um den kleinen Finger. Umgekehrt ließ er sich von ihr einwickeln und genoss es. Man könnte auch sagen: Sie konnten miteinander reden.

Ein Ast knackste.

So viele Zufälle gab es nicht.

Oder doch? Denn nur wenige Sekunden später plätscherte es erneut. Als ob ein Fisch aus dem Wasser gesprungen wäre.

»Ein Hai!« Harty lachte, seine Stimme vibrierte. »Haha!« Das Gelächter klang nach Sonnenschein und viel Bauch. Dieser Mann war entweder selbstbewusst oder in sich geerdet. Vielleicht auch beides.

»Ein Hai im Häcklerweiher? Glaubst du wohl selber nicht.«

»Natürlich glaube ich das nicht, Kati.« Er rieb seine Wange an ihren zersausten Haaren, die inzwischen fast trocken waren. »In oberschwäbischen Seen schwimmen keine Haie.«

»Aber Hechte.«

»Könnte sein.«

»Und Welse!«, rief sie halblaut. »Vergiss nicht die Welse! Hast du neulich in der Zeitung gelesen? Die werden bis zu zwei Meter lang.«

»Und vorhin, Kati, hat ein Wels an deinem großen Zeh geknabbert.«

»Eher an deinem …« Sie drückte Harty einen Kuss auf den Mund und grinste.

Ihr Glück war perfekt. Ihr Glück könnte perfekt sein. Wenn sie Harty nur vor 20 Jahren kennengelernt hätte. Aber immerhin hatte sie ihn kennengelernt. Spät ist nie zu spät. Davon war sie überzeugt.

Manchmal verhilft dir der Zufall zum Triumph.

Lange schon hatte sie darüber gebrütet, was sie mit ihrem Leben anfangen sollte. Als Frau mit 43 bist du kein Teenie mehr, aber noch in den besten Jahren. Ohne viel zu erwarten, war sie dem DAV beigetreten. Deutscher Alpenverein klang müde, resignierend, doch das Gegenteil stimmte. Die heutigen Powerwalker gingen im Gebirge an ihre Grenzen. Wie das Wort schon sagte, sie powerten sich aus, bis sie nur noch den eigenen Herzschlag wahrnahmen. Wieder ruhiger geworden, überwältigte sie die Wucht der Berge, und sie konnten endlich das Wesentliche vom Unwesentlichen unterscheiden. DAV funktionierte besser als Meditation und Yoga. In den Alpen hatte Katja – am Anfang durchaus irritiert – herausgefunden, dass ihr Mann sie nicht nur langweilte, sondern ihr nichts mehr bedeutete. Sie hatten zwei Kinder miteinander, Wunschkinder, na und?

Auf einer Klettersteigtour war sie Harty, der die Partie leitete, erstmals begegnet. Sie genoss seine Gegenwart und seine Selbstsicherheit. Typ sensibler Draufgänger. Anschließend trafen sie sich immer öfter, und bald hatte er ihren Ehemann aus ihrem Kopf verdrängt. Es blieb nur das schlechte Gewissen. Und auch das nur, wenn sie Harty nicht in die Augen schaute. So wurde er zum Fixpunkt ihres Doppellebens.

Nach der Tour hatte Harty erstmals die ganze Gruppe an einem Dienstagabend zum Picknick an den Weiher eingeladen. Katja radelte mit drei sportverrückten Kletter-Kolleginnen durch den stockdunklen Wald, das letzte Stück so steil, dass sie die Räder über den Erdweg schieben mussten.

Eine Röhre führte unter der Bundesstraße hindurch. Bereits vom großen Parkplatz aus erkannten sie ihr Ziel. Flammen eines Lagerfeuers züngelten in die Höhe.

Harty, ganz Gentleman, hatte alles vorbereitet und einen Grill direkt am Weiherufer aufgebaut. In Tupperschüsseln offerierte er Grillkäse, Fisch, Zucchini, rote Kirschtomaten und Baguette. Welche Frau war bei so viel Aufmerksamkeit nicht zu allerlei bereit?

Die anderen drei Frauen hatten die sechste Ausgabe des Lagerfeuers am See bereits verlassen. Allein Katja lehnte noch an Hartys Schulter. Fröhlich ausgelassen, entspannt. Mit sich und der Welt im Reinen. Trotz der Kälte, die langsam unter die Decke kroch und ihre Haut mit Gänsehaut überzog.

Das Bad im See hatte sich als Jungbrunnen entpuppt. Oder lag dies am Nachtisch, zu dem Harty Erdbeeren mit Schlagsahne gereicht hatte? Zu ihrer Überraschung fühlte Katja sich wie eine 15-Jährige, die mit ihrem Freund am See sitzt und Händchen hält.

Sie roch Hartys Atem, der Sommer und Sonne zurückbrachte.

Zwölf Grad hatte das Außenthermometer in Hartys aufgemotztem Oldtimer-Porsche angezeigt. Trotzdem waren sie zu fünft in den See gesprungen.

Was sie heute nur hatte? Bei all ihren vielen Ausflügen an den Weiher, niemals hatte sie dieses beständige Knacken im Unterholz bemerkt. Doch heute halluzinierte sie. Oder sie war high. Ließen die Glückshormone sie durchdrehen? Möglicherweise, vielleicht hatte sie auch zu viel getrunken. Denn zu zweit hatten sie eine halbe Flasche oberschwäbischen Whisky geleert. War sie betrunken? Manchmal waren die einfachsten Erklärungen die richtigen.

»Willst du noch 'ne Erdbeere, Kati?«

»Bitte nein.« Er hatte ihr schon genug der süßen Früchtchen in den Mund geschoben.

Schon wieder! Knackte es im Wald oder nur in ihrem Kopf? Aber wer oder was sollte sich denn im Wald aufhalten? Außer Mäusen, Igeln, Eulen, Rehen und Wildschweinen.

Sie schälte sich aus der Decke. Die Kälte traf ihren Körper so abrupt und heftig, dass Katja husten musste.

»Ich räum auf«, verabschiedete Harty die Frau mit den blonden Haaren, die schnell in ihre Kleider geschlüpft war.

»Goldstück!« Sie rieb ihre Wange an seinem Gesicht, während sie ihren Anorak zu zippte. »Text mir 'ne Nachricht!«, rief sie, als sie in die Pedale trat. Nach Hause radelte es sich schneller: bergab. Nur Sekunden später hatte der finstere Wald Katja verschluckt.

Die Gestalt hinter dem Busch wich auf allen Vieren zurück. Dieses dauernde Knacksen machte ihn noch verrückt. In seiner Jugend hatte er die Bücher Karl Mays verschlungen. Anschleichen in einem deutschen Wald dagegen, unmöglich. Wuchs hier mehr Holz als in den Savannen Nordamerikas? Oder fehlte der dunklen Gestalt schlicht und einfach die Begabung?

Plötzlich zuckte eine Ader in seinem Oberschenkel. Sie peitschte ihn, bis die Muskeln total verkrampften. Wie hielten es Indianer bei zehn Grad liegend auf dem Waldboden aus? Abhärtung vermutlich.

Sein Herz pochte stolpernd. Er könnte die Frau würgen, doch er hatte seine Chance verpasst. Er hätte beide umbringen sollen. Hätte er ihnen doch einen Ast über den Schädel gezogen. Vielleicht sie nicht unbedingt töten, aber ihnen zumindest einen Denkzettel verpassen.

Er hielt sich nicht für brutal, eher für einen Softie, doch dieses süße Leben am Häcklerweiher brachte ihn zum Durchdrehen. Aber eben bloß fast. So eine Kacke, wieso hatte er in seinem Kopf eine Sperre eingebaut?

Hatte die Zivilisation daran Schuld?

Vor Tausenden von Jahren erschlug Kain seinen Bruder Abel wegen eines Linsengerichts. Der Magen übernahm den Verstand.

Was hatte Kain zu dieser Gewalttat gebracht? Etwas musste sich in ihm angestaut haben, dass er so ungeheuer brutal reagierte. Ein Leben gegen eine Linsensuppe, Totschlag wegen einer Lappalie.

Wenn er sich richtig erinnerte, dann war Kain gedemütigt worden. Wieder und wieder über Jahre hinweg, bis seine Seele vergewaltigt und zerrissen war. Auch ihm hatte der Porschefahrer am Weiherufer übel mitgespielt. Ein Unheil jenseits der eigenen Vorstellungskraft. Noch nie hatte er einen Menschen so abgrundtief gehasst.

Wenn er eine Knarre gehabt hätte …

Unbewusst schüttelte er den Kopf. »Knarre«, was für ein Begriff. Er passte nicht zu ihm. Doch *wenn* er eine Pistole gehabt hätte, dann hätte er abgedrückt. 100-prozentig.

Wenn das Wörtchen *wenn* nicht wäre …

Denn so blieb ihm nichts. Nichts zum Umarmen, nichts zum Anlehnen. Jede Nähe war ihm entglitten. Alles, worauf er gebaut hätte – und auch hatte. Er fletschte die Zähne. Knurrte er? Verwandelte der Vollmond ihn in einen Vampir?

Kein Mond zu sehen. Die Gestirne über den mit Blättern bedeckten Baumwipfeln waren hinter einer dichten Wolkendecke versteckt.

Obwohl er wütend mit den Zähnen malmte, verwandelte er sich in keinen Rächer mit langen Eckzähnen, der geiferte, alles über Bord warf und vor einem Mord nicht zurückschreckte.

Nachdem sich sein Atem endlich beruhigt hatte, robbte er vorsichtig weiter zurück und in den Schutz der Bäume. Nur weg von der Versuchung.

Der Mann am Lagerfeuer hörte das Knacken der Äste, dessen Häufigkeit zunahm, nicht. Offensichtlich angetrunken wankte er.

Er schüttelte seine schwarz gelockten Haare. Hätte das Feuer noch höher gebrannt, dann hätte man die Wassertropfen sehen können, die kreuz und quer durch die Luft sausten. Doch das Feuer war am Verlöschen. Auch kauerte niemand mehr unweit der Flammen am Seeufer, der ihn hätte anbeten können. Vom Mann hinterm Baum abgesehen – und der wollte ihn nicht bewundern.

Der Mann mit Locken warf sich in Pose, als ob er dies schon tausendmal geübt hätte. Aber vielleicht fror ihn auch einfach am Kopf und er schüttelte sich deswegen. Er hatte dichtes, festes Haar, das Großmütter genauso begeisterte wie Teenies. Die Locken standen im Gegensatz zu seinem kantigen Kinn. Ihren Rundungen verdankte er, dass Menschen ihn als weich und sanft einschätzten. Ein Eindruck, der trog. Aber wer ließ sich nicht beim ersten und zweiten Eindruck gerne täuschen? Wir glauben alle an das Gute, auch wenn wir es besser wissen müssten.

Gut in Schuss war er, zugegeben. Kein Fett, aber eklige Angebermuskeln, sofern man das im Dämmerlicht des Feuers beurteilen konnte. Und er hatte was unter der Hose sitzen.

Wieso hatte sie sich von einem solchen Knackarsch bezirzen lassen? Eine attraktive, intelligente Frau, die immer stolz auf ihren Verstand gewesen war.

Was hatte Intelligenz mit der Wahl des Sexualpartners zu tun? Die Antwort erübrigt sich.

Der nackte Mann pfiff.

Geschah dies aus Fröhlichkeit oder um sich Mut einzuflößen?

Allein in einem dunklen Wald bei Nacht. Wer würde es da nicht mit der Angst zu tun bekommen?

Doch der nackte Mann verspürte keine Furcht. Das Testosteron in seinem Körper jaulte auf. Der Mann verkörperte reine Stärke und pure Aggression. Den reinen Egoismus. Einen Sieger, der mehr Unüberwindlichkeit ausstrahlte, hatte es am Ufer dieses Weihers nie gegeben.

Sexualhormone, sobald sie ausgeschüttet werden, lassen uns Menschen die Sterblichkeit vergessen. Es gibt kein Morgen mehr, sondern nur ein Hier, Jetzt und Heute, in dem Gegenwart und Zukunft verschwimmen.

Der Mann nahm einen letzten Schluck aus der Pulle, bevor er sie in hohem Bogen auf den Weiher hinauswarf.

Grell lachte er. Dann zuckte er abrupt und begann zu tanzen. Ausgelassen schüttelte der eitle Geck Kopf und Arme. Beschwor er den Teufel oder schützte er sich vor Möchtegern-Vampiren und -Werwölfen? Welche geheimen Rituale führte er in dieser Nacht in diesem dunklen Wald in der tiefsten oberschwäbischen Provinz auf?

Dass ein Mensch solche unnatürlichen Bewegungen überhaupt fertigbrachte. Der ganze Körper bewegte sich auf und ab, nach links und nach rechts. Wie ein Schlangenmensch, wie eine Puppe, deren Arme an einem seidenen Faden hingen. Die Gliedmaßen schlackerten, als ob er sie von sich werfen wollte.

Der nackte Mann drehte sich im Kreis und erstarrte.

Dann kippte er um.

ZWEI

Als Kriminalhauptkommissar Mäx Seeberger, 32 Jahre, auf den Plan trat, tat er zunächst einmal wenig. Er hockte in seinem Büro, das er mit einem Kollegen teilte, und las die Schwäbische Zeitung.

Auf den ersten Blick verwunderte diese Lektüre, denn der Kommissar, sportlich schlank und mittelgroß, wirkte so gar nicht schwäbisch. Trotz des typisch süddeutschen Namens.

Mit seinen dunkelbraunen Augen und seinen kurzen schwarzen Haaren konnte man ihn als südländischen Typ bezeichnen. Die Haut deutlich dunkler als bei seinen Seeberger-Verwandten. Aber die hatten auch keine kroatische Mutter.

Auf der anderen Seite hatte sich Oberschwaben verändert. In manchen Grundschulklassen saßen unter 25 Kindern nur zwei, deren beide Elternteile in Deutschland geboren worden waren. Und auch Italiener, Türken, Kameruner, Pakistani und Weißrussen lasen die Schwäbische Zeitung, wenn sie überhaupt noch Zeitung lasen.

Raschelnd blätterte Mäx Seeberger eine Seite um und strich sie auf seiner Schreibtischhälfte glatt. »Ui!«, sagte er. »Wenn das der Jogi sieht, dann packt ihn der Neid.«

Der andere Mann im Raum beugte sich neugierig nach vorn. »Um was geht's?«

»Ein Monsterwels.«

»Wo?«

»In einem See. In der Nähe von Wilhelmsdorf.«

»Zeig her!«

Seeberger nahm die Zeitungsseite und reichte sie seinem Kollegen über den Tisch. Der andere Mann, fast ein Riese, reckte sich. Mit etwas eckigen Bewegungen, was seinem wuchtigen Körperbau geschuldet war, packte er das Zeitungsblatt.

»Ein Anglermärchen«, sagte Seeberger grinsend, als er losließ.

Sein Kollege reagierte nicht auf den sanften Spott, sondern vertiefte sich in den Bericht.

Manche in der Polizeidirektion hielten Jochen ›Jogi‹ Weinschenk für die menschliche Verkörperung eines Grizzlybären. Vor allem, wenn er sich aufrichtete, seine Pranken zeigte und mit tiefer Brummstimme losdonnerte. Zum Grizzly passten seine silbergrauen Haare, die in der Mitte gescheitelt waren und bis zu den Wangen reichten.

Der Wirklichkeit entsprach dieser Eindruck jedoch nicht. Weinschenk war ein fröhlicher Mensch, aber am fröhlichsten war er allein. Gern angelte er, was bei fünf Kindern nicht verwundern konnte. Vollkommene Freude bedeutete es für den 46-Jährigen, fernab der Zivilisation den Köder auszuwerfen und die Rute stundenlang übers Wasser zu halten.

Das Foto in der Zeitung zeigte zwei Jungen, die stolz in die Kamera lächelten. Die beiden 15- und 16-Jährigen hatten den Fang ihres Lebens an Land gezogen. Der Wels, der an einem Deckenbalken in einer Fischerhütte hing, übertraf sie an Größe deutlich. 2,10 Meter lang und 52 Kilogramm schwer war der Riesenfisch.

»Wels hast du noch nicht gefangen, Jogi?«

»Ein Waller ist mir noch nicht ins Netz gegangen, nein.« Buschige Augenbrauen zuckten.

»Waller?«

»Kommt von Wal. Der kleine Wal des Süßwassers.« Weinschenk warf das Zeitungsblatt in Richtung seines Kollegen. Es flatterte, wackelte mit den Flügeln und taumelte auf den Boden. Der Polizist drückte sich in den Bürostuhl zurück, der quietschte. »Wenn ein Wels mal anbeißt, lade ich dich ein, Mäx.« Weinschenk schnalzte mit der Zunge und malte sich den Riesenfisch auf dem Grill aus, bestrichen mit Knoblauchpaste, beträufelt mit Zitrone.

Das Jahr, in dem Seeberger seinen bisher größten Fall ermittelte und mit mehr Glück als Verstand überlebte, ging als ›Welssommer‹ in die Geschichte ein. Landauf landab überschlugen sich die Meldungen über Wallerfänge. In früheren Jahren hatten entwichene Kängurus es in die Nachrichten geschafft, dieses Jahr war das Jahr der Fische.

Für deren gigantisches Wachstum wurde die Klimaerwärmung verantwortlich gemacht. Wie für so vieles. Killerfische in deutschen Gewässern! Die angeblich auch einmal einen Pudel rissen.

Das Telefon klingelte. Seeberger nahm ab. »Ja?« Er lauschte. »Am Häcklerweiher?«, fragte er. »Du bist sicher, dass du den richtigen See aufgeschrieben hast …?« Vorsichtig, fast behutsam legte er den Hörer zurück. »Hör auf zu kauen, Jogi. Die Realität ruft.«

Weinschenk wuchtete sich hoch. »Arbeit?«

»Sieht so aus. Ein Toter am See.«

»Am Bodensee?«

»Am Häcklerweiher.«

»Am Häckler? Du hast dich nicht getäuscht?«

»Der Kollege war sich sicher.«

Weinschenk strich über seinen massigen Bauch, den das Hemd kaum umfassen konnte. Deswegen stand fast immer ein Knopf offen. »Jetzt sind wir endgültig in der Moderne angekommen! Das Böse hat unser geliebtes Oberschwaben erreicht!« Der Ausruf klang resignierend, aber gleichzeitig belustigt.

Unweit der Polizeidirektion, am Eislaufstadion, bog Seeberger nach rechts auf die Ulmer Straße ein und nahm kurze Zeit später die Umgehungsstraße, die seit Jahren bis zum Bodensee weitergebaut werden sollte. Wenige Minuten später verließ er die B 30/32 bei der Abfahrt Weingarten in Richtung Schwäbische Alb.

Hinter Staig kurvte Seeberger über die enge Steige ins Dörfchen Blitzenreute hoch. Von dort führte die Straße wie ein gerader Strich über die Hochebene. Den Wanderparkplatz, mitten im Wald und rechter Hand gelegen, übersah man leicht.

Der Häcklerweiher gehört zur Blitzenreuter Seenplatte, die während der letzten Eiszeit von den Alpengletschern geformt worden war. Die 15000 Jahre Geschichte hatten sich bemerkbar gemacht. Arbeiter aus Italien hatten das Moor entwässert, statt elf oder noch mehr Seen waren nur noch vier übrig geblieben und diese zum Teil verlandet.

Oberschwaben at it's best – oder at it's worst. Von der sibirischen Einöde redeten Einheimische, vor allem jüngere. Trotzdem befanden Seeberger und Weinschenk sich nun in einer europäischen Kulturregion. Am Schreckensee, auf der anderen Straßenseite, hatten Steinzeitmenschen gesiedelt und Ausgräber am Ufer die Überreste von Pfahlbauten entdeckt.

Uniformierte sperrten den Weg am Häckler entlang großflächig mit weiß-rotem Flatterband ab. Seeberger nickte ihnen zu, während Weinschenk grüßend die linke Hand hob.

Neben einer verrosteten und verbogenen Schranke führte der Spazierweg um den Weiher herum und tiefer in den Wald hinein.

Vielleicht 100 Meter entfernt, nahe der dritten kleinen Badebucht, parkte der Notarztwagen.

Die schmale leicht zum Wasser abfallende Fläche glich einer Müllhalde: ein umgestürzter Grill, zwei verkohlte Bratwürste, Tupperschüsseln, Küchenkrepp, Reste von Nudel- und Kartoffelsalat und Erdbeeren, mindestens ein Dutzend Erdbeeren.

Der Tote, splitterfasernackt, lag halb auf dem Bauch. Sogar aus zehn Metern Entfernung beeindruckten die schwarzgelockten Haare. Das Alter konnten die Polizisten wegen der dichten Mähne von hinten nicht einschätzen. Auf jeden Fall musste er sportlich gewesen sein, vielleicht ein Radfahrer, worauf seine strammen Waden hinwiesen. Aber was bedeutete sein strammer Hintern, den weniger Zurückhaltende als Knackarsch bezeichnet hätten?

Dr. Thorsten Renz, der seitlich hinter dem Toten gekauert hatte, trat auf die beiden Polizisten zu, während er sich die Vinylhandschuhe von den Fingern streifte. Dem Mediziner, von kleiner Gestalt, sah man die 60 Jahre nicht an. Seinem rundlichen Körper zum Trotz hatte er ungewöhnlich feingliedrige und lange Finger.

Der Arzt starrte an den beiden Polizeibeamten vorbei. »Den brauchen wir nun wirklich nicht mehr«, zeigte er auf den Sanka, der mit Blaulicht und Sirene auf den Parkplatz einbog. Steinchen spritzten unter den Reifen hervor.

Zwei Sanitäter in orangerotem Anzug mit weißen Streifen stiegen aus der Ambulanz.

»Ihr kommt zu spät«, sagte Renz ruhig.

»Zu spät? Die Kavallerie kommt nie zu spät«, erwiderte

eine junge schwarzhaarige Frau mit wasserstoffblonden Strähnchen.

Renz zuckte mit den Schultern und wandte sich wieder den Polizisten in Zivil zu.

»Todesursache?«, erkundigte sich der Grizzly mit dem wehenden Silberhaar.

»Ich hab da so meine Zweifel, verehrter Weinschenk, ob der Nackte eines natürlichen Todes gestorben ist.«

»Äußere Verletzungen?«

»Kein Schuss. Keine Stichwaffen. Niemand hat ihm einen Prügel über den Kopf gezogen.«

»Herzstillstand?«

Der Mediziner lächelte frohgemut. »Letztendlich beim Ableben immer. Doch ob der Herzstillstand die Ursache ist oder die Folge …« Dr. Thorsten Renz zeigte seine geöffneten Hände.

»Ein Mann abends am See«, überlegte Weinschenk. »Nackt. Er hat sich völlig verausgabt …«

»Dieser Athlet verausgabt sich nicht«, widersprach Seeberger, selber ein Athlet und gut durchtrainiert, wenn auch ohne aufgeblasene Muskelpakete.

Der Notarzt schüttelte beide Hände. »Wär ich mir nicht so sicher. Auch Leistungssportler sterben manchmal auf dem Fußballplatz wegen eines Herzinfarkts.«

»Ja, aber nur, wenn sie eine Stunde im Kreis gerannt sind.«

»Wer weiß, was der Verstorbene gestern Nacht getrieben hat.«

»Sie wollen also andeuten, mein lieber Dr. Renz«, Weinschenks silbrige Haarspitzen wippten, »dass der nackte Mann hier ein Gelage mit zehn Frauen gefeiert hätte. Und irgendwann, vor lauter Anstrengung, ist ihm die Sicherung durchgebrannt. Ende, aus!«

»Muss die Gerichtsmedizinerin in der Pathologie untersuchen, ich bin Notarzt. Wenn stimmt, was Sie andeuten, werter Weinschenk, müsste die Kollegin von der Rechtsmedizin Spuren finden.«

Scheinbar gelangweilt spielte Seeberger mit seinen Fingern. Oder hatte er gleich einem Jagdhund eine heiße Spur gewittert?

Manche mutmaßten, wegen seiner nie nachlassenden Neugierde wäre der 32-Jährige so häufig befördert worden. Andere vermuteten, dass der schnelle Aufstieg an seiner Beherrschung läge. Seeberger verhielt sich immer kontrolliert. Im Gegensatz zum proletenhaften und häufig aufbrausenden Weinschenk, der seit zehn Jahren auf die nächste Beförderung wartete und sich wahrscheinlich noch länger gedulden musste, so wie er regelmäßig das Raubein spielte. Anders als vielfach unterstellt, bedeutete Jugend kein Synonym für Ungeduld und mitunter schlechte Manieren.

Der Tote, so kam es Seeberger in den Sinn, könnte aus einem italienischen Akt stammen. Eine – zumindest von hinten – wunderschöne Leiche. Allerdings hingen in Italiens Museen mehr nackte Frauen als nackte Männer. Aber die Maler waren in der Regel ja auch männlich. Malende Frauen gehörten eher zur seltenen Gattung, zumindest in den Zeiten, in denen es sich die Männer noch getraut hatten, weibliche Rundungen auf die Leinwand zu zaubern.

Die mächtige Eiche am Seeufer fiel Seeberger erst jetzt auf. Dicht an der Feuerstelle wuchsen mehrere kleine Büsche und Bäume. »Wie kalt war es gestern?«

»In der Nacht zwölf oder 13 Grad«, antwortete Weinschenk, der als Angler mit Wetterdaten bestens vertraut war.

»Würdest du am See sitzen und nichts anhaben ...«

»Kommt drauf an, wer noch dabei ist.«

Die schwarzhaarige Sanitäterin lachte, doch hielt sie sich sofort die Hand vor den Mund, als Weinschenk leise zu brummen begann.

Dr. Renz (»Für mich gibt es hier nichts mehr zu tun!«) schüttelte die Hände der beiden Polizisten.

Noch bevor der Mediziner abdrehte, klingelten zwei Handys. Fast zeitgleich fassten Dr. Thorsten Renz und die schwarzhaarige Sanitäterin, die sich nicht von der Stelle gerührt hatte, in ihre Taschen. Ihre Gesichter wandelten sich und glichen sich aneinander an. Der Ausdruck: aufmerksam, gespannt, hoch konzentriert und fern von hier.

»Wir sind gleich da.« Die Schwarzhaarige brach das Gespräch ab. »Eine Frau leblos im Wald. Ein Jogger hat sie gefunden.«

»Wo?«, fragte ihr Kollege, der ein schlankes schmales Gesicht hatte.

»Schätzungsweise einen Kilometer entfernt. Sie liegt neben ihrem Rad auf einem Waldweg. Leblos.«

Der nackten Leiche am Weiher zum Trotz rannten weiterhin Jogger durch den Wald, tranken Menschen beim Biobäcker an der Hauptstraße in Blitzenreute ihren Kaffee, wurden Kinder geboren und verloren mittelalte Damen die Herrschaft über ihr Fahrrad, wenn sie über abschüssige Kieswege bretterten. Wie alltäglich.

Die Sanitäterin federte von einem Fuß auf den anderen: »Wir müssen!«

»So ist's recht«, grinste Weinschenk, »immer zuerst die Polizei um Erlaubnis fragen.« Die Schwarzhaarige, offensichtlich von dem bulligen Polizisten eingeschüchtert, zögerte. »Ja, Tempo«, wetterte der Grizzly, »oder wollt ihr im Wald Wurzeln schlagen?«

Die junge Frau hastete dem Doktor hinterher und auf die Fahrerseite des Sankas; eine Sekunde später knallte auch die Beifahrertür. Zwei Motoren knurrten, Blaulicht tauchte den Parkplatz kurz in Science-Fiction-Atmosphäre, bevor Krankenwagen und Notarzt losrasten. Wieder spritzten fauchend Steinchen, Reifen quietschten, auf dem Teer klebte Gummi.

Was für einen Krach zwei Autos auf einem idyllischen Waldparkplatz anrichten konnten.

Seeberger atmete kräftig durch. Endlich herrschte wieder Ruhe. Sanft schaukelten die Blätter im Wind. Ihre grünen und braunen Schattierungen wirkten beruhigend.

Wenn da nur die schöne Leiche nicht wäre. Und die schmale Bundesstraße. Die Einöde wurde von einem grauen leicht kurvigen Band durchschnitten, über das fast ununterbrochen Autos brausten. Unentwegt sangen die Vögel gegen den Krach an und scheiterten.

Jogi Weinschenk blaffte in sein Handy: »Wo bleibt ihr denn?« Mit leiser Stimme erklärte er: »Die Mädels von der Spurensicherung verspäten sich. Ein Unfall beim Eislaufstadion.«

»Dann lass uns schon mal nachdenken«, schlug Seeberger vor und lief wenige Schritte in Richtung Seeufer. »Gehen wir chronologisch vor und starten am Ende. Wer hat die Leiche entdeckt?«

»Was du alles wissen willst.« Weinschenk winkte einem Uniformierten, der herbeieilte und nach der Wiederholung der Frage antwortete: »Ein Mountainbiker. Er wartet im Transportwagen.«

»Ich kümmer mich drum«, bot Seeberger an.

Der Mountainbiker, in einen blauen engen Dress gekleidet, kauerte in der Grünen Minna. Er trank aus einer Plastiktasse Kaffee und hatte keinerlei Farbe im Gesicht. Der Anblick einer Leiche ließ bei Menschen, die das nicht gewohnt waren, ganz offensichtlich den Puls rasen, so wie der Mittdreißiger zitterte und in sich zusammengefallen dahockte. Er hatte eine schlanke Figur, vielleicht sogar eine drahtige, was Seehofer bei der gebückten Haltung aber nicht sicher sagen konnte.

Der Mountainbiker trug auch beim Biken einen Ausweis mit sich herum, »sicher ist sicher«, und war glücklich, ihn zum zweiten Mal vorzeigen zu dürfen. Zu erzählen hatte er nicht viel, obwohl er ununterbrochen redete.

Jaja, er bikte regelmäßig durch die Wälder, nicht nur in Blitzenreute, sondern auch in Weingarten und Bad Waldsee. Aufgefallen war ihm der Müll am Seeufer. Wegen der Sauerei hatte er gestoppt, erst dann war sein Blick auf die Leiche gefallen.

Oh, es war schockierend. Man musste nicht mehr Glotze schauen, um dem Verbrechen zu begegnen.

»Niemand zu sehen?«

»Niemand sonst zu sehen, Gott sei Dank«, blickte der Mann glasig in Seebergers Augen, ohne den Polizisten wahrzunehmen.

Fünf Minuten später entschied Mäx Seeberger: »Sie können gehen.«

Der Mountainbiker stöhnte. Was vieles bedeuten konnte.

In der Zwischenzeit beschäftigte sich Jogi Weinschenk mit der Frage nach Adam und Eva. Oder auch: Wie hatte alles begonnen? Wie war die Leiche, zu der Zeit noch keine Leiche, an den Häcklerweiher gekommen?

Die Frage ließ sich überraschend leicht beantworten. Das Transportmittel parkte kaum 100 Meter von seinem nun toten Fahrer entfernt. Ein hellblauer Porsche, ein älteres Modell, ein 911er Turbo, gut zu erkennen an dem vorn und hinten stark verbreiterten Kotflügel, der dem Wagen trotz seiner Eleganz etwas Bulliges verlieh. An Potenz fehlte es dem Sportwagen nicht. Der große Heckspoiler verstärkte den Eindruck von Durchsetzungskraft auf vielen Gebieten: PS, Einkommen, Überholvorgänge, Lust am Leben.

Die Tür ließ sich öffnen. Ein unverschlossenes Luxusauto, was für ein Luxus.

Der Besitzer war sich seiner Sache entweder sehr sicher gewesen oder unvorsichtig. Oder aber er hatte den Aufbruch geplant gehabt, worauf drei leere Plastikschüsseln auf der Rückbank hinwiesen.

Der Polizist zog mit etwas eckigen Bewegungen ein Paar dünne Einweghandschuhe aus der Hosentasche.

Merkwürdigerweise drängte es ihn, sich einmal in einen Porsche zu setzen, doch er unterdrückte dieses, wie er glaubte, irrsinnige Verlangen. Weinschenk fuhr einen Renault, der mit Salatöl angetrieben wurde und alles ausstrahlte, nur keine Triebkraft.

Das Handschuhfach klackte auf.

Vorsichtig zog Weinschenk das Fahrzeugbuch heraus. In dessen Inneren fand er nicht nur mehrere Kundendienstrechnungen, sondern auch einen Beleg über den Erwerb eines neuen Steuerrads. Daneben verschiedene Plastikdokumente von der Größe einer Bank Card: Führerschein, Pass, Dienstausweis. Auf allen war ein Mann mit schwarzen Locken abgebildet.

»Was gefunden?«

Weinschenk grummelte: »Bin grad dabei.« Der Polizist nahm die Plastikkarten, hielt sie dicht vor seine Augen und las vor: »Harty Zwerger, 45 Jahre alt, wohnhaft in Waldburg …«

»Wie unser Mountainbiker ein Musterbürger. Beide können sich jederzeit ausweisen.«

»Sogar wenn sie nackt sind.«

»Sogar dann. Wie schön, dass wir in einer gesetzestreuen Region leben.«

»Kannst du laut sagen, Mäx.«

Seeberger strich sich übers wie immer perfekt rasierte Kinn. Oder entdeckte er gerade an einer Stelle eine Unebenheit? Als Jugendlicher hatte Seeberger Akne geplagt, was sich bei seiner gepflegten Haut heute kein Mensch mehr vorstellen konnte. Aber hin und wieder, wenn er unter Stress stand, erlitt er einen Rückfall. Beschäftigte ihn das Ende der Romanze etwa noch immer?

Denn mehr als eine Romanze war es nicht gewesen. Eine sachte Annäherung, eine sanfte Liebelei, ein Flirt, oberflächlich, nichts Tiefgehendes. Obwohl Katharina, eine Kollegin, sechs Monate bei ihm gewohnt hatte. Inzwischen hatte sie sich nach Stuttgart versetzen lassen.

»Verrätst du mir was, Jogi? Waldburg liegt 20 Kilometer entfernt. Der Herr mit Namen Zwerger hätte auch einen näheren See suchen können.«

»Mäx, der hat den Häcklerweiher nicht gesucht, sondern schon lange gefunden. Der hat mit Absicht nicht am Ortsrand von Waldburg gefeiert. Oder würdest du nackt durch dein Ravensburg joggen?«

Seeberger unterließ eine Antwort, die Weinschenk auch nicht erwartete.

»Sportlich, sportlich. Ein Mitgliedsausweis vom Deutschen Alpenverein. Ein Bergführer.«

»Der hat als Bergführer gearbeitet?«

»Mäx, ich hab Herrn Zwerger vor einer Stunde kennengelernt. Und er war nicht sehr gesprächig. Ich weiß es also nicht. Aber ich schätze mal, die Antwort lautet nein. Denn auf seinem Dienstausweis wird behauptet, dass er bei der GPO-Bank angestellt ist. Als Filialleiter. Angestellt war.« Weinschenk senkte den Kopf. Er schnüffelte. Roch er Alkohol, Qualm, vergammelte Socken? »Und was haben wir hier?«

Der Polizist faltete ein weißes A4-Blatt auseinander, das zweifach zusammengelegt war. Ein Computerausdruck. »Hüttenwoche Montafon«, las Weinschenk vor. »Ein, zwei, drei … fünf Namen.« Er bewegte still seine Lippen, bevor er feststellte: »Lauter Frauen.«

»Wie – lauter Frauen?«

»Lauter Frauen. Unser Harty Zwerger, der nackte Mann am Häcklerweiher, im Nebenberuf Bergführer, hat vor seinem Ableben eine Bergtour unternommen. Begleitet von fünf Frauen. Katja Engels …«

»Nie gehört.«

»Kunststück, du warst auch nicht dabei im Massenlager. Christine Oberhofer … Irene Scherle … Frauke Ullrich … Tanja Vees … Mit Frauen konnte er offensichtlich. Sagen dir die Namen was?«

»Kenne keinen einzigen, Jogi.«

»Na prima. Dann hast du die Chance, die Bergzicken bald kennenzulernen.«

Ein silberfarbener VW-Kastenwagen, ein T5, bog auf den Parkplatz ein. Nichts quietschte, keine Steinchen spritzten zur Seite weg. Urlauber?

»Na endlich. Die Ladys von der Spurensicherung«, gähnte Weinschenk. Der massige Polizist steckte Zwergers Ausweise in einen Plastikbeutel und drückte sanft die Porschetür zu.

Zwei Frauen in weißen Overalls stiegen aus dem Kastenwagen.

»Habt ihr Typen uns wieder den Tatort versaut?«, brüllte eine große kantige Frau mit brünettem Kurzhaar. »Dem Grizzly traue ich nicht!«

Weinschenk runzelte die Knollennase: »Wir haben uns alle Mühe gegeben.«

Die Chefin der Spurensicherung, Helga Reiff, hatte Haare auf den Zähnen; besonders mit dem massigen Weinschenk konnte sie nicht, was auch umgekehrt galt. Fünf Jahre älter als der Kollege und damit 51 liebte sie ihren Job und ihre beiden Hasen – für Männer existierte kein Winkelchen in ihrem Herzen.

Bevor die beiden Kontrahenten sich in die Haare gerieten, besänftigte Seeberger: »Ein Mountainbiker hat den Toten gefunden, Helga. Und dann hat sich noch der Notarzt mit ihm befasst.«

»Offensichtlich vergeblich«, meinte die Hasenfrau, wie Weinschenk sie nannte, und rollte einen Alu-Trolly hinter sich her. Ihre Kollegin folgte mit einem zweiten Koffer auf Rädern.

Weinschenk und Seeberger schlossen sich den zwei Frauen an, hielten aber einen guten Meter Abstand.

»Gott, ich wusste es! Ihr habt euch tatsächlich wie Schweine durch den Tatort gewalzt? Wie soll da einer noch den Ablauf eines Verbrechens feststellen können? Bei dieser Müllhalde, die ihr hinterlassen habt? Und was, bitte schön, bedeuten die Erdbeeren?«

»Die Erdbeerzeit ist vorbei«, antwortete Helga Reiffs stupsnasige Kollegin.

»Eeeben!«

»Mit Erdbeeren im September kann ein Mann uns Frauen durchaus beeindrucken«, wusste wieder die Kollegin, schmaler und weniger kantig, dafür mit längeren Haaren als ihre Chefin.

Weinschenk nickte anerkennend. »Haben viel gebracht, die Erdbeeren. Leider hat der Schwarzgelockte nichts mehr davon.«

Blitzschnell drehte sich die Hasenfrau um. »Dass sein Ableben mit den Erdbeeren zu tun hat, ist eine billige Behauptung. Vielleicht habt ihr ungleichen Zwillinge es inzwischen kapiert. Ihr stört unsere Arbeit! Eure bloße Anwesenheit nervt. Besser, ihr verzieht euch hurtig in den Hintergrund!«

Seeberger, eineinhalb Köpfe kleiner als der Grizzly, packte Weinschenk grinsend am Jackenärmel und zerrte ihn einige Meter zur Seite. Weinschenk ließ sich zerren, nicht ohne laut zu grübeln: »Ein Bankchef und Bergführer trifft sich mit irgendwem am See. Doch das Gelage nimmt kein gutes Ende. Einen Tag später ist er mausetot. Hatten Frauen oder Männer die Hände im bösen Spiel?«

»Warum keine gemischte Gruppe?«

»Langweilig.«

»Stimmt, Jogi. Und weil der Bergführer keine Langeweile mag, hat er sich mit den zehn Frauen getroffen, von denen du gegenüber dem Doktor schwadroniert hast. Ha, das nenne ich logische Ermittlungsarbeit! Die Wünsche und Sehnsüchte eines durchtrainierten Mannes, der nach vollbrachter Arbeit seine Girls zum ausgelassenen Grillen am See trifft und stattdessen seinen Mörder findet.«

Jenseits des Weihers schimmerten fern die Alpen, die Gipfel bereits schneebedeckt. Ob die Bergtour ins Montafon mit der nackten Leiche am See zu tun hatte?

»Natürlich ist dies nur eine Vermutung, Mäx. Zugegeben. Möglicherweise hat er sich mit seinem Kaninchen-Züchterklub getroffen. Unabhängig davon interessiert mich schon, warum er die Frauenliste in seinem Porsche spazieren trägt? Fünf Frauen übrigens, keine zehn.«

»Weil er nicht aufgeräumt hat. Du müsstest mal sehen, Jogi, was in deinem Auto alles rumliegt.«

»Ich sehe es. Jeden Tag. Aber ein Banker denkt systematisch«, widersprach der Grizzly, der über einen feinen Instinkt verfügte. Manche Kollegen sprachen auch ehrfurchtsvoll von einem Siebten Sinn.

»Der Bankchef kann auch ein Chaot gewesen sein. Und die Liste reiner Zufall.«

Ja, es war reiner Zufall, was Seeberger im Häcklerweiher entdeckte. Er hatte nicht danach gesucht. Sein Blick war einer sanften Welle gefolgt und über die Wasseroberfläche geglitten. Was der junge Polizeihauptkommissar erspähte, erwies sich nicht als besonders spektakulär, doch es hatte mit dem Gelage zu tun.

Seebergers Arm schnellte geradeaus. »Dort, neben den Binsen, Jogi, schwimmt da was?«

»Ein Stück Holz?«

Seeberger kniff die Augen zusammen. »Ne, eine Flasche, würde ich vermuten.«

»Und nun ziehst du die Badehose an, Mäx, und springst in die Fluten?« Weinschenk lachte schallend.

»Wir haben nicht so viel Zeit. Dass ich nach Hause fahre und meine Badesachen einpacke.«

»Wenn du meinst.« Der Polizist mit wehendem Silberhaar hob das weiß-rote Flatterband hoch, bückte sich ächzend, schlüpfte darunter hindurch und lief über den Wanderweg in Richtung Wald. Seeberger folgte ihm.

Am Weiherrand, 15 oder 20 Meter entfernt, wuchsen Binsen mit dicken braunen Kolben am oberen Ende. Als Weinschenk die Lampenputzer auseinanderbog, brachte sich eine Ente flatternd in Sicherheit. Er spähte durch die Lücke. Die Flasche schwamm einige Meter entfernt im Wasser.

Weinschenks Doppelkinn zuckte. Von einem gefällten Baum auf der anderen Wegseite brach er krachend einen Ast ab und fischte nach dem Gefäß. Die Länge reichte nicht.

»Du oder ich?«

Der Koloss seufzte und spreizte alle zehn Finger zur Abwehr. »Ich stehe mehr auf gemütlich, Mäx. Du bist der Sportler.«

»Alles muss man selber machen.« Der drahtige Polizist zog Schuhe und Socken aus, krempelte die Hosenbeine hoch und watete ins Wasser, das über seine Knie auf die Hose schwappte. Mit festem Griff packte er die Flasche, die langsam davontrieb, und planschte eilig ans Ufer zurück. Wassertropfen spritzten, als er sich dort wie ein nasser Hund schüttelte.

»Was haben wir hier?«, murmelte er.

Die Flasche hatte eine ungewöhnliche Form, lang und schlank mit filigranem, endlos langem Hals.

Der Grizzly beugte sich über Seebergers Schulter. »Whisky«, las er ehrfurchtsvoll, wie wenn er aus einem Werk Goethes zitieren würde. »Whisky aus Oberschwaben. Gibt es so was überhaupt?«

»Logisch! Wir Oberschwaben werden von unserer Landeshauptstadt immer unterschätzt. Wir können alles, auch Whisky brennen.«

Der Geschmack eines Whiskys lag nicht nur an der Gerste, sondern auch am Wasser. An seinem Mineraliengehalt und an seiner Härte. Und vor allem am Torf, der aus verrotteten Moosen, Heidekraut und Riedgräsern bestand. Beim Brennen gab er über den Rauch Geschmacksstoffe an das frische Gerstenmalz ab. Die Blitzenreuter Seenplatte war Torfgebiet.

Weinschenk überlegte: »Ob die Leiche im lebendigen Zustand den Whisky getrunken hat?«

»Die Flasche kann seit Wochen im See schwimmen.«

»Richtig, aber oberschwäbischer Whisky passt zu einem Porsche. Exquisiter Geschmack, ein bisschen Angeberei …«

»Eine einfache Antwort: Die Kriminaltechniker sollen den Whisky untersuchen. Wenn die Flasche gestern Abend die Runde gemacht hat, wieso ist sie dann im See gelandet?«

»Weil sie leer war.«

»Oder weil der Whisky nicht bloß Whisky enthielt.«

Der Hüne mit Silberhaar, aus dessen Nasenlöchern die Haare wucherten, pfiff leise. »Dann lehn ich mich mal weit aus dem Fenster: ein nackter Mann, die Überreste einer Party mit Erdbeeren und Whisky, ganz klar ein Beziehungsdrama.«

»Ganz klar kein Beziehungsdrama«, schmunzelte sein junger Kollege, der immer noch mit nackten Füßen dastand. »Zu offensichtlich.«

»Du könntest recht haben, Mäx.«

»Du aber auch, Jogi.«

DREI

Die Waldburg thront auf dem höchsten Punkt Oberschwabens, einem fast 800 Meter hohen steilen Hügel. Im 13. Jahrhundert wurden hier die Reichskleinodien aufbewahrt, wenn auch nur 20 Jahre lang: Reichskrone, Heilige Lanze, Reichsschwert, Reichsapfel.

Wer den kaiserlichen Thronschatz rauben wollte, hatte einen weiten Weg vor sich, bis er durch dichte Wälder und über unzählige Hügel endlich bis zur Burg im Wald vorgedrungen war. Vielleicht fand er sie nicht einmal, denn noch im 20. Jahrhundert blieb das Gemäuer hinter hohen Fichten verborgen.

Vor wenigen Jahrzehnten hatten Forstarbeiter den Wald um die Burg gefällt, wahrscheinlich auf Anraten von Tourismusspezialisten, die für eine Hochzeit in der Burg oder einen der mittelalterlichen Rittertage warben.

Jetzt konnte man das Wahrzeichen Oberschwabens wieder aus allen Richtungen erblicken. Sogar aus 50 Kilometer Entfernung, vom Hochgrat, einem der Aussichtsberge des Allgäus. Aus der Ferne verlor die sanfte Hügellandschaft ihre Buckel und verflachte. Nur die Waldburg, die hübsch auf einem Kegel saß, ragte wie aus einer Spielzeuglandschaft heraus. Das Kind im Mann wollte mit den Fingern zugreifen und die roten Dächer abnehmen oder die Palisaden mit Rittern bestücken.

So ähnlich war es zumindest Seeberger ergangen, als er eines Sonntags mit seiner Verflossenen die Kabinenbahn zum Hochgrat genommen hatte. Von dort waren sie weiter auf den Gipfel gewandert. Scheinbar verliebt hatte er sich an Katharina festgehalten. Er hasste Höhe, und der Grat brach auf der Aussichtsseite steil ab.

Seeberger schüttelte sich, als er an seine Verflossene dachte, doch die schlechte Sicht auf der Kreisstraße ließ sich nicht vertreiben. Wenn Waldburg sich heutzutage auch leichter als zur Zeit der Ritter finden ließ. Zur Not musste er bloß das Navi einschalten.

Seine Probleme der Orientierung lagen jedoch nicht an undurchdringlichen, zugewachsenen Wegen, sondern am Nebel, der regelmäßig im Frühjahr und Spätsommer durch das Schussental bis zum Bodensee hinunter waberte. Eine Nebelsuppe, die Zugezogene häufig in Depressionen stürzte.

Die Straße hinter Weingarten verlief eine kurze Strecke neben dem mittelalterlichen Fahrweg. Heutzutage marschierten Spaziergänger durch die hohle Gasse, auf der über Jahrhunderte die Karren der Händler Richtung Allgäu gerumpelt waren.

Die moderne Fahrstrecke kurvte und wand sich durch den Altdorfer Wald, den Seeberger wegen des dichten Nebels kaum erkennen konnte. Gelegentlich tauchten graue Schemen auf, verschwanden aber sofort wieder. Fahrer und Auto kämpften sich mühsam voran, als der Nebel sich sogar noch verdichtete. Obwohl Seeberger immer nur jeweils den nächsten Leitpfosten erkannte, hupte es hinter ihm ungeduldig.

Weinschenk lachte: »Ihr Ravensburger seid für eure Raserei bekannt. Auch fahrt ihr prinzipiell bei Gelbrot über die Ampel.«

»Ihr Schussenrieder nicht?«

Wieder lachte Weinschenk, dass sein ganzer Bauch und das halbe Auto wackelten.

Kurz vor einem Örtchen mit Namen Unterankenreute riss der Nebel auf.

Ein Passat überholte tutend, der Fahrer um die 40 mit schräger Kurzhaarfrisur zeigte den zwei Polizisten den Vogel.

»Verkehrsrowdy!«, brüllte Weinschenk, lehnte sich aber gleich wieder wohlig in den Sitz zurück. Denn die Sonne strahlte. Die Nebelsuppe, nur wenige Hundert Meter hinter ihnen, konnte sich kein Mensch mehr vorstellen. Manchmal hielt der Nebel allerdings sogar noch bis zu den Stoppelfeldern hinter Ankenreute, aber spätestens in Waldburg, fünf kurvige Kilometer weiter, klarte die Suppe regelmäßig auf.

Seeberger umkurvte den Burgkegel, bog scharf nach links ab und am Friedhof vorbei gleich wieder genauso scharf nach rechts.

Waldburg durchzogen zwei Hauptstraßen, die den Namen nicht verdienten.

Von der Fassade einer Gaststätte grüßte ein riesiger Landsknecht mit wehender Fahne, der auf den Putz gemalt war. Waldburg machte gern auf Mittelalter.

Seeberger setzte den linken Blinker. Eine enge Gasse brachte die Polizeibeamten in Hauptsträßchen Nummer zwei und zu einem kleinen Supermarkt. Daneben befand sich die Filiale der GPO-Bank.

»Nie gehört«, sagte Seeberger.

»Britisch«, vermutete Weinschenk, »oder irisch.«

Neben dem Eingang prangte ein Logo, das aus den drei Buchstaben bestand, die sich auf einer aufsteigenden, aber unsichtbaren Linie angeordnet hatten. Im Inneren des Bankgebäudes befand sich das Logo in der Mitte jeder Wand.

Die moderne Bank von heute kam ohne Panzerglasscheiben aus. Nicht einmal eine durchgehende Barriere war vorhanden. Eine adrette Brünette, bis zur letzten Wimper gepflegt und bis in den letzten Hautwinkel braun gebrannt, stand erwartungsvoll hinter einem schlanken hohen Tischchen mit Bildschirm.

Früher hätte man sie vermutlich ›blitzsauber‹ genannt mit ihrem sorgfältigen Lidstrich, den leicht erhöhten Wangenknochen und dem freundlichen, aber etwas mechanischen Lächeln.

Ihr schwarzes Kostüm, eng geschnitten, allerdings nicht obszön, unterstützte das Blitzsaubere. Schon durch die Kleiderwahl unterstellte sie sich selber Seriosität – und erwartete, dass die Bankkunden dies genauso sahen. Auch ohne Worte verstand jeder, nicht nur Männer, die Ansage: »Wenn ich schon so viel Sorgfalt auf die Kleidung verwende, wie viel mehr kümmern wir uns gewissenhaft um Ihr Geld.« Banker glichen Pastoren, die sich ebenfalls bevorzugt dunkel kleideten. Beide Berufsgruppen gehörten eindeutig nicht zu den bunten Vögeln.

»Frau Gutekunst«, las Seeberger auf dem Namensschild.

»Womit kann ich Ihnen helfen?«

Weinschenk grinste, die Brünette hatte allerdings nur Augen für Seeberger. Was nicht überraschte: der eine Kommissar hünenhaft und ausufernd, der andere athletisch und gut aussehend, ohne jedes Fett, mit einer Körperlänge von 1,78 Metern, die Haut von Natur aus dunkler als beim Durchschnittsdeutschen, was an der Adria und Seebergers kroatischer Mutter lag.

Nebeneinander wirkten Weinschenk und Seeberger ungleich, fast unharmonisch. Doch dieser Eindruck täuschte. Die zwei gegensätzlichen Gestalten ergänzten sich perfekt: Seeberger, häufig im Vordergrund, verkörperte den korrekten Beamten, der zwar hartnäckig sein konnte, aber immer höflich blieb. Weinschenk, etwas dahinter, konnte allein durch seine Masse bedrohlich wirken. Er musste sich bloß aufrichten und brummig räuspern. Die Fragen, die schmerzten und sich bös in die Wunden hineindrehten, stellte in der Regel der Grizzly. So bildeten die beiden Ermittler ein eingespieltes Team.

»Wir hätten gern Ihren Chef gesprochen.«

Die Frau, älter als 30, aber eindeutig jünger als 40, blickte über ihre Schulter zurück, unterließ die Bewegung aber, bevor sie diese ganz ausgeführt hatte. Ein kurzes Flackern in ihren Augen. War sie irritiert?

»Er ist nicht da.«

»Wann erwarten Sie ihn denn?«

»Eigentlich ...«, wieder ein fast unmerkliches Zögern, »müsste er bereits hier sein.«

»Ist die Vertretung im Haus?«

Die Blitzsaubere drehte und wand sich, ohne wirklich zu zappeln. »Ich habe die stellvertretende Leitung der Bank inne. Sie können sich vertrauensvoll an mich wenden. Um was geht es bitte?«

Seeberger zog seine Kriminaldienstmarke aus der Tasche. »Darum.«

»Was ist das?«

»Polizei!«, donnerte Weinschenk eine Spur zu laut. »Wir kommen von der Kripo! Sie haben noch nie eine Polizeimarke gesehen?«

Die Frau spähte in Weinschenks Richtung, aber an seinem Gesicht vorbei. »Um ehrlich zu sein ... nein.«

»Sie schauen kein Fern.«

»Selten.«

»Sie Glückskind!«

Waldburg schien ein beschauliches Dorf zu sein. Während der vergangenen fünf Minuten hatte außer den beiden Polizisten niemand die Bankfiliale betreten.

»Was verschafft uns die Ehre?« Die Brünette lachte. Es klang gequält.

Hatte sie Liebeskummer?

Stand ihre Bank vor der Pleite?

Oder hatte ihre beste Freundin geheiratet, und sie musste jetzt allein auf die Toilette?

»Bei einem Einbruch hätten Sie uns garantiert sofort angerufen. Nehme ich an. Wenn Sie nicht mit den Räubern gemeinsame Sache machen.«

»Oh, ein Polizist mit Humor.«

Weinschenk verdrehte die Augen. Schon wieder eine Frau, mit der er nicht konnte. War er vor 20 Jahren anders gewesen oder störte Miriam – die Frau, mit der er fünf Kinder hatte – sein Poltern nicht? Sie kam aus einer Großfamilie. Bei sieben Brüdern war er nur einer von vielen und hatte manchmal sogar Mühe, sich bemerkbar zu machen.

»Herr Zwerger ist immer der Erste. Meist ist er schon eine Stunde vor Öffnung da. Langsam mache ich mir Sorgen.« Das geschäftsmäßige Dauerlächeln erstarrte. »Aber er wird schon seine Gründe haben.«

Ihre Gründe hatten Chefs immer. Ob diese nachvollziehbar waren, stand auf einem anderen Blatt geschrieben.

Seeberger drückte Weinschenk, der sich erneut nach vorn drängen wollte, mit dem Ellbogen sanft nach hinten. Nicht dass er Weinschenk mit Körperkraft vom Fleck bringen konnte, aber der Grizzly begriff, was Seeberger bezweckte, und hielt sich im Hintergrund.

»Herr Zwerger ist Ihr Chef?«

Die Vize-Chefin nickte still. Ohne Worte zu wechseln, änderte sie plötzlich ihren Ausdruck. Frau Gutekunst hatte offensichtlich unterschiedliche Gesichter. Durch ihre langen und eindeutig falschen Wimpern schmachtete sie Seeberger offen an, erschrak, als sie dies bemerkte, und setzte sofort wieder einen Business-Blick auf, allerdings nicht mehr ganz so gezwungen und verkniffen. Offensichtlich verbarg sich Leben unter der teuer eingekauften Hülle.

Ob der Rock über oder unter den Knien endete? Was für merkwürdige Gedanken Mäx Seeberger in den Sinn kamen.

»Tut mir leid, Frau Gutekunst. Aber ich muss Ihnen mitteilen, dass Ihr Chef einen Unfall hatte.«

Die Frau, die häufig und gern sonnenbadete, erbleichte, und stieß hastig heraus: »Harty ist tot?«

»Wie kommen Sie darauf, dass Herr Zwerger tot sein könnte?«

»Weil …« Die Antwort fand sich nicht im Kommunikation-im-Geschäftsverkehr-Handbuch. »Die Polizei, also Sie …«, stotterte Frau Gutekunst, blickte hilfesuchend von Seeberger zu Weinschenk und erschrak schon wieder. »Wenn niemand bei uns eingebrochen hat, dann … Dann muss es etwas Ernstes sein … vermute ich, oder nicht? Sie fahren doch nicht einfach in der Gegend umher, um … um …«

»Nein«, bestätigte Seeberger, »wir von der Kripo nicht.«

»Was … was ist mit Harty, Herrn Zwerger, meine ich, passiert?«

»Das müssen die Kollegen vor Ort klären.«

Die blitzsaubere Frau Gutekunst atmete lang anhaltend aus. Bei ihrer Atemübung hatte sie für nichts und niemanden mehr ein Auge. Nicht einmal für Seeberger, den sie gerade eben erst aus Leidenschaft oder aus einer Laune heraus angeschmachtet hatte.

Moderne Yogakurse bewirken Wunder. Frau Gutekunst hatte in Null-Komma-Nichts ihre innere Mitte wieder gefunden. »Meine Herren, verraten Sie mir endlich, wie ich Ihnen weiterhelfen kann. Und hören Sie auf mit dem Herumgeeier.«

Alle Achtung! Selbst Raubein Weinschenk senkte anerkennend das Doppelkinn.

Seeberger zeigte auf zwei Türen, hinter denen er Büros vermutete: »Besser unter sechs Augen.«

Ohne Regung erklärte Frau Gutekunst: »Wenn Sie mir bitte in mein Büro folgen. Sonia, übernimmst du!«

Geräuschlos erschien eine Mitarbeiterin, die sich unbemerkt von den Polizeibeamten im Hintergrund gehalten hatte. Sonia, rothaarig und mindestens ein Jahrzehnt jünger als ihre Chefin, stellte sich an das Tischpult und bewachte den Computer.

Poch, poch! Rote hochhackige Schuhe klackten, als die Blitzsaubere in ihr Büro stöckelte. Eine Frage ließ sich auf dem kurzen Weg lösen: Der Rocksaum endete unter den Knien. Aber der Rock war extrem eng geschnitten. Seeberger befürchtete, der Stoff würde reißen. Er zwang sich, von den Waden höher zu blicken. Seine Augen glitten über weibliche Rundungen und schnellten noch eine Etage höher.

Da lag ein Mann tot am See, und Seeberger dachte an einen Hintern. Vielleicht auch naheliegend, denn die Leiche hatte den beiden Polizisten ihr nacktes Hinterteil entgegen gestreckt.

»Bitte nehmen Sie Platz!« An der Wand hing, fein säuberlich eingerahmt, PR: Urkunden über die erfolgreiche

Teilnahme an Seminaren zu Kundenbindung, Rhetorik, modernen Geschäftsprozessen, Sicherheit beim Online-Banking.

Nicht nur Frau Gutekunst, auch ihr Büro zeichnete sich durch äußerst kontrolliertes Verhalten aus. Nichts Persönliches, das auf ein Privatleben schließen ließ. Keine Fotos, keine Bilderrahmen, keine Bananenschale, nicht einmal ein Lippenstift.

Fast schon gewohnheitsmäßig quietschte der Stuhl unter Weinschenk, was bei seinem Gegenüber zu einem Hochziehen der Augenlider führte.

»Verzeihen Sie, dass ich fragen muss, Frau Gutekunst«, Seebergers Stimme klang sanft, »Sie waren gestern nicht zufällig am Häcklerweiher?«

»Was soll ich dort?«

»Baden?«, schlug Weinschenk vor.

Die Blitzsaubere spielte mit ihrer Zunge und fuhr mit der Spitze über ihre Lippen, die sich schrecklich trocken anfühlten. »Ist es dort passiert? Ich dachte, er hätte einen Unfall gehabt.«

»Sie müssen nicht auf der Straße verunfallen«, meinte Seeberger ernst.

Frau Gutekunst fühlte sich sichtbar nicht wohl in ihrer Haut. Wäre sie eine Schlange gewesen, sie hätte sich gehäutet. »Und was habe ich damit zu tun?«

Ohne auf die Frage einzugehen, entgegnete der gut aussehende Polizist mit der perfekten Rasur: »Wann hat Ihr Chef gestern das Büro verlassen?«

»Etwas früher als gewöhnlich. Um halb fünf.«

»Hat er erzählt, warum?«

»Warum was?«

»Warum er früher ging?«

Frau Gutekunst legte die Hände übereinander, ohne sie jedoch zu falten. »Er wollte sich mit seiner Klettergruppe treffen.«

»Ging er oft klettern?«

»Regelmäßig. In melancholischen Momenten meinte er: ›Wäre ich nicht Banker geworden, wäre ich Bergführer.‹«

»Er war doch Bergführer, oder?«, mischte sich Weinschenk ein.

»Nebenberuflich. Harty, Herr Zwerger, meine ich, ist richtig gut. Er sammelt Europas Viertausender. 75 hat er schon bestiegen.«

»Beeindruckend!« Wenn Seeberger, ansonsten furchtlos, eine Schwäche hatte, dann seine Höhenangst. »Sind dies alle?«

»Sieben fehlen noch.«

Die beiden Polizisten starrten geradeaus. In der Stille vernahmen sie deutlich, wie das Herz pochte und pumpte. Ohne Pause, ohne Ruhe, ohne Rast. Beängstigend!

»Für wann war die nächste Tour geplant?«, erkundigte sich Seeberger leise.

»Nächstes Wochenende. Dieses Jahr wollte Herr Zwerger noch drei Viertausender angehen.«

»Hat er die Touren allein unternommen? Oder mit Bergkameraden?«

»Ja natürlich. Er hat sein Wissen gern geteilt.«

»Gemischte Gruppen?«

Frau Gutekunst wirkte schockiert. Der Lidstrich unterm linken Auge war verschmiert. »Sind Sie von der Sittenpolizei oder vom Jugendamt?«

Obwohl die Bankerin angeblich kaum Fern schaute, speiste sich ihr Wissen doch aus der Konserve. In Krimis, die in Hamburg oder Frankfurt spielten, tauchten gern die

Kollegen von der Sitte auf. ›Die Sittenpolizei‹, so hieß es im Lexikon, ›soll der Unsittlichkeit entgegen wirken. Dazu gehört das Einschreiten gegen die Prostitution‹, wie das auch immer auszusehen hatte, ›gegen Konkubinate, also außereheliche Beziehungen, die ein öffentliches Ärgernis geben und gegen den Vertrieb unsittlicher Schriften und Bildwerke.‹

»Darum geht es hier wohl nicht«, besänftigte Seeberger. »Sie hatten ein enges Verhältnis zu Herrn Zwerger?«

»Wir … ja … Herr Zwerger ist ein guter Chef. Er hat uns jedes Jahr vor Weihnachten ins Restaurant eingeladen und das aus seiner Privatschatulle bezahlt. Wir hatten eine entspannte, eine gute Beziehung. Wir haben viel miteinander geredet. Nicht nur über Bankgeschäfte.«

»Und da hat er Ihnen erzählt, dass er mit fünf Frauen eine Bergtour unternommen hat?«

»Richtig …«

Der schlanke Polizist beugte sich fast unmerklich nach vorn.

»Deswegen ist er gestern Abend früher gegangen. Mit den Teilnehmerinnen hat er den erfolgreichen Abschluss einer Bergtour gefeiert.«

»Wieder ein Viertausender?«

»Da sind auch Anfängerinnen dabei gewesen. Herr Zwerger hat die Gruppe auf einem Klettersteig geführt. Im Montafon, wenn ich mich richtig erinnere.«

»Wann?«

»Zwei Monate dürfte es her sein.«

»Niemand von der Bank dabei?«

»Nein, nein, Herr Zwerger hat Geschäftliches und Privates streng getrennt. Er ist Mitglied beim Deutschen Alpenverein. Vielleicht können die Ihnen weiterhelfen.«

»DAV in Ravensburg?«

»Weiß ich nicht.«

Weinschenk kramte in seinem Gedächtnis. Wie hieß noch mal die Engelsfrau, die oben auf der Liste gestanden hatte?

»Frau Gutekunst, kennen Sie eine Katja Engels?«

Die Blitzsaubere zuckte zusammen. Kannte sie die Frau oder fühlte sie sich von Weinschenk eingeschüchtert? Oder sie mochte ihn einfach nicht. Vielleicht hasste sie Männer mit silbrigen Haaren und Doppelkinn.

»Nie gehört diesen Namen?«

»Christine Oberhofer?«

»Ne, ne.«

Weinschenk nannte drei weitere Namen.

Frau Gutekunst schüttelte unablässig den Kopf. »Wer soll das bitteschön sein?«

»Die Teilnehmerinnen der Bergtour ins Montafon.«

»Herr Zwerger hat Privates und Geschäftliches streng getrennt.«

»Sagten Sie schon …«

»Herr Zwerger kannte sooo viele Menschen …«

»Mehr als Sie?«

»Kein Vergleich! Kein Vergleich!« Wie konnte dieser unhöfliche und unförmige Polizist nur den Tag mit der Nacht vergleichen, die Sonne mit dem Mond, den Menschen mit der Ameise.

Hätten die beiden Polizisten in Frau Gutekunsts Gehirn blicken können, hätten sie am Geisteszustand der stellvertretenden Bankchefin gezweifelt. Hielt Frau Gutekunst sich für ein Insekt? Kaum. Doch offensichtlich wurde sie von Minderwertigkeitskomplexen gepeinigt. Was jedoch nicht offensichtlich war.

Den Polizisten gegenüber saß eine attraktive, selbstbewusste Frau, kühl und business-like, die dem schlanken Seeberger schöne Augen machte, aber sich vollkommen im Rahmen des Erlaubten bewegte.

Kleider machten wahrhaftig Leute. Auch der unorthodoxe Weinschenk durchschaute nicht immer das Oberflächliche, auch wenn er diese Frau instinktiv nicht mochte, so wie sie umgekehrt für ihn keinerlei Sympathie empfand. Sie zeigte dem Grizzly ihre Verachtung, ohne unverschämt zu werden. Sie verhielt sich geradezu ungewöhnlich ehrlich.

»Was war Ihr Chef für ein Mensch?«

»Sehr korrekt …« Frau Gutekunst schloss die Lider. Entweder wünschte sie sich die beiden Polizeibeamten weit weg oder sie spähte in die Vergangenheit. »Und trotzdem … trotzdem«, flüsterte sie, »beliebt. Ausgesprochen beliebt. Ein göttlicher Mensch.« Sie schnäuzte.

»Verheiratet?«

»Nein, nein, nein.«

»Ich dachte, er sei beliebt gewesen.«

»Geschieden. Seine Frau ist ein …« Die Blitzsaubere, deren Lidschatten sich auf der rechten Augenseite inzwischen zur Hälfte aufgelöst hatte, japste nach Luft. Niemand sprang herbei, um ihr beizustehen.

»Ja?«

»Streng genommen ist sie nicht mehr seine Frau.«

»Seit wann?«

»Vor zwei Jahren hat sich Herr Zwerger scheiden lassen.«

Prima! Dann war ja mit der Party am Weiher alles in Ordnung gewesen.

»Sie können uns sicher Herrn Zwergers Anschrift mitteilen.«

Frau Gutekunst konnte.

Möglicherweise hatten nicht alle Menschen auf dieser Welt das nächtliche Grillen als reine Freude eingestuft. Musst du dir genüsslich auf der Zunge vergehen lassen: Ein Muskelmann feierte ausgelassen mit fünf Frauen und planschte mit ihnen im Weiher. Was deren Ehemänner gedacht hatten? Wenn sie überhaupt Bescheid wussten.

Heiterkeit und Lust, Verlangen und Laster hingen eng zusammen. Oder hatte Harty Zwerger durch Zufall den Tod gefunden? Fügung, Schicksal? Zur falschen Zeit am falschen Ort? Einfach dumm gelaufen?

Kaum vorstellbar! Bei diesem nackten Prachtburschen.

VIER – SECHS WOCHEN VORHER

Ein Leben, was war schon ein Leben?

Er stierte durch ein vergittertes Fenster. Draußen bewegte sich nichts. Wenn es wenigstens geregnet hätte. Er sehnte sich nach dem Unterbrechen seiner Monotonie. Nach einem Klack Klack auf dem Fenstersims. Oder wenigstens einer Fliege auf dem Glas. Nach zwei Moskitos, die sich in einem Winkel des Zimmers begatteten.

Doch stattdessen eine glatte Wand. Kein Bild, kein Druck einer Stadtansicht. Nirgendwo. Sie hatten wahrscheinlich Angst, er würde sich am Rahmen verletzen.

Ha, wie denn? Er konnte sich kaum bewegen.

Hat schon mal jemand versucht, sich mit einem Bilderrahmen das Leben zu nehmen?

Man ließ das lieber.

Wenn man keine Metallgabel hatte. Kein Brotmesser, mit dem man sich den Puls durchsäbeln konnte.

Durch das Fenster fiel der Blick auf Mauern.

Gleichförmig. Einförmig. Langeweile.

Graue Mauern, weiße Mauern.

Die Augen fraßen sich daran fest.

Hoi, dort oben saßen Tauben! Tauben auf der Dachrinne.

Er bemerkte sie erst, als sie ihre Hinterteile in die Luft hinausreckten und damit wackelten.

Garantiert kackten sie die Wege voll.

Die Tauben als Gleichnis für den Zustand der Welt.

Er versuchte zu stöhnen, aber brachte nicht einmal das fertig. So sehr hatten sie ihn vollgepumpt.

Der Mensch war nicht mehr als Scheiße, richtig Scheiße. Bestenfalls Taubenkacke, in die eine Stiefelspitze trat, sodass die Kleinigkeit in alle Richtungen und zur Seite spritzte. Nichts mehr zu erkennen. Nicht mal mehr Muckenkacke.

Das war der Mensch: ein Nichts.

Er konnte dies belegen. Verdammt noch mal, er konnte es.

Er fluchte ohne jede Aggressivität. Er lächelte sogar dabei.

Die Ausschläge seiner Wut schlugen nicht mehr aus. Dies verwunderte ihn, ohne ihn wirklich zu verwundern. Ihre Spitzen hatten die Medikamente gekappt. So gab es kein Hoch und kein Tief mehr in seinem Leben, alles war eingeebnet. Freud und Leid flossen gleichmäßig, ohne Emotion zu erzeugen, dahin.

Dabei konnte auch von Fließen keine Rede sein. Fließen bedeutete Bewegung, bedeutete Kraft, Dynamik und Vision. Den Glauben an ein besseres Morgen.

Den Glauben hatten sie ihm genommen: den Glauben an das Paradies und den Glauben an den Himmel.

Hätten sie das nicht getan, würde er sich das Leben nehmen. Mutmaßten sie.

Er senkte den Blick zur Seite und zog ihn in sich, bis er nur noch sich selber wahrnahm. Bis sich auch die Tauben jenseits seines Ichs befanden.

So erging es den meisten Menschen: Sie wurden nicht nur behandelt wie Scheiße, sie waren es.

Er glich seinem Vater, der vor 60 Jahren im Krieg in Russland vermisst worden war. Dieses Schicksal teilte der Sohn. Auch er gehörte jetzt zu den Vermissten.

Sie hatten ihn überwältigt und eingesperrt. Weggesperrt.

Auf dem Friedhof würde einmal ein schlichtes Holzkreuz davon künden, dass unter dieser Erde ein Mensch lag. Ein Namenloser.

Es lag am System. Es hatte schon immer am System gelegen. Auch wenn zu Zeiten seines Vaters eine völlig andere Ideologie geherrscht hatte. Heute nannte sich die Scheiße Kapitalismus. Soziale Marktwirtschaft, da lachen doch die Hühner.

Die Kapitalisten und die Banken behandelten dich wie gequirlte Hundekacke.

Und doch war nun alles gut. Er wusste nicht genau, warum, aber das Nichtstun empfand er als schön. Das nackte Zimmer ohne jeden Schmuck empfand er als schön. Endlich keine Ablenkung mehr. Ach, wie liebte er diese Eintönigkeit. Sie umhüllt dich so wohlig, dass man mit Freude in der Scheiße wühlt. Ohne irgendwelche Freude zu zeigen.

Von der eigenen Gleichgültigkeit berauscht. Endlich vollkommene Zufriedenheit ohne jedes Gefühlsleben.

Was Tabletten alles bewirken konnten.

Wegen was saß er eigentlich in der Psychiatrie? Er befand sich doch in der Psychiatrie? Oder hatten sie ihn in ein Kriegsgefangenenlager verfrachtet? In ein Versuchslabor für Schwererziehbare?

Würde gleich ein Arzt auftreten? Die Spritze in der Hand?

Aber wieso wollten sie ihn erziehen? Wenn sie es überhaupt wollten.

Was wollten sie?

Was wollte er?

Er wusste es nicht. Fern erinnerte er sich an eine orangerote Sonne. An eine Blumenwiese und Bienen. Die Bienen summten in seinen Ohren, während er durch das hohe Gras rannte. Eine Schaukel wippte. Er hielt den Atem an, das Summen verstärkte sich.

Plötzlich tauchten andere Bilder in seinem Kopf auf. Bruchstücke von Sätzen, die schrill klangen.

Eine unheilige Allianz …

Unheilig, was für ein Widerwort.

Eine unheilige Allianz der Banker und der Politiker und der Amtsärzte.

Was bedeutete dieser bandwurmartige Satz, der keinen Sinn zu ergeben schien?

Seinen Hof bezeichneten sie als Schandfleck.

Wenn er nicht betäubt worden wäre, würde er nun aufspringen und so heftig am Fenstergitter rütteln, bis die Stäbe aus dem Beton brachen.

In der sechsten Generation lebte er auf dem Hof. Trotz widrigem Klima hatte er dem kargen Boden Fruchtbarkeit abgetrotzt. Wie auch die Generationen vorher. Doch jedes Mal geschah unweigerlich dasselbe. Da bist du kurz davor, etwas Geld zu verdienen, kurz vor dem Wohlstand, und dann überkommt dein Land und dich der nächste Kälteeinbruch, den niemand hatte vorhersehen können, der nächste Hagel, der nächste Sturm, der alles niederdrückt und umreißt.

So eine Scheiße.

Ja, auch in der Psychiatrie bist du nur Scheiße, allen Beteuerungen zum Trotz.

Von wegen moderner Strafvollzug.

Jetzt hatte er einiges durcheinandergebracht. Sein Gehirn hatte Sprünge gemacht. Kein Wunder bei diesen Medikamenten.

In seinem Handrücken steckte eine Infusionsnadel. Kurz bebte sein Inneres auf, er wollte die Kanüle herausreißen, doch dann versank er wieder in sich.

In seinem Elend.

Seinem Glück.

Er lag in einem Bett.

Was er erst jetzt bemerkte.

Die Matratze mit weißem Leintuch überzogen.

Nichts verdreckt. Nichts vollgepisst.

Trotzdem lag er in keinem schönen Bett.

Kein Teil aus Holz, dessen Maserung er so sehr liebte, dass er mit seinen schwieligen Fingern unweigerlich darüber streichen musste.

Metall.

Aus Metall. Wie im Krankenhaus.

Er vernahm ein Geräusch.

Seine Gedärme drückten. Lärm und Luft entwichen ein zweites Mal.

Herrgott, er musste pissen. Er versuchte aufzustehen, doch nicht einmal das schaffte er. Weder Arme noch Beine konnte er bewegen.

Verwundert schaute er an sich herunter. Die Gliedmaßen waren mit Bändern an das Metallgerippe fixiert.

Fixiert gleich festgebunden.

Als ob er ein wildes Tier wäre, das man entweder erschießen oder fesseln musste.

Was soll's?

Er pisste.

In die Hose.

Er wartete, doch kein Wasser breitete sich aus und nässte die Hose voll. Fast zögerlich bemerkte er den Schlauch, der von der Mitte des Betts nach außen führte. Ein prall gefüllter Beutel hing an dem Metallbett.

Ein Einlauf?

Nein, wie hieß das nur?

Er hatte davon gehört, aber er konnte sich nicht daran erinnern. Er war noch nie im Hospital gewesen.

Ein Katheter. Merkwürdig, dass er das Röhrchen nicht gespürt hatte.

Was sie im Gefängnis alles drauf hatten.

Die Tauben vor dem Fenster waren verschwunden. Schade eigentlich. Denn er liebte Vögel. Obwohl er Oberschwaben nie verlassen hatte und keinen Neid verspürte, bewunderte er sie wegen der Reisen, die sie unternahmen. Von weit oben hatten die Vögel einen guten Überblick über die Welt – und befanden sich doch so weit von ihr entfernt, dass sie nicht korrumpiert wurden.

Was er für Gedanken hatte.

Müsste er jetzt nicht den Mais ernten?

Die Ernte würde gut werden.

Oder hatten sie ihn eingesperrt, bis das nächste Unwetter heraufzog? Würden sie ihn entlassen, wenn alles kaputt war? Nicht nur das Feld, sondern auch sein Leben?

In beiden Fällen würde er die Rate für die Bank nicht zurückzahlen können.

War das ihr Hintergedanke?

Er begann zu summen. Eine Melodie, die streng genommen aus einem einzigen Ton bestand.

Oh, wie wohl er sich fühlte. Fast schon großartig.

Er starrte auf die weiße Wand, die an manchen Stellen ergraut war. Der Schatten wanderte, bis alles Schatten wurde.

Nichts geschah. Und doch so viel, denn die Zeit spielte keine Rolle mehr.

In einer Minute steckte ein halbes Leben. Bilder huschten an ihm vorbei, viele der Aufnahmen bei zu starkem Gegenlicht geschossen und deswegen jeglichen Inhalts entleert.

Die Minuten wurden zu Stunden, die Stunden zu Tagen, die Tage zu Wochen.

Oder täuschte er sich erneut?

Waren lediglich fünf Minuten verstrichen?

Er wusste es nicht, wie er auch nicht wusste, dass er sich beschissen fühlte.

Denn hier lebte es sich wunderbar. Er befand sich noch auf Erden und doch schon im himmlischen Paradies. Er kratzte an der Eingangspforte. Bald würden sie ihn einlassen. Petrus sei Dank.

Oder doch falsch. Die Erde verkörperte das Paradies. In ihrer Rohheit, ihrer Einfachheit, ihrer Begrenztheit.

In diesem schmucklosen Raum in der oberschwäbischen Psychiatrie erfuhr er die Wahrheit, die allein befreite. Ort und Zeit hatten ihre Bedeutung verloren, heute und morgen waren verschmolzen, Mensch, Welt und Himmel endlich eine Einheit.

FÜNF

Zurück auf der Hauptstraße lenkte Seeberger gleich wieder nach rechts. Er parkte auf einem von zwei Stellplätzen neben einer Bäckerei und vor einem Blumengeschäft.

Die beiden Polizisten quetschten sich mit dem Kaffee von zwei Seiten auf zwei schmale Bänke, zwischen die ein Stehtisch eingebaut war.

»Was hältst du von Zwergers Stellvertreterin, Jogi?«

Weinschenk nahm einen tiefen Schluck. »Da führst du ein behütetes Leben, zahlst brav deine Steuern und sagst abends vor dem Zubettgehen dein Gutenacht-Gebet auf. Und dann steht eines Tages die Polizei bei dir in der Bude. Zu allem Überfluss ist einer ein südländischer Typ und der andere ein Hau-drauf-und-Schluss. Für den Durchschnittsbürger nicht gerade ein Traumpaar. Da kann dein Weltbild schon ins Wanken geraten …«

»Die Polizei ist auch nicht mehr, was sie war.«

»Gott sei es gelobt«, blickte Weinschenk zum Himmel, erkannte aber nur eine Fliege an der Decke.

Der Kaffee kratzte an Weinschenks Magenschleimhaut. Trotzdem kam er nicht ohne drei, vier Tassen am Tag aus. »Findest du es nicht komisch, Mäx, wenn dich jemand nach deinem Chef fragt, und du bringst seinen Charakter auf den Punkt mit den Worten: ›Er war korrekt?‹«

»Bei einem Banker ist das garantiert als Lob gemeint.«

»Wie bei einem Beamten. Auch ein Beamter muss korrekt sein.«

»Sagst ausgerechnet du, Jogi.« Weinschenk war für seine unkonventionellen Wege bekannt.

»Stell dir das doch mal bildlich vor, Mäx: Du stehst an meinem Sarg und dann lobst du mich. ›Der Weinschenk war immer korrekt.‹ Da stehe ich doch wütend von den Toten auf.«

»Göttlich, sie hat ihn auch als göttlich bezeichnet.«

»Mäx, schwammiger und schwülstiger geht es nicht.«

»Möglicherweise war sie in ihn verknallt.«

»Na, sie ist es immer noch. Du hast den Prachtburschen doch gesehen …«

»Zumindest von hinten.«

Zufrieden seufzte Weinschenk: »Ah!«, meinte damit aber den Kaffee. »Schwarze Locken, strammer Hintern, Sportler, der typische Frauenversteher.«

»Die Vorurteile eines Nichtsportlers.«

Der Dicke, mit Speck und Witz gleichermaßen gesegnet, kicherte. Er griff nach einem bunten Magazin, das neben dem Zuckerstreuer lag. Das Allgäumag, ein kostenloses Szene-Kultur-Magazin, berichtete vorrangig über Veranstaltungen, griff aber auch journalistische Themen auf. Verlegt wurde das Heft im 15 Kilometer entfernten Wangen. Weinschenk blätterte die Seiten eher ziellos von hinten durch. Hin und wieder stockte er. Meist kurz.

Draußen rauschte ein Schwertransporter vorbei. Wie so viele Brummis es über diese gewundenen oberschwäbischen Straßen schafften, ohne im Graben zu landen oder einen Baum am Straßenrand zu rammen, blieb Seeberger ein Rätsel. Lag es am Können, elektronischen Fahrhilfen oder dem Geschick der entgegenkommenden Fahrer? Zufall konnte dies auf Dauer nicht sein.

»Hui«, unterbrach Weinschenk das Schweigen, »in

Waldburg machen sie mobil. Eine Anwohnerin hat sich über die Kuhglocken beschwert.«

»Kuhglocken, hier?«

»Auf dem Kohlenberg.«

»Aha!« Also dem Aussichtsberg mitten im Ort, den die Gletscher der Eiszeit geformt hatten. Klobige Holzstufen, auf beiden Seiten von einem Zaun begrenzt, führten auf die Spitze, die ebenfalls eingezäunt war.

Von dort oben eröffnete sich ein Alpenpanorama wie im Bilderbuch. Konnte man vom Hochgrat bei Oberstaufen zwar nicht den Kohlenberg, aber die Waldburg erblicken, weitete sich vom Kohlenberg aus die Sicht auf alle Berge dieser Welt. So schien es zumindest an Föhntagen, wenn die österreichischen und Schweizer Alpen sich Halbkreis hinter Halbkreis anordneten. Die Berge, Schnee auf den Zacken, überwältigten mit einer atemberaubenden Majestät.

»Ein Landwirt«, berichtete Weinschenk schmunzelnd, »hat auf den Kohleberg-Hängen Kühe grasen lasen. Vier der Tiere haben Glocken getragen. Offensichtlich war dies einer Zugezogenen zu Nerven zermürbend.«

»Klingen die Glocken nicht harmonisch genug?«

»Mäx, sie machen ihr zu viel Krach, wenn sie nachts im Bettchen schlummern will.«

»Und die Lösung?«

»Sie hat mit einem Gerichtsverfahren gedroht. Der Bürgermeister hat sich eingeschaltet und der Landwirt kalte Füße bekommen. Jetzt tragen die Waldburger Kühe keine Glocken mehr. Und die Waldburger mokieren sich. Dass eine Zugezogene die Dorftraditionen bestimmt. Irgendwas isch immer faul«, sagte Weinschenk und blätterte weiter.

»Willst du noch ’nen Kaffee?«

Natürlich wollte der Koloss und vertiefte sich wieder in das Magazin. Waldburg mit seinen 3.100 Einwohnern stand derzeit verstärkt im Mittelpunkt des journalistischen Interesses.

»Enteignet«, titelte das Allgäumag und zeigte auf der vorderen Umschlagseite zwei runzelige Hände in Großaufnahme, die an einem Scheunentor rüttelten, das mit einer Eisenkette und einem mächtigen Stahlschloss versperrt war.

»Es gibt Geschichten, die muss man vom Ende her erzählen«, schrieb der Journalist zugleich poetisch und reißerisch, »weil es mehr als einen Anfang gibt, und die Anfänge alle schwer zu finden sind, im Rätselhaften beginnen und sich verschlingen, Knoten bilden, krankhaft wirken, vielleicht auch sind, ungerecht scheinen, vielleicht auch sind, aber irgendwann zu einem Ende kommen, das in der Gegenwart liegt und Anstoß erregt. Ein Ende, aber nicht das Ende.« Solche Storyanfänge schrieben sich allein mit Kannen voller Kaffee. Unter Umständen reichte auch eine Flasche Rotwein vom Bodensee.

Weinschenk bemerkte nicht, dass Seeberger zwei Tassen auf den Tisch stellte. Der Dicke schnaufte empört, ohne sich dessen bewusst zu sein. Seine Pupillen glitten über die Zeilen.

Das Papier raschelte, als er umblätterte.

Nach Minuten erst schob der Grizzly das geöffnete Magazin zur Seite. »So eine Scheiße!« Die Bäckerin hinter der Theke legte den Kopf interessiert schräg.

»Der Kaffee ist kalt.«

»Wenn du ihn stehen lässt, Jogi, wird er das.«

»Wenn, wenn, wenn. Wenn nur die Hälfte von dem wahr ist, was der Journalist geschrieben hat, dann ist in diesem schönen Ort eine Riesensauerei passiert.«

Seeberger verschränkte die Arme. »Haben wir heute nicht schon mal festgestellt, dass auch in Oberschwaben nicht mehr uneingeschränkt das Paradies vorherrscht?«

»Kommt von den vielen Zugezogenen.« Weinschenks Oberarme vibrierten vor lauter Lachen. »Freiburg, Stuttgart, Remstal. Und sogar aus dem Osten und NRW, da kannst du nix erwarten. Aber jetzt im Ernst, Mäx. Hast du mitgekriegt, dass die Behörden hier einen Hof geräumt haben?«

»Wir sind die Behörden …«

»Genau. Die Enteignung war Thema bei uns aufm Gang. Damals haben du und ich uns mit dem Mordfall ›Kiosk‹ befasst. Und so hab ich bloß mit halbem Ohr hingehört. Hofräumung klang auch nicht besonders spektakulär, ehrlich gesagt. Hof räumen macht so auf unscheinbar. Wie Arbeitskräfte freisetzen. Da geht's nicht um Menschen, sondern um Kräfte, also halbe Maschinen, die froh sein dürfen, dass sie nicht mehr buckeln müssen.«

»Unsere linke Gewerkschaftsbacke!«, lächelte Seeberger.

»Mit Gewerkschaft hat das nix zu tun, Mäx, sondern mit Menschenrechten. Die müssten sogar euch Konservativen ein Anliegen sein. Immerhin habt ihr unser Grundgesetz mitgeschrieben. Ihr solltet also zur Stelle sein, wenn ein Hof geräumt wird, und dagegen protestieren. Doch wir sitzen im Dienstwagen drin und sorgen für die ordnungsgemäße Räumung. Sodass die Kapitalisten zu ihrem Recht kommen.«

»Du klingst wie Marx persönlich, Jogi.«

»Und du mach mal halblang, Kollege. Besser ich erzähl dir die Geschichte, wenn ich sie noch zusammenbring.« Weinschenk folgte mit den Augen einem Sattelschlepper, der extrem lange und mächtige Baumstämme transportierte, die über das Ende des Fuhrwerks hinausragten. Trotz ihrer Dicke wippten die Stamm-Enden unablässig. Der Fahrer würde mit der doppelten 90-Grad-Kurve am Ortsende Probleme bekommen.

»Der Bauer, dessen Schicksal im Allgäumag beschrieben wird, heißt Gotterbarm, Wilhelm Gotterbarm. 78 Jahre alt. Bereits vor Jahren hat er sein Ackerland verloren. Er hatte Schulden und konnte die Raten nicht mehr bezahlen. Trotzdem hat er weiter auf dem Hof gewohnt, der ihm ebenfalls nicht mehr gehört hat. Damals haben die Gläubiger vor einer Enteignung der Hofstelle noch zurückgeschreckt. Geschlagene 250 Jahre hatte der Hof der Familie Gotterbarm gehört. Da der Gotterbarm kein Land mehr besaß, hat er Felder gepachtet und diese bewirtschaftet. So muss er mühsam über die Runden gekommen sein.«

Aus Richtung der scharfen Doppelkurve hupte es hitzig.

»Zugespitzt hat sich die Situation vor einigen Wochen. Die Gläubiger hatten anscheinend genug von dem renitenten Bäuerlein und den Showdown eingeläutet. Wenn der Bericht im Allgäumag stimmt – und warum soll er in dieser Hinsicht nicht der Wahrheit entsprechen? – muss eine ganze Behördenarmada auf dem Hof eingefallen sein: Polizei, eine Richterin, der Gerichtsvollzieher, eine Amtsärztin, ein Krankenwagen und ein Anwalt. Vielleicht hab ich auch jemanden vergessen. Ich kann mir die Situation bildhaft ausmalen: ein armes Sünderlein, alt und tattrig, steht der geballten Staatsmacht gegenüber. Da hoksch in der Falle, koi Entrinnen mehr. Und dann teilt dir ein ernst blickender Anzugsträger die Zwangsräumung mit. Und die Richterin weist dich freundlich darauf hin, dass sie dich zu deinem eigenen Schutz in die geschlossene Psychiatrie einweist. Mit sorgenvoller zur Schau gestellten Miene. Hilft alles nix. Du kannst brüllen oder winseln. Hilft auch nix, dass du net verrückt bist. Du hasch Schulden, ja, aber du bisch noch Herr deiner Sinne. Vielleicht bisch du en Eigenbrötler, vielleicht bisch du net ganz einfach, du lässt dir net alles gfalle, aber en Dachschaden hasch du net.«

»Ein staatstragender Vortrag«, frotzelte Seeberger.

»Findest du dies nicht hinterhältig, Mäx? Wenn sie den Gotterbarm zwangsräumen, dann brauchen sie für ihn eine Ersatzwohnung. Und die haben sie gefunden: im Zentrum für Psychiatrie.«

Der dicke Hüne krallte sich an dem Kaffeebecher fest, als ob er ihn zerbrechen wollte. »Bist du unliebsam, wirst du aus dem Weg geräumt. Wir leben in einer Demokratie. Bei uns beauftragt der Staat keine Killer, wir haben sanftere Wege. Du wirst einfach weggesperrt.«

»So einfach wird das nicht gewesen sein, Jogi. Er hatte Schulden, hast du gesagt. Eine Zwangsräumung ist eine extreme Maßnahme. Die wird kaum mir-nichts-dir-nichts durchgeführt.«

»Wer hat keine Schulden?«

»Angenommen, Jogi, er hätte bei dir Schulden gehabt. 100.000 Euro. Und er würde sie nicht zurückzahlen. Weil er es nicht könnte. Du brauchst das Geld aber dringend. Weil du keine Geldfabrik im Keller hast. Was würdest du tun?«

»Lass mich in Ruhe«, bruddelte Weinschenk böse. »Doch würde ich einen Menschen gnadenlos vernichten? Gibt es keine anderen Wege?«

»Wir haben dauernd mit solchen Verrückten zu tun. Sie beschimpfen uns, sie bespucken uns, sie attackieren uns mit Fäusten oder abgebrochenen Bierflaschen. Oder sie werfen Steine. Wie oft ist es dir in den Sinn gekommen, dass all diese Irren wegesperrt gehören?«

»Das Bäuerlein ist 78. Ein verbitterter alter Mann. Der wirft keine Steine.«

»Immerhin wurde er in die Psychiatrie eingewiesen. Sagt doch alles, oder? Du kennst ihn überhaupt nicht, Jogi. Warum schlägst du dich dann so wütend auf seine Seite?«

»Weil die Geschichte mich überzeugt hat. Ich könnte kotzen, wenn ich das lese. In meiner Jugend haben mich solche Schicksale betroffen gemacht. Betroffenheit kennen wir heute nicht mehr. Mein 14-Jähriger kann mit dem Wort überhaupt nichts anfangen. Damals, vor 25 Jahren, waren wir Weltverbesserer.«

»Und deswegen bist du zur Polizei gegangen, ja?«

»Auch.« Weinschenk ließ seinen Blick schweifen. Mit ihrer weißen Schürze und den roten Bäcklein wirkte die Bäckerin wie aus einem Werbefilm des letzten Jahrhunderts. Die Haare perfekt zur Dauerwelle geformt, tütete sie einen schwäbischen Hefezopf mit Rosinen ein, kassierte und verabschiedete die Kundin mit einem fröhlichen »Adele«. Die Türglocke klingelte zum Abschied.

Weinschenk rollte das Magazin zusammen und stand auf. Er schob das Heft in seine linke Gesäßtasche und beugte sich dann Richtung Theke. »Darf ich Sie mal was fragen?«

»Klar doch. Wenn's nix Unverschämtes ist. Ich bin verheiratet.«

Der Riese grinste. »Im Allgäumag hab ich gerade einen Artikel gelesen, der mich schockiert hat …«

»Der Wilhelm«, nickte die etwa 40-jährige Frau, deren nackte Oberarme etwas zu mollig ausuferten. »Eine Sauerei, was in unserer schönen Gemeinde geschehen ist. Er wohnt it hier, sondern in einem Teilort, in Hannober.«

»Sie kennen ihn?«

»Den Wilhelm, den kennt hier jeder. Er fährt einen roten Traktor, einen Porsche, uralt, aber einwandfrei in Schuss.« Die ohnehin geröteten Pausbacken der Bäckerin wurden noch röter. »Sie sind it von hier?«

»Von Bad Schussenried.«

Die Frau lächelte. Auf einige Menschen, besonders Frauen, wirkte Weinschenk mit seiner mitunter respektlosen Art wie ein rotes Tuch. Vielleicht ertrugen sie auch keine Männer, die den Knopf überm Bauchnabel nicht zuknöpften oder deren Hemdzipfel aus der Hose hing. Auf die meisten Mitmenschen wirkte Weinschenk jedoch, dick und tapsig wie ein Bär, sympathisch. Sie mochten ihn gerade wegen seiner scheinbaren Unvollkommenheit. Doch vergaßen sie leicht, dass ein Bär Krallen hatte.

»Wilhelms Frau und ich, seine frühere Frau, sie ist vor einigen Jahren verstorben, wir waren beide bei den Landfrauen. Jaja der Wilhelm, dass das mal so ein Ende nehmen würde … Sein Hof hat mal was dargestellt. Das einzige Gasthaus in Hannober, es lag direkt neben der Kapelle. Aber ist schon lange her. Ich war noch ein kleines Mädle, da haben sie zugemacht.«

»Herr Gotterbarm hatte Schulden?«

»Können Sie laut sagen. Wilhelm hielt sich immer für was Besseres, er war it bloß Bauer, sondern Erfinder und Forscher. In seinem Schuppen direkt neben dem Wohnhaus ist er jeden Tag bis tief in die Nacht hinein gehockt, jedes Wochenende. Da drin hat er seine Erfindungen gemacht. Die Lina, seine Frau, ist regelmäßig fast verzweifelt. Wegen seiner Besessenheit. Über Tage hat sie ihn it gesehen. Außer zum Mittagessen.«

»Was hat Herr Gotterbarm erfunden?«

»Die Agrartechnik war sein Steckenpferd. Manche behaupten, er sei der eigentliche Erfinder des Kreiselmähers. ›Und was hen deine Erfindungen uns bracht?‹, hat Lina immer gefragt.«

»Streit über die Patentrechte. Und unzählige Prozesse«, antwortete Weinschenk.

Die Frau schaute verblüfft. »Ich dachte, Sie kennen den Wilhelm it.«

»Die Geschichte Herrn Gotterbarms steht im Allgäumag. Ich kann lesen.«

»Richtig, der Journalist hat gute Arbeit gemacht. Fast nix gelogen im Text.«

»Was halten Sie davon, dass Herr Gotterbarm in die Psychiatrie eingewiesen wurde?«

»Unmenschlich ist das!« Die Bäckerin war laut geworden. »Der Wilhelm in der Klapse. Natürlich hat er einen Dachschaden, einen ganz normalen Dachschaden. Wer hat den it? Die hätten auch auf die biologische Lösung warten können. Aber wir Kleinen stören die Großkopfeten nur beim Geldverdienen.«

»Denken alle in Waldburg so?«

»Alle!« Die Frau verschränkte die Arme.

Klirrend stellte Mäx Seeberger die zwei leeren Kaffeetassen auf die Theke. »Danke«, sagte die Bäckerin und wünschte »en schene Daag«.

Die gläserne Ladentür war im Stil der 1970er Jahre gearbeitet: der Griff aus Metall in Form einer goldenen Brezel, die Oberfläche glatt und abgerieben. Behäbig schwang die Tür zu.

»Was sollte das gerade, Jogi?« Vor der Bäckerei rollte Seeberger genervt mit den Augen, was den Mann mit Silberhaar nicht beeindruckte.

»Hm?«

»Warum verquatschst du dich? Wir wollten einen kurzen Kaffee trinken und müssen dringend weiter. Stattdessen veranstaltest du einen Kurs über die Schlechtigkeit unserer schönen Welt.«

Der übergewichtige Hüne nickte seinem deutlich kleineren, aber auch schlankeren Kollegen fröhlich zu. »Denk mal an die Leiche am See, Mäx.«

»Genau an die denk ich. Was hat ein Waldburger Bäuerlein mit einer Grillparty am Häcklerweiher zu tun? Außer, dass der Bauer zufällig in dem Ort lebt, in dem Herr Zwerger in der Bank arbeitet.«

»Es gibt keine Zufälle.«

»Wirst du jetzt spiritualistisch? Und erzählst mir gleich, dass die Schicksalsstränge der beiden Herren miteinander verwoben sind?«

»Du hast recht, Mäx. Genau das meine ich.«

»Jogi, der Bauer ist … 78, hast du gesagt? Herr Zwerger ist mehr als 30 Jahre jünger. Die haben nicht viel Gemeinsames.«

»Du hast wieder recht, Mäx. Freunde waren die nicht.«

»Also Feinde?« Seeberger blies die Nase auf, dünne Krähenfüße umrandeten plötzlich seine Augen. »Was steht in dem Artikel drin, das du mir verheimlicht hast?«

»Volltreffer!« Weinschenk stockte. Wieder rauschte ein Lkw vorbei, diesmal auf zwei Etagen mit nagelneuen BMWs der 3er-Klasse beladen, jedes Auto schwarz oder silbern lackiert.

Vor der scharfen Linkskurve am Ortsausgang trat der Fahrer auf die Bremse. Es quietschte gottserbärmlich.

»Nun rat mal, Mäx: Welche Bank hat den Gotterbarm enteignen lassen?«

»Bin ich allwissend? Wieso eine Bank?«

»Weil der Bauernhof einer Bank gehört hat. Der Gotterbarm konnte seine Schulden nicht zurückzahlen. Der Bank nicht zurückzahlen. Seit acht Jahren schon.«

»Du meinst doch nicht etwa …?« Damit taten sich völlig neue Motive auf. Von wegen Beziehungsdrama und gehörnter Ehemann. Was wirkt sich verheerender aus: der Verlust der Ehefrau oder des ganzen Besitzes? Beides konnte einen Menschen ruinieren, nein, ruinierte einen Menschen.

»Ich meine nicht, Mäx, ich hab's vorhin gelesen. Der Bauernhof hat der GPO-Bank gehört. Der GPO-Bank mit Filiale in Waldburg. Und der Filialleiter heißt Harty Zwerger. Allerdings wohnte der Gotterbarm noch immer auf dem Hof, er ließ sich nicht so einfach vertreiben. Jetzt, nach acht Jahren hin und her, hat der Zwerger es endlich geschafft.«

»Wann wurde der Gotterbarm in die Psychiatrie eingewiesen?«

»Muss schon einige Wochen her sein. Ein genaues Datum steht in dem Artikel nicht drin. Der Journalist bezeichnet die Räumung als Ende, ein Ende. Ein anderes Ende dürfte die Einweisung in die Psychiatrie gewesen sein. Bei der Abfassung des Artikels hat er das dritte Ende vergessen, aber da kann man dem Journalisten keinen Vorwurf machen.«

»Unser nackter Mann am See.«

Weinschenk strich über sein Schwabbelkinn: »Der Gotterbarm zwangsgeräumt. Doch kurze Zeit später hat der Filialleiter nichts mehr von seinem Erfolg.«

»Glaubst du, Harty Zwergers Ableben ist das letzte Ende?«

»Zumindest das dritte, wenn meine Zählung stimmt.«

»Wir müssen zurück zu Zwergers Stellvertreterin, der hübschen Frau Gutekunst.«

Weinschenk zuckte mit den Schultern.

»Die Bäckerin ist dir lieber.«

»Zumindest ist sie umgänglicher.«

Im Auto, Seeberger hatte gerade den Motor gestartet, drückte er die Hände mit durchgestreckten Armen gegen das Lenkrad. »Ist der Gotterbarm eigentlich noch in der Psychiatrie?«

»Das will ich ihm geraten haben«, brummelte der Grizzly, »sonst kriegt er mit uns ein Riesenproblem.«

SECHS

Die Mordkommission tagte im Sokoraum. Etwa 20 Männer und zwei Frauen blickten erwartungsvoll zum Chef, der einen Stapel aus Papieren und Aktenmappen durchblätterte, immer wieder einzelne Blätter hervorzog, sie mit geheimnisvollen Zeichen versah und anschließend unter den Berg steckte. Gestern, kurz nach Mitternacht, war der Mord am Häcklerweiher geschehen. Wieso lagen dem Chef einen Tag später, an einem Donnerstag, bereits so viele Aufzeichnungen vor?

Ein Stuhlbein kratzte auf dem Boden.

Kriminalrat Hans-Werner Scheller, genannt HaWe, blickte auf. »Ihr seid die Letzten!«

»Aber nicht zu spät«, beharrte Weinschenk.

»Nach meiner Uhr schon.«

»Dann geht die Uhr im Gang falsch. Wir haben noch zwei Minuten.«

Von langer Gestalt wirkte HaWe asketisch, fast halb verhungert, was durch seine dünnen Augenbrauen und die 1,95 Meter Körperlänge noch verstärkt wurde. Dabei ist die Küche in Neapel berühmt. Seine italienische Frau Margareta bekochte Schul- und Kirchfeste sowie ihren Mann nicht nur mit Pizza und Pasta, sondern auch mit einer anderen Spezialität aus Napoli: den Sfogliatelle, Blätterteigtaschen mit Ricotta, dem typisch italienischen Frischkäse aus Kuh- und Schafsmilch.

Mit Zähigkeit, der sich auch in seinem Charakter widerspiegelte, hatte HaWe es bis zum stellvertretenden Chef der Polizeidirektion geschafft. Und er konnte delegieren. Niemand, der sein Können infrage stellte. Nicht einmal Weinschenk, obwohl der nun die Augen schloss.

Scheiße, dachte Seeberger, scheiße! Bei der Kripo herrschte wenig Hierarchie, trotzdem war sie eine Behörde. Weinschenk kapierte dies nicht. Er wähnte sich im Land der Freidenker und ließ es auch seine Chefs regelmäßig spüren, dass er ihren höheren Rang wenig respektierte. Wenn das mit den Uhren im Gebäude auch stimmte. Jede Uhr zeigte eine andere Zeit an. Die Abweichungen betrugen bis zu sieben Minuten.

HaWe stauchte den Dicken nicht zusammen, er bestrafte die ganze Gruppe. Quälend lange fünf Minuten blätterte er seelenruhig im Aktenstapel, schüttelte den Kopf, nickte, seufzte und schrieb Notizen an den Rand. Dann klopfte er energisch auf das Papier. »Ich begrüße euch.«

Die Männer und Frauen murmelten einen Gruß.

Weinschenk kickte Seeberger ans Schienbein. Der junge Ravensburger vermied es, den Mann aus Schussenried anzuschauen. Doch die Gefühle der beiden glichen einander. Auch Seeberger kam sich blöd vor, ein bisschen wie in der Schule, in der Unterstufe.

»Danke für eure Berichte.« HaWe fixierte seinen jungen Kollegen. »Mäx, ihr ward die Ersten am Tatort?«

»Nicht ganz. Notarzt Dr. Renz und die uniformierten Kollegen dürften 20 Minuten vor uns am Weiher gewesen sein.«

HaWe verfügte über eine hervorragende Auffassungsgabe und ein noch besseres Gedächtnis. Ein beliebter Chef, der sich fast immer gerecht verhielt, aber auch seine Eitelkeiten hatte. Im Büro funktionierte er wie ein Uhrwerk. Und das erwartete er auch von anderen. Wenn sie nicht lieferten, reagierte er mit kleinen Bosheiten. So vermied er es nun, Jogi Weinschenk um eine Zusammenfassung zu bitten. Natürlich kannte er inzwischen jeden Satz aus dem Bericht, den der Mann aus Bad Schussenried gestern Nacht noch verfasst hatte. Der Grizzly hatte beim Knobeln gegen Seeberger verloren und deshalb im Büro nachsitzen müssen, während Seeberger sich in der Ravensburger Altstadt ein Weizen genehmigte.

»Der Tote lag wo?«

»Vom Parkplatz aus nicht zu sehen, direkt am Ufer. Eineinhalb Meter entfernt vom Wasser. Du kennst den Häcklerweiher, Chef?«

Der Kriminalrat seufzte. »Vor Jahren waren wir dort mal baden, Margareta und ich. Aber meine Frau hasst schlammiges Wasser. Und dann ist an ihr noch eine Ringelnatter vorbeigeschlängelt; hat ihr den Rest gegeben. Seither fahren wir wieder jedes Jahr ans Mittelmeer zur Verwandtschaft …« Erneut ächzte HaWe.

Meine Güte, was der Chef gerade im Kopf hatte. Gab es Probleme mit seinem Italo-Clan? Oder was bedeutete die Aussage, dass seine Frau beim Schwimmen immer den Grund eines Gewässers sehen musste? HaWe machte selten etwas ohne Hintergedanken, vielleicht auch nie. Wenn er schon Privates verriet, was das eine oder andere Mal geschah, dann in erster Linie, weil er zeigen wollte, dass er zum Volk gehörte. Aber kaum einmal vor versammelter Mannschaft.

Neuerdings schwirrten Pläne der Landesregierung durch den Äther. Die Regierung wollte die Polizeidirektionen zusammenlegen, um effektiver zu werden. Um Geld zu sparen, wie die Polizeigewerkschaft kritisierte. Hunderte von Polizeibeamten würden den Arbeitsplatz wechseln und möglicherweise auch umziehen müssen. War dies nun spruchreif und HaWe würde bald Einzelheiten verkünden – verkünden müssen! – und suchte deshalb die Nähe zu den Kolleginnen und Kollegen?

Oder aber die Lösung gestaltete sich viel einfacher. Der Alte wurde alt. Er verlor seine Schärfe und sein messerscharfes Denken und suchte Zuflucht im Privaten. Keine erfreuliche Vorstellung. Bevor Seeberger weiter grübeln konnte, unterbrach HaWe diesen Gedanken. »Irgendetwas Auffälliges am Tatort, Mäx?«

Seeberger und Weinschenk tauschten Blicke aus. »Der Tote hatte nichts an.«

»Wie?«

»Er war unbekleidet.«

»Nicht mal eine Badehose?«

Weinschenk konnte nicht an sich halten. »Wir sind ein modernes Land. Hier läuft jeder rum, wie er will. Aber freundlicherweise hat sich das Opfer vor seinem Ableben auf den Bauch gerollt.«

Der eine oder andere kicherte.

Erneut blätterte der Chef im Aktenstapel. Er beugte sich tiefer, sodass sein Gesicht fast hinter dem Papier verschwand. »Jaja«, nuschelte er. »Fünf Damen und ein Nackter namens Harty Zwerger am See …«

Jemand flüsterte: »Waren die auch nackt?« Der junge Polizist in der letzten Reihe duckte sich, als sich alle umdrehten und ihn grinsend fixierten.

»Wir konnten noch niemanden befragen.« Seeberger klang ernst.

Das Gesumme schwoll weiter an, bis HaWe auf seinen Aktenstapel klopfte. An Autorität fehlte es dem Kriminaloberrat nicht.

»Die Konstellation birgt Zündstoff. Ganz offensichtlich. Die Gruppe hat spätabends gegrillt. Mäx, ihr habt am Ufer Speisereste und Erdbeeren gefunden. Merkwürdig! Wieso schmeißt einer Obst und Gemüse in die Runde? Vor lauter Ausgelassenheit und Übermut? Oder hat dies der Mörder getan? Zufall, Protest, Zorn? Was mag dies bedeuten? Oder ist einfach jemand im Gedränge über eine Schüssel gestolpert? Mäx, was weißt du alles über den Toten?«

»Harty Zwerger, 45 Jahre, Leiter einer Bankfiliale in Waldburg und im besten Alter. Volle schwarze Haare, Locken, muskulös, Sportler und Kletterfreak …«

»Er klettert?«

»Wie du, Chef. Die Welt ist klein.«

Sechs Jahre vor der Pensionierung träumte HaWe abwechselnd von italienischem Essen und Berggipfeln. Mit Kletterkameraden hielt er sich jedes freie Wochenende in den Alpen auf, die er schon sieben- oder achtmal zu Fuß überquert hatte.

»Wieso bist du Herrn Zwerger nie begegnet? Ich dachte, ihr Top-Freaks trefft euch nach den Touren in der Kletterkneipe und tauscht Geschichten aus.«

»Ich bin beim DAV in Friedrichshafen, nicht in Ravensburg.«

»Und ihr habt nichts miteinander zu tun?«

»Mäx, Klettern ist Massensport. Doch zurück zu dem Mordfall. Das Opfer saß also vermutlich mit fünf Frauen am Weiher. Was sie außer essen getrieben haben, wissen wir nicht. Im Wagen des Opfers, einem Porsche-Oldtimer, habt ihr Unterlagen einer Klettertour gefunden. Eine Liste der Teilnehmerinnen …?« Der Satz riss mit einem Fragezeichen ab.

»Richtig, Chef. Fein säuberlich sind fünf Namen aufgelistet. Mit Telefonnummer und E-Mail.«

»Worauf wartet ihr dann noch, Mäx? Anrufen! Termin vereinbaren! Vernehmen! Das Übliche!«

Delegieren konnte HaWe. Und obwohl er sich momentan ungeduldig zeigte, verfügte er über einen langen Atem. Er wusste genau, wann Aktion angesagt war und wann man besser abwartete. Denn manchmal hockte die Maus hungrig in ihrem Loch und wollte heraus. Wenn die Katze sie dann durch eine abrupte Bewegung erschreckte, war es aus mit dem Fang.

»Logisch, wir tun, was wir können. Fünf heiße Spuren bedeuten fünfmal hartes Ermitteln. Einige Kilometer zum Abarbeiten.«

»Weiß ich, weiß ich. Aber du weißt auch, dass ich Ausreden hasse.«

HaWes Haare, in einem Halbkreis um die Glatze angeordnet, ragten aufrecht wie ein Heiligenschein. Wobei HaWe nichts von einem Heiligen hatte. Obwohl er gemütlich und etwas unterernährt wirkte, verfolgte er Verbrecher mit Ausdauer. Seine Zähigkeit und Beharrlichkeit waren geradezu legendär. In den Bergen verhielt der Chef sich wie ein Asket, aber bei seiner Margareta schlemmte er. Nur dass italienische Süßspeisen bei ihm nicht ansetzten. Anders als bei Weinschenk, der einen gedeckten Apfelkuchen nur anschauen musste, um ein Kilo zuzulegen.

»Wenn ich die Sätze in eurem etwas obskuren Bericht richtig entwirre, dann habt ihr gestern noch ein zweites Motiv entdeckt, das mit dem Grillabend zunächst gar nichts zu tun hat.«

»Gut gelesen, Chef. Weinschenk hat das herausgefunden. Mehr durch Zufall.«

Der Hüne schmunzelte. »Ich würde eher von Instinkt sprechen.«

»Alle Achtung!«, lobte der Chef, der die Größe hatte, zu verzeihen. Und anders als die Chefin der Spurensicherung, die wie gewöhnlich links außen in der ersten Reihe saß, hielt er Weinschenk für einen ausgezeichneten Polizisten. Diese Wertschätzung änderte nichts daran, dass der Dicke bei Beförderungen regelmäßig durch das Raster fiel. Die Polizeispitze hatte schon mit Weinschenks Kleidung ihre Probleme. Der Polizeioberkommissar kam immer eine Spur zu abgerissen daher. Ein winziges Loch im Pullover, ein abgerissener Knopf. »Mein Gehalt fließt in die Kleidung meiner fünf Kinder«, pflegte Weinschenk zu sagen. »Wenn sich meine Frau dann noch bedient hat, bleibt nichts mehr für mich übrig.«

»Bitte!« Der Chef streckte seine offenen Handflächen aus.

Jogi Weinschenk erhob sich und berichtete von der Enteignung des Bauern und Erfinders Wilhelm Gotterbarm. »Klar war das ein Zufallsfund im Allgäumag. Doch der Text hat uns einige Tage Nachforschungen erspart. Ich weiß, ihr haltet alle nichts von der Journaille. Die schreibende Zunft ist euch zu sehr auf Sensationen aus. Doch die Geschichte des enteigneten Bauern ist eine Sensation. Da hat jemand verdammt gut recherchiert. Wir sind dann noch mal zur Bank gefahren. Mäx und ich. Zur Stellvertreterin des Toten. Annika Gutekunst, Mitte 30, undurchsichtig, unsympathisch und möglicherweise in ihren Chef verliebt. Möglicherweise hat sie ihn auch gehasst, weil sie nicht mit zum Grillen an den See durfte. Doch das ist Spekulation. Der zweite Besuch bei der Gutekunst hat insgesamt wenig gebracht. Leider. Die Frau war zu. Zugesperrt wie ein Tresor. Auf der anderen Seite musste sie an sich halten, um nicht auseinanderzubrechen. Natürlich wissen wir nicht, wie es in ihrem Inneren tatsächlich ausgesehen hat, aber von außen wirkte sie aufgelöst, geradezu zerfasert. Der Mord hat sie offensichtlich schwer getroffen. Von ihrem Make-up war kaum noch was übrig. Zum Vorschein ist darunter eine rot-gescheckte Haut gekommen, die sich auch mit nervösen Handbewegungen nicht übertünchen ließ. Geschwind hat sie ihr Spiegelchen in der Handtasche verstaut, als wir erneut aufgekreuzt sind …«

»Jogi, du verzettelst dich.« HaWe trommelte mit einem Kuli auf den Aktenstapel.

»Okay. Trotzdem bin ich mir nicht sicher, ob sie uns nicht was vorspielt. Frau Gutekunst hat sich eine Spur zu theatralisch verhalten.«

»Könnte doch auch sein, dass sie mit den Nerven völlig durch den Wind ist«, warf der Chef ein.

»Klar. Aber gleichzeitig macht sie einen total selbstgerechten Eindruck. Alle außer sich und ihren ehemaligen Chef hält sie für doof. Nicht wahr, Mäx?«

Der jüngere Polizist nickte.

»Und mich«, ergänzte Weinschenk, »mag diese geschminkte Edeltussi sowieso nicht. Ich entspreche wohl nicht ihrem Schönheitsideal.«

Alle lachten. Sogar Helga Reiff, die muffige Chefin der Spurensicherung.

Trotz heftigen Nachbohrens hatte Annika Gutekunst wenig gewusst, was für die Polizeibeamten jedoch auch Wissen bedeutete. Die Enteignung des Bauern hatte allein ihr Chef betrieben. Der Kampf um den Hof schien ihm ein persönliches Anliegen gewesen zu sein. Von einem persönlichen Rachefeldzug wollte Frau Gutekunst jedoch nichts hören. »Da täuschen Sie sich! 100-prozentig!«

Harty Zwerger war es allein um das Recht gegangen. Nicht das Recht des Stärkeren, sondern das Recht dessen, der im Recht ist. Der Bankchef stand nun einmal für Gesetze und deren Einhaltung. Was auch dringend notwendig war, sonst würde Deutschland in der Anarchie enden.

»Für seine Entschlossenheit habe ich ihn bewundert«, flötete Annika Gutekunst. »Herr Zwerger ließ sich nie unterkriegen. Auch nicht von einem …«

Erschreckt schaute sie hoch, erblickte den bulligen Weinschenk und drückte hastig ihre Lippen aufeinander.

»Neue Besen kehren gut, Frau Gutekunst, oder?«

Die Frau im kleinen Schwarzen hatte kräftig genickt. Ein Lächeln tänzelte über ihr Gesicht und betonte die hohen Wangenknochen noch mehr. »Mein Chef hat fertiggebracht, woran sein Vorgänger gescheitert ist.«

»Womöglich hat er dafür teuer bezahlt.« Weinschenk verschnaufte.

Ganz offensichtlich liebte Annika Gutekunst den Hünen mit wehendem Silberhaar nicht. Ob berechnend oder ungewollt, sie zog bereits das zweite Mal die linke Augenbraue kritisch nach oben.

Im Gegenzug schüttelte es Weinschenk, wenn er an die gebräunte Frau dachte, die auf ihn wie aus einer Hochglanzbroschüre wirkte. Künstlich, affektiert, fern vom Leben. Zumindest vom einfachen und bodenständigen Leben.

Woher rührte diese starke Reaktion? Vermutlich hatte er gespürt, dass die Gutekunst ihn abgrundtief ablehnte. Ungeniert verachtete sie dicke, massige, unförmige Nilpferde. Und so fühlte der Grizzly sich durch die adrette Vizechefin der Bank infrage gestellt, wie es ihm selten geschah.

Ihr rotes Gesicht war noch röter geworden. Litt die Gutekunst an Neurodermitis? Zeigte sie eine allergische Reaktion auf den Stress, an dem nicht zu rütteln war?

»Mehr haben wir nicht erfahren.« Einen Tag nach dem Gespräch mit der Bankerin blickte Weinschenk im Sokoraum in die Runde. Da niemand eine Frage stellte, drückte er sich zwischen zwei Stühlen in der ersten Reihe hindurch und setzte sich wieder.

Aufgabe des Chefs war es, die Fäden in der Hand zu halten, sie zu bündeln und die Ermittlungen systematisch voranzutreiben. Immer in Rücksprache mit den Kollegen selbstverständlich. Da der Leiter der Mordkommission nicht vor Ort ermittelte, verfügte er über eine gute Übersicht. Und er brachte Wesentliches auf den Punkt. »Verstehe ich dies richtig, Jogi? Der enteignete Bauer landet in der Psychiatrie, und sechs Wochen später ist der Bankchef, der für den ganzen persönlichen Schlamassel verantwortlich ist, tot?«

»Genau so scheint es gewesen zu sein.«

»Ich habe viele Fragen, unangenehme Fragen«, überlegte HaWe. »Auf eine Antwort warte ich ganz dringend: Wie äußert sich der Bauer zum Tod seines Feindes? Habt ihr was rausgefunden?« HaWe zog eine Akte aus dem Stapel, öffnete sie, rümpfte die Nase und knallte die zwei Aktendeckel mit einem dumpfen Schlag zusammen. »Was hat die Vernehmung ergeben?«

»Tja.« Ohne es zu bemerken, faltete Seeberger die Hände.

Ein merkwürdiges Schauspiel, das der Chef abzog. Nicht nur die Gutekunst machte gern auf Theater. Weinschenk hatte in seinem Bericht unmissverständlich formuliert, dass sie den Hauptverdächtigen Wilhelm Gotterbarm noch nicht hatten vernehmen können. Sie konnten nicht hexen. Kein Grund, in einer Wunde zu bohren, die streng genommen keine war.

Seeberger stierte auf den Plastikboden, und Weinschenk halb dösend an die weiß gestrichene Decke. Weder unten noch oben fanden sie den Stein der Erkenntnis. Was hatte ein Stein überhaupt mit Erleuchtung und Scharfblick zu tun?

Als Weinschenk gähnte, ohne die Hand vor den Mund zu halten, erntete er einen strafenden Blick des Chefs. »Wer hat sich um den Gotterbarm gekümmert? Was ist der Stand?«

Nina Palmer, in Stuhlreihe drei direkt hinter Weinschenk, hob zögernd die Hand. »Meine Aufgabe, Chef. Hab 'ne Nachtschicht eingelegt. Jogi hat mich aus Waldburg angerufen und gebeten, dass ich ins PLK fahre und Herrn Gotterbarm vorab einige Fragen stelle. Reine Routine. Konnte leider keinen Bericht mehr schreiben. Hab's noch versucht, aber bin am Schreibtisch eingeschlafen. Mein Fehler!«

Die 23-Jährige stammte von einem Bauernhof im Remstal bei Stuttgart und hatte sich wegen ihres Freundes nach Oberschwaben versetzen lassen. Obwohl die Beziehung inzwischen in die Brüche gegangen war, fühlte die Frau mit den Sommersprossen sich in Ravensburg wohl. Nicht wegen der vielen Kneipen in der Altstadt, sondern in erster Linie wegen der Kollegen. Welcher gestandene Polizist konnte einer jungen Blondine mit hellblauen Kulleraugen schon widerstehen? Die junge Frau brachte frischen Wind in die Männergesellschaft. Der brummige Weinschenk vergötterte sie, nutzte sie aber manches Mal auch aus. Wovon die Polizei profitierte. Denn das jüngste Mitglied der Kripo verfügte, der zierlichen Gestalt zum Trotz, über Durchsetzungskraft und einen langen Atem. Und so kümmerte sie sich bevorzugt um Internetrecherche, Aktenstudium, endlose Telefonate – eher dröge Tätigkeiten, die aber trotzdem Sorgfalt und Intelligenz benötigten. Eine Dumpfbacke ohne Grips und Spürsinn bemerkte weder Muster noch kleine Auffälligkeiten, die einen Fall voranbringen konnten.

Weder nickte HaWe noch schaute er kritisch. »Dann lass mal hören.«

Nein, sie hatte nicht mit dem Gotterbarm reden können.

Nina Palmer hatte zuerst im Zentrum für Psychiatrie in Ravensburg-Weißenau angerufen, um sich anzumelden, war nicht zurückgerufen worden und deswegen selber hingefahren.

»Ein merkwürdiger Ort. Außen ein Park mit wunderschönen dicht stehenden Bäumen. Ob Zufall oder Absicht, kann ich nicht beurteilen. Aber irgendwie hat sich mir aufgedrängt, als ob sie die Gebäude verbergen wollten. Im Inneren viele Gänge, viele Türen. Alles gerade und hoch …«

Weinschenk senkte den Blick von der Decke zum Boden, Seeberger wiederum hob den Kopf aufwärts. In der Polizeidirektion waren die Räume ebenfalls gerade, allerdings niedrig. Sodass die Luft schnell stickig wurde, wenn zehn oder 20 Menschen längere Zeit tagten. Besonders Weinschenk gierte nach frischer Luft.

Nina Palmer fielen die ruckartigen, aber entgegengesetzten Bewegungen der beiden Polizeibeamten nicht auf. Sie konzentrierte sich auf ihren Vortrag. Zu ihrer Verblüffung musste sie sich eingestehen, dass es ihr nicht leicht fiel, vor Menschen zu sprechen, die in der Dienststufe deutlich über ihr standen. Obwohl sie es auf der anderen Seite genoss.

»Auch im Spätdienst ist in der Psychiatrie immer ein Arzt vor Ort. Die Ärztin wollte zwar zuerst nichts ohne ihren Chef verraten, aber dann hab ich es doch erfahren: Den Gotterbarm hatte der Stellvertretende Chefarzt vor – von heute aus gerechnet – zwei Tagen entlassen.«

Bums, jetzt war es heraus. Nina Palmer hatte Seeberger und Weinschenk noch gestern Abend angerufen. Der Bauer steckte nicht mehr in der geschlossenen Abteilung. Wieso kam Wilhelm Gotterbarm ausgerechnet am Vorabend des Mordes frei? So viele Zufälle gab es nicht.

Alle Augenpaare richteten sich auf den Chef, doch der verpasste die Chance, Eindruck zu schinden, und gestand: »Ich hab keine Ahnung.«

Und der, der vielleicht hätte weiterhelfen können, hatte sich verkrümelt.

Er, das Opfer?

Er, der Täter?

Er würde also, so Weinschenks Voraussage, mit der Polizei ein Riesenproblem bekommen.

Konnte ein Mensch so blöd sein?

Aber vielleicht ging es auch um ganz andere Kategorien als um Doofheit.

Da bist du 78 Jahre alt – und plötzlich stehst du am Abgrund. Nein, du bist in ihm gelandet. Du hast nie aufgegeben, aber nun ist dein Leben voll und ganz versaut. Nur, weil einer hat die Muskeln spielen lassen. Einer auf der Seite des Geldes. Mit besten Verbindungen zu Wirtschaft, Politik und Justiz. Einer, der sich durch das Unglück eines anderen profilieren will. Einer, der die nächste Stufe auf der Karriereleiter plant. Planen kann. Weil er triumphiert hat, wo andere vor dem Pöbel ihre Schwänze eingezogen haben.

Logischer Zusammenhang oder Schicksal? Wilhelm Gotterbarm wird aus der Psychiatrie entlassen, und nur einen Tag später wird der Mann ermordet, der das Leben des Bauern und Erfinders ruiniert hat.

Der Chef lächelte humorlos. »Haben wir den Gotterbarm'schen Hof überprüft?«

Wäre Seeberger der Typ ›beleidigt‹ gewesen, dann hätte er jetzt wie die Gutekunst eine Augenbraue nach oben gezogen. Denn der Herr Kriminalrat fragte nach dem kleinen Einmaleins.

Weinschenk, ohne Furcht vor Vorgesetzten, eilte seinem Kollegen zu Hilfe. »Leider wissen wir nicht, wo der Gotterbarm abgeblieben ist.«

Das Gesicht des Chefs könnte man mit wächsern beschreiben. Konnten die Kollegen keine simple Frage beantworten? »Haben wir oder haben wir nicht?«

»Der Hof gehört ihm nicht mehr …«

»Mensch, Jogi, ist das ein Argument? Vielleicht liegt der Bauer in der Scheune im Heu und lässt es sich gut gehen.«

»Ohne Wasser und Strom? Der Sommer ist vorbei.«

Der junge blondhaarige Kollege in der letzten Reihe, der über die Nacktheit der fünf Frauen am Weiher schwadroniert hatte, grinste. Er wirkte immer ausgelassen, auch wenn ihm Ernsthaftigkeit besser zu Gesicht gestanden hätte. Ernsthaftigkeit in der ganzen Würde und Schwerfälligkeit dieses Begriffs. Man konnte nicht feixend bei einer Prügelei vermitteln oder einen Jugendlichen befragen, wieso er kiffte oder eine Scheibe eingeworfen hatte. Wie der Blonde es in den Polizeidienst geschafft hatte, blieb sogar dem manchmal vorlauten und nicht immer diplomatischen Weinschenk schleierhaft. Allein Nina Palmer fand ihren jungen Kollegen »ganz nett«.

»Die Kollegen waren bereits dort«, meldete Blondie. Sein Gesicht wies keine ebenmäßigen Züge auf, die linke Wange hatte sich aus welchen Gründen auch immer leicht nach unten verschoben. Ob er grinste, um die Unregelmäßigkeit zu kaschieren?

Die Polizisten hatten keine Spur von Wilhelm Gotterbarm, Bauer und Erfinder, aufspüren können. Sogar der Name am Klingelschild war verschwunden. Trotzdem hatten sie Haus und Scheune durchkämmt. Die eiserne Kette an der Scheune war unversehrt. Im Inneren kein lebendes Wesen zu finden – außer Spinnen und Fliegen.

Wo steckte ein Greis, der keine Wohnung mehr hatte?

Die Lösung konnte nicht wirklich schwierig sein.

Bei Verwandten?

Bei Freunden?

Im Heim für Obdachlose?

»So einfach … ist es leider nicht.« Nina räusperte sich. Vor Wettkämpfen hatte die erfahrene Karatesportlerin weniger Bammel als vor Sitzungen des Ermittlungsstabs. Sonst hätte sie vor zwei Jahren nicht die Europameisterschaft gewonnen. Da brauchte frau aller Anspannung zum Trotz eine gewisse Lockerheit. »Herr Gotterbarm hat einen Neffen in Ravensburg …«

»Ja prima!« HaWe beugte sich unwesentlich nach vorn. War er schwerhörig geworden? Manches Mal musste er nachfragen, weil er eine Antwort nicht genau verstanden hatte.

»Leider ist Gotterbarm Bernd nicht anzutreffen …«

Was für eine rastlose Familie. Die Gotterbarms hatten es unentwegt eilig und hockten nicht zu Hause in ihrer Depression, bis die Polizei oder der Sozialarbeiter klingelte. Dabei hatten Seeberger und Weinschenk den Bauern, obwohl sie ihn nicht persönlich kannten, kaum in die Rubrik Spaß und Freizeit eingeordnet. Feierte er mit seinem Neffen in der Kneipe seine Entlassung aus der Psychiatrie? Der Gedanke war naheliegend.

»Nein!« Nina Palmer riss die Augen auf. »So meine ich das nicht. Der Bernd Gotterbarm wohnt nicht da, wo er wohnen müsste …«

»Und das bedeutet?«

»Die Wohnung, seine ehemalige Wohnung, steht leer. Sogar die Möbel wurden ausgeräumt. Der Briefkasten ist abgeklebt.«

»Und kein Name …«

»Doch, doch, der Name am Klingelschild ist noch angeschrieben. Etwas wellig geworden das Papier, aber gut lesbar. Eine schöne regelmäßige Handschrift.«

Die Gotterbarms glichen sich: Der eine wurde aus seiner Wohnung von Staats wegen geworfen, der andere räumte sie freiwillig. Oder war Bernd Gotterbarm umgezogen? Nur wohin? Das Einwohnermeldeamt musste Details haben.

»Haben sie. Aber die Details sind falsch, Chef. Darauf will ich doch hinaus. Dort, wo das Einwohnermeldeamt ihn führt, wohnt kein Neffe mehr. Die Wohnung, im Inneren ziemlich ramponiert, ist nicht vermietet …«

»Du bist rein …?«

»Ich breche doch nicht in eine fremde Wohnung ein. Aber es wird nicht verboten sein, durchs Fenster zu schauen, oder?«

Eine Wohnung in Ravensburg, die nicht vermietet war? Wunder gab es immer wieder.

Schlagartig verabschiedete sich der Chef von seinem Pokerface, hechelte nach Luft und röhrte dann: »Nach sechs Wochen in der Psychiatrie wird der Bauer entlassen und ist von jetzt auf nachher spurlos verschwunden! Wo, verdammt noch mal, steckt der Gotterbarm? Findet ihn!«

»Wo du recht hast …«

»Ich hab immer recht!« HaWes Haarkranz hüpfte auf und ab. »Wie kann es sein, dass ein 78-Jähriger abtaucht? Verrat mir das einer! Ihr alle seid gefragt!«

Nach einer halben Minute Schweigen äußerte Seeberger eine Idee, eine ungewisse zugegeben, aber eine, die nicht völlig an den Haaren herbeigezogen war. »Der Altdorfer Wald grenzt an Waldburg. Und er ist riesig. Schätze mal, der Gotterbarm kennt dort jeden Weg seit seiner Kindheit. Bestimmt ist er früher schon mit seinem Vater in den Wald gegangen, um Holz zu schlagen.«

HaWe zeigte zwar eine undurchdringliche Miene, seine Stimme verriet aber Ungeduld. »Mäx, du bist ein heimlicher Romantiker. Aber wir leben nun mal nicht mehr im 19. Jahrhundert, als Räuber wie der Schwarze Veri unser schönes Oberschwaben unsicher machten.«

»Trotzdem, irgendwo im Wald könnte er stecken.«

»Sollen wir jetzt zehn Beamte auf Mountainbikes durch den Altdorfer Wald jagen? Der Gotterbarm könnte sich auch irgendwo in der Stadt einquartiert haben.«

»In Ravensburg? Oder Weingarten? Wir haben hier keine Megacity, Chef. Keine Hausbesetzerszene. Keine Stadtguerilla. Nur einige Punks, Drogenabhängige und Alkoholiker, die an den bekannten Stellen herumhängen. Die bieten einem alten, psychisch kranken Mann keinen Unterschlupf. Für die zählt nicht Nächstenliebe, sondern Geld, um sich den nächsten Schuss zu setzen.«

Wieso die starke Aufregung des Kriminalrats? Hektik und Eile waren ihm eigentlich fremd. Für einen Bergsteiger lag in der Ruhe die Kraft. Eine ungestüme Bewegung in der Wand konnte zum Absturz führen und damit in den Tod. Auch wenn in der Polizeidirektion die Wellen hochschlugen und bei dem einen oder anderen die Nerven bloß lagen, HaWe hatte eine immer gleichbleibende Gelassenheit kultiviert.

Das zweite Indiz, dass er älter wurde? Oder hatte er Aktien in dem Fall, was völlig aus der Rolle schien? Machte ihm irgendwer Druck?

Jedem war klar, dass niemand ohne Connections stellvertretener Chef der Ravensburger Polizei wurde. Aber niemand missgönnte HaWe seinen Rang. Von dem einen oder anderen verehrt, wurde er von ausnahmslos allen respektiert.

Tja, wo steckte der Gotterbarm?

War er ebenfalls tot? Hatte er sich auf Weltreise begeben? Irrte er allein und orientierungslos durch Oberschwaben? War er in einen Graben oder eine Schlucht gestürzt und wartete verzweifelt auf Hilfe?

In was für einem Zustand befand sich der 78-Jährige? Seeberger und Weinschenk konnten sich gut vorstellen, dass der Aufenthalt in der Psychiatrie seinen Geist gebrochen hatte. Oder zumindest angeknackst. Sein rebellisches Denken, das ihn am Leben gehalten hatte. Oder hatten die Polizeibeamten irgendetwas übersehen? Aber konnten sie etwas übersehen, wenn sie den Gotterbarm noch nicht verhört hatten?

Weinschenk und Seeberger hatten Mühe, sich zu konzentrieren, als Helga Reiff, Chefin der Spurensicherung, ein Foto an die Wand beamte.

Ein Mann mit nacktem Hintern lag auf dem Boden. Als ob er sich erschöpft hingestreckt hätte.

Wer war dem Toten nahegekommen?

Eine verdammt schwierige Frage. Bei einem Mord ging es zu wie im richtigen Leben. Immer etwas zu kritisieren. Mal hatte man zu wenig, mal zu viel.

Am Ufer des Häcklerweihers hatten die Hasenfrau und ihre Kollegin Spuren über Spuren gefunden, die kaum noch zu entwirren waren. Täfelchen mit Nummern versuchten trotzköpfig, Ordnung in das Chaos zu bringen. Auf der nächsten Folie führten Pfeile in verschiedenen Farben kreuz und quer, fast schon sinnlos, durcheinander. Als ob Menschen wild durcheinander gerannt wären. Rein in den See, raus aus dem See.

Wahrscheinlich hatte die Gruppe vor oder nach dem Baden um das Feuer getanzt. Stampfspuren legten dies nahe.

DNA, soviel das Herz einer Spurensicherung begehrte. An Tupperschüsseln, der abgebissenen Bratwurst, den Papptellern und der leeren Whiskyflasche.

Namen fehlten aber. Verständlicherweise. Noch kannte niemand die Frauen und möglicherweise auch Männer, die zusammen mit Zwerger gefeiert oder hinterm Busch gesteckt hatten. Das LKA in Stuttgart wertete die Proben aus und verglich sie mit der DNA-Datenbank.

»Danke, Helga. Fragen?« Der Chef drehte sich zur Seite und schloss kurz die Augen. Er gähnte, schloss den Mund aber eilig wieder. Träumte er von Spaghetti Napoli mit reifen Tomaten, von der Sonne geküsst? Oder hatte sich die Aperitifstunde, zu der seine Frau regelmäßig Gäste einlud, gestern Abend in die Länge gezogen?

»Die Todesursache?« Seeberger irritierte, dass er nachfragen musste.

»Ist noch Fehlanzeige. Möglicherweise, aber dies ist nur eine Vermutung, war Herr Zwerger nicht mehr Herr seiner selbst.«

»K.o.-Tropfen?«, erkundigte sich Kommissarin Nina Palmer.

»Kaum, dann hätte er wieder aufwachen müssen.«

Weinschenk brummelte: »Gift?«

Der Kriminalrat zog die dünnen Augenbrauen nach oben. »Wieso ihr immer flüstern müsst. Ihr wisst doch genau, dass jenseits der 60 das Gehör nachlässt.«

Na bitte, HaWe wurde älter. Dass er damit kokettierte, verwunderte jedoch.

»Aber du, Jogi, bist noch ein junger Bursche.«

Die Kollegen lächelten, Blondie schlug sich auf die Knie, man hörte deutlich das Platschen.

Weinschenk, durchaus nicht so eindimensional, wie manche glaubten, konnte als vieles bezeichnet werden: als Schwergewicht, Sturkopf, Brummbär, aber nicht als jung. So ein Doppelkinn bildet sich erst während des vierten oder fünften Lebensjahrzehnts, wenn sich der Charakter entwickelt und geformt hat. Nun ja, oder wenn man zu viel aß und zu wenig Sport trieb.

»Wurde das Opfer vergiftet?«, schnaubte Weinschenk.

»Jaja, das bewährte Gift. Arsen war's auf jeden Fall nicht.«

»Sondern?«

»Wissen wir noch nicht. Sonst hätte ich es euch verraten. Was glaubst du? Der Staatsanwalt hat die Obduktion beantragt, die das Amtsgericht auch angeordnet hat. Unsere Gerichtsmedizinerin aus Ulm ist dran. Frau Dr. Pfeffer und die Toxikologen werden's rauskriegen. Wir müssen bloß warten.«

HaWe erhob sich – sein Kopf ragte fast bis zur Decke – und klatschte in die Hände. »Wir haben zu tun! Bewegt euch, Tempo!«

Die Polizeibeamten strömten in den Flur hinaus. Drei eingerahmte Drucke mit Ravensburger Türmen verzierten den Gang. Vieles musste bei der Polizei billig sein. Besonders die Einrichtung. Anders als bei der katholischen Kirche, deren Bischöfe sich Luxusresidenzen und teuren Wein genehmigten. Auch ein Grund für Seeberger, seinen katholischen Glauben ruhen zu lassen. Ausgetreten aus der Kirche war er allerdings nicht.

Der Geruch von Putzmittel hing den Polizisten in der Nase. Für Reiniger wie auch für Parfüm galt: je intensiver, desto billiger.

Offensichtlich musste das Land Baden-Württemberg an vielen Ecken sparen.

SIEBEN

Die Aussicht aus dem Büro der beiden Polizisten berauschte nicht gerade: eine Hauptstraße und ein Fast-Food-Restaurant, das auch Polizisten hin und wieder liebten. Der Gummibaum im Topf auf dem Schreibtisch weckte ebenfalls keine Emotionen. Nicht im Entferntesten brachte er die Erleuchtung.

Ein Geschenk zu Weihnachten, von einer alten Dame, der Seeberger im Frühjahr geholfen hatte. Das Geschenk vegetierte halblebendig vor sich hin, aber Präsente wirft man nicht weg. Diesen Grundsatz seiner kroatischen Mutter hatte der Polizist verinnerlicht.

Weinschenk legte die Schwäbische Zeitung zur Seite. Seeberger griff danach.

Es klopfte vertraut. Das Gesicht des Dicken leuchtete auf.

Nina Palmer, die eintrat, wischte sich über beide Augen. Ihre Sommersprossen hatten den Glanz verloren. Die 23-Jährige wirkte nach ihrem ersten Mord angeschlagen, allerdings nicht erschöpft. Ninas Zähigkeit stand nicht nur als Karatekämpferin außer Frage, sie hatte Biss. Obwohl sich Kriminelle, Machos und Unbedarfte häufig verrechneten, wenn die zierliche Blondine mit ihren hellblauen Augen kullerte.

Etwas hilflos verschränkte sie die Arme. Weinschenk schob ihr einen Bürostuhl entgegen, was sie mit einem Augenaufschlag quittierte. »Danke, Paps.«

»Gern, Töchterchen.«

Was sich liebt, das neckt sich. Weinschenk, ein Familienvater, mochte offensichtlich seine Kollegin. Mäx Seeberger mochte sie ebenfalls, war aber ledig und hielt sich deswegen zurück. Er hasste die Typen, die ihre Stellung ausnutzten und ihren Mitarbeiterinnen auf die Pelle rückten. Allerdings hätte Nina sich Anmache nie gefallen lassen. Mit Sprüchen wie »Ich bin den ganzen Tag am Baggern« konnte man ihr nicht kommen. Auch Polizeioberkommissar Weinschenk hielt diese unsichtbare Grenze mehr oder weniger stilsicher ein.

»Der Chef war schlecht gelaunt gerade, findet ihr nicht?«

Niemand reagierte oder verriet, was ihn bewegte. Seeberger und Weinschenk glotzten vor sich hin. Weinschenk stierte nach dem kurzen Süßholzraspeln in einen Porzellanbecher und las im Kaffeesatz. Zum Mittagessen würde es heute nicht reichen. Da musste man jede Minute zum Durchatmen nutzen.

Plötzlich sprang Seeberger voller Tatendrang auf. Noch während er hoch stürzte, zog er gekonnt ein Papiertaschentuch aus einer Plastikpackung – als ob er es tausendmal geübt hätte – hielt es an einer Ecke fest und schüttelte es auseinander. Weder Weinschenk noch Nina Palmer noch die Fliege am Fenster applaudierten. Ungerührt schimmerte das Insekt metallisch blau im Sonnenlicht.

Zu viel Hektik brachte nichts. Die Fliege entging dem Schlag durch eine ruckartige Kurvenbewegung, ästhetisch anzuschauen, und rettete sich an die Decke.

Scheiß Viech!

Seeberger fluchte, knüllte das Papiertaschentuch zusammen und warf es auf den Schreibtisch. Noch war nicht aller Tage Abend.

»Als Anfängerin blicke ich da nicht ganz durch. Aber ich finde schon, dass dieser Mord merkwürdig ist. Nach deinem Vortrag von vorhin, Jogi, bin ich mir gar nicht mehr sicher, wer das Opfer und wer der Täter ist. Vielleicht beide. Zuerst lässt der Bankchef den überschuldeten Bauern aus dessen Hof werfen, und dann rächt sich das Opfer am Banker. Klingt logisch, oder?«

Weinschenk schenkte der jungen Kommissarin einen Blick voller Bewunderung, der jedoch auch zwiespältig wirkte: »23 Jahre jung und schon die Bosheit der Welt erkannt.«

»Deswegen bin ich bei der Polizei gelandet.«

»Gegen die Ellbogengesellschaft kommt auch die Polizei nicht an. Nicht so einfach mit Gut und Böse, nicht wahr, Töchterchen? Alles hat sich verschoben. Die Werte, meine ich. Aber möglicherweise reden wir uns auch nur ein, dass früher alles besser war. Oder zumindest eindeutiger. Die Krimis in den 1960er Jahren hatten 90 Prozent Sehbeteiligung. Das waren richtige Straßenfeger. Schafft heute kein Tatort mehr. Heute ist die Welt total zersplittert, jeder schaut und glaubt was anderes. Was ist gut und was ist böse? Um nur ein Beispiel zu nennen …« Weinschenk holte prustend Luft, als das Handy klingelte.

Er ergriff es mit seiner rechten Pranke. Vor einem Vierteljahr erst hatte er sich ein iPhone gekauft, das er liebte, weil es größer als sein früheres Handy und damit leichter zu bedienen war. Man konnte Weinschenk nicht als Typ für die Feinmotorik bezeichnen, sein Gehirn jedoch erfasste die kleinsten Puzzlestücke und die Zwischentöne, die anderen Menschen überhaupt nicht auffielen.

»Ja!«, murrte er unwillig. Seine Gesichtszüge glätteten sich jedoch sofort.

Dr. Renz erklärte, für die beiden anderen im Raum unhörbar: »Die Frau, die im Wald vom Rad gestürzt ist, in der Mordnacht, sie heißt Engels …«

»Ja …« Wie zwei Buchstaben von einer Sekunde auf die nächste derartig unterschiedlich klingen konnten. Das eine Mal verschlossen und bissig, das andere Mal wohlwollend und sogar unverblümt neugierig.

Renz und Weinschenk schätzten sich. Sie hatten sogar schon mehrfach zusammen ein Bier getrunken. Zweimal hatten sie sich über die Jahre verabredet, und dreimal während des letzten Jahrzehnts waren sie sich zufällig über den Weg gelaufen. Weinschenk, weil er den Kopf nicht leer gebracht hatte und im Biernebel Ablenkung suchte, und Dr. Renz, weil es trotz aller Gewöhnung doch aufrieb, Schwer- und Schwerstverletzte am Unfallort zu versorgen.

»Frau Engels kam vom Weiher …«

»Vom Häckler?«

»Sie hat gestern, nein vorgestern, am See gegrillt, hat sie mir erzählt …«

»Wie?«

»Frau Engels hat am Ufer eine Grillparty gefeiert. Tut mir leid, dass ich jetzt erst anrufe, aber wir hatten ununterbrochen Einsätze.«

Weinschenk kniff die Augen zusammen. Seine buschigen Brauen wölbten sich nach außen und verliehen ihm etwas Animalisches. »Mit dem Opfer? Dem nackten Mann am See?«

»Kann ich nicht bestätigen, verehrter Weinschenk. Doch auch nicht widerlegen. Ich habe sie nicht vernommen. Auf dem Waldweg war sie kurze Zeit meine Patientin. Nur das. Nicht mehr, nicht weniger.«

»Wann hat Frau Engels die Fete verlassen, mein lieber Doktor?«

»Kurz nach null Uhr muss es gewesen sein. Sie wollte nach Hause radeln. Bei ihrem Sturz hat sie sich den Arm gebrochen. Offensichtlich lag sie die halbe Nacht auf einem Waldweg, bis sie am späten Morgen von einem Jogger entdeckt wurde.«

»Warum ist sie vom Rad gestürzt?«

»Warum? Warum? Woher soll ich das wissen? Um null Uhr war es im Wald stockdunkel. Ein Stein oder ein Ast, den sie nicht sehen konnte …«

»Reine Spekulation.«

Dr. Renz lachte genüsslich. »Wenn man mich fragt, dann gebe ich eine Antwort. Wenn auch nicht jeder damit zufrieden ist. Vielleicht hatte Frau Engels zu viel getrunken. Oder die Fahrradleuchte hat versagt. Ein Wildschwein hat sie erschreckt. Oder ein geiler Bock hatte es auf sie abgesehen. Auch ein Arzt hat Fantasie.«

Weinschenk wackelte bejahend mit seinen silbergrauen Haarspitzen. »Weiß die Engels, dass am Häcklerweiher ein Mord geschehen ist?«

»Ist nicht mein Job. Wie oft soll ich dies noch betonen? Ich bin Arzt, Notarzt.«

»Danke für den Anruf, lieber Doktor.«

»Gern geschehen, werter Weinschenk. Und gratis dazu.«

Während der Polizist das iPhone mit der rechten Hand auf den Schreibtisch legte, griff er mit der anderen Hand in die linke Jeanstasche.

»Neuigkeiten?«, erkundigte sich Seeberger, der mit seinen Augen noch immer die Schmeißfliege verfolgte. Die machte sich gerade aus Angst in die Hosen und tat, was nur die Fliegen können: an die Decke und damit nach oben kacken.

Aber vielleicht ist dies auch eine üble Unterstellung, von Vorurteilen geprägt. Wahrscheinlich tat die Fliege nämlich, was eine Fliege an der Decke im Interesse des Überlebens am besten tat: nichts!

»Abwarten!« Aus seiner Jeanstasche zerrte Weinschenk ein Papier.

Nina Palmer himmelte den Grizzly ungeniert mit riesigen Augen an.

Der schwergewichtige Polizist registrierte die Bewunderung nicht, weil er das Blatt, das zusammengelegt war, auseinander faltete und behutsam auf einer Umlaufmappe glättete. »Tatsächlich!«

»Spuck es aus!«, forderte Mäx Seeberger.

Der Grizzly lehnte sich im Bürostuhl zurück und faltete die Arme. Auf einmal wirkte er herrlich zufrieden. »Die Teilnehmerinnen der Klettertour«, zeigte er mit dem Zweifachkinn auf den Schreibtisch.

»Du hast die Liste behalten?« Seeberger kam zwei, nein, drei Schritte näher, bis er nur noch Augen für die mit dem Computer geschriebene Aufzählung hatte. Die Fliege rückte so immer weiter von ihrem Ableben ab. Sie musste sich bloß klein machen und schweigen. Ein ganz simples Rezept.

»Hab mir 'ne Kopie gemacht.« Weinschenk legte einen Finger auf das Blatt im Format A4. Ruckartig rutschte der Finger zur Seite und nach unten. »Oberhofer … Scherle … Ullrich … Vees … Und da, ganz oben, taucht die Engels auf. Katja Engels. Schwarz auf weiß steht es hier geschrieben. Der Name der Frau, die einen oder zwei Kilometer vom Tatort entfernt, zum Purzelbaum vom Rad ansetzt. Fünf Frauen und ein Mann, Bergführer des Alpenvereins, ein muskulöser Kletterfreak, gehen eines Tages zusammen in die Berge, Wochen später grillen sie gemütlich am Häcklerweiher …«

Weinschenk hob den Kopf. Es summte.

»Und in dieser Nacht«, schüttelte sich Nina Palmer unbewusst, »ist ein Irrer unterwegs. Er ermordet zwei

Teilnehmer einer Klettertour, versucht es zumindest, aber beim zweiten Mord ist er gescheitert …«

»Der Täter muss nicht vor Ort gewesen sein«, widersprach Seeberger. »Herr Zwerger wurde – aller Voraussicht nach – vergiftet. Vielleicht liegen wir also völlig falsch, wenn wir den Häcklerweiher als Tatort betrachten …«

»Kannst du deiner Großmutter erzählen«, donnerte Weinschenk, sodass Nina Palmer sich wegduckte, bevor der Speichel ihren blonden Zopf traf. »Jetzt vergesst mal das Gift, ihr zwei. Schließt einfach die Augen. Und was seht ihr? Nina?«

»Nun ja …« Die 23-Jährige, gewöhnlich eher vorlaut als zurückhaltend, kam ins Stottern. »Äh, Wasser … und Enten.«

»Enten?«

Die junge Frau aus dem Remstal verhielt sich hin und wieder eine Spur zu frech, aber Weinschenk konnte sich auf sein Töchterchen verlassen. Eine moderne Frau, aber ganz das Gegenteil eines Showgirls, verachtete sie billige Fassaden und würde ihren Paps nie in die Pfanne hauen, nur weil sein Hemd nicht korrekt zugeknöpft war. Umgekehrt zeigte er bei ihr eine ungewöhnliche Geduld, ja sogar einen Langmut, der durch nichts erschüttert werden konnte.

»War nix, Paps, oder?«

Der Dicke brummelte. Ein Geräusch wie ein Bär, der kurz aus dem Winterschlaf aufschreckt, sich aber von Nichtigkeiten nicht stören lassen will. »Fakt ist – zumindest mit hoher Wahrscheinlichkeit – der Zwerger feiert mit seinen Mädels eine Abschiedsorgie am See …«

»In deiner dreckigen Fantasie, Jogi.«

»Mäx, du willst mir wirklich erzählen, die Nacktparty habe nichts mit Zwergers Ableben zu tun?«

»Noch wissen wir nicht, ob alle nackt herumgesprungen sind.«

»Ne, einen einschlägigen Film hat uns noch keiner gezeigt«, mischte sich Nina ein, nassforsch, wie sie leibte und lebte.

»Schlag dich nicht auf die Seite dieses verklemmten Oberschwabens, mein Töchterlein!«

»Verzeih, Paps.« Wenn die Blonde wollte, brachte sie mit einem einzigen Augenaufschlag Steine zur Rührung.

»Verziehen.«

Manchmal kam Seeberger sich wie im falschen Film vor, wenn der Koloss, mittelalt, und die attraktive Kollegin, blutjung, miteinander turtelten.

»Vielleicht hast du in dem Punkt recht, Jogi«, überlegte der schlanke Polizist, dem die Schmeißfliege, saudumm wie sie war, um die Nase schwirrte. »Das Gift muss nicht notwendig bedeuten, dass der eigentliche Mord entfernt vom Häcklerweiher geschah. Denkt nur an die Whiskyflasche, die wir aus dem See gezogen haben. Wir wissen nicht, was die Gruppe bei ihrer Party alles gegessen und getrunken hat.«

Nina Palmer hüstelte. »Ich hab's. Wie wäre es damit: Jemand ermordet den Bankchef und beseitigt die einzige Zeugin, die voller Panik mit dem Fahrrad flieht?«

»Super Gedanke!«, lobte Weinschenk im Überschwung des Vaters, der in seine Tochter verliebt ist.

»Interessante Hypothese«, schwächte Seeberger ab. Halbherzig schlug er nach dem schimmernden Insekt. Erneut vergeblich. Dabei müsste der Brummer langsamer werden. Nicht mehr so reaktionsschnell sein. Im Herbst spüren Fliegen den herannahenden Winter und lassen sich problemlos mit dem Taschentuch oder der flachen Hand abknallen. Aber manchmal in milden Jahren erleben sie die Sonnenstrahlen mit neuer Intensität und wachsen über sich hinaus. Als ob sie unsterblich wären.

Die drei Polizisten stierten in die Luft. Was allen im Hinterhof des Gehirns herumschwirrte, aber für die meisten noch nicht greifbar war, brachte Mäx Seeberger auf den Punkt. »Noch ist nicht bewiesen, dass Mord und Fahrradunfall etwas miteinander zu tun haben. Doch sind wir mal kühn und nehmen es an. Katja Engels hat der Mörder also nicht erwischt oder nicht richtig erwischt. Das meinst du doch, Nina, oder?«

»Genau.«

»Dann verrat mir jetzt bitte eines. Was bedeutet dieser gescheiterte Anschlag für die vier anderen Frauen? Was könnte er bedeuten?«

»Oh Gott!« Nina Palmer zuckte zusammen, als ob jemand sie geschlagen oder mindestens angebrüllt hätte.

Niemand im Büro wagte eine Antwort. Im Hamburgerrestaurant gegenüber rollte ein bulliger Pick-up-Truck mit geöffneten Luken auf den Parkplatz. Der grelle Sprachgesang der Rappmusik schmerzte Weinschenk, der auch in der Musik die Moderne verabscheute, sogar 200 Meter entfernt. Er wuchtete sich hoch und schloss stöhnend das bisher gekippte Fenster.

Die gelbe Tankstelle neben dem Schnellrestaurant hatte im Mai bundesweite Berühmtheit erlangt.

Ein 21-Jähriger, sturzbetrunken, hatte an einem Samstag die Zapfsäule für Autogas gerammt und aus der Verankerung gerissen. Das Gas explodierte. Der Fahrer konnte aus seinem Auto flüchten, bevor eine zweite Explosion das Dach der Tankstelle entzündete. Fast wäre die gesamte Tanke Hops gegangen. Doch der Feuerwehr gelang es, ein

Übergreifen der Flammen auf die anderen Zapfsäulen zu verhindern. Auch so hatte die Alkoholfahrt genug Schaden angerichtet. Er belief sich auf eine halbe Million Euro.

Fragen über Fragen. Wer wagte eine Antwort, ob sich auch die anderen Frauen in Gefahr befanden?

Weinschenk, der vor unbequemen Wegen, aber nicht vor unbequemen Ideen zurückschreckte, kratzte sich am Ohr. »Warum wurde der Bankchef ermordet? Verrät mir das jemand? Wegen der Enteignung, die manche als ungerecht oder sogar als kapitalistische Ausbeutung empfunden haben? Oder, weil er mit fünf Frauen im Montafon herumkletterte? Auch wenn du die Orgie am See nicht akzeptierst, Mäx, brauchst du nicht viel Einbildungskraft, um dir auszumalen, was während der Bergtour passiert sein könnte.«

Seeberger schlug auf den Schreibtisch. Daneben. Die blauglitzernde Fliege hob ab und torkelte in kreisenden Bewegungen Richtung Hamburgerrestaurant. Das Fensterglas stoppte sie.

Der jüngere der beiden Polizisten legte den Kopf schräg. »Seither sind wir von einem normalen Beziehungsdrama als mögliches Motiv ausgegangen. Im Stil von: Frau betrügt Ehemann – Gatte rächt sich. Vielleicht lief alles aber völlig anders ab. Was, wenn eine der fünf Frauen eifersüchtig war? Eifersüchtig auf die neue Favoritin des Herrn Zwerger?«

»Wird ganz schön unappetitlich.« Weinschenk strahlte. »Könnte dies nicht bedeuten, die Frau, die im Wald vom Rad gestürzt ist, die Engels, hatte eine Affäre mit dem Umworbenen? Und ihre Nebenbuhlerin hat versucht, sie um die Ecke zu bringen.«

Nina Palmer zeigte freudig ihre hellblauen Augen. »Du meinst, nachdem die Konkurrentin ihren Möchtegern-Geliebten oder ihren Ex beseitigt hatte.«

»Wir sollten sie fragen.« Seeberger hielt sich am Griff des Bürostuhls fest, um hoch zu federn. »Ab ins Krankenhaus!«

»Langsam, Mäx. Zuerst die kleinen grauen Zellen einschalten. In der Ruhe liegt die Kraft.« Weinschenk, nie denkfaul, trank lieber eine Tasse Kaffee zu viel. Was auch damit zusammenhing, dass er sich in der Regel eher gemütlich verhielt und gern über Gott und die Welt sinnierte. Die große Action hasste er, obwohl er impulsiv reagieren konnte. Geriet der Koloss erst einmal in Fahrt, glich er einem Bulldozer und kümmerte sich wenig um Verwaltungsvorschriften, die auch Polizisten das Leben an der einen oder anderen Stelle erschwerten. An jeder Stelle, wie manche, wohl übertrieben, meinten.

In der Zwischenzeit hatte Seeberger sich an das Fenster gepirscht. Er holte aus – das offene Papiertaschentuch in der Hand – stieß einen wilden Schrei aus und knallte das weiße Viereck gegen das Fenster.

Die Polizeiarbeit war ein harter Job. Nicht einmal eine Schmeißfliege konnte Polizeihauptkommissar Mäx Seeberger erwischen.

ACHT

Seeberger hasste Krankenhäuser. Der Gestank von Putzmittel, der die Ausdünstung von Urin und flüssigem Stuhl übertünchte. Es roch güllig und abgestorben. Er musste sich einen Ruck geben, um durch die Tür der Station zu treten, während Weinschenk scheinbar gleichgültig voran tänzelte.

Letztendlich, ans Licht gezerrt, verbarg sich hinter Seebergers Unwohlsein die Angst vor dem Tod, die jeden früher oder später packt und schüttelt.

Katja Engels, ein großes Silberkreuz um den Hals, lag im Einzelzimmer, was die Vernehmung erleichtern würde. Sie glich einem abgestürzten Engel oder einem Schwedenmädel, die Haare so blond wie Stroh, aber sanfter. Der Bob hing bis zu den Augenbrauen. Ihr linker Arm war eingegipst, ein Infusionsschlauch hing über einem Venenkatheter an ihrer rechten Hand.

»Besuch für Sie, Frau Engels«, flötete eine Krankenschwester und betonte das »r«. Offensichtlich stammte sie aus Russland oder Kasachstan.

Der Engel im Bett öffnete die Augen. Grüne Augen. Nicht dunkel, sondern leuchtend. Die Augen funkelten wie Edelsteine. Sie glichen der schillernden Haut einer Smaragdeidechse. Weder Seeberger noch Weinschenk waren jemals einer Frau mit solch intensiv grünen Augen begegnet.

»Wir kommen von der Polizei.« Seeberger zeigte seine Dienstmarke und steckte sie gleich wieder weg, da Frau Engels ungerührt den Dicken anstarrte. Mit seinen buschigen Wimpern, den silbrigen halblangen Haaren und dem schwabbligen Doppelkinn musste er ihr wie eine Erscheinung aus einer anderen Welt vorkommen. Die Medizin, die ihr die Schmerzen nahm, betäubte sie offensichtlich.

Katja Engels blinzelte und seufzte ein »Ja?«. Mühsam senkte sie den Blick, der aber nicht auf Seeberger verweilte, sondern flatterte. Die grüne Augenfarbe hatte sich in Sekundenschnelle eingetrübt und war nun ohne jedes Leuchten.

»Mein Name ist Seeberger. Ich bin von der Polizei. Haben Sie das verstanden, Frau Engels?«

Sie flüsterte: »Ich habe geschlafen … Und jedes Mal, wenn ich erwache, weiß ich zuerst nicht, wo ich bin … Ich brauche etwas Zeit …« Wieder brachte sie es nicht fertig, den Polizisten im Fokus zu behalten.

»Darf ich mich setzen?«

Der gestürzte Engel reagierte nicht.

Seeberger trat zwei Schritte zur Seite, packte eine Stuhllehne und zog das Möbel knarzend näher. Wieder ohne Reaktion der strohblonden Frau.

Er setzte sich. »Frau Engels, Sie erinnern sich noch an Ihren Unfall?«

Hätten ihre Haare nicht in die Stirn hinein geragt, hätten die Polizeibeamten bemerkt, dass sich die Stirn furchte. Die Engelsfrau zögerte, erzählte dann aber: »Ich … Ich bin durch den Wald gefahren … es war stockdunkel, und dann …« Es dauerte einige Sekunden, bis sie fortfuhr: »Und dann auf einmal ein Filmriss … ein Blackout.« Sie hob den Kopf und legte ihn gleich wieder auf das Kissen zurück.

Wortlos starrte sie auf das Holzkreuz, das dem Bett gegenüber an der Wand hing.

Die beiden Polizisten warteten geduldig. Und tatsächlich: Eine halbe Minute später ergänzte Katja Engels:

»Irgendwann … in der Nacht bin ich aufgewacht … Ich lag auf dem Waldweg. Ich habe nicht mal Sterne gesehen, habe gefroren …«

Mit jedem Satz wurde ihre Stimme fester und entschlossener.

»Mein Arm hat geschmerzt, beim Sturz vom Fahrrad muss ich ihn mir gebrochen haben … Ich konnte ihn nicht bewegen …«

Katja Engels hatte sich in einen Fluss hineingeredet. Als ob sie nur darauf gewartet hatte, dass sie jemandem von der schrecklichen Nacht im Wald berichten konnte. »Ich bin eingenickt und halb aufgewacht … habe wieder gedöst. Bis mich ein Mann angesprochen hat. Ein Mann mit Schnauzbart … Der Mann hat mich im Wald gefunden. Es muss wohl am Morgen gewesen sein. Ein Jogger … Als ich wieder aufgewacht bin, lag ich in einem Krankenwagen …«

»Sie haben Ihren Arm gebrochen?«

»Quer durch. Aber ich hab Glück gehabt. Sonst nur Schürfwunden.«

»Keine Gehirnerschütterung?«

»Nein, nein, ich trag immer einen Fahrradhelm … Muss ich auch. Als Lehrerin und stellvertretende Schulleiterin muss ich … ich muss Vorbild sein. Wie soll ich meine Schüler überzeugen … wenn ich selber keinen Helm aufsetze …?«

Seeberger rutschte auf dem billigen Baumarktstuhl nach vorn und richtete sich behutsam auf. »Wieso sind Sie vom Fahrrad gestürzt, Frau Engels?«

»Bin wohl zu schnell gefahren. Wollte nur nach Hause … Habe in die Pedale getreten wie eine … eine Irre. Blöderweise. Dabei hab ich kaum den Waldweg erkannt. Nur Finsternis um mich.« Die Frau lachte. Das Gespräch schien ihr gut zu tun, denn sie wirkte auf einmal wesentlich lebendiger als noch vor wenigen Minuten.

»Fahren Sie oft Rad?«

»Immer. Ich bin topfit.

»Sie kamen vom Häcklerweiher?«

»Wir haben dort gegrillt …«

Seeberger schaute Frau Engels fragend an.

»Ja, natürlich haben wir auch getrunken. Kein Seewasser.«

»Whisky?«

»Auch Whisky. Wir haben die Flasche kreisen lassen.« Sie seufzte. »Weiß, dass dies nicht stilecht ist.« Sie stockte erneut. »Kommt deswegen die Polizei ins Krankenhaus? Ich war höchstens beschwipst … Ich hab keinen Unfall verursacht. Hab niemanden überfahren oder verletzt. Ich bin vom Rad geflogen. Meine eigene Doofheit. Ist das ein Verbrechen?«

»Haben Sie eine Ahnung, warum?«

»Es war dunkel …« Ihre Stimme, gerade noch betörend, klang ungeduldig, unwillig. Katja Engels konnte auch energisch sein. Sonst wäre sie nie und nimmer stellvertretende Schulleiterin geworden.

»Sie fuhren mit Licht, nehme ich an.«

»Natürlich …« Frau Engels Empörung war deutlich zu hören. »Aber ein Fahrradscheinwerfer in einem dunklen Wald. Sind Sie schon mal nachts im Wald unterwegs gewesen? … Die Spitzen der Bäume berühren sich. Sie können keine Sterne erkennen. Sie fahren auf Gefühl, vor Ihrem Auge ein ganz schmaler Streifen, der enger wird, je kräftiger Sie in die Pedale treten. Es holpert, das Vorderrad droht auszuschlagen. Sie halten sich mit aller Macht am Lenker fest …«

Wow, was für ein Abenteuer, dachte Seeberger ironisch. Aber wahrscheinlich betrachtete Katja Engels das Grillen am See und die rasante Nachhause-Fahrt tatsächlich als Erlebnis, das ihr Leben verändern konnte. Das Ableben des Grillmeisters Harty Zwerger hatte sie wohl kaum eingeplant gehabt.

Aufgedreht plapperte die Engels weiter. »Ich hab kein Mountainbike, aber ein stabiles Rad. Und ich bin schon über schlimmere Wege gebrettert. Aber wenn Sie praktisch nix sehen …« Sie atmete, als ob sie gerade erst die Höllenfahrt ins Schussental hinunter überstanden hätte. In Gedanken hatte sie die wilde Tour tatsächlich noch einmal durchlebt. Und obwohl sie deswegen im Krankenhaus gelandet war, lächelte sie. »Sie wollen wissen, warum es mich gekegelt hat. Was weiß ich? Ein Steinchen, eine Unebenheit. Vielleicht war ich einfach nicht konzentriert genug.«

Oder abgelenkt. Abgelenkt von dem Mann, der kurze Zeit später nackt und tot am Weiher liegen würde.

Katja Engels war in vielerlei Hinsicht eine ungewöhnliche Frau. Ein bisschen wirkte sie wie vom Designer zusammengestellt, aber echter als die stellvertretende Bankchefin. Zumindest in Weinschenks Augen. Oder verbergen sich hinter einer solchen Aussage die Vorurteile von Männern, die attraktive Frauen lieben, sich aber dennoch vor strohblonden Haaren und leuchtend grünen Augen fürchten? Sie hatte eine gute Figur, soweit man das von einer Frau beurteilen konnte, die im Krankenbett lag. Und sie konnte mit ganz viel Gesicht aufwarten, was an der ovalen Form lag.

Aber sie quasselte zu viel. Seeberger, der Smalltalk nicht wirklich konnte, hätte es mit ihr nicht ausgehalten. Seit sie in Fahrt gekommen war, ratschte sie ohne Unterlass. Ob auch das an den Nebenwirkungen der Infusionsflüssigkeit lag?

»Als Sie vom Rad gestürzt sind, da war kein Mensch in der Nähe?«

»Wieso ein Mensch?« Katja Engels richtete ihren Oberkörper auf. Auch hier hatte der göttliche Designer nur 1 A-Qualität ausgewählt.

»Sie waren schließlich nicht allein am Häcklerweiher.«

»Natürlich nicht, aber was hat die Grillparty mit meinem Unfall zu tun?«

»Genau das versuchen wir herauszufinden.«

Der strohblonde Engel blickte eindeutig verstört. »Vielleicht habe ich doch einen Schlag auf den Kopf bekommen … Momentan verstehe ich kein Wort.«

Etwas bewegte sich tapsend. Die körperliche Präsenz des Etwas war spürbar, ohne dass Seeberger es sah. Dies konnte auch daran liegen, dass Weinschenk sein Knie in Seebergers Seite gerammt hatte.

»Frau Engels«, die Stimme des Grizzlys klang noch tiefer als gewöhnlich, »ist Ihnen bewusst, was am Häcklerweiher passiert ist?«

»Wir haben gegessen und getrunken …«

»Na bitte!« Der Dicke sagte diese zwei Worte nicht, aber Seeberger hörte deutlich, dass er sie dachte. »Na bitte!« Weinschenks Kniedruck ließ nach. Katja Engels wusste nicht, dass Harty Zwerger ermordet worden war.

Wer hätte es ihr auch verraten sollen? Dr. Renz? Bestimmt nicht. Der Doc sah wahrscheinlich nicht einmal eine Verbindung zwischen Mord und Unfall. Eine mögliche Verbindung, um genau zu sein.

Auf dem Nachttisch lag keine Schwäbische Zeitung, nur ein Buch mit blauem Cover. Kurzgeschichten von einer Nordseeinsel.

Die Schwäbische hatte am heutigen Donnerstag auf

Seite 1 mit ›Tod am Häcklerweiher‹ aufgemacht. Praktisch als Gegengewicht zur Wettervorhersage auf der letzten Seite. Denn auch heute würde es wieder ein wunderschöner Spätsommertag werden. Milder als im Juni, als es zu Beginn des Sommers wie bei der Sintflut geschüttet hatte und die Schussen über die Ufer getreten war. Eine Schafskälte hatte damals geherrscht, extrem feucht und kühl.

Im Radio konnte Frau Engels von dem Verbrechen gehört haben.

Theoretisch.

»Wie lange waren Sie am Häcklerweiher?«, übernahm Seeberger wieder das Gespräch.

»Es dürfte«, die Engels strich ihren Pony zur Seite und warf ihn mit einer leichten Bewegung wieder in Form, »gegen zwölf gewesen sein. Ich musste gehen, leider, denn am nächsten Tag hatte ich Schule ...«

»Und die anderen fünf?«

»Genau, wir waren fünf. Vier Frauen und ein Mann. Ich bin als Letzte gegangen ...«

»Wieso vier Frauen? Auf der Bergtour sind Sie doch zu fünft gewesen.«

»Sie sind gut informiert, Herr Kommissar.« Seeberger traf ein kurzer spöttischer Blick. »Frauke konnte nicht.«

»Frauke?«

»Frauke Ullrich. Sie ist vor einigen Wochen nach Hannover gezogen.« Frau Engels ließ sich ins Bett zurück sinken. Sie schloss die Augen und sagte: »Sie tun, als ob jemand in den Weiher gefallen und ertrunken wäre.«

»Von Herrn Zwerger haben Sie sich verabschiedet?«

Die Augendeckel klappten nach oben. »Blöde Frage, ehrlich. Ja, wir haben uns umarmt. Er wollte allein aufräumen, der Gute ...« Die Smaragd-Augen, die einen Teil ihres Feuers verloren hatten, begannen wieder zu leuchten und verloren sich in der Ferne. Entrückt schaute Frau Engels durch die beiden Polizisten hindurch.

Der junge Polizist drückte seinen Rücken gegen die Stuhllehne. Neben dem Bett hing eine Grafik. Ein billiger Druck in einem billigen Rahmen wie im Gang der Polizeidirektion. Eine Sonnenblume in einer ungemähten Wiese. Krankenhauswände zieren meist Blumen oder Landschaften mit halb zerfallenen Hütten, die wir für romantisch halten, seit wir darin nicht mehr wohnen müssen. Fast nie fremde Paradiese, sondern Alltägliches. Höchstens mal ein Motiv vom Mittelmeer oder aus der Toskana. Mit sanft geschwungenen Linien und vereinzelten Olivenbäumen. Immer und überall scheint die Sonne.

»Wirkte Herr Zwerger auf Sie nachdenklich, Frau Engels?«

»Wie meinen Sie das?«

»Melancholisch? Schwermütig …«

»Harty?« Sie lachte und rief sofort ein fröhliches »Aua!«, weil sie mit ihrem Infusionsarm aus Versehen auf die Bettdecke geschlagen hatte.

»Wie würden Sie Herrn Zwerger beschreiben?«

»Er hat Leidenschaft«, sie dachte eine Sekunde nach, »und wir können reden.«

Zwerger musste ein Held gewesen sein. Zumindest für die eine oder andere Frau, ob sie nun Katja Engels oder Annika Gutekunst hieß.

Doch warum ermordete man einen Helden?

Aus Neid?

Oder, weil der Held sich eben doch nicht immer heldenhaft verhielt. Bei der Enteignung des Gotterbarm'schen Hofs hatte Harty Zwerger seine rücksichtslose Seite gezeigt. Fehlte ihm auch bei seinen Bergwanderungen und

Grillabenden das Gewissen? Holte er auf jedem Gebiet, was und welche er kriegen konnte?

Plötzlich stand Weinschenk wieder neben seinem Kollegen. Trotz Schuhgröße 48 konnte er lautlos auftreten. »Wie reagiert eigentlich Ihr Mann …«, brummte er.

»Wir waren vier Frauen!«

»… wenn Sie abends ohne ihn am See grillen?«

»Sie sind aber von vorgestern, Herr Kommissar. Wenn bei jedem Grillfest Ehemänner oder Ehefrauen durchdrehen würden – ach du meine Güte. Stefan hat Besseres zu tun.« Sie gähnte. Doch die Polizisten ließen sich nicht abwimmeln.

»Niemand hat es Ihnen berichtet, Frau Engels, oder?«

Die Frau mit Gipsarm zuckte. »Was? Von was reden Sie die ganze Zeit?« Die grünen Augen blitzten und luden doch ein. Man musste sich hineinstürzen und durfte keine Angst vor dem Abgrund haben – Bungee-Jumping nannte sich das wohl – doch ob man dann im lodernden Feuer verbrannte oder in immerwährender Seligkeit lebte, würde sich erst nach dem Sprung herausstellen.

»Herr Zwerger ist tot«, sagte Seeberger langsam.

»Wie?«

Der athletische Polizist nickte. Sein perfekt rasiertes Kinn ragte etwas kantig aus dem Gesicht heraus. Ein Zeichen, dass Seeberger sich durchsetzen konnte, oder ein Schönheitsfehler?

»Harty?« Die Stimme schrillte.

»Ein Radfahrer hat ihn am Morgen nach der Grillparty tot am Seeufer gefunden.«

Die Stille im Krankenzimmer brach so abrupt herein wie ein Bergsturz, jedoch ohne langes Rumpeln. Von jetzt auf nachher ins Nirwana. Der feste Boden, auf dem Katja Engels gestanden hatte, war jählings abgerutscht und der

Leere gewichen. Das Nichts konnte man mit Händen greifen. So mächtig hatte es sich ausgedehnt.

Minutenlanges Schweigen, bis die strohblonde Frau einen erneuten Anlauf wagte. Sie konnte oder wollte den Tod Zwergers nicht fassen. Ihr Gehirn weigerte sich, die Tatsachen zu akzeptieren.

War die Erde rund?

Nein, sie war eine Scheibe.

»Tot? Wieso tot?«, überlegte die Engels mit flacher Stimme, der jede Spannkraft fehlte. »Gerade eben hat er doch noch gelebt. Ich habe ihn umarmt, er hat gescherzt, er hat mich sogar …«

Sie wollte »geküsst« sagen, zögerte und sagte es dann doch: »Geküsst. Er … er war so lebendig. Ich habe noch nie einen so lebendigen Menschen getroffen.«

»Offensichtlich, Frau Engels, ist er ermordet worden, nachdem Sie ihn verlassen haben.«

»Und ich … ich gehe einfach. Wie hätte ich das ahnen sollen? Sie müssen sich irren, das kann nicht sein. Es kann nicht …«

Die Augen, kreisrund, waren schreckhaft aufgerissen. Doch niemand dachte nun daran, sich in diese smaragdgrünen Augen zu stürzen. Sie glichen Trichtern, in deren Tiefe das Grauen lauerte.

»Wir vermuten, dass der Täter …«

»Oder die Täterin«, ergänzte Weinschenk.

»… es auch auf Sie abgesehen haben könnte.«

Katja Engels keuchte. »Auf mich? Aber warum? Warum nur? Was haben Harty und ich mit einem Mörder zu tun?« Die Augen erloschen, als ob sich ein grauer Schleier über sie gelegt hätte.

Der strohblonde Engel glich einem Chamäleon. In einer

Sekunde himmelhochjauchzend, in der anderen zu Tode betrübt. Wie alt sie wohl war? 43 Jahre, wenn Seeberger und Weinschenk nicht irrten. Aber sie wirkte auf die beiden Polizisten wie eine 14-Jährige. Wie ein junges Mädchen, das die Liebe ihres Lebens getroffen hat. Da brauchte man nicht viel um den heißen Brei herum zu reden. Katja Engels war in den nackten Mann verliebt. Hundert pro.

Auch Annika Gutekunst, spröde Vizechefin der GPO-Bank, hatte von Harty Zwerger geschwärmt. Nur eine platonische Liebe? Oder hatte ihr Chef mit ihr Spaziergänge im Altdorfer Wald unternommen? Frau Gutekunst war anders als die sportliche Katja Engels nicht der Typ Bergfee. Touren auf steilen Hängen im Gebirge konnte sich bei der Gutekunst keiner der beiden Polizisten vorstellen.

Vier Frauen und ein Mann grillen am Häcklerweiher. Hatte diese Konstellation in sich genug Sprengkraft, die zu einem Mord führen konnte? Fand sich das Motiv innerhalb oder außerhalb der Gruppe?

Der Gotterbarm könnte vielleicht weiter helfen.

Wenn er nicht verschwunden wäre.

Ob das ein Eingeständnis seiner Schuld bedeutete? Zumindest machte es ihn verdächtig. Auf der anderen Seite konnte es auch durchaus sein, dass er über das Ableben seines Feindes nicht einmal Bescheid wusste.

Aber auch dies reine Vermutung.

Man konnte es drehen und wenden, wie man wollte: Der 78-Jährige blieb die Schlüsselfigur.

»Kennen Sie einen Herrn Gotterbarm?«, wollte Weinschenk wissen.

»Wen?« Die Frau wirkte irritiert.

Vermutlich hatte sie den Mörder um wenige Minuten verfehlt. Vielleicht war sie dem Mörder aber auch, zum Beispiel beim Sturz vom Rad, begegnet, ohne es zu ahnen. Sie war die einzige Zeugin, die einzig mögliche Zeugin. Sie musste sich erinnern, verdammt noch mal, an irgendetwas, irgendetwas Ungewöhnliches. Oder auch an etwas Gewöhnliches, was auf den Mörder hinweisen konnte.

»Frau Engels«, sagte Seeberger eindringlich, »ich frage Sie noch einmal: Haben Sie jemanden bei Ihrer Fahrt durch den Wald bemerkt?«

Ein strohblonder Kopf drehte sich schwerfällig nach links und nach rechts, bevor er zur Starre gefror.

Zukunft. Freude. Neues Leben. Aufbruch.

Aus und vorbei.

»Frau Engels, bitte erinnern Sie sich noch einmal an die Sekunden, bevor Sie vom Rad gestürzt sind.«

Mit sichtbarer Anstrengung sagte das Model, das urplötzlich ein Jahrzehnt älter geworden war und auf einmal zur Generation 50plus gehörte: »Eine Unebenheit, ein Stein, vermute ich. Ich war etwas beschwipst. Da lässt die Konzentration nach. Menschen habe ich nicht bemerkt. Wie sollte ich? Vielleicht war ich einfach nur glücklich.«

Der Blick hob sich.

»Oder am Feuer. Am Lagerfeuer. Sie waren die Letzte, sagten sie …«

Ein müdes Nicken.

»Ist Ihnen irgendetwas aufgefallen?«

Katja Engels wusste plötzlich nicht mehr, wen sie anblicken sollte: den jüngeren gut gebauten, freundlich wirkenden Kripobeamten oder den massigen Polizisten mit Doppelkinn und Silberhaar. Ihr Gesicht, blutleer, wirkte wächsern, was durch die strohblonden Haare verstärkt wurde. Im Bett lag eine Puppe aus Wachs.

Doch sie lebte. Die Trichteraugen hatten sich mit Tränen gefüllt, füllten sich weiter. Noch floss nichts über.

»Ein Geräusch …«, sagte die Puppe.

So leise, dass Seeberger nachfragen musste: »Wie bitte?«

»Es hat geraschelt. Eine Maus …«

»Eine Maus?«

»Wir haben gegrillt und geredet. Und nicht auf den Wald gehört. Maus, Ratte, Wildschwein. Ich weiß es nicht.«

»Ein Wildschwein hätten Sie bemerkt«, wusste Weinschenk.

»Dann eben keine Wildsau. Eine Ratte, Maus oder sonst was. Wir haben niemanden gesehen, es war ja stockdunkel, aber ein Ast hat gekracht …«

»Als ob jemand draufgetreten wäre?«

Die Puppe zuckte mit den Schultern.

»Und dann hat es im See geplätschert …«

»Könnte dies auch ein Mensch gewesen sein?«

»Ein Mensch. Ein Mensch im See?«

»Im Wald?«

Katja Engels dachte lange nach. Die Polizisten hatten den Eindruck, als ob sie eingeschlafen wäre. Doch ihre Augen flackerten wieder. »Ich habe Harty gefragt. Ich erinnere mich. Aber er hat das Geräusch locker zur Seite gewischt. Im Wald sei es nie ruhig, hat er gemeint. Und er hat mich verspottet, weil ich als Lehrerin wissen müsste …«

Sie stockte, bevor sie rief: »Ich habe ihn geliebt! Wir haben ihn alle geliebt! Er war so gut …«

»Was meinen Sie mit gut? Gut zu Ihnen?«

»Auch, auch, natürlich. Er war zu allen Menschen gut …«

Die Engels hielt die Luft an. Einen Moment später brach

der Tränenvulkan aus. Katja Engels brüllte und schlug auf die Decke. Sie spürte weder den Arm in Gips noch die Infusionsnadel in der rechten Hand.

Die Schwester mit russischem Akzent steckte den Kopf durch die Tür. Unfreundlich brummte der Grizzly, sodass sein Doppelkinn vibrierte. Die Frau in Weiß verschwand wieder.

Der strohblonde Engel presste die Lippen zusammen, sodass diese ihre rote Farbe verloren. Tränen perlten von der Stirn. Oder waren das Schweißtropfen?

Krachend ging die Tür auf. Ein Arzt in langem weißem Kittel eilte herein, gefolgt von der Schwester mit russischem Akzent und deren Kollegin.

»Sie bringen mir meine Patienten um!«, donnerte der Arzt und schob den kolossalen Weinschenk zur Seite.

Seeberger erhob sich. Der Mediziner beachtete ihn nicht, sondern machte sich an der rechten Hand des strohblonden Engels zu schaffen.

Die russische Krankenschwester zeigte mit ihren Augen zur Tür.

Wenn das nun mal kein Rausschmiss war.

NEUN

Er musste den Tatort sehen, die beiden Tatorte. Den am Häcklerweiher, den er kannte, und die Stelle auf dem Waldweg, an der Katja Engels gestürzt war. Zu viele Fäden, die abrupt abbrachen. Zu viele Strömungen, die in alle Richtungen und nirgendwohin wirbelten.

Das zweite Mal innerhalb weniger Tage befuhr er, diesmal allein, die Straße nach Norden, die ihn selten anzog. Richtung Bärenhöhle und Schwäbische Alb. Während Weinschenk mit den uniformierten Kollegen im Schussental den Gotterbarm jagte.

Anders als der Grizzly träumte Mäx Seeberger nicht vom Fang eines Riesenfisches, der ihn mit Foto in die Zeitung bringen würde. Er entspannte sich beim Hören von Jazzmusik, beim Fußball oder, so merkwürdig dies klang, bei der Besichtigung eines Tatorts.

Manchmal glichen sich Seebergers Logik und Weinschenks Intuition. Wie konnte eine intelligente Frau wie die Engels solch einen Unsinn absondern? Wieso war sie, eine erfahrene Radfahrerin, in der Nacht vom Rad gestürzt? Wahrscheinlich log sie, denn garantiert hatte sie zu viel getrunken gehabt. An eine Alkoholkontrolle hatte niemand gedacht, nicht einmal der unfehlbare Dr. Renz. Und später im Krankenhaus ging es nur darum, sie zu röntgen und ihren Arm einzugipsen.

Oder setzte bei einer Affäre tatsächlich das Gehirn aus – sogar ohne Alkohol? Seeberger, bei Frauen eher zurückhaltend, wusste dies bloß vom Hörensagen. Was man eben so las. Oder hatte Katja Engels etwas zu verbergen? Dazu passte der Fahrradunfall aber nicht. Zumindest, wenn er ein Anschlag gewesen war.

Was verband die Engels mit dem guten Menschen Harty Zwerger? Eine Affäre? Damit eröffnete sich ein neues Tatmotiv. Dem Ehemann der Engelsfrau konnten die regelmäßigen Grillpartys am Häcklerweiher nicht gefallen.

Denn beim Grillen war es nicht geblieben.

»Wie war das Wasser?«, hatte Weinschenk Katja Engels im Hospital gefragt.

»Saukalt. Aber ich hab die Kälte gar nicht gespürt. Ich hatte scheußliche Angst, dass mich ein Fisch anknabbert.«

»Vier Frauen und ein Mann schwimmen im See«, hatte Weinschenk vor dem Eingang zum Krankenhaus gemeint, »und anschließend wärmen sie sich am Lagerfeuer. Du verstehst, auf was ich hinaus will?«

»Drei Frauen«, hatte Seeberger widersprochen. »du musst richtig zählen. Eine ist nicht mitgeschwommen. Eine Tanja, wenn ich mich recht entsinne. Spricht dies für oder gegen Tanja … Wie heißt sie mit Nachnamen?«

»Vees?«

»Genau. Vielleicht hatte sie keinen Bikini eingepackt?«

»Meinst du nicht ernst.«

»Was?«

»Mäx, du glaubst doch nicht, dass die mit der Badehose geschwommen sind?«

»Wie sonst, Jogi?«

Die beiden Polizisten verstanden sich außergewöhnlich gut. Sie ergänzten sich, gerade weil sie nicht immer gleich wie Klone reagierten. Die zehn Jahre Altersunterschied verblüfften, denn häufig reagierte der jüngere Seeberger zugeknöpfter und auch spießiger. Die Jugend von heute schaute Pornos, duschte aber nie nach dem Fußballspiel in der Gemeinschaftsdusche. Denn dort musste man sich nackt ausziehen.

»Wie sonst?« Weinschenks Bass dröhnte. »Mein lieber Kollege, du bist ganz schön naiv. Die waren alle nackt, wie Gott sie schuf.«

»Sicher?«

Nicht zu fassen! In welcher Welt lebte Seeberger, unverheiratet und gut aussehend?

Regelmäßig bemerkte Weinschenk die Blicke, die Frauen seinem jüngeren Kollegen hinterher warfen. Sogar seine eigene Frau schwärmte von Seebergers sportlicher Figur und dessen perfekten Manieren. Der Typ Schwiegersohn kam an. Nur nicht bei den Frauen, auf die Mäx Seeberger ein Auge geworfen hatte. Oder warf er gar kein Auge auf Frauen? Hatte er, seit seine Kollegin ihn verlassen hatte, seine andere Seite entdeckt?

»Du verarschst mich, Mäx, oder? … Nicht. Du bist mir ein verkeilter Oberschwabe. Erinner dich mal: Wie war das mit 14, 15? Wir sind in der Gruppe an den See geradelt, haben rumgeblödelt und geraucht, und dann auf einmal hat sich einer ausgezogen. Und bevor die anderen wussten, was geschieht, ist er ins Wasser gesprungen. Kurz haben wir gezögert, doch dann hat es ihm jeder nachgemacht. Die Mädels ebenso …«

Was bedeutete das Schweigen? »Du nicht, Mäx? Mein Gott!« Wie konnte einer Erfolge bei der Kripo feiern, Polizeihauptkommissar werden und noch nie nackt in einem See gebadet haben?

»Wir alle«, fuhr Weinschenk fort, »hatten das Gefühl, wir tun was Verbotenes. Oder zumindest überschreiten wir eine Grenze. An manchen Seen stehen sogar heute noch

Schilder ›Nacktbaden verboten‹. Irgendwie lächerlich. Als ob dies bei Jugendlichen was bewirken würde. Das glatte Gegenteil ist der Fall. Und Enten können auch nicht lesen und kacken munter die Weiher voll.« Der Koloss kicherte. »Jetzt überspring 25 Jahre und stell dir unsere 40-Jährigen am Häcklerweiher vor, alle mehr oder weniger in der Midlife-Crisis und gleichzeitig pubertierend.«

»Soll ich mir jetzt einen nackten Busen ausmalen, Jogi? Bei Nacht ist es dunkel. Du siehst nix oder nur wenig.«

»Zugegeben, Mäx, sonst hätten wir uns das Nacktbaden damals wahrscheinlich nicht getraut. Aber wenn der Harty Zwerger hinter der Katja Engels ans Ufer steigt, und das Feuer flackert auf, also wenn in dem Moment nicht Zwergers Sehnsucht hochschnellt …«

»Erregung meinst du.«

»Dann weiß ich auch nicht mehr.«

Konnte Seeberger der Logik auch auf Gebieten trauen, die ihm fremd waren? Oder hatte die Urteilskraft nichts mit Kategorien wie bekannt oder unbekannt zu tun? Auf der anderen Seite: So schwer war das mit dem Planschen im See nun wirklich nicht. Vielleicht stand Seeberger sich manchmal tatsächlich selber im Weg. Eine gewisse Lockerheit würde ihm gut tun.

»Und vergiss nicht, Mäx, unser Bankchef war nackt, als er ermordet wurde.«

»Der Täter dürfte ihn kaum ausgezogen haben. Einverstanden.«

»Eine schöne Leiche, nicht? Außen hui und innen pfui.«

»Halbseiden«, kam Seeberger in den Sinn.

30 Minuten nach dieser für das Opfer wenig schmeichelhaften Aussage setzte Mäx Seeberger den Blinker und parkte direkt vor der Holztafel mit verschiedenfarbigen

Linien, die Spazierwege auf der Blitzenreuter Seenplatte anzeigten. Der Kapellenweg, um einen der verschiedenen Themenwege zu nennen, führte nicht nur von Gotteshaus zu Gotteshaus, sondern auch an verschiedenen Gaststätten vorbei.

Nicht heute.

Bereits wenige Meter vom Auto entfernt atmete Seeberger die gute Luft. Der Wald hatte was für sich. Abseits aller Deutschtümelei und Romantik.

Seebergers Blick streifte ein einsames Peugeot Cabrio, wie es in Deutschland immer stärker in Mode kam. Die wenigsten wählten wie in diesem Fall Rot, sondern entschieden sich für Schwarz. Dieses Auto fuhren Menschen mit einer Leidenschaft für das Besondere. Und waren selber besonders. Entweder, weil sie sich keinen hochklassigeren Wagen leisten konnten. Oder, weil sie bewusst kein Luxus-Automobil wollten.

Deutschland, das Land der Neider. Seeberger hatte gelesen, dass die reichen Hamburger den Golf in der Einfahrt parkten und den Mercedes oder BMW verschämt in die Garage stellten.

»Herr Seeberger!«

»Hm.« Er war tief in Gedanken gewesen und drehte unentschlossen den Kopf, als ob er den Ruf nicht gehört hätte.

»Sie?« Der Nebel um Seebergers Gehirn hatte sich im Bruchteil einer Sekunde aufgelöst. »Was suchen Sie hier?«

Hätte Koloss Weinschenk diese Frage gestellt, garantiert hätte sie ihn angeblafft. Doch Annika Gutekunst, stellvertretende Chefin der GPO-Bank, lächelte. Die Frau im engen Kleid zog den Kopf ein und blickte ängstlich oder theatralisch über ihre Schultern, als ob es jemand auf sie abgesehen hätte. Ihre Stimmlage änderte sich. »Das Monster ist heute nicht dabei?«

»Sie sprechen von meinem Kollegen?«

Ein wortloses schweres Nicken.

»Seine körperliche Präsenz beeindruckt, nicht?«

»Ich würde eher von Erdrücken reden. Unter diesem Berg von Mann möchte ich als Frau nicht liegen.«

Ihre Gesichtsmuskeln beruhigten sich schnell wieder, als Seeberger nicht mitlachte. Er mochte es nicht, wenn andere auf Kosten seines Kollegen ihre Witze rissen. Vielleicht erklärte auch dies das gute Verhältnis, das Seeberger und Weinschenk miteinander pflegten.

»Ich habe noch nicht von ihm Abschied genommen. Herrn Zwerger … Harty …« Sie schluckte. Die Arroganz, in die sie sich in der Bank eingehüllt hatte, war verschwunden. Auch die Kühle, das Plastikhafte, Unlebendige hatte sich verflüchtigt.

»Darf ich den Tatort sehen? Begleiten Sie mich doch, Herr Seeberger! Bitte! Allein getraue ich mich nicht.«

Unschlüssig starrte der Polizist zum Weiher. In der Ferne erhoben sich die Zacken von Säntis und Altmann, die hinterm Bodensee aus der Schweiz grüßten. Zähnchen in einem überdimensionalen Gebiss, das sich über den Horizont gelegt hatte. Besonders im Frühjahr und Herbst rückten die schneebedeckten Berge ganz dicht an Oberschwaben.

»Ich hatte Schiss … echt. Ich hab mich nicht aus dem Wagen getraut. Und mich eingeschlossen.« Sie lachte grell auf. »Doch ich hab's auch nicht geschafft, den Motor wieder zu starten. Wie gelähmt saß ich da. Ich hab gewartet. Keine Ahnung, wie lange. Eine Stunde mindestens. Und dann sind Sie aufgetaucht. Wie der …«

Wie der weiße Ritter im Märchen!

Die Schärfe, die Annika Gutekunst in der Bank vermittelt hatte, war verschwunden. Wie jeder Mensch hatte sie mehrere Gesichter. Doch wie bei kaum einem Menschen wiesen diese Gesichter fast gar keine Überschneidungen auf. Welches Antlitz entsprach ihrem wirklichen Ich? Oder existierte hier keine Ehrlichkeit? Seeberger und Weinschenk hatten die stellvertretende Filialleiterin als oberflächlich eingeschätzt. Eindeutig mehr Schein als Sein. Doch auf dem Parkplatz beim Häcklerweiher wirkte sie nun alles andere als aus einer Glanzbroschüre. Zumindest wesentlich authentischer.

»Vor was verspüren Sie Angst, Frau Gutekunst?«

Die Blitzsaubere blickte Seeberger mitten ins Gesicht und doch durch ihn hindurch. »Vor seinem Geist …«

»Herr Zwerger?«

»Ich hab von ihm geträumt …« Ihr Atem brach ab, ihre Augen vergrößerten sich.

Wie in der Bankfiliale trug sie ein schwarzes Kleid, der Saum diesmal ganz knapp oberhalb des Knies, aber nicht so eng geschnitten. Darüber ein hellgraues extrem kurzes Jackett.

Mit ihrem lila Lidschatten über den falschen Wimpern wirkte Annika Gutekunst auf Seeberger plötzlich duster. Wie eine Vampirin.

»Harty … Herr Zwerger, meine ich, ist in den Abgrund gestürzt und hat mich mitgerissen. Wieder und wieder der gleiche Traum. Meist sind wir gar nicht in der Schlucht unten angekommen, sondern endlos gefallen. Eine Reise, die nie aufhört. Manchmal aber sind wir unten aufgeprallt. So hart, dass es mir den Atem genommen hat. Und die Glieder zerschlagen. Ich lag da, einen Meter von Harty entfernt, und konnte ihn doch nicht erreichen. Ich hab geschrien und geweint. Ich konnte mich nicht bewegen. Seine Schulter habe ich einen halben Meter entfernt gesehen, nicht jedoch sein Gesicht.«

Sie schloss kurz die Augen, als ob sie die Wirklichkeit nicht wahrnehmen wollte, und öffnete sie wieder, während sie einatmete.

Stand Frau Gutekunst tatsächlich auf der Seite des Lichts? Und war sie damit eine natürliche Verbündete der Polizisten, die das Gute verkörperten?

Seeberger teilte nicht die radikalen Ansichten seines massigen Kollegen, der die Zweiteilung in Schurken und Helden ablehnte. Doch er musste zugeben, dass ihm die Einordnung Herrn Zwergers in eine der beiden Kategorien schwerfiel. Vielleicht verspürte er auch Neid auf den erfolgreichen Frauenversteher, wobei Neid übertrieben war. Doch in ihm regte sich ein gesundes Misstrauen. Die unterschiedlichsten Frauen vergötterten den Bergführer. Sogar selbstbewusste Frauen, die auf Emanzipation bestanden, verdrehten verklärt ihre Augen, sobald ihnen der Banker in den Sinn kam.

Hirnwäsche? Der Guru und seine Sexkommune? Mit doppeltem Fragezeichen am Ende. Dabei hätten sie einander vermutlich am liebsten die Augen ausgekratzt. Zumindest die Frauen. Oder aber sie logen.

Wenn Zwerger nicht für das Gute stand, und davon musste Seeberger wohl ausgehen, vielleicht verkörperte dann auch der enteignete Gotterbarm nicht das Böse.

Vielleicht war er trotzdem ein Mörder.

Scheiß ›vielleicht‹! Wenn man den Gotterbarm nicht in die Zange nehmen konnte.

»Dann kommen Sie«, entschloss sich Seeberger. »Ich zeig's ihnen.«

Auch Annika Gutekunst konnte ihren Angebeteten vergiftet haben. Hatte sie Zwerger nur platonisch geliebt oder seinen Stachel in ihrem Fleisch gespürt? Eine Ex-Geliebte, die voller Eifersucht zur Mörderin geworden war?

Ein Rest des weiß-roten Flatterbandes wehte an der dritten Badebucht an einem Baum. Und würde es in einem Jahr noch tun, wenn niemand den Streifen abschnitt. Plastik verrottete nicht.

Ein verkohlter Stamm, einen Meter lang, ruhte in den Resten eines Grillfeuers. Wie dramatisch das letzte Grillen geendet hatte, konnte niemand mehr erahnen. Im Gegenteil: Die Szene glich einem Postkartenmotiv. Zwei Enten, die auf einem friedlichen Weiher mit Alpenblick schwammen und regelmäßig den Kopf unters Wasser steckten. Von Erdbeeren am Seeufer keine Spur mehr.

Annika Gutekunst starrte in das erloschene Feuer, als sie plötzlich schwankte. Seeberger streckte die Arme aus und fing die schlanke Frau auf. Sie ließ sich nur kurz hängen, bevor sie sich mit einem Ruck befreite.

»Geht's wieder?«

Sie nickte. »Danke. Die Bilder waren zu stark. Sie haben mich überwältigt.« Sie stierte in das verkohlte Holz. »Und wo haben Sie ihn gefunden?«

»Nicht wir. Ein Radfahrer. Sie stehen genau an der Stelle.«

Erneut kippte sie fast in Ohnmacht und trippelte dann schnell neun oder zehn Schritte zurück. Sie wirkte gehetzt. Wie ein Kaninchen, das flüchtet, aber mitten in seiner Flucht zusammenbricht. Als ob Annika Gutekunst von dem Polizisten den Todesbiss erwartete.

Seeberger hatte nicht vor, die braungebrannte Frau anzuknabbern. Er konzentrierte sich auf das Ufer.

Jetzt mal nachdenken: Katja Engels hatte ein Geräusch gehört. Wie wenn ein Ast abbricht.

Vom Parkplatz her konnte sich niemand an die Grillstelle anschleichen. Zumindest bedeutete dies ein zu großes Risiko. Katja Engels und auch die anderen Frauen waren Richtung Bundesstraße abgezogen.

Also die andere Richtung.

Wenige Meter entfernt erhob sich eine mächtige Buche. Und tatsächlich. Dahinter fand Seeberger einen daumendicken Ast, der zerbrochen war. Die Bruchstelle schimmerte hell, als ob ein Schuh das Holz erst vor kurzer Zeit gespalten hätte.

Seeberger fotografierte den Ast mit seinem Smartphone, bevor er dem Seeufer folgte. In Stammnähe des nächsten massigen Baums stieß er wiederum auf Äste, die jemand zertreten oder auseinandergebrochen hatte. Die Ästchen wirkten auf ihn jedoch zu dünn, um das Krachen zu erzeugen, das Frau Engels bemerkt hatte.

Auf der gegenüberliegenden Seite des Waldwegs, der dicht am Ufer entlangführte, wuchs dichtes Unterholz.

Seeberger scheute sich, in das dichte Gestrüpp einzudringen. Eine Maus würde dort Platz finden, aber kein Mensch. Abgesehen von den Zecken, die man sich bei einem Versuch zuzog. Höchstens ein Wildschwein konnte durch das Buschwerk brechen. Aber nicht einmal Betrunkene würden dieses Dauerkrachen überhören.

Frau Engels hatte von Geräuschen geredet, einem wiederholten Knacken, dem stets Stille folgte. So als ob eine Person sich vorantastete und trotz aller Vorsicht immer wieder auf Holz trat.

Möglicherweise Gotterbarm. Immer wieder Gotterbarm. Ein alter Mann, der Mühe mit seiner Koordination zeigte.

Oder aber ein gehörnter Ehemann, der sich mit wildem Herzklopfen angeschlichen hatte und hinterm Baum kauerte.

Konnte sein. Konnte aber auch nicht sein.

Auf dem Waldboden fanden sich unzählige Äste, an den verschiedensten Stellen abgebrochen.

Sie mussten die anderen Frauen vom Grillabend befragen. Dringend. Die waren bestimmt nicht alle unverheiratet.

Seeberger hob sein Smartphone ans Ohr, brach kurz entschlossen die Verbindung ab und steckte es in die Tasche. Vielleicht war das jetzt nicht die feine Art, aber er musste es riskieren. No risk, no fun. Blödes Sprichwort.

Laub knisterte unter Seebergers Schuhen.

Annika Gutekunst hatte sich nicht bewegt. Sie wirkte wie in Stein gemeißelt, wenn sich auch kein Barockbildhauer an solch kurze Röcke gewagt hätte. Damals hatten die Menschen dralle Formen bevorzugt, was Seeberger, selber drahtig und schlank, zwei Jahrhunderte später nicht nachvollziehen konnte.

Die Sonne beschien leicht erhöhte, aber dürre Wangenknochen. Das Gesicht blieb bleich wie Sandstein trotz der Bräune.

»Frau Gutekunst, was ich Sie noch fragen wollte: Hatten Sie persönlich jemals mit Herrn Gotterbarm zu tun?«

Das Schweigen war nicht bloß ein Schweigen, es nahm Gestalt an, wirkte wie eine Mauer.

»Warum fragen Sie?«

Was für ein Stimmchen ohne jegliche Arroganz. Trotzdem misstraute Seeberger der Frau, die ihn in seinem Bauch nervös machte. Log sie oder litt sie?

»Herr Gotterbarm war Chefsache, Herr Seeberger.«

»Sie finden gut, was Ihr Chef getan hat?«

Die Statue löste sich aus ihrer Erstarrung. Sie schüttelte die braunen Haare zwei-, dreimal. Staub rieselte. Nein, zwei Tannenzapfen waren von einem Baumwipfel gefallen. Ein Eichhörnchen oder der Wind, der am Weiherufer nicht zu spüren war.

»Ich finde überhaupt nichts. Herr Gotterbarm hat der Bank Geld geschuldet. Und Herr Zwerger hat dafür Sorge getragen, dass er bezahlt hat. Basta.«

Wenn da eine nicht dreist die Tatsachen verdrehte. »Hat er eben nicht. Er hat dafür gesorgt, dass Herr Gotterbarm von Haus und Hof gejagt wird.«

»Sind Sie Gotterbarms Anwalt?« Die Frau mit dem lila Lidschatten stampfte mit ihren halbhohen Absätzen hart auf den Boden.

»Sagen wir so, Frau Gutekunst: Die Bank hat Herrn Gotterbarm enteignen lassen. Und damit ruiniert.«

»Dies mag bedauerlich sein. Aber so ist der Lauf der Dinge.«

Wieso verteidigte Seeberger den Gotterbarm, den er nicht einmal kannte, und den die Polizei als Tatverdächtigen hatte zur Fahndung ausschreiben lassen? Ohne es zu wollen, hatte er die Position des knorrigen Weinschenk eingenommen.

Alles befand sich im Fluss: Auch seine Einschätzung der stellvertretenden Bankchefin änderte sich unentwegt: von attraktiv und sympathisch zu herablassend und arrogant, von hilflos zu Kotzbrocken.

»Frau Gutekunst, wie oft haben Sie Herrn Gotterbarm getroffen?«

»Ein- oder zweimal hab ich ihn gesehen.«

Seeberger wartete.

»Ein unangenehmer Mensch. Hohe Stimme, schlecht

angezogen, unverschämt. Er hat immer nur gefordert: Zahlungsaufschub, einen neuen Kredit. Immer wollte er eine Extrabehandlung.«

»Also kennen Sie ihn doch?«

Die lila umrandeten Augen blitzten Seeberger an. »Ich habe ihn ein- oder zweimal in der Bank erlebt. Sagte ich Ihnen bereits. Reden Sie mit ihm. Dann werden Sie mir recht geben.«

Wenn es so einfach wäre. Er hatte den Gotterbarm noch nie mit eigenen Augen gesehen. Er kannte ihn nur von dem Foto im Allgäumag, das den Bauern vor dem mit einer Stahlkette abgesperrten Scheunentor zeigte. Gotterbarm, ein eher kleiner Mann, hatte darauf unsicher gewirkt, ungläubig, geschockt. Oder irrte Seeberger? Denn wie konnte er die Reaktion des Bauern auf die Hofräumung anhand eines Bildes beurteilen? Gotterbarm hatte sich mit der Hand am Riegel des Scheunentors festgehalten. Nicht daran gezogen, nicht gezerrt, nicht mit der Axt auf das Holz eingeschlagen. Fast ein wenig zärtlich, als ob er sich von seinem Hof verabschieden wollte.

Seeberger zögerte, was er von dem Bauern halten sollte. Er misstraute Journalisten, ob sie fürs Allgäumag oder die Tageszeitung schrieben. Die Polizei wusste von dem Bauern nichts wirklich, außer dass er wahrscheinlich ein Eigenbrötler war. Ein Querdenker. Verschroben. Die Bäckerin in Waldburg hatte dies bestätigt. Doch wäre er dem Gotterbarm jetzt im Wald begegnet, er hätte ihn nicht einmal erkannt. Obwohl er sich noch an die ausgelaugte Haltung des 78-Jährigen erinnern konnte, hatten sich dessen Gesichtszüge in Seebergers Gehirn verflüchtigt.

Schweigend liefen der Polizist und die stellvertretende Bankchefin die 100 Meter zum Parkplatz zurück.

Zwei Jogger mit Schäferhund hetzten an ihnen vorbei, sodass die Steinchen auf dem Weg zur Seite spritzten. Während das Tier spielerisch ausgriff, keuchte einer der beiden Läufer. So laut und so abgehackt, dass der Notarzt möglicherweise auch heute wieder die Blitzenreuter Seenplatte ansteuern musste, wenn der überforderte Läufer sich keine Pause gönnte. Sport ist Mord, durchfuhr es Seeberger, der körperliche Betätigung liebte und sich dabei gern quälte. Aber mit Freude und keinem Ächzen, als ob auf der Streckbank, dem mittelalterlichen Folterinstrument, seine Knochen aus den Gelenkpfannen gerissen würden.

Irgendwie schaffte der Läufer es, Bein vor Bein zu setzen und in der Röhre zu verschwinden, die unter der Bundesstraße hindurchführte.

Wenige Sekunden später hörte auch das Ächzen auf. Zumindest dort, wo Seeberger unschlüssig darauf wartete, dass die Gutekunst sich verabschiedete. Doch sie fragte mit weicher Stimme: »Darf ich Sie begleiten, Herr Seeberger?«

Er musste unwillig gewirkt haben, denn sie schob sofort nach: »Ich brauche Gesellschaft. Das verstehen Sie doch, in meiner Situation?«

Und da schnappte sie sich ausgerechnet den Kripobeamten, der den Mord an ihrem Chef aufklärte?

Aus welchem Grund sie sich bloß so hartnäckig verhielt? Ob sie in Erfahrung bringen wollte, was die Polizei wusste, und Seeberger als leichtes Opfer betrachtete? Hielt sie ihn tatsächlich für dumm genug, ihre Absichten nicht zu durchschauen?

Seebergers Sympathie sackte wieder in sich zusammen.

Hinter der röhrenartigen Unterführung bog der Weg nach links ab und führte eine kurze Strecke parallel an der Bundesstraße entlang, bevor er sich von ihr entfernte. Die

Autos brausten in beide Richtungen. Motoren, die nicht hochgeschaltet wurden, heulten wütend auf. Beschleunigung als Sinn in sich, ohne irgendeinen Sinn zu machen.

Nicht weit entfernt musste die Engels vom Rad gestürzt sein.

Annika Gutekunst stöckelte neben Seeberger her, der innerlich grinsen musste. Sie hatte Mühe, mit ihm Schritt zu halten. Minidress und rote Lackpumps als perfekte Ausstattung für unebenes Gelände.

»Woher sollte ich ahnen, dass wir einen Waldspaziergang machen?«

Seeberger konnte sich ein »Ich hab Sie nicht gebeten, mitzugehen« nicht verkneifen.

Dass die Gutekunst sich allein vom Frotzeln nicht abschrecken ließ, war selbstredend.

Seeberger zog sein Smartphone aus der Tasche und blätterte bis zu den Fotos, die Notarzt Dr. Renz dem verehrten Weinschenk geschickt hatte. Katja Engels regungslos und etwas unscharf auf dem harten Boden. Der mit Schottersteinen übersäte Waldweg nach dem Abtransport der Verletzten, der Lenker des Fahrrads am Bildrand zu sehen.

Die Stelle würde nicht einfach zu finden sein. Auf dem Waldweg glich jeder Meter dem anderen. Sogar jeder Baum wirkte gleich, höchstens der eine etwas größer, der andere etwas kleiner.

Aber er würde den Ort aufspüren, an dem der strohblonde Engel vom Rad gesegelt war. Sie hatte nicht nur Prellungen, sondern auch Schürfungen und musste nach ihrem Übersteiger eine Strecke auf dem Boden geschlittert sein.

Seebergers Augen huschten über die rechte Wegkante. Erstaunlich leicht entdeckte er, was er suchte. Spuren, als ob jemand einen Kartoffelsack über den Schotter gezogen hätte.

Aber keine Leiche. Kein aus den Turnschuhen gekippter Läufer. Nicht mal ein Keuchen. Wie der Jogger es ins Tal hinunter geschafft hatte, blieb Seeberger rätselhaft. Aber vielleicht lag er auch hinter der nächsten Kehre.

Der Polizist musste schmunzeln. Zwei Leichen und mit der Engels eine Fast-Leiche. Das wäre es gewesen: ein oberschwäbisches Bermuda-Dreieck, das Tote anzog wie die Motten das Licht.

»Sie amüsieren sich?«, vernahm er die Stimme der Gutekunst.

Er unterließ eine Antwort und blickte zurück. Von wegen ein Kilometer bis zum Parkplatz am Häcklerweiher, wie die schwarzhaarige Sanitäterin angenommen hatte. Keine 500 Meter, vielleicht nur 200.

Motorengeräusch von der nahen Bundesstraße sägte sich immer wieder durch den Wald. Und doch befanden Seeberger und Gutekunst sich in einer anderen Welt, in der langsames Wachstum und kein »schneller, schneller!« den Takt angab. Aber auch dieser Kosmos lebte nicht ewig. Zeichen des Verfalls hatten sich in den einen oder anderen Baumriesen gebohrt.

Direkt neben dem Unfallort streckte sich ein Stamm, so massig wie Weinschenk, in die Höhe. Eine Tanne oder eine Fichte, vermutete Seeberger. Ihr Dach überragte die Spitzen der anderen Hölzer.

Auf Kopfhöhe waren drei Täfelchen befestigt, die drei Wanderwege kennzeichneten. Etwas tiefer hatte sich die borstige Rinde gelöst. Eine nackte Fläche, gut 30 Zentimeter im Durchmesser.

Fingernagelgroße Löcher übersäten das Holz. Die Gänge von Maden und Käfern. Ein Specht hatte auf der Suche nach Nahrung ein faustgroßes Loch in das schutzlose Holz gehämmert. Und konnte es doch nicht verhindern, dass die Insekten den Baum von innen heraus auffraßen. Ein schreckliches Ende. Wieder schlug der Tod in der Nähe des Weihers zu.

Hoppla, was bedeutete das? Halb im Unterholz steckte ein Ast, der dort nicht hingehörte.

Seeberger schlüpfte in Einweghandschuhe, die er aus seiner Jackentasche gezogen hatte, und bückte sich.

Der Stab, vielleicht zwei Meter lang, war am Griff eindeutig abgebrochen und stammte aus dem Wald. Nichts Besonderes. Doch das Vorderende überraschte. Angespitzt. Deutlich erkannte Seeberger die Schneidspuren eines Taschenmessers.

Ein Grillspieß vom Lagerfeuer?

Was suchte er dann am Unfallort?

Eine Frage, die an den Grundfesten rüttelte. An der Stellung des Ich im Kosmos.

Rache? Oder der nun nachgewiesene Versuch eines zweiten Mordes?

Wie hätte Seeberger reagiert, hätte seine Frau jede Woche mit einem Konkurrenten am See gegrillt? Seine Frau, die er nicht hatte. Also, wie hätte Weinschenk dagegen gehalten? Vermutlich hätte der Dicke es nicht einmal bemerkt.

Waren alle Männer so naiv? Oder hatte Herr Engels von den Verabredungen gewusst, doch seine Frau hatte es nicht gekümmert?

Ging sie offen fremd, wenn sie überhaupt fremdging?

Oder war ihr Mann der typische Pantoffelheld. Große Gosch, nix dahinter.

Bei ihrem Abgang vom Häcklerweiher hatte Katja Engels nichts gesehen. Behauptete sie zumindest.

Doch wusste dies der Mörder?

Die Hand am Fahrradlenker konnte sie sich noch einmal zu ihrem Geliebten umgedreht haben, ohne wirklich etwas wahrzunehmen. Die Flammen züngelten immer niedriger, völlige Dunkelheit umhüllte bald den Weiher.

Und dann war sie eilig aufs Rad gestiegen. Und davon gerast. Wie auf der Flucht.

Aber wer bitte schön konnte einer Radfahrerin zu Fuß den Berg hinab folgen?

Einer Radfahrerin, die betrunken war und Mühe hatte, die Balance zu halten.

War sie an anderer Stelle auch schon vom Rad gekippt? Und von Schnelligkeit durfte keine Rede sein.

Annika Gutekunst, die naturgemäß von Seebergers Gedankenspielen nichts mitbekam und sich eigentlich hätte langweilen müssen, zeigte keine Regung. Sie hatte die Hände gefaltet, als ob sie still ein Mittagsgebet sprechen würde. Vielleicht zeigte sie auch, dass sie kein Wässerchen trüben konnte. Was bei dieser Frau eine saublöde Aussage darstellte.

»Kennen Sie sich hier aus, Herr Seeberger?«

»Nein. Müsste ich das?«

»Unbedingt.« Sie blinzelte ihn an. »Hier ist doch das Naherholungsgebiet für euch Ravensburger. Wenn Sie schon keine Ahnung haben, Herr Kommissar, dann muss ich Ihnen was zeigen.« Sie packte den Polizisten am Ärmel seiner Jeansjacke. »Keine Angst. Dauert nur fünf Minuten. Und gehört in die Sparte Allgemeinbildung.«

Seeberger wusste selber nicht, wieso er, den Grillspieß in der Hand, der Gutekunst folgte. Logisch war es nicht.

Mit ihren halbhohen Absätzen legte sie plötzlich ein mörderisches Tempo vor. Der Weg trat aus dem Wald heraus. Keine Jogger und Hunde in Sicht.

Annika Gutekunst bog nach rechts ab. Das Gelände stieg leicht an.

Ein überdimensionaler Holzstuhl ruhte auf der Höhe der Moräne am Waldrand. Das Geröll hatte ein eiszeitlicher Gletscher vor 15000 Jahren mit sich geführt und immer wieder angehäuft, als er sich in einem beständigen sanften auf und ab in die Alpen zurückzog. Schlangengleich.

Ohne sich um Mäx Seeberger zu kümmern, streckte Frau Gutekunst ihre nackten Arme aus, hielt sich an einem querstehenden Holzbalken fest und kletterte mit einem Ruck auf den Stuhl hinauf.

Sie hatte wohlgeformte Waden, wie sie an der Sitzfläche hing und strampelte.

Sie fing sich. »Kommen Sie hoch.«

Eine seltsame Vernehmung. Zwei Sekunden später hockte der Polizist neben der Gutekunst. Den Grillspieß hatte er unten auf dem Gras abgelegt.

»Und nun, Herr Seeberger, legen Sie den Kopf in den Nacken!«

Tanzte die Gutekunst ihm auf der Nase herum? Er musste aufpassen, dass er sich nicht zum Idioten machte. Trieb sie mit ihm ihre esoterischen Spielchen? Eine Zen-Meditation beim Betrachten der oberschwäbischen Hochebene, die sich bis zu einem Wäldchen erstreckte, aus dem dunkelrote Dächer blinkten. Auf der Blitzenreuter Seenplatte lagen Weiler mit idyllischen Namen wie Wiesenhofen, Grüningen, Einöd.

»Jetzt seien Sie kein Spielverderber. Oder haben Sie Muffensausen?«

Männer zeigten tatsächlich Furcht vor Meditation und Yoga. Skeptisch blickte Seeberger in den blauen Himmel hinauf. Nichts geschah, außer dass weiße Wolken von Osten nach Westen glitten.

Eine sanfte Stimme ertönte: »Jetzt stellen Sie sich vor, Herr Seeberger, dass sich über Ihnen ein Gletscher erstreckt, 100 Meter hoch.«

»100 Meter?« Seeberger senkte den Blick und starrte in die violett umrandeten Augen der Gutekunst. Er konnte jede einzelne Wimper zählen.

»Beeindruckend, nicht?«

Ihm imponierte beides: das kunstvoll geschminkte Gesicht mit den hohen Wangenknochen und die Vorstellung, dass die Gletscherdecke während der letzten Eiszeit fast unvorstellbar hoch gewesen war. Vom Ulmer Münster, 80 Kilometer entfernt, hätte mit seinen 161 Metern bloß die Spitze herausgeschaut. Oder doch nicht. Denn der Gletscher hätte das Kirchengebäude zertrümmert.

Wie das Licht wiesen die beiden Bilder auch Schatten auf: Die Haut am Halsansatz der eleganten Gutekunst blinkte im Sonnenlicht rötlich, ein Hinweis auf Hautprobleme, und der Eispanzer hatte damals jedes Leben in Oberschwaben erdrückt.

»Woher kennen Sie sich so gut aus, Frau Gutekunst?«

»Unten, das Schild. Dort, sehen Sie. Sie müssen nur lesen.«

1:0 für die stellvertretende Bankchefin, die scheinbar quietschfidel ihre Beine baumeln ließ. Die Trauer hatte sie von jetzt auf nachher abgelegt. Oder – ein verrückter Gedanke – freute sie sich sogar über den Tod ihres Chefs, allem Gequatsche zum Trotz? Verfolgte sie der tote Zwerger etwa, weil sie ihn nicht mochte und er ihr das Leben schwer gemacht hatte? Oder hatte sie bei ihm, weil keine Kletterfee, nicht landen können? Obwohl sie sich nichts sehnlicher wünschte, als mit ihm im Häcklerweiher zu schwimmen. Eine mysteriöse Frau.

Häufig mit Weinschenk unterwegs, bildeten die beiden Kriminalbeamten ein eingespieltes Team. Weinschenk provozierte, und Seeberger spielte den Verständnisvollen, der mit dem rauen Kollegen nicht einverstanden war. Doch nun auf dem Holzstuhl musste er den Weinschenk machen. Er fragte in den blauen Himmel hinaus: »Saßen Sie hier mit Herrn Zwerger?«

Annika Gutekunst hatte sich perfekt im Griff. Ohne jede Aggression konterte sie: »Wieso sind Sie an meinem Privatleben interessiert, Herr Seeberger?«

»Eigentlich bin ich mehr an Herrn Zwerger interessiert. Wieso hat er sich scheiden lassen? Vor zwei Jahren war das, oder?«

Als ob sie nachdenken müsste, blickte sie in die Landschaft hinaus. Linker Hand am Rand des Horizonts erhob sich im Wald ein Handymast. In der Ferne konnte man das Schussental mit Ravensburg und Weingarten erahnen. Weiter dahinter erhob sich ein bewaldeter Hügelkamm Richtung Bodensee.

»Vor zwei Jahren, ja. Die Trennung hat sich ewig lang hingezogen. Schon vor der eigentlichen Scheidung hat Harty … Herr Zwerger keinen Ehering mehr getragen.« Annika Gutekunst schluckte plötzlich. »Seine Frau und er, die konnten nicht miteinander. Deswegen kam er immer seltener nach Hause. Jedes Wochenende ist er in die Berge gegangen. Als ob er besessen wäre, hat er plötzlich Viertausender bestiegen. Und dann hat er Touren angeboten. Über den DAV in Ravensburg. Und langsam hat er sich aus seinem schwarzen Loch gearbeitet. Klar trennt sich heute fast jeder. Doch im Einzelfall bringt das Wut und Tränen mit sich. Du bist völlig verzweifelt und verstehst nicht, was dir geschieht. Denn einer wird immer vom anderen Ehepartner übers Ohr gehauen …«

Ob die Gutekunst auch geschieden war?

»Wissen Sie, warum es auseinanderging?«

Frau Gutekunst zog an ihrem Rocksaum, der weit über die Knie nach oben gerutscht war. »Hartys Frau, sie hatte einen Jüngeren …«

Die stellvertretende Bankchefin ließ los, der Rock schnellte 20 Zentimeter zurück. »Ja, das überrascht Sie jetzt, Herr Seeberger. Der gut aussehende, attraktive und wohlhabende Harty Zwerger wird von seiner Frau verlassen. Weil er ihr nicht mehr knackig genug aussieht. Dieser Traum von einem Mann. An jedem Finger jeder Hand hätte er eine haben können. Oder zwei. Aber auch ein erfolgreicher Banker ist vor Enttäuschungen nicht gefeit. Natürlich hat er sich eingebildet, seine Frau sei seine große Liebe. Damals, am Anfang. Hoffen wir wahrscheinlich alle, wenn wir heiraten, nicht? So kann man sich täuschen!«

Annika Gutekunst Stimme hatte an Dramatik gewonnen. Als übte sie für das Vorsprechen bei den Klosterfestspielen in Weingarten. Bei so viel Einsatz würde sie garantiert eine Nebenrolle gewinnen. Mit gewichtiger Miene fuhr sie fort: »Du kannst jederzeit irren … Also, ich meine nicht Sie, Herr Seeberger. Ich spreche mehr allgemein. Von uns allen. Die meisten von uns liegen tatsächlich daneben. Auch Sie – und jetzt spreche ich von Ihnen persönlich – auch Sie haben höchstens eine 50-prozentige Chance. Verrückt, wenn heute jede zweite Ehe in die Brüche geht.«

Leider hatte die Gutekunst nicht unrecht. Zum x-ten Mal hatte sich Seeberger mit seiner Freundin eine Pleite geleistet. Katharina, die seit zwei Monaten in Stuttgart arbeitete, sah dies ähnlich und doch ganz anders. Schuld am Scheitern der Beziehung war allein ihr Ex. Katharina hatte immer kritisiert, dass Seeberger noch nie einen Sonnenuntergang genossen hatte und fast ausschließlich für den Job lebte.

»Harty ist immer ein Alphatier gewesen. Und nun, Herr Seeberger, stellen Sie sich dies mal vor. Das Weibchen hintergeht ihn. Weil er ihr nichts mehr bieten kann. Und dann rennt er los. Voller Frust. Voller Wut. Wie durchgeknallt. Unentwegt auf der Suche nach der einen großen Liebe. Auf der Jagd nach der Person, die ihn perfekt ergänzt, und die er perfekt ergänzt …« Annika Gutekunst folgte mit den Augen einem Traktor, der in der Ferne über einen Feldweg rumpelte. »Manchmal habe ich auch befürchtet, er will Rache.«

»Wie?«

»Na, er will seiner Ehemaligen zeigen, dass er jede haben kann.«

»Hat er Ihnen das verraten, oder vermuten Sie es nur?«

»Ist das nicht offensichtlich, Herr Seeberger? Schauen Sie ihn doch nur an. Von Gott gesegnet und doch verzweifelt, rastlos.«

»Und weil ihm so elend war, hat er dem Wilhelm Gotterbarm eins ausgewischt und ihn vom Hof jagen lassen.«

»Herr Gotterbarm war ein Verbrecher …«

Sie wiederholen sich, dachte Seeberger, ohne es zu äußern. Die Gutekunst wurde ihm wieder unsympathischer. »Mal langsam, Frau Gutekunst. Herr Gotterbarm hatte Schulden …«

»Die er nicht mehr bezahlen konnte. Glauben Sie, das Gericht hätte die Enteignung vorangetrieben, wenn Herr Gotterbarm kein hoffnungsloser Fall gewesen wäre?«

Aufbrausend sprang sie den Polizisten fast an. Gesicht und Oberkörper ruckten auf ihn zu, ihre Nase stoppte nur Zentimeter vor seiner Nase. Er roch das Pfefferminzbonbon, das sie im Mund gehabt hatte.

Seeberger begriff es nicht. Warum stellte sich die Gutekunst so ungestüm auf die Seite ihres Chefs? Warum verkörperte sie mit ihrer ganzen, durchaus ansehnlichen Person die Bankenmacht? Auch bei einer kleinen Bankfiliale ging es um Geld, ausschließlich ums Geld, um Schulden, um Zinsen – und wer diese nicht mehr bezahlen konnte. Und beim Gotterbarm war nix mehr zu holen gewesen.

Wilhelm Gotterbarm, ein Waldburger Bäuerlein, das seine Scholle liebte, aber sich damit nicht zufriedengab. Ein Erfinder und wahrscheinlich auch ein oberschwäbischer Bruddler. Hatte die Bäckerin nicht von seinem Eigensinn und seinem Dickkopf gesprochen?

Bruddeln heißt, einer ist narret und grantig. Nicht weil ihn in dieser Sekunde etwas nervt, sondern weil er generell leidet: am Lauf der Zeit, an der Moderne und am Unverständnis all derer, die keine Bruddler sind.

Seeberger verfügte nicht über den Instinkt Weinschenks, aber manchmal reichte auch die Logik. Er glaubte der Gutekunst nicht. Natürlich hatte der Gotterbarm Schulden gehabt. Aber wieso seine Person bei der stellvertretenden Bankchefin zu solchen Emotionen führte, erschloss sich Seeberger nicht – rein logisch betrachtet.

»Eines verstehe ich nicht, Frau Gutekunst. Warum hassen Sie Herrn Gotterbarm so sehr?«

»Weil er ein Ekel ist. Schlecht angezogen. Unverschämt. Und dann will er für sich noch die Extrawurst. Als ob es in einer Bank keine Vorschriften für Kredite geben würde. Zum Glück hat mein Chef diesem ewigen Fordern den

Riegel vorgeschoben. Gotterbarms Hof ist ein Eurograb. Und seine scheinbaren Erfindungen, die können Sie vergessen. Hat nie richtig Geld gebracht. Und er …« Sie zögerte kurz. »Er müffelt.«

»Sie meinen, er stinkt.«

Unsicher bestätigte sie: »Er riecht. Wenn es heiß ist und er sich aufregt.«

»Frau Gutekunst, würden Sie duschen, wenn Sie nur kaltes Wasser hätten?«

»Wieso kaltes Wasser?«

»In solchen Fällen, wenn einer nicht mehr zahlen kann, und ich nehme mal an, dass Herr Gotterbarm auch seine Stromrechnung nicht beglichen hat, nicht begleichen konnte, wird der Strom abgestellt. Heißes Wasser, ade!«

»Der weiß doch gar nicht, was eine Dusche ist.«

»Frau Gutekunst, jetzt beantworten Sie mir einfach die Frage, warum Herr Gotterbarm Sie zur Weißglut bringt.« Mäx Seeberger, der Traum aller Schwiegermütter, konnte nerven.

»Warum so unerbittlich, Herr Seeberger?«

»Warum? Ganz simpel. Weil ein Mensch ermordet wurde. 500 Meter von hier entfernt. Jetzt verraten Sie mir endlich, was es mit Ihnen und Herrn Gotterbarm auf sich hat.«

Die Frau neben dem Kommissar lachte grell auf. »Haben Sie schön gesagt. Der Alte und ich.«

Obwohl sie ihre Stirn gerunzelt hatte, verjüngte sie sich. Trotz der Schminke, die sie wie einen Wall auf der Haut trug. Sie wurde zu einem hübschen Mädchen mit brünetten Haaren, das erste ungelenke Schminkversuche unternommen hat.

Sie flüsterte so leise, dass Seeberger es fast nicht verstanden hätte. »Ich war mit seinem Neffen befreundet.«

»Gotterbarms Neffe?«

Sie nickte. Das Nicken hörte nicht mehr auf. Bis sie erklärte: »Wir sind zusammen in die Schule gegangen. St. Konrad in Ravensburg. Einige Jahre waren wir befreundet …« Annika Gutekunst hörte auf zu atmen.

Seeberger saß jetzt ganz dicht neben der wahren und einzigen Annika Gutekunst. Sie hatten gemeinsam eine Türschwelle überschritten und einen anderen Stern betreten. Einen Himmelskörper, auf dem jeder sein durfte, wie er war. Ohne Show, ungeschminkt, ungeschützt.

»Aber Bernds Onkel«, sie atmete wieder, »hat mich immer gehasst …«

»Wieso mischt sich Herr Gotterbarm ein, wenn sein Neffe eine Freundin hat?«

»Bernds Mutter ist früh gestorben, sein Vater dann in die USA ausgewandert. Er wohnt in Florida, doch wir wissen nicht, wo. Bernd hat Oberschwaben geliebt. Er wollte nicht weg. Deshalb ist er zu seinem Onkel nach Waldburg gezogen.«

Und bei jedem Besuch der Freundin bruddelte der alte Gotterbarm. Seeberger brauchte nicht viel Fantasie, um sich die Nörgeleien vorzustellen. Weil dem Onkel die kurzen Röcke nicht gefielen. Weil die junge Frau sich schminkte. Weil ihr andere Männer auf dem Dorffest mit offenen Mäulern hinterher stierten. Wenn sie gesoffen hatten. Weil er überhaupt fremde Frauen bei sich im Haus ablehnte. Weil der Neffe viel zu jung war, um sich zu entscheiden. Und wenn eine Heirat, dann doch nicht mit so einer. Die sich noch nie die Finger »dreckig gmacht« hatte.

»Hat Bernd sich von seinem Onkel beeinflussen lassen?«

»Nein. Doch wir haben uns in verschiedene Richtungen entwickelt. Er fuhr auf die Ökoschiene ab, ich habe eine Banklehre gemacht und BWL studiert.«

»Schließt sich das aus? Bloß weil Sie einen unterschiedlichen Lebensstil haben?«

»Nach der Schule hat Bernd seinen Zivildienst abgeleistet. Bei einer Behinderteneinrichtung in Wilhelmsdorf. Anschließend verzog er sich ins Allgäu. Er hat es bei seinem Onkel nicht mehr ausgehalten. Die Enge war zu viel für ihn. Und die knorrige Verbissenheit seines Onkels, der von einer Karriere als Erfinder geträumt und den Rest des Familienvermögens verschwendet hat. Bis Haus und Hof tief verschuldet waren. Schon vor zehn Jahren hätte der alte Gotterbarm seinen Bauernhof verlassen müssen …«

Ihre Augen wurden schmaler. Die violette Umrandung fing zu glühen an. Doch bevor ihre Wut nach außen brach, blinzelte Annika Gutekunst und verwandelte sich wieder in das Mädchen von vor 15 oder 20 Jahren. Noch verließ sie den geheimnisvollen Kosmos der Aufrichtigkeit nicht, doch es kostete sie deutlich sichtbar Mühe.

»Bernd hat sich damals entschieden, im Allgäu abzutauchen. Also, abtauchen stimmt nicht ganz. Er hat sich auf die Höhe, ins Gebirge, verzogen und drei Jahre auf einer Sennerei gelebt. Ich habe ihn zweimal besucht, aber es war frustrierend. Der liebevolle Junge hatte sich in einen spröden Burschen verwandelt, der den Mund nicht mehr auseinander brachte. Vielleicht hatte uns der Kampf gegen den Alten mehr zusammengeschweißt, als wir es uns eingestehen wollten. Doch nun, kein Feind mehr in Sicht, hatten wir uns nix mehr zu sagen. Sogar Bernds Hände haben sich anders angefühlt …«

»Was hat er im Allgäu gemacht?«

»Sagte ich doch. Er hat auf einer Sennerei gelernt. In der Nähe von Hindelang. Er wurde Käsemacher. Sie hielten dort keine Kühe, sondern Ziegen. Bernd war schon immer anders. Ist doch verrückt, oder nicht? Obwohl er seinen Onkel nicht wirklich mag, gleicht er ihm. Auch Bernd ist zu einem Eigenbrötler geworden. Damals im Allgäu hat diese Verwandlung begonnen.«

Gehörte es zum Charakter der Familie Gotterbarm, dass ihre Mitglieder regelmäßig abtauchten, also die Flucht ergriffen? Bernd Gotterbarms Vater in die USA, Bernd in die Berge und Wilhelm Gotterbarm weiß der Kuckuck wohin. Vielleicht steckte er tatsächlich in einem Unterschlupf oder Erdbunker tief in den oberschwäbischen Wäldern.

»Wann haben Sie Bernd das letzte Mal getroffen?«

»Vor neun oder zehn Jahren.« Die Gutekunst knirschte mit den Zähnen.

Nach fast einem Jahrzehnt schmerzte die Erinnerung an ihren Jugendfreund noch immer. Würde auch Seeberger seiner Verflossenen mehrere Jahre hinterher trauern? Wenigstens hatten Polizist und Polizistin sich ohne Einfluss von Dritten getrennt. Da konnte es keine Ausrede geben, dass jeder Tag in rosa Farben erstrahlt wäre, wenn sich nur nicht die Mama eingemischt hätte.

Wenigstens hatte Seeberger jetzt begriffen, woher der Hass Annika Gutekunsts auf den alten Gotterbarm rührte. Der Gotterbarm hatte seinen Neffen bruddelnd aus dem Haus getrieben und damit auch die Beziehung zu dessen Freundin zerstört. Das war ein Fakt, wenn die stellvertretende Bankchefin auch behauptete, dass sie und Bernd nicht zusammengepasst hatten. Was stimmen konnte. Eine blitzsaubere Bankchefin und ein Käsemacher gemeinsam in einem Bett! Wo gab's denn so was? Höchstens, Annika Gutekunst wollte sich einen Exoten halten, um bei ihren Freundinnen zu punkten. Doch welcher Mann ließ mit sich denn zum Zoo-Affen machen?

»Wo wohnt Bernd Gotterbarm jetzt?«

»Schätze mal, dort! In Einöd!« Annika Gutekunst zeigte geradeaus auf den Weiler mit den dunkelroten Dächern, in den Seeberger noch nie einen Fuß gesetzt hatte.

»Nicht in Ravensburg?«

»Ne, schon Jahre nicht mehr.«

Die Ansammlung von Häusern zwischen Bäumen befand sich höchstens zwei Kilometer entfernt. Und damit unweit des Tatorts. Die Fäden hatten begonnen, sich zu entwirren. Aber es wurden immer mehr Fäden.

»Onkel und Neffe verstehen sich inzwischen wieder?«

»Was heißt verstehen? Der Onkel ist Familie. Sie wissen doch, Blut ist dicker als Wasser.«

Wusste er? Nicht nur bei den Gotterbarms wurde geflüchtet, was das Zeug hielt. Auch Seebergers kroatische Mutter war vor Jahren in die Heimat zurückgekehrt. Mäx hasste sie nicht, aber er liebte seinen kroatischen Großvater, der ihn ebenfalls leidenschaftlich liebte.

»Wieso wohnt Herr Gotterbarm ausgerechnet hier? Die Seenplatte gilt nicht gerade als Idealwohnlage für einen Mittdreißiger, oder?«

»Bernd ist merkwürdig geworden, fast schon ein Sonderling. Er meidet die Menschen. Aber die Antwort könnte auch einfacher sein. Selbstverständlich ist das hier die perfekte Wohnlage. Zumindest für einen Ziegenzüchter. Ziegen brauchen Platz. Und hier oben können Sie billig Land erwerben.«

Seeberger lehnte sich zurück, ohne die Lehne zu finden. Die Sitzfläche des überdimensionalen Holzstuhls maß einen Meter im Durchmesser. »Sie sind gut informiert, Frau Gutekunst. Wenn Sie aber kein Vermögen haben, dann nützen Ihnen auch billige Bodenpreise nichts. Auf einer Sennerei verdient man nicht so viel, dass man einen Sack Geld für einen Bauernhof auf den Tisch legen kann.« Er stierte die gutaussehende Frau an, die sich abrupt abwandte. »Haben Sie für den Kredit gesorgt, Frau Gutekunst?«

Niemand antwortete. Allein Vögel zwitscherten, und ein einsamer Schmetterling mit rot-schwarzen Flügeln flatterte über die Wiese. Die Flügel schwirrten nicht leicht und harmonisch, sie schlugen schwer und abgehackt, durch und durch müde. Als ob es mit dem Insekt zu Ende ginge.

Seeberger spürte, dass auch ihm die Zeit davonlief. Annika Gutekunst hatte kühl abgewogen und war zum Ergebnis gekommen, eine Zusammenarbeit mit dem Polizisten würde sich auszahlen. Aber jetzt drängte sie auf den Schluss. In ihrem Gesicht wechselten sich Offenheit und Kälte gnadenlos ab. Seeberger musste sich sputen.

»Ist Herr Gotterbarm junior verheiratet?«

»Bernd? Da muss ich lachen.« Trotz ihrer Arroganz, die wieder unter der Schminke hervorblitzte, wirkte es, als ob sie gleich weinen würde.

»Er ist hierher gezogen, weil er allein sein will. Die Seenplatte liegt ihm. Abseits der Bundesstraße wird es wirklich einsam. Bernd ist Jäger, hier kann er sich ausleben.«

»Jäger? Und er liebt Waffen?«

»Höre ich da den besorgten Polizisten, der überlegt, was wohl passieren wird, wenn er an Bernds Tür klopft? Ja, da haben Sie recht, Herr Seeberger, Bernd ist Waffennarr!

Passt irgendwie nicht zu seiner Ökokiste. Aber welcher Mensch ist schon ohne Brüche?« Frau Gutekunsts Haut hatte sich auf den Wangenknochen und am Hals gerötet. Sie musste unter erheblichem Stress stehen – sowohl, wenn das Thema auf den jungen als auch auf den alten Gotterbarm kam.

»Im Allgäu hat Bernd sich verändert. Sagte ich schon. Er ist einem Schützenverein beigetreten. Ohne Freundin musste er irgendwie seine Zeit totschlagen. Totschlagen ist gut, nicht?«

Es wurde grundsätzlich. Wer war zuerst da gewesen: die Henne oder das Ei?

Annika Gutekunst, gutaussehend, intelligent, zog eine Kette von gescheiterten Beziehungen hinter sich her. Vielleicht hatte sie eine Affäre mit ihrem Chef gehabt, garantiert mit Bernd Gotterbarm und dem einen oder anderen Unbekannten, dessen Name hier nichts zu suchen hat. Hatte sie die Schärfe, das Oberflächliche erst im Lauf der Jahre erworben, sozusagen als Folge der Demütigungen durch die Männer, die sie weggestoßen hatten? Oder verhielt es sich umgekehrt: Die Männer hatten es wegen ihrer Arroganz nicht bei ihr ausgehalten?

»Eine allerletzte Frage, wenn Sie gestatten, Frau Gutekunst. Haben Sie eine Erklärung für Herrn Zwergers Tod? Sie kannten ihn gut!«

»Bin ich seine Geliebte?« Sie zischte die vier kurzen Worte. Aus jeder Silbe, die ihren Mund verlassen hatte, sprachen Anspannung und Verzweiflung, gepaart mit Härte. Schluss, aus mit Freundlichkeit! Sie hatte gebeichtet, doch irgendwann kommt jedes Geständnis an sein Ende.

»Herr Seeberger, Sie bombardieren mich mit Fragen. Was Sie alles von mir wissen wollen …« Der Hals blinkte rötlich. Die Schminke hatte begonnen, sich abzulösen. Kleine Pickelchen und Rötungen kamen zum Vorschein. Ein dreiviertel Gesicht höher, aus Frau Gutekunsts Augen, quoll es. Sie tupfte sich an die rechte Braue und verwischte die violette Schminke, die an verschiedenen Stellen bereits von Tränchen aufgeweicht war.

»Warum? Es gibt nur eine Antwort: Weil er zu gut war …«

»Wie – zu gut? Harty Zwerger, der gute Mensch von Oberschwaben, oder was?«

Sie weinte: »Er ist ein guter Mensch. Er war ein guter Mensch …« Sie heulte Rotz und Wasser.

»Und deshalb vergießen Sie Tränen? Weil er gut war?«

Eine violette Spur zog sich vom rechten Auge bis auf den hohen Wangenknochen. Die Wassertröpfchen verteilten die violette Farbe auf Wangen und Kinn. Die blitzsaubere, perfekt geschminkte Frau Gutekunst glich im Gesicht einer Punkerin, die auf dunkle Töne wie Schwarz und Violett setzt. Partygirl Annika Gutekunst empfand sich als Geschöpf der Nacht. Nur in der Dunkelheit konnte sie den Männern begegnen.

Auch ihr Chef war möglicherweise ein wunder Punkt in ihrem Leben.

Und tatsächlich, sie brüllte es heraus: »Er hat mich betrogen! Er hat alle betrogen! Seine Leidenschaft war zu viel für eine Frau. Dieser Draufgänger. Aber sensibel, so sensibel …« Gutekunsts Körper erzitterte.

Verschämt wandte Seeberger den Blick ab.

Ein Trecker tuckerte aus dem Weiler, in den sich Bernd Gotterbarm zurückgezogen hatte. Fuhr hin und her über die leicht gebogene Hochebene, hin und her, hin und wieder zurück. Und das Ganze wieder und wieder von vorn.

Dabei fräste er ein gleichmäßiges dunkles Muster auf die Erde. Es stank zwar nicht nach Diesel, aber nach Gülle.

Zeit, zu gehen!

Der Polizist half der Frau im Businesskleid von dem Holzstuhl.

Hätte der Traktorfahrer aufgeschaut, hätte er die beiden wohl für ein Liebespaar gehalten. Mit wehendem Haar sprang die Frau in die Arme des Mannes.

Der heftige Geruch der Gülle zerstörte jedes Gefühl von Romantik.

Tief in Gedanken, den hölzernen Grillspieß im Kofferraum, lenkte Mäx Seeberger vom Parkplatz auf die Bundesstraße Richtung Süden. Hinter Blitzenreute schwang sich das Asphaltband in sanften Kehren ins Schussental hinunter. Und dann passierte, was einem Polizisten nie passieren durfte. In Staig rauschte Polizeihauptkommissar Seeberger mit Tempo 80 in die Radarfalle kurz nach dem Ortsschild, die jeder Oberschwabe kannte. Als vorherbestimmte Opfer erwiesen sich in 99 von 100 Fällen die Touristen, die von der Alb oder von Stuttgart zum Bodensee fuhren.

Der Blitz katapultierte ihn ins Hier und Jetzt zurück. Scheiße!

Was hatte Annika Gutekunst bezweckt? Suchte sie nach einer Schulter zum Anlehnen? War sie verzweifelt? Naiv? Oder doch eher berechnend oder sogar hinterhältig?

Bevor er von dem überdimensionalen Holzstuhl heruntergeklettert war, hatte er noch gefragt: »Kennen Sie Frau Engels?«

»Harty hat von ihr geredet, aber ich habe sie nie getroffen. Er hat ununterbrochen von seinen Kletterfreundinnen geschwärmt.«

War das eine ehrliche Antwort? Die Logik, auf die er stolz war, bot keine Antwort. Ob Weinschenk mit seinem untrüglichen Instinkt die Gutekunst durchschaut hätte? Aber wäre er dabei gewesen, hätte sie sich nicht geöffnet.

Auf jeden Fall war es etwas gänzlich anderes, ob man Annika Gutekunst weit entfernt vom Tatort im Bankgebäude oder am Platz des Verbrechens verhörte. Wenn das Verhör auch einem Zufall geschuldet war, so hatte es doch neue Erkenntnisse gebracht: Harty Zwerger = der beste Mensch, der auf Gottes Erdboden wandelte. Wahrscheinlich würde er bald heiliggesprochen werden.

Seeberger, der mit Frauen seine Probleme hatte, hasste Frauenversteher. Er, der eher wenig Emotionen zeigte, wurde ganz kribbelig in seinem Innern.

Bankchef und Bergführer Zwerger hatte mit seinen Frauen und dem Gotterbarm gespielt. Ganz offensichtlich. Vielleicht aus Rache dafür, dass ihn seine eigene Frau hatte sitzen lassen. Ein rücksichtsloser Mensch, auf das eigene Ego zentriert, ob er Berge oder Schuldner bezwang. Oder Ehen und andere Frauen ruinierte.

Gehemmtheit hatte doch seine Vorteile: Im Gegensatz zu Porschefahrer Harty Zwerger lebte Mäx Seeberger noch.

ZEHN

Das SEK kam am frühen Morgen. Bodennebel waberte über das freie Feld, ungefähr drei Meter hoch, sodass die Häuser, wenn man im Nebel steckte, kaum zu erkennen waren.

Die Sondereinsatzkräfte hatten Gotterbarm junior im Schlaf überraschen wollen, aber die Kolonne war auf der A8 in der Nähe Blaubeurens aufgehalten worden. Ohne eigenes Verschulden wurden sie in einen Unfall verwickelt und mussten Erste Hilfe leisten, da der Krankenwagen nicht durchkam. Deshalb erreichten sie Oberschwaben später als geplant, was keinen Oberschwaben verwundern konnte, wenn sich Besucher aus der Metropolregion Stuttgart anmeldeten. Die Autobahn endete 40 Kilometer vor Ravensburg, und die Südbahn war immer noch nicht elektrifiziert.

Das Gefühl des Liebesentzugs verstärkte sich in solchen Momenten. Dass die Oberschwaben Oberschwaben als Zentrum des Universums betrachteten, widersprach dem bloß scheinbar. Manchmal half nur Größenwahn gegen die Zurücksetzung durch Politiker und andere Großkopferte im fernen Stuttgart.

Jetzt, auf der Blitzenreuter Seenplatte, nördlich von Baienbach, war es halb neun. Eine Zeit, in der Landwirte bereits ihren zweiten Kaffee schlürften. Noch hielt sich die dicke Suppe über den Feldern.

Einöd bestand aus mehreren Gehöften. Der größte Hof lag westlich der Kreisstraße hinter einer breiten Einfahrt, an deren Rand die Einsatzfahrzeuge gut parken konnten.

Dunkle Gestalten, die Gesichter mit schwarzen Helmen und Sturmhauben verhüllt, huschten geräuschlos durch den Nebel – wie durch einen Stummfilm.

»Beeindruckend«, murmelte Seeberger, der die Mauer eines Stalls erkannte, hinter deren Ecke bereits die Vorhut des Trupps verschwunden war.

»Von wegen«, bemerkte einer der Vermummten. »Der Dicke schnauft wie ein Nilpferd.«

Erschöpft blieb Weinschenk, in eine kugelsichere Weste gezwängt, stehen.

Ein Einsatz im Galopp war nichts für ihn. Sein Gehirn funktionierte eindeutig besser als sein Körper. Die Synapsen, für Denken und Kommunikation zuständig, befanden sich in besserem Zustand als seine Muskeln und Sehnen. Ob es ihm passte oder nicht, er musste zugeben, dass der Chef seine Einsatzfähigkeit doch richtig kalkulierte.

Gestern, nach Seebergers Rückkehr und Bericht, hatte der Grizzly beschlossen: »Den Gotterbarm junior schnappen wir uns!«

Der korrekte Kollege hatte jedoch darauf bestanden, dass sie dem Chef vor dem Zugriff kurz Bericht erstatteten. Immerhin ging es um den möglichen Aufenthalt des alten Gotterbarm, den die Polizei schon seit drei Tagen vergeblich suchte. HaWe reagierte überraschend schmallippig. Begeisterung sah anders aus.

Jogi Weinschenk hätte viel darum gegeben, wenn er sich nicht zum Kriminalrat in den Sokoraum hätte schleppen lassen. Der erfahrende Ermittler spürte, sie befanden sich auf einem Rückzugsgefecht. Trotzdem ließ er, fast dickköpfig, nicht locker: »Der junge Gotterbarm rechnet nicht mit uns. Wir wollen ihn nur befragen. Was bitte soll das Problem sein?«

»Vor einer halben Minute wolltest du ihn noch einsacken, Jogi.«

»Das eine muss das andere nicht ausschließen.«

Ohne jegliche Anstrengung warf HaWe die Maske des freundlichen Rosenzüchters ab, der sich nicht mehr in die Belange der Welt einmischt, weil er in seinen Gewächsen Gottes Atem fühlt. »Nach allem, was wir wissen, ist der junge Gotterbarm ein Waffennarr. Als Jäger besitzt er ein Gewehr, zwei Gewehre, mehrere Gewehre …«

»Die hat er doch nicht auf dem Tisch liegen, Hans-Werner.«

HaWes Stimme klirrte so scharf, dass sie Glas brechen konnte. »Ich verbiete euch diesen Einsatz. Falls du es nicht begriffen hast, Jogi, das ist ein Befehl!«

Weinschenk, der sich selten den Wind aus den Segeln nehmen ließ, fiel endgültig aus allen Wolken. Sein Doppelkinn bebte. Der Chef behandelte sie wie kleine Kinder, die sogar wegen einer Routinetätigkeit nachfragen mussten. »Wir sind keine Aushilfskräfte! Wir wissen genau, was wir tun!«

»Ich lasse meine Beamten nicht von einem Irren abknallen. Nicht mal dich, Jogi! Wenn du mich gerade auch am liebsten …« HaWe lachte mit sich im Reinen und zufrieden. »Nun ja, breiten wir lieber das Mäntelchen des Schweigens darüber.«

Obwohl Weinschenk am liebsten friedlich an einem Weiher saß und fischte, ging er einer Auseinandersetzung nie aus dem Weg. Wahrscheinlich auch unbewusst im Wissen seiner körperlichen Überlegenheit. Im Faust- und Ringkampf konnte es niemand mit dem Hünen aus Schussenried aufnehmen, trotz oder gerade wegen seines Übergewichts. Er erdrückte jeden Gegner mit seiner Speckschicht, die gegen Schläge unempfindlich war und ihn wie eine Rüstung schützte. Seine Fertigkeiten im Gebrauch der Dienstpistole dagegen waren, sagen wir mal, eher mittelmäßig.

Der Chef glotzte dem Polizeioberkommissar direkt in die Augen. Schweigend, ohne jeden Ton beharkten sie sich, bis Weinschenk zuerst die Lippen nach außen wölbte und dann kurz pfeifend die Luft einzog. Das Kräftemessen hatte mit der Kapitulation des Dicken geendet.

Spinnen die?, dachte Seeberger. Wenn der Chef irgendwo auch recht hatte, so übertrieb er es völlig. Wie ein Vater, der seinem 14-jährigen pubertierenden Sohn bei einem Duell gegenübersteht, nur weil der am Samstagabend nicht schon um 22 Uhr im Bett sein will.

Man sollte sich besser an die dürren Fakten halten: Bernd Gotterbarm war nichts vorzuwerfen, außer dass er sich vor Jahren von der jungen Annika Gutekunst getrennt hatte, lieber Ziegen züchtete, von Gott und Welt wenig wissen wollte und wahrscheinlich seinen Onkel versteckte. Und auch damit konnte ihm niemand an den Karren fahren, da er möglicherweise nicht einmal wusste, dass die Polizei nach dem alten Gotterbarm fahndete.

»Zum letzten Mal: Wir dürfen kein Risiko eingehen. Vor uns haben wir – und das sind deine Worte, Mäx – einen Waffennarren. Der regelmäßig mit der Flinte im Wald liegt …«

Im Wald liegt?

War das die breite Spur, die seither niemand beachtet hatte? Wenn jemand anschleichen konnte wie der alte Winnetou, dann der junge Gotterbarm. Aber Harty Zwerger hatte durch keine Kugel den Tod gefunden, er war vergiftet worden.

»Hörst du mir überhaupt zu, Mäx?«

»Entschuldige, Chef, ich hab nachgedacht.«

»Alles zu seiner Zeit. Hab ich mich klar genug ausgedrückt?«

»Ich hab nicht widersprochen.«

Gewöhnlich forderte HaWe Einwände und kritische Gegenfragen. Man konnte keinen Fall lösen, wenn die Polizisten sich beseelt in den Armen lagen und so nur die Hälfte der Realität wahrnahmen. Deswegen schätzte er den logischen Seeberger und auch den Grizzly mit seinem Instinkt, der Heucheleien manchmal riechen konnte, auch wenn sie sich tief vor den Augen verbargen. Zähe Diskussionen brachten voran – allerdings nicht im Moment.

Die Predigt des Chefs war immer noch nicht an ihrem Ende angelangt. »Ob der junge Gotterbarm nun grün angehaucht ist oder nicht: Er ist ein Jäger und weiß wahrscheinlich besser als du, Jogi, wie man eine Waffe bedient. Ich möchte keine wilde Ballerei und kein Wildwest in unserem schönen Oberschwaben.« HaWe seufzte zum Herzerweichen: »Verdammt noch mal, Jogi, jetzt mach es mir nicht so schwer.«

Seeberger knuffte die Wade des Dicken mit der Schuhspitze.

»Okay, Chef. Dein Wille sei unser Himmelreich.«

Und so hatte HaWe das SEK aus Göppingen angefordert.

Unübersichtliche Lage mit hohem Aggressionspotenzial, ungewisse Zahl von Schusswaffen, einer der Verdächtigen nachgewiesen psychisch labil, die Reaktion der Verbarrikadierten ganz, ganz schwer abzuschätzen. Der möglicherweise Verbarrikadierten. Wahrscheinlich Verbarrikadierten.

Eine Nacht später im Morgengrauen umrundeten Seeberger und Weinschenk einen Kuhstall und stießen dahinter auf ein Traktorgerippe ohne Reifen. Der Nebel hatte es wesentlich leichter als der schwere Weinschenk. Wie eine sanfte Welle und vollkommen mühelos wehten die Schwaden um das Wrack, dem man den Rost nur aus unmittelbarer Nähe ansah.

Der Dicke stolperte an dem Schlepper vorbei. Es roch nach Mist.

Der Leiter des SEK, die Knie wie bei einem Inlineskater geschützt, zeigte mit den behandschuhten Fingern in Richtung eines unscheinbaren flachen Gesindehauses, aus Backsteinen errichtet. Das Gebäude stammte wahrscheinlich aus den 1950er Jahren, zu Zeiten, als noch keine Duschen zum Alltag gehörten.

Viel Geld konnte der Ziegenzüchter nicht verdienen, sonst hätte er sich mit dieser maroden Hütte nicht begnügt.

Die muskulösen Typen, von denen man außer um die Augen keine Haut erkennen konnte, klappten die Visiere ihrer Schutzhelme nach unten. Klack, klack, klack! Effektiv wie in einem Trainingsfilm oder einer Anleitung für Aliens.

Die Unaufgeregtheit der Elitekollegen verwunderte die Ravensburger. Aber das SEK hatte es dieses Mal auch nicht mit unzähligen Attentätern zu tun, die sich in irgendeinem Teil eines weitläufigen Shoppingcenters herumtrieben. Ein verdächtiger junger Mann und ein menschliches Gerippe, da konnte wenig Nervosität aufkommen.

Ein Polizist mit einer Ramme aus Metall positionierte sich vor der altersschwachen Haustür und schlug wuchtig zu. Ein Fußtritt des Grizzlys hätte auch genügt.

Die Einsatzkräfte stürmten das Haus. Fußtritte hallten, es rumpelte, Türen knallten.

Wenige Minuten später meldete der SEK-Leiter, die Maschinenpistole umgeschnallt, dafür den Helm in der Hand: »Das Haus ist gesichert.«

»Wieso gesichert?« Weinschenk spürte sofort den ironischen Unterton. Nichts hatte so funktioniert, wie der Chef es sich ausgemalt hatte. Ein Verdächtiger auf dem Präsentierteller, wie eine reife Frucht, die das SEK nur pflücken musste. Von wegen!

»Richtig, niemand da. Niemand verbarrikadiert. Wir machen gern einen Ausflug in die Provinz.«

Tiefere Provinz ging nicht. Nicht einmal ein Lanz-Traktor, der übers Feld tuckerte, kein Mensch außer den schwarzgekleideten Eindringlingen. Ein unnatürliches Schweigen, als ob ein Sturm über Einöd hereingebrochen wäre und alles Lebendige mit roher Gewalt abgewürgt hätte. Die Stille – unerbittlich, gnadenlos, gespenstisch – war deutlich hörbar. Sie rauschte in den Ohren. Auch das Nichts hat Substanz.

Hatte sich am Nachbarhaus gerade ein Vorhang bewegt? Oder hatte eine Kuh gemuht?

Weinschenk wischte sich über die Stirn. Trotz der gerade mal acht Grad, innerlich kochte er. »Hab ich es nicht gewusst, Mäx, dass wir reinmüssen? Gleich gestern Nachmittag? Dein Schwarm hat ihren Ex gewarnt …«

»Quatsch keinen Unsinn, Jogi!«

»Du hast dich von ihr übern Tisch ziehen lassen.«

Hatte Seeberger? Die Befürchtung war ihm gekommen. Logisch. Aber am Waldrand hatte er erfahren, was die Gutekunst Weinschenk nie beichten würde.

»Und was bitte soll das sein?«

»Dass der gute Mensch Harty Zwerger nicht nur zum störrischen Gotterbarm, sondern auch zu seiner eleganten Stellvertreterin nicht immer gut war.«

Darüber hinaus wusste die Kripo nun, dass die Gutekunst vor Jahren mit Gotterbarms Neffen liiert gewesen war. Den alten Erfinder mochte sie nicht. Im Krach hatte sie sich von Bernd getrennt, aber später wohl dafür gesorgt, dass er einen Kredit von ihrer Bank erhalten hatte.

»Wieso?«

»Um aus den Fängen des Alten zu entkommen, natürlich.«

»Und wir suchen den Onkel bei seinem Neffen? Ziemlich blöd, oder?«

»Der Krach zwischen beiden ist schon 15 Jahre her.«

Der Frust der beiden Polizisten entlud sich. Je heftiger sie argumentierten, umso mehr verflog die Erstarrtheit des uralten Gehöfts. Krächzend segelte eine Krähe von einem Baumriesen auf das frisch gepflügte Feld und hackte den Würmern das Herz aus dem Leib. Es roch nach Diesel. Irgendwo blökte eine Ziege.

»Mäx, die Gutekunst hat dir die Ohren vollgeschleimt. Lass die Finger von ihr.«

»Was für Finger?«

Seeberger und Weinschenk stierten einander düster an. Als ob sie sich gleich an die Gurgel gehen würden.

»Liebeskummer?«, erkundigte sich der Leiter des SEK. Sein Mitgefühl triefte vor Ärger über die sinnlose Fahrt nach Oberschwaben. Hinter ihm lechzte im Halbkreis eine Horde Dunkler, die wie Klone wirkten, nach Zerstreuung. Oder auch nach einer Schote, die sich am Stammtisch erzählen ließ.

Die Klone, martialisch und beeindruckend, standen dem Leben gegenüber. Dem prallen, wüsten Leben, wie es in seiner Vielfalt unterschiedlicher nicht sein konnte.

Zum einen ein schlampig wirkender, unförmiger Hüne, der zu wenig Sport trieb und zu viel Weißbier becherte, zum anderen ein sehniger südländischer Typ mit schwarzem eleganten Kurzhaarschnitt, perfekt rasiert und mit gutem Benehmen.

»Gegensätze ziehen sich an!« Wenn an dem Sprichwort ein Funken Wahrheit war, dann bei den beiden Männern aus Bad Schussenried und Ravensburg, die der Beruf zusammengeführt hatte und die sich sonst im Leben nie getroffen hätten.

»Ihr wirkt, als ob ihr euch gleich prügeln wolltet.« Der SEK-Chef schnupperte. »Alkohol habt ihr keinen getrunken, also streitet ihr euch. Um was zoffen sich zwei Typen? Um Frauen. Ihr solltet mit den Gedanken aber besser bei eurem Fall sein. Sonst kriegt ihr nie raus, wer eure schöne Wasserleiche ersäuft hat.«

Die Klone zeigten menschliche Gefühle. So ausgelassen, wie sie kicherten.

»Wir ziehen ab. Oder sollen wir den Kuhstall stürmen? Euer Chef wird schon gewusst haben, was er tut.«

»Danke«, verabschiedete Seeberger die Truppe aus Göppingen. Seine Stimme erweckte einen brüchigen Eindruck.

Was für ein Griff ins Klo! Auch Gotterbarm junior war abgehauen.

Spuren hatte er allerdings mehr als genug hinterlassen. Ein typischer Junggeselle, der nach dem Frühstücken den Tisch nicht aufräumte.

Ein Teller, am Rand ein Riss wie auch in der gekachelten Wand hinterm Spülbecken.

Ein Becher, außen mit Kaffeeflecken und -schlieren, ein Viertel voll mit einer undefinierbaren Brühe, die Kaffee oder alles Mögliche sein konnte.

Ein Frühstücksmesser mit Marmeladeresten, vielleicht Mirabelle.

Ein Brotmesser, in dessen groben Zacken Krümel hingen.

Frische Butterflecken auf dem Plastiktischtuch, das direkt aus den 1970er Jahren zu kommen schien.

Schwierig zu beurteilen, ob Bernd Gotterbarm seine Bude fluchtartig oder geplant verlassen hatte.

Nicht nur in der Wohnküche, auch im Schlafzimmer konnte man die Einrichtung mit ›basic‹ umschreiben. Ärmlich hätte bei den billigen Sperrholzschränken auch gepasst. Käsemacher wurden in den seltensten Fällen Millionäre. Gotterbarm junior leistete sich nicht mal einen Plastikfußboden oder einen Teppich. Er lebte auf dem nackten Beton.

»Kommst du mal, Jogi!«

Wenigstens die Futonmatratze, eindeutig neu, lag auf einer Bastmatte.

Der Waffenschrank jedoch stammte wieder vom Flohmarkt oder dem Schrottplatz. Ohne Schloss ließ sich die Tür problemlos öffnen. Zwei Gewehre, ebenfalls ältere Modelle, wie die beiden Polizisten schnell erkannten.

»Dafür kriegen wir ihn. Waffen gehören ordnungsgemäß weggeschlossen.«

»Mäx, wir überprüfen nicht die Flinten von Jägern. Wir suchen einen Mörder.«

Draußen war der Nebel dünner geworden. Die überflüssigen Pfunde verloren, reichte er gerade noch bis zum Knie. Im Osten, Richtung Allgäu, glühte eine Riesenapfelsine am Himmel. Der Nebel versteckte sich erschreckt zwischen den Ackerschollen und löste sich auf. Bloß noch einzelne Nebelschlangen glitten über die Felder.

»Wieso zieht ein Typ in meinem Alter hierher?« Seeberger streifte die Fassaden der ockergelben und mausgrauen

Gebäude mit einem skeptischen Blick. Einöd lag wie ausgestorben vor den beiden Polizisten.

»Die haben Schiss vor uns.« Weinschenk hatte am Nachbarhaus das Rucken einer Gardine bemerkt. »Wann war der Bauernkrieg? Vor 400, nein 500 Jahren. Seither ist auf der Seenplatte nicht mehr so viel passiert wie heute. Bei so einem Aufmarsch, da legst du dich besser unter den Küchentisch.«

Mit dem Motorrad brauste Bernd Gotterbarm hin und wieder nach Ravensburg. Hatte Annika Gutekunst verraten. Doch weder im Kuhstall noch in der gegenüberliegenden Scheune parkte eine Maschine.

»Kommt der Bauer nicht zu uns, gehen wir zum Bauern.«

Vor dem mächtigen Wohnhaus mit Walmdach war der Asphalt aufgebrochen. Weinschenk umkurvte den Trichter und suchte nach der Klingel.

Es gab keine Klingel. Deshalb pochte der Hüne entschlossen an die Holztür.

Im Gebäude raschelte es hastig. Trippelschritte einer Maus in Panik. Etwas fiel um oder vom Tisch. Hell schepperte es. Dann schwieg das Haus wieder.

»He, Polizei!«, klopfte Weinschenk erneut.

Tapsende Schritte. Oder bildeten der Grizzly und der sportlich Schlanke sich dies nur ein?

»Hier ist die Kripo aus Ravensburg! Wir haben eine Frage.«

»Und d' Verbrecher?« Die Stimme, weiblich, stammte direkt von hinter dem Türholz. »Sin dia Verbrecher jetzt weg?«

»Was für Verbrecher?«

»Die mit de Maschinabischdola. D' Mafia.«

Was für ein glücklicher Zufall: Das Fernsehprogramm war zur Realität geworden. Die Bäuerin brauchte bloß aus ihrem Fenster zu schauen, und im Hof lief der neueste Tatort ab. Ungeheuer lebendig und in 3D. Die Provinz war – anders, als es die hohen Herren in Stuttgart glaubten – nicht länger Provinz.

Die Neugierde der Bäuerin übertraf ihre Furcht um Längen. Sonst hätte sie vorhin nicht einen Zipfel der Gardine angehoben.

»Wir haben die bösen Jungs vertrieben.« Weinschenk zog den Mund schräg und kicherte ohne Laut.

»Brave Buaba!« Hatte die Frau entzückt in die Hände geklatscht?

Der Grizzly konnte es nicht lassen: »Auf die Polizei ist immer Verlass.«

»Wenn Sie nun freundlicherweise aufmachen würden. Wir haben einige Fragen«, übernahm Seeberger, bevor der Dialog in völliger Blödelei endete.

Ein Schlüssel drehte sich im Schloss. Eine moderne Schließanlage, fast lautlos. Die Tür, durch eine massive Kette doppelt gesichert, öffnete sich einen Spaltbreit. »Ganget ihr zwoi amol 'n Schritt z'rick.«

Die Polizisten gehorchten.

»Ihr gucket harmlos. Bolizei, hond ihr g'sagt? Aus Rafeschburg?«

Seeberger zeigte seine Dienstmarke. Die alte Frau drückte ihre Nase in den Türspalt. »I sieh schlecht. Wird scho richtig sai.«

Kaum war die Kette nach unten gekracht, trat die 70- oder 80-Jährige, unzählige Lockenwickler im dünnen Haar, aus dem Haus. Ihr Blümchenschurz glich dem Stil des Tischtuchs in Bernd Gotterbarms Gesindehaus.

»Was hot ’r um d’ Bauch? A Korsett?« Die Frage bezog sich auf den massigen Weinschenk, interessierte die zwei Krähen auf der Dachrinne aber nicht. Krächzend zogen die schwarzen Vögel ab.

»Eine schusssichere Weste.« Weinschenk nestelte am Klettverschluss, öffnete und schloss ihn gleich wieder. Sollte er die Schutzweste ausziehen, bloß weil die Oma nichts damit anfangen konnte?

»Sieht scheißlich aus. Und macht ’n it rank.«

Aber ohne war Weinschenk auch nur unwesentlich schlanker. Allmählich nervte es ihn doch, dass fast jeder über seinen Bauch spottete. Zeit für eine Diät? Ein scheußlicher Gedanke.

»Wir suchen Herrn Gotterbarm.«

»Den netta junga Mo. Aber misset ihr deswäga glei sei Dier eischlaga?«

»Haben Sie ihn in letzter Zeit gesehen?«

Die alte Frau, die Filzpantoffeln trug, trippelte auf den Hof heraus. Sie saugte an einer Fingerkuppe. »Mol iberlega …« Plötzlich wie aus der Pistole geschossen: »Warum wellet ihr des wissa?«

Weinschenk brauchte keine Sekunde: »Er hat seinen Waffenschrank nicht abgeschlossen.«

»Mein Gott, isch des schlimm.«

Der Grizzly fauchte.

»So arg? Und do ka ma nix mache?«

»Natürlich.« Seeberger klang verständnisvoll und gütig wie ein Pfarrer, dem die Sünder ihre Verfehlungen beichten. »Deswegen suchen wir das Gespräch …«

»Und bringet d’ Mafia mit. Hat der Bernd Schulda oder was?« Die Oma mochte alt sein, vielleicht sogar einfältig, aber für dumm konnte man sie nicht verkaufen. Argumentieren gleich sinnlos, da die Argumente sich im Kreis drehten.

»Wo könnte Herr Gotterbarm stecken?«

Die Oma blickte über Hof und Blumenkästen. Als ob sie erwartete, dass der junge Gotterbarm jeden Moment auftauchen würde. »Heit Morga hon i an Krach g'hert. Sei Motorrad. Sonsch isch er jo nett. Aber wenn er auf d' Maschin steigt, do kennsch du ihn it wieder. Do macht er en Lärm.«

»Welche Marke?«

»Marke? Junger Mann, ich bin a alte Oma. Motorräder intressiered me scho lang it meh.«

»Bernd Gotterbarm züchtet doch Ziegen …«

»Jo. Isch des au a Verbrecha?«

»Wo verkauft er seinen Ziegenkäse?«

»Auf em Wochamarkt in Rafeschburg. Jede Samschdich. Ob's regnet oder schneit. Sonscht noch äbbes?«

»Danke …«

»Saget Se jetzt it, i hätt Ihne g'holfa.« Die Oma schlurfte zur Haustür zurück. »Do bisch jo, Muschi.« Sie wartete, bis eine schwarz-weiß getigerte Katze mauzend durch die Haustür geschlichen war, und folgte ihr dann.

50 Meter vom Auto entfernt, das außerhalb des Weilers an der Kreisstraße parkte, klingelte Weinschenks Smartphone. Der Mann aus Schussenried, zuerst skeptisch, hatte den Zauber des smarten Handys für sich entdeckt und konnte aus Sucht oder Eitelkeit nicht mehr ohne. Ihn beeindruckte, dass ihm niemand den Besitz eines Smartphones zutraute. Dabei besaß heutzutage fast jeder ein Handy mit Computer.

»Ja, ich verstehe dich gut, Nina … Interessant … Halt, wiederhol das noch mal, der blöde Vogel …«

Erneut war eine Krähe über das Feld geflattert und hatte sich auf eine Ackerscholle gestürzt. Im Herbst kreischten die schwarzen Vögel, als ginge es ihnen ans Leben.

Wieso Einöd gerade an dieser Stelle erbaut worden war, erschloss sich nicht. Aus dem Bodennebel ragte keine Kapelle auf, deren Altarkreuz einen wundersamen Blutstropfen Christi und damit ein Wallfahrtsziel enthielt. Auch hatte kein Bauer hier beim Pflügen eine Hostie gefunden. Oder ein goldenes Kreuz, sodass fromme Menschen einen Altar errichtet und sich später hier angesiedelt hatten.

Trotzdem wies Einöd eine 1000-jährige Geschichte auf. Im 11. Jahrhundert hatte ein Adeliger zwei Höfe in der Einöde gestiftet und dem Kloster Weingarten geschenkt. Als Gegenzug erhoffte er, dass Mönche für seine Seele beten. Eine Investition für das ewige Leben.

»Was du nicht sagst, Töchterlein … Ein Knüller, da hast du recht!«

Ein Mofa tuckerte über die Kreisstraße, aus dem Auspuff furzte es laut. Schwarzer Rauch stieg auf und verlor sich Richtung Schussental.

Der Grizzly verstaute das Smartphone in der Hose. »Nina hat recherchiert. Eine der Kletterziegen trainiert immer freitags in der Kletterhalle.«

»Heute ist Freitag.«

»Genau. Und jetzt halt dich fest, Mäx.«

Warum die Aufregung? Hatte Gotterbarm senior sich gestellt? War er orientierungslos auf dem Marienplatz in Ravensburg aufgelesen worden? Stand der Mordfall damit vor dem Durchbruch?

»Die Ergebnisse der Obduktion sind da. Die Toxikologen in Stuttgart wissen jetzt, woran unser Opfer gestorben ist. Sie haben die Antwort im Mageninhalt des Toten gefunden.«

»Und deswegen machst du daraus ein Geheimnis.«

Weinschenk ballte die Fäuste. Die Riesenpranken hätten jedem Boxer zur Ehre gereicht. »An Pesto.«

»Wie?«

»Wunderbares italienisches Pesto. Leider vergiftet.«

»Was für Gift?«

»Herbstzeitlose. Der Giftmischer hat mit dem Knoblauch und den Pinienkernen Herbstzeitlose zerstampft. Anstatt Bärlauch, wie es sich gehört hätte. Haben die Experten in der Landeshauptstadt noch nie gehabt. Deshalb hat die Bestimmung des Gifts gedauert. Herbstzeitlosen zählen nicht zu den Mittelchen, die der Durchschnittsmörder im Regal stehen hat. Rattengift und Arsen dagegen sind 08-15-Gifte.« Arsen tötete perfekt, hatte aber einen klitzekleinen Nachteil: Auch Jahre später konnte es, sogar in einem Haar, noch nachgewiesen werden.

»Pesto? Jetzt kapiere ich, warum Bernd Gotterbarm verschwunden ist. Der ist nicht zum Arbeiten. Hastige Flucht nennt sich so was. Jogi, wir müssen zurück!«

Mäx Seeberger verfügte über ein außergewöhnliches Gedächtnis, das einem fotografischen Erinnerungsvermögen sehr nahe kam. Er registrierte Wichtiges und scheinbar Unwichtiges. Die Bilder lagen in seinem Gehirn wie sortiert und mussten nur noch verbunden werden.

Kurz nacheinander betraten die beiden Polizisten zum zweiten Mal Bernd Gotterbarms Küche.

Die Jugendstil-Anrichte, vor mehr als 100 Jahren ein prächtiges Büfett, war ziemlich in die Jahre gekommen. Die abgerundeten Ecken wiesen Kerben auf, als ob jemand mit dem Brotmesser ins Holz gesäbelt hätte. Der Lack war ab, die Oberfläche an vielen Stellen fettig und speckig.

Das Glas am Aufsatz fehlte. In der linken Hälfte stapelten sich kleine grüne Gläschen.

Weinschenk trat näher. Die Aufkleber aus dem Farbdrucker zierte blühender Bärlauch.

Auf die Etiketten hatte Bernd Gotterbarm ›Bärlauchpesto handgemacht‹, und ›Made in Oberschwaben‹ geschrieben. Eine elegante Schrift, gut lesbar, mit vielen Rundungen.

»Ruf die Spurensicherung an, Jogi. Das gibt Arbeit. Die werden nicht glücklich sein, dass das SEK hier durchgetrampelt ist.«

»Fürs Glück sind wir nicht zuständig.« Weinschenk brummte wie ein Grizzly, der eine Bienenwabe gefunden hat. Genauer: wie ein Bär, dessen Kollege die Bienenwabe gefunden hatte. Doch dieser Honigvorrat reichte für eine ganze gierige Grizzlyfamilie.

ELF

Ein Gestank nach Schweißfüßen und abgetragenen Socken. Weinschenk würgte, bevor er hinter Seeberger die Kletterhalle betrat. Der Mief schreckte die Jugend Oberschwabens jedoch nicht ab. Sehnige Burschen und Mädels bewegten sich verlangsamt, fast in Zeitlupe, als ob sie Beruhigungsmittel geschluckt hätten. Dabei war beim Klettern das Gegenteil der Fall.

Konzentrier dich auf deinen Job! Tue das, was du tust, richtig! Mit Überzeugung, mit Leidenschaft, mit 100 Prozent Aufmerksamkeit. Zudröhnen ging am Berg genauso wenig wie Hektik und Multitasking. Sonst folgten unweigerlich Absturz und Tod, zumindest eine schwere Verletzung.

Durch die senkrechte Wand führten unterschiedlich schwere Kletterrouten, die mit verschiedenen Farben gekennzeichnet waren.

Ein Gebäude wie ein Kasten und doch ein Ort der Freiheit. Dies verstand vermutlich nur, wer selber am Karabiner in der Wand baumelte. So wie Irene Scherle, Teilnehmerin an der Grillparty am Häcklerweiher, die viermal die Woche in der Halle kletterte.

Die beiden Polizeibeamten hatten sich an der Pforte nach Frau Scherle erkundigt. Als Antwort hatte der junge Mann vom Deutschen Alpenverein den Zeigefinger der linken Hand steil nach oben gestreckt.

Dort oben hing sie, wo auch nach Meinung des sportlichen Seebergers kein Mensch hochklettern konnte. So konnte man sich irren. Die Wand neigte sich in zehn Metern

Höhe abrupt stark nach innen, sodass Irene Scherle wie eine Spinne an einer Decke klebte. Die Frau, deren Alter die beiden Polizisten von unten nicht sicher bestimmen konnten, hatte sich auf die rechte Schulter ein rosa Tattoo stechen lassen. Eine stilisierte Pusteblume mit Kreuzen und Ranken, die sich um- und ineinander schlangen und bis zum Oberarm ausuferten.

Mit einem Seufzer, auch am Boden zu hören, schwang die Frau sich über einen Überhang und kletterte dann gemütlich bis in etwa 15 Meter Höhe weiter. Sie schaute nach unten, rief: »Ich komme!«, und sprang wie selbstverständlich von der Decke.

Weinschenk zog erschreckt den Atem ein.

Doch nichts Drastisches oder Todbringendes geschah. Irene Scherle hing gut gesichert an einem Seil, das eine Kollegin nahe eines Kletterpfeilers mit geübten Griffen abrollte.

Die Frau, Anfang 30, schwebte lässig von der Decke. Auch Frauen gefielen sich als Kletter-Macho. Während manche Jungs die Wände mit nacktem Oberkörper bezwangen, glänzte der Brilli in Irene Scherles nacktem Nabel.

Trotz der schlanken Frau, die sich ihm von oben schnell näherte, wirkte Weinschenk unglücklich. Vermutlich sogar wegen der Frau. Die Kletterhalle als exotische Welt, in der er sich nie heimisch fühlen würde. Selbst wenn er 20 Kilo abnahm. Lauter paradiesische Menschen hier. Mit fast perfekten Körpern. War dies der siebte Himmel? Oder die Hölle?

Kaum war Irene Scherle gelandet, als sie den Seilknoten am Klettergurt routiniert öffnete. Sie warf das Seil auf den Boden. Ihre Kollegin, die sie gesichert hatte, kam mit einem Strahlen näher. »Du warst richtig gut, Irene.«

»Jetzt lass sehen, wie du hochsteigst.« Ein junger Mann, kaum 18, spannte das Seil in sein Sicherungsgerät ein. Die Frau mit unbekanntem Namen griff, während sie die Route visierte, in einen kleinen Beutel auf ihrem Po und rieb die Hände mit Magnesium ein. Es staubte. Zehn Jahre älter und breiter gebaut als Kletterass Scherle turnte sie ruhig und routiniert die Plastikhaken hoch.

»Schafft sie nicht«, schüttelte Irene Scherle den Kopf.

»Schafft sie«, widersprach der junge Mann. »Positiv denken.«

Je länger die Polizisten sich in der Halle aufhielten, umso mehr rückte die schlechte Luft in den Hintergrund. Bis sie gar nicht mehr zu spüren war. Nur wer ganz tief atmete, roch noch die alten Socken.

»Frau Scherle, dürfen wir Sie kurz sprechen?«

»Hm? Wer seid ihr?« Irene Scherle drehte sich. Kein Gramm Fett zu viel. Das hautenge bauchfreie Top präsentierte einen bewundernswerten Sixpack.

»Ah verstehe, du bist mein neuer Kletterpartner? Zu dritt ist es ein bisschen blöd. Super, dass du dich so schnell gemeldet hast.«

»Seh ich so aus?«

Die überschlanke mittelgroße Frau bewegte ihren Kopf gemächlich von links nach rechts und von oben nach unten. Fünf silberne Ringe blitzten in dem einen Ohr, ein silbernes Kleeblatt zierte das andere. Sie beäugte den Polizisten wie ein Käufer ein Stück Vieh. Anerkennend meinte sie: »Gute Figur … gutes Verhältnis zwischen Größe und Gewicht … durchtrainiert und zäh, aber nicht zu viele Muskeln. Keine Muskelpakete. Muskeln sind schwer, was an der Wand ein Nachteil ist.«

»Ich hasse Höhe.«

»Du hast Höhenangst?«

Seeberger lächelte übermütig.

So eine Pfeife! »Und was willst du dann von mir? Ich bin keine, die sich von jedem anmachen lässt. Mit Anfängern will ich schon gar nichts zu tun haben. Das Leben ist viel zu kurz.« Irene Scherle war nicht nur an der Wand hart zu sich selbst, sie ließ auch andere freudig auf Granit beißen. Und schon war Seeberger, gerade eben noch eine hoffnungsvolle Partie – zumindest als Partner, um die Scherle an der Wand zu sichern – aus ihrem Leben verschwunden.

Doch unterschätze nie einen Traum aller Schwiegermütter. Auch Mäx Seeberger konnte, aller Korrektheit zum Trotz, nerven. »War das Leben Herrn Zwergers auch zu kurz?«

Ein gehetzter Blick. »Harty? Wieso Harty? Du kennst Harty? Und du stellst dich mit ihm auf eine Stufe …«

Hatte Seeberger nie behauptet.

»Harty war ein Meister. Begnadet. Ein Spitzenalpinist. Er hat immer eine Route gefunden. Durch die steilste Wand. Wenn's nicht anders ging, hing er an einem Finger. Wir hatten eine phänomenale Tour die Eiger-Nordwand hoch geplant, Schwierigkeitsgrad X, doch dann …« Irene Scherle stockte. Ihre Mundwinkel sackten ab. Hektisch kramte sie in ihren Hosentaschen.

Weinschenk reichte ihr ein Tempo.

»Danke.« Sie schniefte. Ein verunglückter Trompetenstoß, dem jede helle Färbung fehlte.

»Wieso sind Sie dann vor zwei Monaten ins Montafon mitgegangen, Frau Scherle? Auf eine hundsgewöhnliche Klettersteigtour?«

»Bei Harty war nie was hundsgewöhnlich. Er hat immer voll Gas gegeben.«

»Und dann nimmt er neben Ihnen noch vier lahme Enten in die Berge mit.«

Die Dünste in der Halle drängten sich wieder in den Vordergrund. Jemand hatte das breite Tor neben dem Eingang geschlossen.

»Jetzt irritierst du mich. Versteckte Kamera, oder was? Du hast vor den Bergen Schiss. Gleichzeit weißt du über Hartys Touren im Detail Bescheid. Bist du vom Reisebüro? Oder schickt dich Katjas Mann?«

»Wieso Katjas Mann?«

»Ich glaube, da musst du Katja selber fragen?« Irene Scherles Misstrauen war körperlich geworden. Seeberger und Weinschenk spürten ihre Abneigung wie eine Wand.

Vier oder fünf Sekunden dauerte es, bis Seeberger erneut ihre Augen fand. »Ich habe beruflich mit Harty zu tun.«

»Oh Gott, die Steuerfahndung?« Irene Scherle schlug beide Hände vor den Mund.

»Gäbe es bei Harty Zwerger was zu beschlagnahmen?«

»Ich hab nix damit zu tun. Gar nix. Wir sind zusammen klettern gegangen. Hin und wieder. Mehr nicht.«

»Und Sie sind mit ihm vertraut am See gesessen. Am Häcklerweiher.«

Plötzlich hörte man, wie das Blut durch die Adern rauschte. Gespenstisch still war es geworden. »Soso. Warum willst du das wissen?«

Genug der Spielereien. Manchmal führte ein Geplänkel zum Ziel, wie beide Polizeibeamten genau wussten. Manchmal zahlte es sich aus, nicht Polizei zu sein. Aber noch öfter kamen sie erst dann weiter, wenn sie den Knüppel aus dem Sack holten. »Kripo«, zeigte Weinschenk die Erkennungsmarke.

Irene Scherle streifte den Grizzly mit einem flackernden Blick, der vieles und nichts bedeuten konnte, bevor sie sich wieder auf Seeberger konzentrierte: »Du auch?«

Der Mann aus Ravensburg nickte.

»Schade. Echt schade.«

Wieso schade? Sie hatte Seeberger nicht den Eindruck vermittelt, sie hätte an seiner Person auch nur das geringste Interesse. Hatte sie ihm nicht – bildlich gesprochen – einen Korb gegeben?

»Ich bin verschwitzt«, erklärte die Frau mit kurzem Haar geduldig. »Ich stinke. Darf ich mich kurz duschen und umziehen?«

Einzelne Schweißtropfen verloren sich auf Irene Scherles Stirn.

»Wie lange?«, erkundigte sich Weinschenk mit tiefem Bass.

»Eine Viertelstunde.«

»Wir warten«, beschloss Seeberger.

Beeindruckend! Schon Sieben- oder Achtjährige kraxelten die senkrechten Wände hoch, dass es Seeberger schwindelte. Vom unsportlichen Weinschenk gar nicht zu reden.

Die Frau, von der Irene Scherle gesichert worden war, hing unterhalb des Überhangs. Sie reckte sich wie eine Katze, griff nach oben um die Ecke, zu kurz – und ließ sich ohne Gegenwehr fallen. Nach wenigen Metern hing sie auf halber Hallenhöhe an der Rettungsleine. Langsam pendelte sie nach unten. Trotz ihres Scheiterns erweckte sie einen zufriedenen Eindruck.

Während die Frau das Seil an ihrem Gurt losnestelte, trat Weinschenk näher. »Verzeihen Sie die Frage: Sie waren nicht zufällig mit Frau Scherle in den Bergen?«

»Klar war ich das!«

»Mit Herrn Zwerger?«

»Ja, im Montafon.«

»Und Sie heißen wie?«

»Ich bin die Frau Vees.« Auf einmal wirkte Frau Vees gar nicht mehr gemütlich. Ihre Augen und Wangen hatten sich verfinstert. »Wer, bitte schön, sind Sie?«

»Weinschenk. Kripo Ravensburg.«

»Und jetzt wollen Sie mich verhaften?«

Die Aussage stand in offenem Widerspruch zur Haltung der Frau Vees. Obwohl Weinschenk auf sie herunter schaute – er überragte sie um zwei Köpfe –, machte sie keinen ängstlichen, sondern eher einen aufmüpfigen Eindruck.

Weinschenk brummte: »Würde Sie das überraschen?«

»Nicht wirklich.« Sie drehte sich, warf dem 18-Jährigen das Sicherungsseil zu und meinte: »Daniel, ich mach 'ne Pause. Zehn Minuten oder so, okay?«

Gehorsam drehte der junge Mann ab, blieb jedoch wenige Meter später sofort wieder stehen. Er quasselte nun auf eine etwa 15-Jährige ein, die sich mit ihrem bauchfreien, superengen Top an Irene Scherle orientierte. Oder war es umgekehrt?

»Wieso, Frau Vees, wären Sie nicht überrascht, würden wir Sie zur Vernehmung mitnehmen?«

»Vor einem Sekündchen hab ich noch angenommen, Sie hätten unsere Grillabende durchschaut. Aber jetzt hab ich kapiert, Sie fischen völlig im Nebel. Dann will ich Ihnen einen Wurm hinwerfen, den Sie fressen werden. Garantiert.« Tanja Vees legte eine Pause ein. Während Sie den Polizeioberkommissar anstierte, verriet sie: »Jede von uns hätte Harty umbringen können.«

»Sie geben das offen zu?«

»Herr … wie war noch mal Ihr Name?«

»Weinschenk.«

»Herr Weinschenk. Ich geb gar nichts zu. Aber dass am Häcklerweiher was explodieren könnte, wenn ein Mann mit vier Frauen …«, sie stockte, »grillt, das müsste auch einem Polizisten klar sein. Mehr Sprengkraft geht auf Gottes schöner Erde nicht.«

»Und warum erzählen Sie mir das alles? Haben Sie mit Ihren Kolleginnen noch eine Rechnung zu begleichen?«

»Zum einen, weil Ihr gut aussehender Kollege mich nicht fragt …«

Seeberger, der sich gern als Gehirn betrachtete, wusste, wann es erfolgversprechend war, sich besser im Hintergrund zu halten. Gerade machte Jogi Weinschenk einen Super-Job.

»Zum anderen, weil ich nichts davon halte, wenn wir Frauen Männer umbringen. Nur weil sie Schweine sind.«

»Frau Vees, Sie verunsichern mich. Seither habe ich Herrn Zwerger für vieles gehalten: Spitzenalpinisten, Bankchef und geachtetes Mitglied der oberschwäbischen High Society. Und nun ist er plötzlich zur Sau mutiert.«

»Da haben Sie sich wohl geirrt.« Die Frau mit Klettergurt wollte sich an die Stirn tippen, überlegte es sich aber anders, sodass der Finger auf ihrer Wange landete.

Während die Polizisten die etwa 40-Jährige musterten, kam beiden der Begriff ›durchschnittlich‹ in den Sinn. Ohne dass sie darüber ein Wort verloren hätten. Frau Vees hatte keine Tattoos (zumindest nicht sichtbar), keine fünf Ringe in einem Ohr, war nicht superbraun gebrannt oder extravagant geschminkt, konnte weder mit einer Stachelhaarfrisur aufwarten noch als blonder Engel bezeichnet werden. Das Einzige, was auffiel: dass sie nicht auffiel. Auch der Perlenohrring gehörte in die Kategorie dezent.

Ein Durchschnittsgesicht, braune mittellange Haare, die Figur keineswegs dick, aber auch nicht schlank.

Wieso hatte Harty Zwerger sich mit dieser unscheinbaren Frau eingelassen? Hatte er überhaupt?

»Sie sind anders als Ihre Kolleginnen«, schüttelte Mäx Seeberger den Kopf.

»Bin ich?«

»Eindeutig. Zum Beispiel weinen Sie nicht.«

»Wie meinen Sie?« Frau Vees mit Vornamen Tanja, wenn Seeberger sich richtig erinnerte, konnte mit den viel beschworenen inneren Werten aufwarten. Ihre Stimme vibrierte aus dem Körper heraus voller Energie. So betrachtet glich sie Weinschenk, dessen tiefe Stimme jedem Radiomoderator zur Ehre gereicht hätte.

»Jede Frau, die irgendwann mit Herrn Zwerger zu tun hatte, schwärmt von der Gottgleichheit des guten Menschen und bricht dann innerhalb kurzer Zeit in Tränen aus …«

»Ich bin anders.«

»Scheint so. Aber warum?«

»Ich bin verheiratet. Da dürfte ich die Einzige sein. Zumindest wenn wir von glücklich verheiratet sprechen.« Tanja Vees schluckte.

Obwohl sie es mit Harty nie am Weiher getrieben hatte, wäre es eine Lüge gewesen, seine Anziehungskraft zu bestreiten. Ja, sie hatte seine Gegenwart genossen – deshalb war sie auch Woche für Woche zu den nächtlichen Grillpartys geradelt. Sie liebte weniger seinen Trizeps, von dem sie bis vor Kurzem gar nicht gewusst hatte, dass ein Muskelstrang dieses Namens existierte, sondern seinen Charme. Harty konnte einer Frau die Vorstellung vermitteln, dass Gott mit ihrer Schöpfung ein herausragendes Werk vollbracht hatte. Etwas weniger theatralisch formuliert: Sie – Tanja Vees, 42 Jahre alt, verheiratet, eine zwölfjährige Tochter – war großartig. Und attraktiv.

Die meisten Ehemänner vergessen nach zehn oder 20 Jahren jegliche Romantik. Lust auf ihre Frau entwickeln sie nur noch beim gelegentlichen Sex – aber keine Leidenschaft. Von Schönheit redet kein Mann mehr, wenn er sich nach dem Erguss die Decke übers Kinn zieht oder mit der Flasche Bier in der Hand vor den Fernseher hockt. Übergangslos, als ob er sich in keinen Menschen, sondern in eine Plastikpuppe ergossen hätte. Gefühle als Nebensache.

Ausgerechnet der nackte Mann hatte sich als feinfühliger Frauenversteher entpuppt. Doch dies war nur ein Aspekt. Auf der anderen Seite verhielt er sich rücksichtslos und allein auf sein eigenes Ego konzentriert. Harty Zwerger, der Sammler. Der Macho, der Frauen in seinen Besitz bringen wollte und brachte.

Tanja Vees schluckte. Ihre braunen Haare hingen voller Schweiß. »Harty war traumatisiert. Seine Ehe ging in die Brüche und so weiter. Alles, was Sie sich denken können. Dies entschuldigt natürlich nicht, dass er sich wie ein Schwein verhalten hat. Aber es erklärt seine schweinische Seite.«

An verschiedenen Stellen der Halle fielen kurz nacheinander und gut gesichert drei Kletterer von der Decke. Doch die Polizisten hingen so gebannt an Tanja Vees' Mund, dass sie es nicht einmal bemerkten.

Würden sie jemanden finden, der Zwerger nicht vergötterte oder verdammte? Der Bankchef war ein Mann für Emotionen. Einer, der sein Leben lebte und nicht bloß vor sich hin vegetierte.

»Am Häcklerweiher haben wir … nun ja, die anderen drei – um Harty gestritten. Kennen Sie diese blödsinnigen Fernsehserien, eine Art Doku, in denen drei, vier, fünf oder noch mehr Frauen um einen Mann wetteifern? Um einen vermeintlichen Millionär oder Adeligen oder was weiß ich. Ohne Witz. Sie konkurrieren darum, wer sich von ihm letztendlich vögeln lassen darf.«

»Und wer hat gewonnen?«

»Irene war die Nummer zwei. Irene Scherle …«

Wo sie nur steckte? Wollte sie nicht schnell duschen gehen? Eine Viertelstunde höchstens.

»Doch Katja hat das große Los gezogen.«

»Sie meinen Frau Engels?«

»Richtig.«

»Und deshalb war Frau Scherle wütend auf Herrn Zwerger?«

»Dass sie das jetzt nicht falsch verstehen, Herr Kommissar. Man könnte dies so ausdrücken, wenn man ihr Böses will, aber …« Das Geständnis klang zögernd, erzwungen. Als ob Tanja Vees ihre Bekannte nicht in die Pfanne hauen wollte. Doch hatte die superschlanke Irene Scherle nicht umgekehrt genau dies getan? Hatte sie nicht über die lahmarschigen Nichtskönnerinnen in den Bergen geklagt? Was für ein Verhältnis verband die beiden Frauen?

»Hat sie ihn bedroht, Frau Vees?«

»Nicht wirklich. Nun ja … Also, natürlich hat sie getobt. Überlegen Sie mal: Alle, außer mir, springen nackt in den See. Das Lagerfeuer flackert, wir rennen an Land, und dann hat nur eine Platz unter seiner Decke. Ist ganz natürlich, dass die Irene wütet: ›Ich bring dich um!‹ Aber Sie wissen doch, wie das bei Frauen so ist. Frau sagt viel, bis der Tag rum ist.«

Seeberger, unverheiratet, seit Kurzem ohne Freundin, wusste es nicht.

Weinschenk, verheiratet, fünf Kinder, sieben Schwägerinnen, gehörte ebenfalls nicht zu den Wissenden.

»Frau Scherle und Sie sind nicht wirklich Freundinnen?«

»Was heißt Freundinnen? Irene ist etwas sprunghaft, manchmal auch launisch. Beim Klettern hat sie hohe Ansprüche. Ich bin nicht ganz ihre Kragenweite. Sie ist einfach zu top für mich.«

In der Kletterhalle herrschte eine gute Stimmung, wie man am Gelächter leicht erkennen konnte. Obwohl ein Mitglied des DAV Ravensburg vor wenigen Tagen erst tragisch zu Tode gekommen war.

»Harty ist nie hier geklettert«, erklärte Tanja Vees. »In seiner Freizeit mochte er keine stickigen Räume.«

Die gelöste Atmosphäre nahm Weinschenk, der Sport hasste, nicht wahr. Seeberger jedoch faszinierte sie. Gleichzeitig spürte er ein elitäres Gehabe, das sich in jeder Bewegung zeigte. Jeder Schritt, als ob eine Kamera auf die Jungs und Mädels gerichtet wäre. Musste dies verwundern? Wer kraxelte schon senkrechte Wände nach oben – außer Superhelden wie Spiderman.

Seeberger räusperte sich: »Dürfen wir erfahren, in welcher Reihenfolge Sie die Grillparty verlassen haben?«

Tanja Vees schien ihn erst jetzt wahrzunehmen. Was sie erblickte, gefiel ihr. Sie lächelte sanft und verlegen. »Dürfen Sie. Wir haben nichts zu verbergen. Christine und ich wohnen in der gleichen Straße. In Ravensburg-Weingartshof. Wir sind als Erste nach Hause geradelt. Gegen halb zwölf, glaube ich …«

»Was zu beweisen wäre?«

»Was zu beweisen wäre!« Sie lachte und drohte dem Polizisten mit dem Zeigefinger. »Rufen Sie Christine an –

Christine Oberhofer ... Sie haben die Handynummer? Nicht? ... Dann schreiben Sie auf.«

Weinschenk tippte die Nummer in das Adressverzeichnis seines Smartphones.

»Und dann? Wer ging als Nächste?«, wollte Seeberger wissen.

»Ich saß nicht mehr am See ...«

»Aber Sie haben mit den anderen Frauen geredet, Frau Vees. Am nächsten Tag. Am Tag nach dem Mord.«

Tanja Vees zupfte an dem Klettergurt, in dem Beine und Hüfte steckten. Zwei bis drei Kilogramm weniger hätten ihrem Bauch gut getan. Ohne dass sie deswegen magersüchtig gewesen wäre.

»Irene muss die Nächste gewesen sein, die sich verabschiedet hat. So hat sie mir jedenfalls berichtet. Offensichtlich hatte sie den Kampf um den Hauptgewinn verloren ...«

Und am Schluss schmusten Katja Engels und der nackte Mann unter einer Decke. Bis der Mörder auftauchte. Oder Zwerger hockte schon eine geraume Zeit allein unter der Decke, stierte verliebt auf den Weiher hinaus und versuchte, im dunklen Wasser die Zukunft zu lesen. Die Zukunft, die er nicht mehr hatte. Das Ende, das nur Minuten entfernt war.

Brauchte man überhaupt einen Mörder vor Ort, wenn das Gift der Herbstzeitlose sich als Todesursache herausgestellt hatte? Der Mörder – oder die Mörderin – dürfte dem Opfer ja kaum das Pesto gewaltsam eingeflößt haben.

Auf der anderen Seite wiesen die Spuren hinter dem Baum auf einen nächtlichen Besucher hin. Und wer sonst hatte Katja Engels im Wald überfallen – außer dem Mörder, der eine lästige Zeugin beseitigen wollte? Aus eigener Unvollkommenheit war die Grundschullehrerin wohl kaum vom

Rad gepurzelt. Dass die Zeugin nichts beobachtet hatte oder sich nicht mehr erinnerte, stand auf einem anderen Blatt.

Natürlich konnte auch Irene Scherle, die Superschlanke mit bauchfreiem Top, die Rolle der Schurkin spielen. Hatte sie aus lauter Eifersucht zuerst ihren Helden vergiftet und dann die Nebenbuhlerin angegriffen? Die Polizisten würden sie fragen.

Weinschenk runzelte die buschigen Augenbrauen: »Frau Vees, wo steckt Ihre Kollegin?«

»In der Dusche, nehme ich an.«

»Sie duscht ein bisschen lang, finden Sie nicht? Mehr als 20 Minuten.«

Ohne es zu bemerken, fasste Seeberger an die Heckler & Koch-Dienstpistole, die in einem Halfter unterhalb des Arms versteckt war. »Glaubst du, Jogi, ihr ist was passiert?«

Unentwegt rannten die Polizisten der Entwicklung hinterher. Und nun auch dies noch: Trieb in Oberschwaben ein Serienkiller sein Unwesen?

Gotterbarm senior? Kaum vorzustellen. Und doch nicht auszuschließen.

Gotterbarm junior? Prinzipiell möglich? Vielleicht sogar wahrscheinlich. Die Pestospur zeigte eindeutig auf den Neffen des 78-Jährigen.

Oder doch der große Unbekannte? Wer wusste schon genau, welche Existenzen Harty Zwerger vernichtet und wen er gevögelt hatte.

Eines nur schien momentan sicher: Der Verbrecher hatte einen solch starken Hass auf den Zwerger aufgebaut, dass er dessen Gespielinnen ebenfalls um die Ecke beförderte – es zumindest versuchte. Sprach dies für oder gegen einen betrogenen Ehemann als Täter?

»Soll ich in der Umkleide nachschauen?«, bot Tanja Vees an.

»Unbedingt!« Weinschenk lief los.

Ein schmaler Gang wand sich an einer Treppe vorbei, die in den ersten Stock zur Anfänger-Kletterwand hinaufführte. Es ging geradeaus und dann nach links. Der Polizist stockte vor dem Schild ›Umkleide Damen‹.

Anders Tanja Vees, einen Schritt vor ihm. Sie riss die Tür auf und brüllte: »Irene!« Auch eine weibliche Radiostimme konnte es übertreiben.

Eine Frau in T-Shirt und Slip hielt sich erschreckt die Funktionsjacke vor die Beine. »He, ihr seid in der Frauenkabine!«

»Polizei«, brummte Weinschenk.

»Polizei?«

Manche duckten sich weg, wenn die Polizei auftauchte. Andere dagegen wetteiferten um Mitarbeit. Wie Tanja Vees. »Hast du Irene gesehen, Gerda?«

Hatte Gerda nicht. Vor zwei, drei Minuten erst hatte sie die Umkleide betreten.

Seeberger öffnete jede Toilettentür und inspizierte anschließend die Duschen, die nass waren. Jemand hatte geduscht. Vermutlich duschte dauernd jemand. Nichts Bahnbrechendes also.

»Vorn ist sie nicht raus«, dachte Seeberger laut. »Wir hätten sie gesehen. Hat sie sich etwa bei den Jungs versteckt?« Der Polizist stürmte in die ›Umkleide Herren‹. Der Grizzly und Tanja Vees folgten.

Zwei hagere Burschen mit eindrucksvollen Oberarmen, beide ein Tuch um die Hüften, quatschten von einer Wand im Donautal, die sie bezwungen hatten.

»Habt ihr hier eine Frau gesehen?«

Die zwei Kletterer wirkten erheitert. »Oh ja, haben wir. Passiert selten, dass uns die Frauen in die Umkleide verfolgen. Und dann noch so ein heißer Feger.«

»Und wo steckt der Feger jetzt?«

Einer der beiden Bergsteiger winkelte den stark behaarten Arm ab. »Abgehauen. Durchs Fenster.« Unterhalb der Decke stand eine Luke offen. Zu schmal für Tanja Vees, aber kein Problem für die überschlanke Super-Alpinistin.

»Quatsch«, meinte die Frau mit dem Durchschnittsgesicht, die zwei oder drei Kilogramm zu viel auf die Waage brachte, »warum soll Irene sich aus dem Staub machen?«

»Vielleicht bieten wir zwei doch keinen so erheiternden Anblick.«

»Genau, die hat es sich anders überlegt. Die ist über die eigene Leidenschaft erschrocken.«

Die halbnackten Männer grinsten, hatten aber die entscheidende Frage nach dem »Warum« nicht wirklich beantwortet.

Hatte Irene Scherle tatsächlich etwas mit Zwergers Tod zu tun? Seeberger war irritiert. Auch Weinschenk, nicht nur körperlich, sondern vom Instinkt her ein Riese, begriff das Verhalten der Frau mit dem bauchfreien Top nicht. Auffälliger konnte frau sich nicht verhalten. Hätte sie wirklich Zwerger um die Ecke gebracht, dann würde sie wohl kaum seelenruhig klettern gehen. Traf diese Annahme zu, dann hatten die Polizisten sie aus einem anderen Grund in Unruhe gestürzt. Weshalb hatte diese nervenstarke Frau die Nerven verloren?

»Wo arbeitet Frau Scherle?«, erkundigte sich der Grizzly.

»Im Landratsamt. In der Außenstelle. Als Sachbearbeiterin für Gewässerschutz.«

»Aber nicht mehr am Freitagnachmittag.«

Diesmal zog Seeberger das Smartphone aus der Tasche. »Mäx hier. Schickt ihr mal einen Streifenwagen los … Scherle, Irene Scherle … Die Straße? Verrat ich dir gleich, wo sie wohnt.«

Ob die Kollegen Frau Scherle in Gewahrsam nehmen sollten?

»Nein, uns nur kurz informieren, wenn sie aufgetaucht ist. Wär noch schöner, wenn wir alle verhaften würden, die nicht mit uns plaudern wollen.«

Tanja Vees, die noch immer ihren Kletter-Hüftgurt trug, zwinkerte nervös mit den Augen. Sie hatte Gewicht verloren. Zumindest ihre Wangen waren eingefallen. Verbrechen passten nicht ins Leben der Durchschnittsfrau, glücklich verheiratet, eine Tochter und die Einzige, die sich angeblich am Häcklerweiher nicht nackt ausgezogen hatte, um mit Harty Zwerger im Wasser zu planschen.

Wieso, wenn sich unter ihrer Haut keine mörderischen Absichten verbargen, hing sie dann an den Polizisten wie eine Klette?

Eine Antwort: Tanja Vees wollte helfen. Nicht mehr und nicht weniger.

Seeberger musterte ihr rundes Gesicht. »Wurde bei Ihnen zu Hause eingebrochen?«

Frau Vees zuckte zusammen. »Oh Gott, wann? Jetzt?«

»Nein. Hat es jemand bei Ihnen versucht? Haben Sie zum Beispiel Kratzspuren am Türrahmen bemerkt? Oder die Abdrücke eines Meißels?«

»Ich verstehe Sie nicht, Herr Kommissar …« Die Worte klangen wie bei einem kleinen Mädchen, das nicht über die böse Welt aufgeklärt werden möchte. Tanja Vees wünschte sich auf einmal weit weg. Zumindest weit nach oben.

Direkt unterhalb des Dachs der Kletterhalle, wohin ihr so leicht niemand folgen konnte.

Wo lebten die Menschen eigentlich? Jeder hatte Angst vor Verbrechen, aber jeder ging davon aus, dass nur der andere zum Opfer werden konnte.

»Wollte Sie jemand mit dem Auto rammen, als Sie den Zebrastreifen überqueren wollten?«, setzte Weinschenk nach. »Oder ist vor Ihr Fahrrad plötzlich eine Mülltonne gerollt? Haben Sie vielleicht im Treppenhaus von hinten einen Stoß erhalten?«

»Sie erschrecken mich immer mehr. Wir sind hier in Oberschwaben und nicht in …« Tanja Vees schloss die Augen und öffnete dafür den Mund. Goldene Zahnplomben blinkten. »Nicht in Berlin oder … oder in Stuttgart. In der Großstadt.«

»Ja, wir leben hier im Paradies.«

Frau Vees nickte heftig.

»Aber wo sich Gott aufhält, ist auch der Teufel nicht fern.«

Weinschenk drehte im Gefolge Seebergers halb ab, als ob er die Kletterhalle verlassen wollte, zauderte, überlegte es sich schließlich anders. »Wenn ich Ihnen einen Rat geben darf, Frau Vees, dann sperren Sie die nächsten Tage Fenster und Türen gut zu. Sie haben nicht zufällig einen Hund?«

»Doch. Woher wissen Sie das?«

»Dann lassen Sie ihn vor Ihrem Bett schlafen.«

»Meinen Sie nicht ernst, oder?«

»Wieso sollte ich scherzen?« Der riesenhafte Polizist zog ein Portmonee aus der Gesäßtasche und wühlte darin. Er überreichte der Frau eine bedruckte Karte. »Meine Handynummer. Rufen Sie mich einfach an. Aber die Nummer bitte nicht weitergeben. Sonst kann ich mich vor Verehrerinnen nicht retten.«

Tanja Vees himmelte den Grizzly ungeniert an. Trotzdem wirkte sie unglücklich. Oder auch ungläubig.

Sie hatte es stets gehasst, dass sie dieses biedere Durchschnittsgesicht hatte und diese nicht dicke, aber leicht pummelige Figur, diese Körpergröße, die frau weder als groß noch als klein bezeichnen konnte. In der Fußgängerzone spazierten die Männer an ihr vorbei, ohne sie wahrzunehmen.

Aber nun schwante ihr Unglaubliches. Vielleicht sah sie – entgegen aller Erfahrung – doch nicht unauffällig genug aus, um auch dann nicht aufzufallen, wenn ein Mörder sie ins Visier genommen hatte.

ZWÖLF – ZWEI WOCHEN VORHER

Die Tauben hassten den Regen. Niemand draußen zu sehen. Kein Vogel auf dem Blechdach. Allein der Regen klackte aus allen Richtungen im Takt und verschmierte die Scheiben, so wie er hämmernd dagegen prallte und nach einer Sekunde des Zögerns nach unten lief.

Immer der Erde entgegen. Der Schwerkraft.

Ein Apfel, der sich vom Baum löst, fällt nach unten.

Ein Mensch, aus dem Fenster stürzend, fällt nach unten.

Ein Meteorit, wenn er der Erde zu nahe kommt, fällt nach unten.

Regentropfen, so winzig, so zahlreich, so allein gelassen sie in der Masse auch sein mögen, fallen nach unten.

Fühlte ein einzelner Tropfen Einsamkeit?

Was bedeutete Einsamkeit?

Der alte Mann, der tagelang mit dem Traktor über seine Felder tuckern konnte, fühlte sich in der Klinik allein gelassen. Trotz Schwestern und Ärzten.

War der rote Porschetrecker sein einziger Freund gewesen? Sein wirklicher Freund. Zuverlässig in seiner Unzuverlässigkeit, die immer den gleichen, berechenbaren Wegen folgte?

Bildeten sie beide zusammen eine Schicksalsgemeinschaft? Ein Mensch-Maschinenwesen? Wahrscheinlich. Wahrscheinlich konnte er ohne seinen Traktor und ohne sein Land nicht existieren. Weil ein Bauer – landlos geworden – kein Bauer mehr ist.

War er normal? In dieser Welt, in der niemand normal

sein wollte. Aber Unnormale, Nicht-Normale, Außenseiter, Idealisten vom Hof vertrieben und enteignet wurden?

250 Jahre im Familienbesitz.

Aus und vorbei.

Eine Ära hatte geendet.

Sie hätte sowieso geendet. Zugegeben. Seine Frau war gestorben, er hatte keine Kinder. Wahrscheinlich war er tatsächlich nicht normal. Schon seit Jahrzehnten begehrte er keine Frauen mehr. Er hatte keine Zeit für sie. Jede freie Minute verbrachte er im Schuppen bei seinen Erfindungen.

Manchmal nannte man Typen, die aus der Norm fielen, extravagant. Aber extravagant hatte mit Geld zu tun. Wer Reichtum hatte, konnte auf seine Mitmenschen spucken. Ihm wurde nicht nur verziehen, dass er abwich und sich albern benahm, er wurde dafür sogar bewundert. Nein, der alte Mann war nicht extravagant.

Konnte man ihn als konventionell bezeichnen?

Förmlich und formvollendet war er ebenfalls nicht. Eher antik und überholt. Er besaß nicht mal einen Computer.

Er war und blieb ein Mischwesen, das sich den Kategorien verweigerte. In Schubladen stecken lassen wollte er sich nicht. Dafür war er zu stolz.

Und so war er zwischen die Schubladen, zwischen die Fronten, geraten.

Seine Gedanken stockten kurz.

Eine Schwester hatte ihm angekündigt, dass er einen Besucher erwarten würde. Einen Anwalt.

Was hatte er mit einem Anwalt zu tun?

Er erwartete nichts und niemanden.

In sich fühlte er eine leichte Dämmerung, vielleicht musste es auch Dämmung heißen. Nebelartige Kopfschmerzen hatten sich über sein Gehirn gelegt. Seit einigen

Tagen oder Wochen konnte er wieder klarer denken, das machte die Gewöhnung. Und so erkannte er die Scheiße, in der er steckte, wieder. Die meiste Zeit fühlte er sich in der Scheiße sogar wohl.

Pudelwohl!

Die allermeiste Zeit jedoch verschlief er.

Schlief oder wachte er, als die Tür fast geräuschlos aufschwang. Was unterschied das Wachsein vom Traum? Er hatte immer gedacht, dass eine Tür im Knast knacken und knarzen würde.

Ein mittelschlanker Mann stand vor ihm.

Der Anzug und die Krawatte passten nicht zu einem Ort, vor dessen Fenstern Gitter angebracht waren.

»Herr Gotterbarm, ich bin Ihr Anwalt.«

»Hooo!«

»Ihr Neffe hat mich geschickt!«

»Mein Neffe?« Sah so ein Anwalt aus? Wahrscheinlich. Oder gab es einen Grund, dass ihm ein anderer vorgaukelte, er würde auf seiner Seite stehen? »Ihr Anwalt!« Er hatte kein Geld irgendwo auf dem Feld versteckt. Wenn, dann hätte er es schon lange ausgegraben. »Lasset Se mi in Ruah!«

Oder wusste er die Stelle nicht mehr. Okay, er hatte schon festgestellt: Er war vergesslich geworden. Vermutlich lag dies an den Medikamenten.

So vieles, was er vergessen hatte.

Er wusste nicht einmal, welcher Tag heute war. Aber er ahnte: Bald würde es soweit sein. »I muss do raus. I muss d' Mais ernta.«

Anwälte und Ärzte glichen einander. Schwarzkittel gleich Weißkittel. Ihre Mienen zeigten keine Regung. Ob ihr Gegenüber nun heulte, tobte oder vor Freude lachte.

In dieser Hinsicht ähnelten sie auch Kripobeamten. Allesamt Roboter.

»Wenn i d' Mais it ernt, kann i der Bank d' Rat it zahla.«

»Deswegen bin ich hier, Herr Gotterbarm.«

»Damit i zahla ka?«

»Damit Sie hier rauskommen.«

»Und d' Rat?«

»Herr Gotterbarm, Sie haben Ihr Haus verloren.« Der Anwalt schwieg, bevor er anfügte: »Tut mir leid.«

Immer diese falschen Versprechungen. Die Hoffnung, die stirbt. Wieso schlich der Anzugträger sich als Anwalt ein? Hatte die Bank ihn geschickt? Wollten sie ihn zu einem Geständnis zwingen?

Er schloss die Augen. »I schwätz it mit Ihna.«

Die Aussage fiel ihm schwer, denn er fühlte keinerlei Aggression. Sie hatten ihm Unrecht getan, ja, aber sie behandelten ihn gut.

Weiches Bett, gutes Essen, und sie hatten ihn angebunden. »Zu Ihrem Schutz!« Er musste Dankbarkeit zeigen.

»Ich bringe Sie hier raus, Herr Gotterbarm«, wiederholte der Anwalt. »Ihre Hausärztin hat sich für Sie eingesetzt. Wir haben ein neues Gutachten. Sie müssen noch etwas Geduld haben. Doch machen Sie sich keine Sorgen.«

Für Sorgen war es zu spät.

»Sia brenget mir mein Hof z'rick?«

Der Anwalt zuckte mit den Schultern.

»Und mei Bulldog?« Hatte er auch seinen Trecker verloren? Der Mann auf dem Bett lächelte sanft, als er sich den formvollendeten Filialleiter vorstellte, wie er mit dem Traktor durch den Ort bretterte.

Komisch, der rote Traktor für einen Bauern Alltag, für den Bankchef dagegen ein extravagantes Gefährt. Wenn zwei das Gleiche tun, ist es noch lange nicht dasselbe.

Glaubt ihnen also nicht, wenn sie euch das Gegenteil einreden wollen!

Was dem Herrn geziemt, ziemt sich noch lange nicht dem Knecht!

Die Gleichheit existiert höchstens auf dem Papier.

DREIZEHN

Hätten sie es verhindern können? Eine verdammt knifflige Frage, die sich nicht eindeutig beantworten ließ. Denn bald würde eintreten, was Seeberger und Weinschenk seit der Flucht Irene Scherles aus der Kletterhalle befürchtet hatten. Ohne sich dessen sicher zu sein. Natürlich nicht. Aber ein neues Verbrechen lag eindeutig im Bereich des Möglichen, war sogar wahrscheinlich.

Ja, sie würden sich später den Kopf zerbrechen, ob sie einen Fehler gemacht hatten. Solch eine Entwicklung betrachteten sie immer als Niederlage. Vorwerfen mussten sie sich aber nichts. Während Weinschenk sich am heiligen Sonntag um seine Familie kümmerte, hatte Seeberger zusammen mit Nina Palmer über dem Fall gebrütet.

Der junge Polizeihauptkommissar führte Telefonate und störte unbescholtene Menschen beim Sonntagskaffee. Dabei erfuhr er höchstens die Bestätigung dessen, was die Polizei bereits wusste.

Frauke Ullrich, die inzwischen in Hannover lebte, hatte an keinem der Dienstage an den Weiherpartys teilgenommen. Am Mordabend hatte sie mit Arbeitskolleginnen ein Theaterstück besucht, was die Kolleginnen bestätigten. Frauke Ullrich konnte die Polizei somit als mögliche Täterin vergessen. Immerhin ein Name weniger.

Auch Christine Oberhofer, Partygängerin und Nacktschwimmerin, warf kein neues Licht auf den Fall. Telefonisch bestätigte sie die Aussage von Tanja Vees, der Kletterin mit mittellangen Haaren und Durchschnittsgesicht.

Trotzdem schickte Seeberger die junge Nina Palmer mit einem Kollegen nach Weingartshof. Christine Oberhofer, geschieden, und Tanja Vees, scheinbar glücklich vermählt, hatten den Häcklerweiher tatsächlich früh verlassen. Sackgasse! Und trotzdem etwas Erfreuliches. Denn Seeberger konnte zwei weitere Namen von der Liste der Verdächtigen streichen.

Aber wäre er doch nur im Bett geblieben! Wer kennt dies nicht? Man hockt den ganzen Tag bei der Arbeit, schuftet und schwitzt, das Gehirn brummt, und hat dennoch das Gefühl, man hat null erreicht.

Kein Fortschritt, keine Entwicklung, keine Fahndungserfolge. Weder bei Irene Scherle noch bei den beiden Gotterbarms. Die drei blieben verschwunden, scheinbar unauffindbar. Nichts Neues unter der oberschwäbischen Spätsommersonne.

Dabei hatte das Wochenende verheißungsvoll begonnen. Am Freitagabend war Mäx Seeberger gegen 20 Uhr nach Hause gekommen. Im Gepäck trug er Müdigkeit. Und einen Laptop. Den Laptop des Herrn Zwerger. Deswegen spürte er kurz vor seiner Wohnung, er hatte 100 Meter entfernt geparkt, neuen Elan.

Als ob er nie erschöpft gewesen wäre, sauste er die Treppen nach oben, unterm Arm den flachen Rechner, den die Polizei in Zwergers Wohnung als Beweismittel eingepackt hatte.

Ein IT-Spezialist beim LKA in Stuttgart hatte fast zwei Tage gebraucht, um den Computer des Bankchefs zu knacken. Jetzt musste einer die Daten sichten. Seeberger hatte sich das Gerät geschnappt, zeitgleich mit dem Entschluss, eine Nachtschicht einzulegen.

Der junge Polizist wohnte in der Untere Breite Straße im

Herzen Ravensburgs. Das Geld für die Dachgeschosswohnung hatte ihm sein kroatischer Großvater vererbt. Der alte Herr hatte einer internationalen Hotelkette ein Gelände an der Adria verkauft und war so zu spätem Wohlstand gelangt.

Seebergers Wohnung lag mitten im Trubel. An Freitag- und Samstagabenden hallte das Gelächter der Angeheiterten und Besoffenen durch die schummrigen Gassen. Glücklich, wer seine Wände gut isoliert hatte.

Ein Lichtschalter klackte. Und ein grauer Schatten witschte unters Sofa.

Den Kater hatte Katharina, seine Ehemalige, vergessen.

Stopp! Da Katharina nie etwas vergaß, hatte sie das Biest vermutlich mit Absicht zurückgelassen. Aus schierer Bosheit.

Hatte Seeberger ein entsetztes Maunzen vernommen? Katharinas Kater hasste Männer. Und damit Seeberger. Er flüchtete, sobald der sportliche Polizist die Wohnung betrat.

Mäx würde den Kater im Tierheim abliefern. Aber im Moment brachte er es nicht fertig. Schwächling! Doch auch ein Polizeihauptkommissar hatte Gefühle.

Kurze Zeit später summte ein Wasserkocher.

Heute war wieder ein außergewöhnlich warmer Tag gewesen. Föhnwetter mit einer fantastischen Alpensicht. Seeberger hätte problemlos, ohne zu frösteln, auf dem Marienplatz sitzen und einen Cappuccino trinken können. Stattdessen hatte er sich ewig in der muffigen Kletterhalle aufgehalten. Inzwischen war es nicht nur dunkel, sondern auch kühl geworden. Zeit für einen Tee, den Seeberger ausschließlich im Herbst und Winter trank.

Richtung Süden waren die Alpen verschwunden. Als hätte es die Bergriesen nie gegeben. Ein schwarzer Vorhang hatte die gesamte Gebirgskette verschluckt.

Ob auch heute irgendwelche Durchgeknallten im Weiher badeten? Gänsehaut auf dem nackten Körper wirkte auf Seeberger überhaupt nicht erotisch. Und man erkannte deutlich, wohin so ein Verhalten führen konnte. Zumindest im Rückblick. War nichts für die Gesundheit.

Im Wohnzimmer klappte der Polizist den Laptop auf und schloss ihn an die Steckdose an.

Bevor Seeberger sich setzte, schlenderte er zur Stereoanlage. Mit dem Finger fuhr er die CDs entlang, die sich auf einem Lautsprecher stapelten. Er legte eine Disk ein, auf deren Rücken in etwas krakeliger Handschrift geschrieben stand: ›Jazz in Town‹.

Sein Neffe, 16 Jahre jung, ein begabter Pianist und Jazzer, hatte für den Onkel vier Titel aufgenommen und sie ihm zum Geburtstag geschenkt. ›Meine größten Erfolge‹: zwei selbst komponierte Songs und zwei Klassiker.

Lokalpatriot Seeberger liebte den Auftakt mit ›Sommer auf der Schussen‹ und ließ den Song gern in der Endlosschleife laufen.

Die Schussen plätscherte durch ein breites Tal, im Osten und Westen von Hügelzügen begrenzt, Richtung Alpen. Nach nur 60 Kilometern mündete sie in den Bodensee.

Das Flüsschen rauschte über die Klaviertasten. Meist herrschte Badewetter, aber manchmal tobten auch Blitz und Hagel.

Seeberger seufzte. Sein Neffe würde in wenigen Tagen in einem Konzert in der Zehntscheuer brillieren, nur wenige Hundert Meter von Seebergers Wohnung entfernt. Trotzdem zweifelte der Polizist, dass er die Big Band der Musikschule bejubeln konnte.

Der Mordfall hatte sich in die Breite entwickelt. Zuerst und vordergründig eine Beziehungskiste, hatte sich die

Liste der Motive schnell ausgeweitet. Wie fast immer ging es auch um Geld, Armut, Habgier und die Art und Weise, wie Banken oder andere mit Schuldigern umsprangen – und damit um Kapitalismuskritik.

Der Bildschirm blinkte.

Wer würde recht behalten? Weinschenk, der auf der Seite des enteigneten Bauern stand und den Täter oder auch die Täterin im Umfeld der Frauen suchte?

Oder Seeberger, der trotz der möglichen Orgie am Weiher den Gotterbarms nicht traute? Besonders seit die Polizisten die 450 Pestogläschen im Haus des jungen Bernd Gotterbarm entdeckt hatten.

Auf dem Screen tauchte der Benutzername des Bankchefs auf: Riese.

Was für ein Angeber!

Die Verzeichnisse waren sauber aufgebaut. ›Privat‹ und ›Business‹.

Der Polizist fand Briefe an die Krankenkasse und an Versicherungen.

Eine Auseinandersetzung mit dem Finanzamt über zu wenig Steuer-Rückerstattung.

Uninteressant!

Ah, ein Ordner ›Touren‹, nach Jahreszahlen geordnet.

Seeberger klickte sich durch bergeweise Fotos. Beeindruckend.

Der Himmel über den Gebirgsmassiven meist postkartenblau mit bauschigen Schäfchenwolken. Aber hin und wieder auch dunkel bedrohlich wie auf einem Gemälde des 19. Jahrhunderts, als die Maler die Kraft der Natur, der unverdorbenen, ehrlichen Natur, beschworen. Die Natur war kraftvoll, wunderschön, aber auch wild und mitleidslos. Sie hatte etwas Paradiesisches, trotz ihrer

Brutalität, wenn das Gewitter tobte oder eine Lawine abging.

Und mitten in dieser atemberaubenden Gebirgslandschaft – oder auch an ihrem Rand – ein ewig lächelnder Harty Zwerger. Der Alpinist mit Helm, Klettergurt und modischer Funktionskleidung grinste, auch wenn ihm die Brühe vor lauter Anstrengung von der Stirn tropfte. Er zog die Mundwinkel fröhlich nach oben, ob er in einer Steilwand hing, einen schmalen Grat überquerte oder einen der vielen Gipfel bezwang, deren Namen Seeberger noch nie gehört hatte: Zumsteinspitze, Dent Blanche, Rimpfischhorn. Doch auch die Klassiker wie Mont Blanc und Jungfrau hatten es dem Zwerger angetan.

Der jüngste Bergordner war mit ›Montafon‹ überschrieben.

Auf den ersten Blick glichen sich die Aufnahmen. Auf den zweiten musste Seeberger seine Ansicht korrigieren. Die Berge wirkten nicht ganz so einschüchternd, aber ebenfalls malerisch.

Neben dem allgegenwärtigen Gipfelstürmer tauchten in dieser Bilderstrecke weitere frohgelaunte Personen auf. Seeberger zählte insgesamt drei … vier … nein, fünf Frauen.

Harty Zwerger stets als Hahn im Korb.

Die glorreichen Fünf. Oder die verzweifelten Fünf, die möglicherweise alle um ein Schäferstündchen in Zwergers Bett gekämpft hatten.

Wirkten die Frauen deswegen gleichermaßen angespannt und ausgelassen?

Drei der Bergzicken hatte Seeberger bereits getroffen: die blonde Katja Engels, die neue Favoritin, die sich durchgesetzt und den Hauptgewinn gezogen hatte; Irene Scherle, die Verschmähte mit dem rosa Tattoo, die auch im Gebirge ein bauchfreies Top trug, sowie die eher behäbig wirkende Tanja Vees, die angeblich als Einzige nicht nackt im Häckler gebadet hatte. Die beiden anderen Frauen mussten Christine Oberhofer sein – mit ihr war Tanja Vees am Mordabend nach Hause geradelt – und Frauke Ullrich, inzwischen wohnhaft in Hannover, die nicht am Häckler gefeiert hatte.

Keine der Aufnahmen brachte Seeberger weiter. Keine Schnappschüsse von Zungenküssen, heißen Umarmungen, nackten Menschen, wenn er von Irene Scherles Bauchnabel absah. Nichts, nicht einmal das Unbedeutendste, was auf ein künftiges Drama hindeutete.

Die Glocken von der St. Jodokskirche klangen dumpf durch das geschlossene Fenster. Seeberger, die Arme verschränkt, zählte die Schläge, bevor er sich wieder dem Bildschirm widmete.

Versteckt im Unterverzeichnis eines Unterverzeichnisses fand der Polizist eine Akte mit der Bezeichnung ›Wels‹ – parallel dazu einen Kalender, wieder mit ›Wels‹ überschrieben.

Wieso Wels?

Seeberger pfiff.

Wels: ein kapitaler Brocken und ein guter Fang, wohl als Umschreibung für den Bauern, den der Bankchef in diesem Spätsommer zur Strecke gebracht hatte.

Wann hatte Zwerger die Leitung der GPO-Filiale übernommen? Vor acht Jahren, wenn die Erinnerung des Polizisten nicht trog. Noch im selben Jahr hatte der neue Bankchef seinen Kampf gegen Schuldner Gotterbarm begonnen, wie sich anhand der Jahreszahlen im Kopf der Schreiben leicht aufzeigen ließ.

Seeberger überflog Briefe an den Polizeiposten in Waldburg sowie an den Chef der Polizeidirektion Ravensburg, in denen Zwerger früh klagte, dass er sich von dem 70-Jährigen bedroht fühlte. Die Angst des durchtrainierten Bergsteigers vor dem eher kleinen und schmächtigen Bauern gipfelte in den Worten: ›Ich fürchte um mein Leben!‹

Hatte Zwerger etwa recht gehabt?

Ähnlich lautende Vorwürfe in einem Schreiben des Bankchefs an Gotterbarms Hausärztin. »Ich muss Ihnen widersprechen, Frau Doktor, Herr Gotterbarm ist nicht nur eigenwillig und querköpfig, sondern eindeutig nicht zurechnungsfähig. Er hat Wahnvorstellungen.«

Wieso wandte Zwerger sich an die Ärztin? Warum hatte er gewusst, wie sie ihren Patienten einschätzte? Warum versteifte er sich zu gewagten Thesen wie der Unzurechnungsfähigkeit des Bauern?

Offensichtlich unterstützte die Medizinerin ihren Patienten, was Bankchef Zwerger zur Weißglut trieb. »Sie irren, verehrte Frau Doktor, wenn Sie Herrn Gotterbarm als harmlos darstellen. Herr Gotterbarm stellt eine Gefahr für die Gesellschaft dar. Unsere Demokratie ist durch Menschen wie diesen renitenten Bauern bedroht.«

Seeberger lehnte sich zurück. Er packte die Tasse neben dem Laptop mit dem Motiv des Schwarzen Veri, des berühmten Räubers des 19. Jahrhunderts, den manche für einen oberschwäbischen Robin Hood hielten, und trank sie halb leer.

Eine Revolution im idyllischen Waldburg?

Starker Tobak! Oder knallhartes Kalkül. Der Chef der GPO-Filiale hatte das Ziel gehabt, den Schuldner Gotterbarm aus Haus und Hof zu werfen, um endlich an die

Immobilie zu kommen. Und da fuhr er jedes Mittel auf: Verleumdung, üble Nachrede, Rufmord.

Doch warum hatte die Enteignung so lange gedauert? Die Auseinandersetzung um den fetten Fisch, den ›Wels‹, hatte sich über unglaubliche acht Jahre hingezogen. Wie hatte es der Gotterbarm geschafft, sich in seinem hoch verschuldeten Hof einzuigeln?

Sauber im Wels-Ordner aufgelistet waren Briefe an verschiedene Rechtsanwälte, von deren Vorgehen sich der Banker regelmäßig enttäuscht zeigte. Mit seinem Urteil ›höchst unbefriedigend‹ hielt er nicht hinterm Berg. Und tauschte regelmäßig die Juristen aus.

Immer wieder legte Zwerger in seinen Attacken eine Pause ein, aber die Versuche, den Gotterbarm von Amts wegen vertreiben zu lassen, hörten nie auf. Hartnäckig, fast schon besessen unternahm Zwerger jedes Jahr einen neuen Anlauf. So sicher, wie es Weihnachten wurde – allerdings nicht für den Gotterbarm.

Auch zu einem Richter am Ravensburger Amtsgericht hatte der Bankchef brieflich Kontakt aufgenommen. ›Herr Gotterbarm macht meine angesehene Bank schlecht, wo er nur kann. Er hält uns für das Böse, das alles lenkt, und mich selbst für den Teufel, obwohl ich ihm nie Unrecht getan habe. Außer dass ich ihm nicht die 400.000 Euro schenken will, die er meiner Bank schuldet. Hoffentlich darf ich davon ausgehen, dass du auf der Seite des Rechtsstaates stehst …‹ Richter und Bankchef kannten sich offensichtlich.

Alle Vorteile schienen auf Zwergers Seite zu liegen – wie bei einem Kampf David gegen Goliath.

Ob der Bankchef die Zwangsräumung dennoch aus eigener Kraft geschafft hätte, ließ sich hinterher nicht mehr zuverlässig beurteilen. Einen überraschenden Verbündeten fand er jedenfalls im neuen Rechtspfleger am Amtsgericht, der vor einem Dreivierteljahr seine Stelle angetreten hatte. Begeistert schrieb der Banker. ›Danke, verehrter Herr Küchler, dass Sie endlich dem Recht Recht verschaffen wollen.

Abgespeichert unter ›Rechtspfleger_Durchbruch‹ hatte Zwerger einen Brief vom Amtsgericht eingescannt, der an ihn adressiert war und das Vorgehen zusammenfasste.

Das Schreiben datierte etwa eine Woche vor dem Showdown auf dem Bauernhof. Rechtspfleger Küchler begründete abschließend, wieso er den Antrag des Bäuerleins auf einstweilige Einstellung der Zwangsräumung ablehnen musste. Ob er wollte oder nicht, ihm waren die Hände gebunden. Denn: ›Der Gläubiger (gemeint war die Bank) hat nach nunmehr acht Jahren, in denen er sein Eigentum nicht nutzen konnte, ein gesteigertes Interesse an der nunmehrigen Räumung.‹

Rechtspfleger Küchler hatte offensichtlich genug von dem laxen Vorgehen der Behörden. Ungewohnt heftig rügte er die zögerliche Gerichtsvollzieherin und benutzte schon wieder eine unschöne Dopplung: ›Sie sollten endlich das Ihrige beitragen, um die Vollstreckung zu vollstrecken.‹

Ein knallharter Rüffel und unüblich in einer Stadt wie Ravensburg, wo jeder jeden kannte und Honoratioren, Politiker, Unternehmensbosse sowie die Leiter von Ämtern und Behörden sich duzten. Die meisten waren miteinander in die Schule gegangen und hockten jedes Jahr am Rutenfest zusammen im Bärengarten oder in den Bierzelten auf der Kuppelnau. Es tat weh, wenn man sich wehtun musste, ob in Köln, Stuttgart oder Ravensburg. Deshalb ließ man es lieber.

›Ich habe‹, hieß es in dem Schreiben an den Bankchef weiter, ›die Frau Gerichtsvollzieherin nun angewiesen, einen Räumungstermin anzusetzen.‹

Und so setzten sich die Mühlen des Gesetzes in Gang, bis es ratterte. Nichts konnte das Räderwerk noch stoppen. Wenige Tage später wurde eine Existenz gnadenlos zerbrochen und der Gotterbarm in die Psychiatrie nach Weißenau eingewiesen.

Die nahe Pfarrkirche St. Jodok läutete noch mehrmals, allerdings erklangen nun zur vollen Stunde weniger Schläge als noch vor Mitternacht.

Seeberger streckte sich, sodass seine Handgelenke knacksten. Er hatte es verdient: ein Betthupferl, hochprozentig.

Am Küchenschrank, oberstes Fach, wählte er nach kurzem Zögern Ardbeg UIGEADAIL, schottischen Whisky von der Insel Islay. Seeberger schenkte die bernsteinfarbige Flüssigkeit in ein Gläschen ein, das sich nach oben verjüngte. Schnüffelte. Der Ardbeg roch nach Leder, Tabak und Teer.

Wieder im Wohnzimmer drehte der Polizist die CD seines Neffen lauter.

54 Prozent Alkoholgehalt war unverdünnt zu stark. Deshalb hustete Mäx Seeberger nach dem ersten Schluck. Aber er wusste auch: Der Genuss kam immer erst mit dem zweiten. Der Ardbeg schmeckte nach Malz und Lakritze und einem Hauch von Citrus.

Was für ein scheinbarer Widerspruch: wie süß und sauer. Der Charakter des Whiskys passte zur Enteignung des Bauern wie die schrägen Jazz-Akkorde.

Selten existierte das Gesetz an sich. Immer hing es an Personen, die den Paragraphen Geltung verschafften oder es damit knallhart übertrieben. Der neue Rechtspfleger: ein pflichteifriger Beamter, der auch noch Macht hatte und keine Angst verspürte, diese auszuüben. Ganz im Gegenteil: Entschlossenheit konnte eine Karriere beschleunigen.

Doch was bedeutete dies alles für den Fall? Fand sich in der Zwangsräumung das Motiv für den Mord?

Dutzende Male hatten Seeberger und Weinschenk schon darüber debattiert.

Es gab keine Antwort. Auch nicht kurz nach zwei Uhr.

Wenn es nur so einfach wäre wie in Seebergers Wohnzimmer.

Das künstliche Licht erhellte das Geschehen der vergangenen Wochen deutlicher, als es dem Polizisten lieb war. Die Wohnung, über die seine Pupillen streiften, wirkte erschreckend leer, geradezu ausgeräumt. Mit jedem Lichtstrahl erschienen an der zitronengelben Wand mehr und mehr weiße Quadrate und Rechtecke. Seine Ex hatte jede einzelne Grafik abgehängt und mitgenommen.

Er hatte geplant gehabt, die Raufasertapete zu überstreichen. Im Gang standen zwei fette Farbeimer. Aber der Mord am Häcklerweiher hatte sich zwischen Absicht und Tun gedrängt. Wie sollte Mäx Katharina vergessen, wenn er nicht ohne Herzklopfen die eigenen vier Wände anstieren konnte?

Den Tisch, auf dem Laptop und halbleere Teetasse standen, hatte Seeberger bei Fairkauf in Weingarten, dem Gebrauchtwaren-Kaufhaus der Caritas, erstanden.

Katharina hatte sich über die Maßen biestig gezeigt. Als letzte Tat hatte sie sogar den Wohnzimmertisch, den sie gemeinsam gekauft hatten, in der Mitte zersägt.

Musikalisch passend rauschte die Schussen plötzlich über Stromschnellen. Was seinen Neffen getrieben hatte. Die Schussen war nur bei Hochwasser ein Wildbach. Der Sololauf übers Piano hämmerte frenetisch in Seebergers Ohren.

Kein ›Bis dass der Tod euch scheidet‹.

Kein ›Wir bleiben gute Freunde‹.

VIERZEHN

Die Zwangsräumung stank auch am Montag noch zum Himmel. Wunderte es, dass Weinschenk und Seeberger auf dem Weg nach Waldburg heftig stritten?

Was tun gegen die Anweisung des Rechtspflegers? Vorgesetzter ist Vorgesetzter.

»Mäx, deswegen braucht die Gerichtsvollzieherin nicht gleich zu Kreuze zu kriechen. Wo bleibt die Zivilcourage?«

»Jogi, du nervst mich.«

»Und deine Naivität stinkt zum Himmel. Sind wir alle gehirnlose Ameisen?«

»Natürlich nicht. Was soll dieser Vergleich?«

»Wir sind nicht zur herrschenden Tierart auf diesem Planeten geworden, weil wir alles bedenkenlos abgenickt haben!«

»Ein neuer Aspekt der Polizeiarbeit, Jogi. Neuerdings entschuldigen wir es achselzuckend, wenn jemand eine Scheibe einwirft, eine Bank ausraubt oder einen Menschen totschlägt. Der arme Verbrecher konnte halt nicht anders. So wenig Geld, wie er besitzt, und bei diesem furchtbaren sozialen Milieu, in dem er aufgewachsen ist.«

»Mäx, der Gotterbarm ist kein Verbrecher.«

»Wissen wir noch nicht.« Beziehungsdrama hin oder her, für Seeberger lag auf der Hand, dass einer der beiden Gotterbarms den Bankchef abgemurkst hatte – vielleicht sogar beide. Die 47 Bärlauchpesto-Gläschen in Bernd Gotterbarms Küche und die etwa 400 im Keller waren kein Beweis, aber ein Indiz. Wenn sich auch, so der Laborbefund, keine Herbstzeitlosen unter den Bärlauch gemischt hatten. Was nicht wirklich verwunderte. Schließlich hatte Bernd Gotterbarm den Banker und nicht halb Oberschwaben beseitigen wollen. Katja Engels als mögliche Zeugin des Verbrechens hatte Pech und gleichzeitig Glück gehabt.

Inzwischen lag auch das Ergebnis der Untersuchung der Whiskyflasche vor, die der Grizzly aus dem Häcklerweiher gezogen hatte. Die Flasche hatte Whisky enthalten, nichts anderes. Prächtigen fünf Jahre alten oberschwäbischen Whisky, wie es auf dem Etikett geheißen hatte.

»Jogi, schaust du bei einer Ladendiebin weg, nur weil du sie sympathisch oder kuschelig findest?«

Der korpulente Kommissar reagierte anders als erwartet. »Hier geht es nicht um den Diebstahl eines Schals. Hier geht es um die Existenz. Und du, Mäx, solltest den Mund nicht so voll nehmen. Wer von uns beiden hat es sich kuschelig gemacht? Auf einem Holzstuhl in der Nähe des Tatorts.«

Seeberger riss am Steuer. Die hastige Lenkbewegung verhinderte es, dass sie in den Straßengraben rauschten. »Jetzt mal langsam, ich hab Frau Gutekunst befragt.«

»Bleib bei der Wahrheit, Mäx. Die aufgepeppte Annika hat dich um den Finger gewickelt.«

Die Auseinandersetzung brachte nichts. Besser, sie brachen ab, bevor sich die beiden Polizisten an der Gurgel hingen. Mit Annika Gutekunst hatte Weinschenk bei seinem Kollegen eine wunde Stelle berührt. Hatte sie nicht zum Abschied am Parkplatz geflüstert: »Ich melde mich.« Wie würde er reagieren, würde sie ihr Versprechen wahrmachen?

Seufzend presste er seine Hände gegen das Lenkrad.

Oberschwaben erwies sich wieder einmal als merkwürdiger Landstrich – und besser als sein Ruf. Oft legte sich im Spätsommer und Herbst morgens der Nebel über das gesamte Schussental und wich tagelang nicht, bis man und frau nur noch nebelgrau sahen. Die Schussen war eher ein Bach als ein Fluss, doch der Nebel scherte sich nicht um Definitionen. Wetterempfindliche liefen dann wie mit einem Brett vor dem Kopf herum.

Doch manchmal herrschte im Herbst Föhnwetter, so wie auch heute, als bereits morgens um acht ein blauer Himmel geglänzt hatte.

Die Sonne erhellte das Sträßchen durch den Wald hinter Weingarten. Die gelben und roten Blätter tanzten in der Sonne.

Heute Morgen hatten sie erneut Katja Engels besucht, die inzwischen aus dem Krankenhaus entlassen worden war. Die Engelsfrau lebte in der Ravensburger Weststadt und bestätigte noch einmal die Aussagen von Tanja Vees und Christine Oberhofer. Die beiden Frauen hatten die Grillparty eine Stunde vor Mitternacht verlassen.

Mit der bauchfreien und tätowierten Irene Scherle, die durchs Fenster in der Umkleide entwichen war, hatte der blonde Engel die vergangenen Tage keinen Kontakt gehabt, wusste aber, dass die Durchtrainierte fast jedes Wochenende in den Alpen kletterte.

Von wegen: zwei Freundinnen sollt ihr sein! Einzig die Liebe zu Bergführer und Charmeur Zwerger verband die Konkurrentinnen.

Verbarg sich hinter dieser Leidenschaft auch Hass? Irene Scherles Flucht schien darauf hinzudeuten.

War die tätowierte Frau die Täterin? Ja, nein - die Antwort wusste allein sie selber. Oder der Mörder. Vielleicht tat sie sich also einen Gefallen, wenn sie sich in den Bergen aufhielt. So würde der Täter sie nur schwer erwischen können.

Mit einer Täterkategorie hatte die Kripo sich noch nicht befasst: den gehörnten Ehemännern.

Zwei der Frauen vom Häcklerweiher waren geschieden und zwei verheiratet.

Tanja Vees, vom Aussehen zu durchschnittlich, hatte mit hoher Wahrscheinlichkeit keine Affäre. Sie mochte nett, gebildet und unerschrocken sein, aber sie passte nicht ins Beuteschema des Porschefahrers. Ob sie nun daran gelitten hatte oder nicht. Damit entfiel ihr Ehemann als Verdächtiger. Außerdem hatte er ein Alibi. Eine heftige Grippe fesselte ihn seit einer guten Woche ans Bett.

Vollkommen anders gestaltete sich der Fall bei dem blonden Engel, der am Weiher nackt mit dem Opfer unter einer Decke geschmust hatte. Wusste der Gatte, ein Ingenieur, von der Affäre?

Stefan Engels, zwei Jahre jünger als seine Angetraute, war mit den beiden Töchtern wandern. Im Allgäu.

Nein, leider hatte er keinen Handy-Empfang. Ja, natürlich würde Katja Engels ihn bitten, sich bei den Polizisten zu melden. »Mach ich doch gern. Kein Problem.«

Hinter Unterankenreute waren die Maisfelder zur Hälfte geerntet. Bald würden die Kinder auf den Stoppelfeldern Drachen steigen lassen. Interessierte sich die Jugend von heute überhaupt noch für die zischenden Papiervögel? Hockte sie nicht unentwegt vor dem Computer? Oder im besten Fall wie Seebergers Neffe vor dem Klavier? Luft und Natur schienen junge Menschen zu scheuen.

Der sportliche Polizist bremste hart. Eine scharfe Linkskurve führte um den Friedhof herum und in den Ort hinein. Seeberger parkte nahe der Pfarrkirche, auf halber Höhe zur Waldburg, die ihr Ziel darstellte.

Dreimal war im elektronischen Kalender des Ermordeten das Stichwort ›BM‹ aufgetaucht. Hatte Herr Zwerger sich mehrmals mit einem Bürgermeister getroffen, etwa dem Bürgermeister, in dessen Teilort der Gotterbarm'sche Hof lag? Wieso hatte Zwerger keinen Namen in den Kalender geschrieben? Wieso diese Geheimniskrämerei?

Weil er genau wusste, wer sich hinter dem Kürzel verbarg?

Das letzte Mal hatte das Treffen zwei Tage vor der Zwangsräumung stattgefunden.

Die Waldburg saß, vom Parkplatz aus betrachtet, auf dem Bergkegel wie eine Krone. Die Sonne brannte ihre gelben Strahlen ins mittelalterliche Mauerwerk, das wie Gold schimmerte. Der Wall glühte auch nach 1000 Jahren lebendig.

Zum Wahrzeichen Oberschwabens führte ein betonierter Fußweg hoch, auf dem Weinschenk bereits nach wenigen Schritten keuchte.

Sport war Mord, okay. Aber kein Sport ebenfalls keine Lösung.

Weinschenk wunderte sich nun nicht mehr, dass die Waldburg vor Jahrhunderten als Aufenthaltsort der Reichskleinodien auserkoren worden war. Damals war Oberschwaben vom Rest der Welt völlig abgeschnitten gewesen. Kaum Wege und Menschen, dafür Tage weit Wälder und Moore.

Ein perfektes Versteck, das niemand erahnen konnte. Der Einöde am nächsten lag die freie Reichsstadt Konstanz, heute eine gute Autostunde entfernt und damals eine Ewigkeit.

Und wenn sich dann doch einer durch die bewaldete und nasse Hügellandschaft gequält hatte, empfing ihn zum Abschluss eine gut befestigte Burg, die auf einem 800 Meter hohen Berg thronte und auf Weinschenk wie ein bissiger Bullterrier wirkte.

»Oh Gott.« Er strich sich über die linke Augenbraue, was nichts bewirkte. »Und jetzt noch zu Fuß eine steile Wand nach oben.«

»Steile Wand ist ein bisschen übertrieben, findest du nicht, Jogi?«

»Ich find's steil, Mäx«, legte der Koloss prustend die nächste Pause ein.

Der Bürgermeister, so viel hatte Weinschenk vor einer Stunde telefonisch von dessen Sekretärin erfahren, tagte Montagnachmittag auf der Waldburg. Der Förderverein, als dessen Vorsitzender er amtierte, debattierte darüber, wie man das Wahrzeichen Oberschwabens attraktiver machen und mehr Touristen anlocken konnte.

Weinschenk keuchte hinter Seeberger her. Im Burginnenhof war es unangenehm herbstlich, weil die flach stehende Sonne ihn nicht erreichte. Während Seeberger reihum spähte, knöpfte er seine Jacke zu. Weinschenk dagegen litt an Hitzewallungen.

Die Burgschänke zur Linken wirkte geschlossen, hinter der Glastür glomm kein Licht. Wohin?

Plötzlich stiefelte aus der Toilette links eine Frau mit schmalem Gesicht und Seidentuch. Drachen schlängelten sich, in den Stoff gestickt, um ihren Hals.

»Aha«, ihre Stimme klang gleichermaßen fröhlich wie erleichtert, »die Herren sind da!«

Weinschenk hatte um keine Anmeldung gebeten.

»Na, dann kommen Sie mal mit! Der Herr Bürgermeister erwartet Sie in der Kemenate.«

Im Wohnturm, dem mehrstöckigen und größten Gebäude der Burg, ging es zuerst am gläsernen Kassenhäuschen vorbei – heute unbesetzt – und dann zwei Stockwerke nach oben.

Etwa 30 Personen, die alle an Gläsern nippten, hatten sich in der Raummitte im Kreis versammelt. Andächtig neigten sie die Köpfe.

Ein großgewachsener Mann mit schütterem rotblondem Haar referierte. »Und ganz besonders danken wir den Sponsoren …«, als eine Bodendiele laut krachte.

Der Herr schaute hoch. Sobald er die Dreiergruppe bemerkte, wühlte er sich durch sein Publikum und trippelte eilig mit ganz kleinen Schritten auf die Polizisten zu. Das Sektglas in der Hand rief er: »Ach wie schön, wie schön …!«

Die Personen im Kreis nickten strahlend.

Der Bürgermeister hätte genauso gut Pfarrer sein können – bei dem mattschwarzen Anzug, den er trug. Der rötliche Kinnbart verlieh ihm jedoch ein leicht stacheliges Aussehen, das im Gegensatz zu seiner tadellosen Kleidung und dem perfekt gebundenen Krawattenknoten stand.

Herr Gessler-Beck streckte den beiden Polizisten die Arme entgegen, als ob er sie segnen wollte. »Heute ist ein besonderer Tag für uns. Kommen Sie, kommen Sie, das müssen Sie sich anschauen …«

Im Kreis der Bewunderer öffnete sich eine Lücke. »Hier!«, zeigte Bürgermeister Gessler-Beck. »Wun-derschön, nicht?« In seiner Stimme klang Ehrfurcht mit.

In der Vitrine funkelte es. Das Licht der Spotscheinwerfer brach sich an Gold und vor allem Edelsteinen.

»Die Kaiserkrone«, flüsterte Herr Gessler-Beck bewegt. »Endlich, nach 800 Jahren ist sie zurückgekehrt.«

Offensichtlich reagierten Seeberger und Weinschenk nicht wie erwartet, denn der Bürgermeister furchte kritisch die Stirn: »Sie wissen, dass die Reichskleinodien von

1220 bis 1240«, der Tonfall wurde gewichtiger, »mindestens bis 1240 auf unserer Waldburg aufbewahrt wurden. Damals waren wir das Zentrum der Welt. Bei uns verbarg sich das Wertvollste, was das Heilige Römische Reich deutscher Nation zu bieten hatte: die Zeichen der Macht …«

Herr Gessler-Beck atmete keuchend aus, bevor er einen Schluck aus dem Sektglas nahm, das auf der Vitrine stand.

Während Seeberger behutsam nickte, starrte Weinschenk die achteckige Krone an, die tatsächlich beeindruckte. Unzählige Edelsteine und Perlen waren in das Goldblech der Vorderseite eingearbeitet. Überragt wurde sie von einem goldenen Kreuz, mit fünf großen und vielen kleineren Juwelen besetzt.

»Natürlich ist die Kaiserkrone eine Replik. Das Original befindet sich in der Wiener Hofburg. Aber unsere Nachbildung war auch so teuer genug. Wir haben viel investiert. Und natürlich Spenden bekommen, für die wir dankbar sind. Ohne das Engagement der Bürger und der Unternehmen wäre dieser große Tag in der Geschichte unseres Ortes nicht möglich gewesen.«

Der eine oder andere der Anwesenden applaudierte.

»Wie stellen Sie sich das Foto vor? Vielleicht ich und unsere Sponsoren neben der Vitrine?«

Hielt der Bürgermeister sie für Journalisten, die über die neue Kaiserkrone berichten wollten? Auf jeden Fall zeigte er ein gönnerhaftes Sonntagsgesicht.

Fröhlich korrigierte Weinschenk: »Sie befinden sich im Irrtum. Wir sind von der Polizei.«

»Polizei? Aber …« Bürgermeister Gessler-Beck wendete den Kopf abrupt, »aber die Kaiserkrone ist ja noch da, oder? Es gab keinen Einbruch. Zumindest nicht, dass ich wüsste.«

»Nein«, beruhigte Seeberger. »Wir würden Sie trotzdem gern unter vier Augen sprechen. Unter sechs, genauer gesagt.«

»Gewiss, gewiss. Wollen Sie mir in einen anderen Raum folgen.« Der Bürgermeister stelzte in den gegenüberliegenden Gebäudeteil. An der Wand hingen zeitgenössische Abbildungen der Burg. Im Jahr 1200, als die Kaiserkrone in Oberschwaben versteckt worden war, musste sie eine bescheidene Feste gewesen sein.

Gessler-Beck, bis zu den Zehenspitzen nervös, plapperte ohne Punkt und Komma. »Wir sind berühmt für den Blick bis zum Zugspitzmassiv. Bei Föhnwetter liegen Ihnen sämtliche Alpenberge zu Füßen. Wucht und Klarheit gleichermaßen. Waren Sie schon auf dem Burgfried? Nicht? Müssen Sie mal rauf. Unbedingt. Vielleicht haben wir nachher noch kurz Zeit. Ich könnte Ihnen eine Führung anbieten … Ach so, Sie ermitteln. Klar, klar, aber trotzdem. Soll ich Ihnen Freikarten zuschicken lassen? Die Polizei könnte ihren nächsten Betriebsausflug auf die Waldburg unternehmen. Zuerst der Ausguck und anschließend das Ritteressen im Gewölbe. Mittelalterliche Kochkunst und Schlemmerei mit Kultur.«

Der Wasserfall, eintönig, geradezu betäubend, stoppte nicht. Weinschenk gähnte, was der Bürgermeister nicht beachtete.

»Mit dem Förderverein diskutiere ich gerade, ob wir einen Fahrstuhl einbauen lassen sollen. Es ist anstrengend zur Burg hoch. Glauben Sie mir wahrscheinlich nicht. Für die sportliche Polizei kein Problem, logisch. Aber für uns Durchschnittsmenschen, die wir tagein tagaus am Schreibtisch sitzen. Hui, ui, ui …« Der Bürgermeister wedelte mit den Händen, die Finger gespreizt, wie mit einem Fächer.

»Für Senioren ist es wirklich schwierig hier hoch, für Rollstuhlfahrer fast unmöglich. Und was glauben Sie, wie rutschig der Weg erst im Winter ist?«

Herausfordernd stierte der Bürgermeister zuerst Weinschenk und dann Seeberger an. Auf dem linken Auge schielte er leicht, was die Polizisten erst jetzt bemerkten.

»Wegen Schnee und Glatteis sind wir nicht hier …« Manchmal war es gut, die Leute plaudern zu lassen, aber im Fall des redseligen Rathauschefs brachte dies überhaupt nichts.

»Nicht?« Gessler-Beck rieb sich die Handflächen. Fröstelte ihn? In der Burg war es nicht wirklich warm.

Weinschenk brummte: »Klären Sie uns einfach über Herrn Wilhelm Gotterbarm auf.«

»Der Gotterbarm? Wegen dem Störenfried sind Sie hier?« Wasserfall mitsamt Begeisterung hatten gestoppt. Der Bürgermeister rieb sich die Stirn. Ein Scheißtag heute. Wo nur der versprochene Zeitungsfotograf blieb?

»Wir sind von der Kripo. Kripo Ravensburg. Glauben Sie, ich quäle mich Ihre Burg hoch, weil ich den Ausblick genießen will?«

Der Bürgermeister musterte den Grizzly und kratzte sich dann am Nacken. »Nein, nein.« Gessler-Becks Stimme veränderte sich. Der Mann mit rötlichem Kinnbart schaltete mit dem Touristen-Werbemodus auch das Dauergequatsche ab. »Womit kann ich Ihnen dienen?« Er wartete. Ein guter Bürgermeister nahm die Beschwerden der Bürgerinnen und Bürger ernst; er vermittelte möglichen Kritikern zumindest das Gefühl, er würde sich um ihre Anliegen und Einwände kümmern. Das nannte sich große Politik, die heutzutage auch der Bürgermeister einer dörflichen Gemeinde beherrschen musste.

»Wir suchen Herrn Gotterbarm«, erklärte Seeberger. »Vielleicht können Sie uns da weiter helfen.«

Erstaunlich wenig diplomatisch knurrte Gessler-Beck: »Der sitzt doch.«

»Er wurde entlassen.«

»Meine Herren, im Fall Gotterbarm bin ich für Sie nicht der richtige Ansprechpartner. Hab ich übrigens auch schon den Medien erzählt.« Der Bürgermeister drehte sich gewandt und wollte zurück zu seiner Kaiserkrone. Doch er hatte die Rechnung ohne Weinschenk gemacht. Der Grizzly, so groß wie Gessler-Beck, aber ungleich massiger, rückte einen halben Schritt zur Seite, sodass der Schultes auf ihn aufgeprallt wäre, hätte er nicht abgebremst.

Der furchtlose Weinschenk zeigte auch einem Bürgermeister gegenüber eine körperliche Präsenz, die eine Annika Gutekunst schockieren mochte, in diesem Fall aber imponierte.

»Herr Gessler-Beck, Sie bringen da einiges durcheinander. Herr Zwerger ist tot. Deshalb hat sich die Kripo Ravensburg eingeschaltet. Und wir suchen seinen Mörder. Sie wollen offensichtlich nicht, dass dieser gefunden wird?«

»Doch, doch. Wir sind alle geschockt. Hätte jeden von uns treffen können.«

»Jeden. Wieso das?« Gehörte Gessler-Beck auch zu den nächtlichen Nacktbadern? Alle Menschen hatten zwei Gesichter. Nur getraute sich nicht jeder, seine Geheimnisse auch auszuleben.

»Weil …« Der Bürgermeister ließ die Schultern fallen, während er mit gequältem Gesichtsausdruck nach Worten suchte. »Herr Zwerger war ein anerkanntes und führendes Mitglied unserer Gesellschaft. Immer freundlich. Immer hilfsbereit.«

»Die Zwangsräumung des Gotterbarm'schen Hofs bezeichnen Sie als freundlich?«

»Sie verdrehen mir das Wort im Mund, Herr …«

»Weinschenk.«

Gessler-Beck ließ den Blick über die gegenüberliegende Wand streifen. Über das restaurierte Mittelalter ohne Latrinen, dafür mit Gestank und gnadenloser Kälte im Winter. Seine Pupillen flüchteten, bevor bei ihm auch nur die leichte Unebenheit des Verputzes im Gedächtnis hängen blieb. So nahm der Bürgermeister nicht wahr, dass auf der Grafik der dreistöckige Palas, in dem seit Wochenbeginn die Nachbildung der Kaiserkrone untergebracht war, fehlte. Um 1200 war die Kemenate noch nicht einmal geplant gewesen.

»Herr Gotterbarm wollte leben wie vor 50 Jahren. Doch das geht heute nicht mehr. Wir müssen auf den Zug der Zeit aufspringen, wenn wir nicht abgehängt werden wollen. Modernisierung war für Herrn Gotterbarm ein Fremdwort.« Unter Gessler-Becks Lederschuhen knirschte es. Als ob er sich mit dem Absatz durch die Decke graben wollte.

»Und weil jemand altmodisch ist, wird er enteignet?« Der Einwand kam aus dem Mund Seebergers. »Oder haben wir Sie da falsch verstanden?«

Anerkennend nickte Weinschenk. Seine Geste befand sich in völligem Gegensatz zur Schärfe in der Antwort des Bürgermeisters. »Das haben Sie vollkommen falsch verstanden, meine Herren. Als Bürgermeister habe ich in dieser Sache keinen Spielraum. Mir sind die Hände gebunden. Ich kann nichts entscheiden. Und nichts verhindern. Also noch einmal zum Mitschreiben: Mit der Zwangsräumung hatte meine Wenigkeit nichts zu tun. Nichts! Gar nichts! Null!«

Weinschenk unterdrückte das Bedürfnis, sich am Doppelkinn zu kratzen. Er wirkte gemütlich wie der gute Onkel von nebenan, als er meinte: »Eine Enteignung ist eine extreme Maßnahme. Sie lässt kaum jemanden kalt. Auch an einem Bürgermeister geht eine Zwangsräumung in seinem Dorf nicht spurlos vorüber.«

»Jetzt bin ich ganz bei Ihnen, Herr … Weinschenk. Haben Sie schön ausgedrückt. Wie ein Bürgermeister in solchen Situationen leidet, können Sie sich gar nicht ausmalen.« Gessler-Beck hatte sich wieder gefangen und die Schultern gestrafft. Auf einmal lächelte er wie von einem Wahlplakat. Einen Kämpfer wie ihn blies ein solches Stürmchen nicht um.

Er versuchte, auf Weinschenk herabzuschauen, was nicht gelang. Deshalb konzentrierte er sich auf den kleineren Seeberger, der Gessler-Beck jedoch problemlos standhielt. Seeberger lächelte ebenfalls – ohne aber wie der Schultes die Zähne zusammenzubeißen. Er kannte diese Spielchen. Und er konnte sie. Meine Güte, hielt der Bürgermeister die zwei erfahrenen Kriminalisten für Schuljungen und sich selbst für den knallharten Mathelehrer, der Furcht und Schrecken verbreitete?

Und dann kam er noch mit Floskeln daher, die Mitgefühl einreden sollen. »Eine Enteignung mag persönlich zutiefst bedauerlich sein …«

Niemand widersprach. Niemand gab dem Schultes recht.

»Auf der anderen Seite war die Zwangsräumung im Interesse aller, die in unserer Gesellschaft nach vorn blicken.« Gessler-Beck hüstelte, tief enttäuscht über die Ungerechtigkeit, die er wahrscheinlich anders als Weinschenk definierte.

»Fakt ist: Herr Gotterbarm stand der Dorfentwicklung im Weg. Haben Sie seinen Hof besichtigt? Ich muss Ihnen nicht erläutern, wo er steht. Sie finden ihn auch so. Folgen Sie einfach dem Müll und den Ratten. Wir wollen für unseren Ort Unternehmen gewinnen. Unternehmen bringen Steuergelder, von denen die ganze Gemeinde profitiert. Wie soll ich erfolgreiche Ortsentwicklung betreiben, wenn halb zerfallene Gemäuer Investoren vertreiben? Würden Sie beide Ihre Firma direkt neben einem Schandfleck ansiedeln? Was sollen die Kunden denken?«

Der Gotterbarm'sche Hof also ein Schandfleck, in dem Schmuddelkinder lebten?

Ein Schmuddelkind, um genau zu sein.

Wilhelm Gotterbarm, 78 Jahre.

»Alles ging seinen geordneten Gang. Alles war höchstrichterlich entschieden. Mit Brief und Siegel. Doch was erwarten Sie: Hätte ich mich dem Dienstwagen der Polizei und damit Ihren Kollegen entgegenstellen sollen? Ein Bürgermeister, der für Recht und Ordnung steht, quasi als Gesetzloser.«

Merkwürdig! Auch Seeberger, weitaus konservativer als Weinschenk, fiel inzwischen auf: Die Befürworter der Zwangsräumung verwiesen regelmäßig auf das Recht.

Ob Recht und das Richtige tun immer übereinstimmten? Darüber konnte man schlaflose Nächte verbringen. Auch Seeberger kamen inzwischen mehr und mehr Zweifel. Bei einer Zwangsräumung gab es, so hatte er am Wochenende im Internet recherchiert, den Aspekt der ›sittenwidrigen Härte‹. Ihn musste das Amtsgericht prüfen und dann unter Umständen den Vollzug einer Räumung aussetzen. Konnte es moralisch rechtens sein, wenn ein 78-Jähriger von Haus und Hof verjagt wurde? Und weil die Behörden nicht wussten, wo sie ihn unterbringen konnten, ließen sie ihn in die Psychiatrie einweisen.

Mit hoher Wahrscheinlichkeit hatten weder Gessler-Beck noch die Vertreter des Amtsgerichts oder der Amtsarzt irgendetwas direkt mit Zwergers Tod zu tun. Indirekt konnte die Sache anders aussehen. Durch ihre rigorose Auslegung des Gesetzes hatten sie den Gotterbarm für unmündig erklärt, ruiniert und in die Verzweiflung getrieben. Ging seine Verzweiflung so weit, dass er den Bankchef deswegen umbrachte? Oder seinen Neffen beauftragte?

Nicht auszuschließen.

Allmählich verstand Seeberger die sozialdemokratische Ader seines Kollegen, der geklagt hatte: »Das Recht kann so kalt sein wie Geldinteressen.«

»Herr Gotterbarm hat seinen Hof heruntergewirtschaftet. Über Jahrzehnte schon.« Gessler-Becks Pupillen leuchten, als hätte die Sonne den Bodennebel vertrieben. »Der Alte hält sich für einen Tüftler, einen Forscher, einen Erfinder. Da lachen doch die Kühe auf der Weide.«

Die Polizeibeamten schauten ernst.

»Sie glauben mir nicht. Gehen Sie mal auf die Internetseite des Deutschen Patent- und Markenamts und geben als Suchbegriff Wilhelm Gotterbarm ein. Dann erhalten Sie eine Liste mit 146 Nennungen, alle aus der Agrartechnik. An zwei seiner angeblichen Erfindungen kann ich mich gut erinnern, die Begriffe sind haften geblieben: ein Frontkraftheber für Traktoren und eine Halmgutaufnahmevorrichtung. Jahrzehntelang hat Herr Gotterbarm in seiner Scheune gebrütet – und alles für die Katz.«

»Langsam«, überlegte Seeberger, »damit wir das richtig verstehen. Wenn die Gotterbarm'schen Erfindungen in der Datenbank des Patentamts auftauchen, dann sind sie doch eingetragen und als Patent geschützt.«

»Eine Erfindung ist keine Lizenz zum Gelddrucken. Hätte Herr Gotterbarm sonst seinen Hof aufgeben müssen? Dringend notwendige Modernisierungen konnte er sich nicht mehr leisten. Kennen Sie den alten Traktor, den der Bauer fährt? Aus dem Auspuff rußt und stinkt es. Wie aus einem alten Kamin.«

»Herr Gotterbarm fährt einen Porsche, einen roten Porschetraktor.«

»Ein rostiges Ding. Ein Mensch, der nicht einmal eine Dusche in seinem Haus hat, kann kein ernst zu nehmender Erfinder sein. Sie sehen, wohin ihn seine Wahnvorstellungen gebracht haben: in die Psychiatrie.«

»Wie schätzen Sie den Bauern ein, Herr Gessler-Beck? Können Sie sich vorstellen, dass er gewalttätig wird?«

In der Stille konnte man ein Murmeln von der anderen Gebäudeseite hören. Die Mitglieder des Fördervereins unterhielten sich eifrig. Es plätscherte und rauschte. Vereinzelt ragten Hüsteln und Gelächter aus dem gleichförmigen Geräuschebrei. Worte konnten die Polizeibeamten keine verstehen.

»Kann ich mir gut vorstellen. Sehr gut.« Gessler-Becks Pupillen verloren ihren Fokus. Spähte der Bürgermeister in die Zukunft? Erkannte er, was den Polizisten verwehrt war?

Nein, wussten die Polizeibeamten kurze Zeit später. Der Schultes erinnerte sich an die Vergangenheit, denn er berichtete: »Der Bauer hat Herrn Zwerger als Vertreter der Bank übelst attackiert. Bis kurz vor der Zwangsräumung hat Herr Zwerger den Dialog mit dem Schuldner gesucht. Ihm hat immer eine gütliche Einigung vorgeschwebt …«

War es nicht umgekehrt? Hatte Gotterbarm nicht, so die Aussage Annika Gutekunsts, mit dem Bankchef sprechen wollen, aber der ihn bei jedem Versuch aus der Bank geworfen?

»Herr Gotterbarm ist ein Prolet. Und brutal. Mehrfach ist er mit dem Traktor auf Herrn Zwerger losgegangen. Einmal, das muss vor zwei oder drei Monaten gewesen sein, ist Herr Zwerger bei der Flucht vom Bauernhof gestürzt und musste sich anschließend sogar vom Arzt behandeln lassen …«

Ein Bergführer und Kletterer, der beim Sprung über den Straßengraben ausrutschte. Konnte passieren, überlegte Seeberger, während Weinschenk dachte: Hatte der Bankchef seine Krankmeldung an das Amtsgericht gesandt und so den Druck auf den Schuldner erhöht? Nach dem Motto: Der Gotterbarm hat nicht nur Wahnvorstellungen, sondern ist gemeingefährlich.

Ob diese Annahme nun stimmte oder nicht. Umbringen war etwas anderes.

Wilhelm Gotterbarm hatte den Bankchef mit dem alten Porschetraktor von einem Grundstück gescheucht, das ihm streng genommen nicht mehr gehörte, sondern sich bereits im Eigentum der GPO-Bank befand.

»Sie sind ausnehmend gut informiert, Herr Gessler-Beck«, nahm Seeberger den Faden wieder auf.

Gut gelaunt warf sich Gessler-Beck in Fotopose. Während sein schütteres Haar, in Form gegelt, ruhig liegen blieb. »Ein Bürgermeister weiß, was in seinem Ort geschieht.«

»Haben Sie regelmäßig mit Herrn Zwerger Kaffee getrunken?«, unterbrach der Grizzly grob die Wohlfühlphase.

Den schlanken Südländer hätte Gessler-Beck, so glaubte er, um den Finger wickeln können. Bei dem grobschlächtigen Hünen dagegen gab er sich keinen Illusionen hin. Ein Augenlid des Bürgermeisters fiel kurz über die Pupille. »Ist das eine Frage oder eine Aussage?«

»Dann vermute ich mal, dass die Antwort ja ist.«

»Und um zu erfahren, mit wem ich Kaffee trinke, fährt die Kripo nach Waldburg? Was für eine Verschwendung von Steuergeldern.«

»Sie täuschen sich!« Weinschenk, völlig unbeeindruckt, grinste fröhlich. »Und deswegen wiederhole ich mich gern, Herr Gessler-Beck: Wir sind hier, weil ein Mord geschehen ist. An einem geachteten Mitglied der Gesellschaft, um Sie selbst zu zitieren. Aber der Mord scheint Sie kalt zu lassen.«

Unbewusst verschränkte der Bürgermeister die Arme. Er schien sich nicht nur unwohl zu fühlen, er wirkte geradezu störrisch.

»Wie gut kannten Sie Herrn Zwerger?«

Jetzt fing auch noch der Schlanke an. Der Bürgermeister hatte diese beiden unangenehmen Menschen, die seine Präsentation der Kaiserkrone versauten, für Fotografen gehalten. »Was erlauben Sie sich? Ich sehe nicht ein, wieso ich mich Ihnen gegenüber rechtfertigen muss?« Gessler-Beck brüllte fast.

Keiner der beiden Polizisten begriff die Aggression, die der Bürgermeister an den Tag legte.

»In Herrn Zwergers Terminkalender ist Ihr Name aufgetaucht, Herr Gessler-Beck.«

»Natürlich ist er das. Uns beiden lag die Zukunft am Herzen. Sie wissen doch, wie klamm deutsche Kommunen sind.«

»Und Herr Zwerger hat sich immer großzügig gezeigt.«

»Genau. Ich übertreibe nicht, wenn ich Herrn Zwerger als Gönner der Gemeinde bezeichne. Seine Bank hat

1.000 Euro für die Krippenausstellung in der Schulaula beigetragen. Herrn Zwergers Sinn für das Gemeinwohl verdanken wir auch den Spielplatz des Kindergartens …«

Der Bürgermeister legte eine winzige Pause ein. Weinschenk und Seeberger erkannten, dass er sich den Höhepunkt für den Schluss aufgespart hatte. »Und ohne großzügige Unterstützung durch die GPO-Bank hätten wir die Kaiserkrone nicht realisieren können.« Erwartungsvoll riss Gessler-Beck die Augen auf. Erneut wurde er enttäuscht, denn es ertönten keine Fanfaren und Trompeten.

Dem Gesicht des Bürgermeisters war es anzusehen, dass er wenigstens einen ermunternden Klaps auf die Schulter und nicht die Frage Seebergers erwartete: »Wie viel hat die Bank gespendet?«

»10.000 Euro.«

»Einfach so?«

»Nun ja, die Namen der Sponsoren sind auf einem Metalltäfelchen an der Vitrine angebracht.«

»Wann hat Herr Zwerger Ihnen die Summe zugesagt?«

»Was geht das die Polizei an?« Gessler-Beck warf hektische Blicke umher. Sein Kopf mit dem rötlichen Kinnbart ruckte unharmonisch. Doch wohin flüchten?

Weinschenk setzte nach: »Kurz vor der Zwangsräumung?«

»Wenn Sie es wissen, warum fragen Sie dann?« Gessler-Beck fasste sich an die Stirn, aus deren Falten Schweiß tropfte. »Zwei Tage. Zwei Tage vorher haben wir uns getroffen. Die Auseinandersetzung mit dem aufmüpfigen Bauern hat Herrn Zwerger den letzten Nerv geraubt. Er hat um den Termin gebeten. Wo konnte er sich schon aussprechen?«

Vielleicht hatte sich der Bankchef auch beim Chef der

Gemeinde für die Unterstützung bedankt und einen großzügigen Scheck aus dem Jackett gezogen.

»Auf was wollen Sie eigentlich hinaus, meine Herren? Als Nächstes behaupten Sie noch, ich hätte Herrn Zwerger umgebracht! Den Wohltäter der Gemeinde! Eine Unverschämtheit!«

Seeberger versuchte zu besänftigen, was er nicht mehr besänftigen konnte. »Wir gehen nicht davon aus, dass Sie beteiligt sind, Herr Gessler-Beck. Selbstverständlich nicht. Wir ermitteln im Umfeld …«

»Und zu diesem kriminellen Umfeld gehöre ich?«

»Wenn Sie so weitermachen, ja.« Weinschenks Bass hallte.

Gessler-Becks Kinnbart stand nicht mehr still. Der Bürgermeister wand sich in seinem engen Krawattenknoten und würgte, bis er sich nach ein oder zwei Minuten endlich zu dem Geständnis durchrang: »Sie wollen wissen, warum der Gotterbarm mich zur Weißglut bringt?« Der Herr mit dem schütteren rötlichen Haar wartete auf keine Antwort. »Weil der Bauer mir das Leben zur Hölle gemacht hat. Sie können sich nicht vorstellen, was ich erleiden musste.« Von der Selbstsicherheit des fotogenen Bürgermeisters war nicht mehr viel geblieben.

In Gessler-Becks Gesicht zeigten sich Furchen und Falten, die vor Kurzem nicht zu erahnen gewesen waren. »Die Rebellen in Waldburg machen mir das Leben zur Hölle. Haben die doch vor einigen Monaten ein Aktionsbündnis ›Pro Gotterbarm‹ gegründet. Mit Traktoren haben die mir vor der Räumung das Rathaus blockiert. Müssen Sie sich vorstellen. Einer der Rädelsführer fährt den Frontlader hoch und rast, die Zinken voraus, auf mein Büro im ersten Stock zu …«

Sogar Weinschenk, normalerweise nicht leicht zu beeindrucken, hing interessiert an Gessler-Becks Lippen.

»Wenige Zentimeter vor der Scheibe stoppt der Treckerfahrer. Na ja, rechtzeitig hat er's nicht mehr geschafft, und so ist seine Frontladergabel in mein Fensterglas gekracht. Die ganze Bande hab ich natürlich angezeigt. Dies alles muss ich mir bieten lassen, bloß weil die Bank von einem Schuldner ihr Geld zurückhaben will.« Fassungslos schüttelte Gessler-Beck den Kopf.

Nicht nur Menschen hatten zwei Gesichter, auch Orte. In dem idyllischen Dorf mit der spektakulären Alpensicht tobte der Bürgerunmut. Einstmals ein Stürmchen hatte er sich zu einem ausgewachsenen Orkan entwickelt.

»Der Gotterbarm ist ein Spinner. Und ein Anarchist. Der hat alle verrückt gemacht. Als ob es um einen Kampf arm gegen reich gehen würde. Dabei tritt bei uns im Ort die Ordnung gegen das Chaos an. Hier herrscht neuerdings Anarchie. Wenn wir diesen Tumulten nicht entschlossen entgegentreten, geht Deutschland den Bach runter.«

Große Worte! Doch Deutschland und das Ich gehörten in den meisten Fällen untrennbar zusammen. Wenn auch in den Fensterreden ausschließlich das Allgemeinwohl beschworen wurde. Konnte dies in Oberschwaben anders sein?

»In einem Jahr will ich wieder gewählt werden. Bei meiner letzten Wahl habe ich 95 Prozent erhalten. 95 Prozent. Aber nun bin ich ein Bürgermeister auf Abruf.«

Der Zorn des Volkes hatte sich gegen Gessler-Beck gerichtet. Der Rothaarige versuchte alles, um die Rückkehr des Gotterbarms, des Unruhestifters, zu verhindern.

»Herr Gessler-Beck«, Seeberger klang besänftigend, »Sie haben von Rebellen gesprochen. Können Sie uns einige Namen nennen?«

»Könnte ich. Doch wieso soll ich alte Narben wieder aufreißen?«

Von alt konnte keine Rede sein. Keiner der beiden Polizisten wies den Bürgermeister auf diesen Widerspruch hin.

»Uns ist an einer Vernehmung Herrn Gotterbarms dringend gelegen. Leider kennen wir seinen Aufenthaltsort nicht.«

»Der Gotterbarm –, also ist er doch in den Mordfall verwickelt!«

»Sie verstehen, Herr Gessler-Beck, dass wir Ihnen keine Ermittlungsdetails nennen können.« Seeberger zwinkerte verschwörerisch. »Wer in Waldburg könnte uns bei der Suche nach dem alten Herrn weiterhelfen?«

Gessler-Becks Schultern fielen nach unten. Seine Stimme hatte jegliche Schärfe und jede Aggression verloren. »Der Gotterbarm allein, mit dem wär ich noch fertig geworden. Aber er hat ja Unterstützer, Verbündete. Die schlimmste, die Oberrebellin, ist die Bäckerin …«

»Eine Bäckerin?«

»Die Bäckerei an der Hauptstraße. Die Inhaberin kennt Gotterbarms verstorbene Ehefrau von den Landfrauen. Sie hasst mich. Die hasst mich schon deswegen, weil ihr Bruder nicht mehr die Kühe auf dem Kohlenberg weiden darf. Also weiden dürfen sie dort schon noch, aber nicht mit Kuhglocken …«

»Ich entsinne mich«, meinte Seeberger – eine Zugezogene hatte sich über den Lärm beschwert, und der Bürgermeister versucht, zwischen den streitenden Parteien zu vermitteln. »Das Allgäumag hat einen Artikel abgedruckt.«

»Bleiben Sie mir vom Leib mit diesem Revolverblatt!« Gessler-Becks Schultern waren noch weiter nach unten gefallen. Der Bürgermeister spürte nun jedes einzelne

Kilogramm seines Durchschnittskörpers. Müde flüsterte er: »Wenn eine weiß, wo sich der Gotterbarm versteckt hat, dann die Bäckerin.«

Im Treppenhaus stießen Seeberger und Weinschenk fast mit einem jungen Mann zusammen, der eine riesige Kameratasche trug und ein »Entschuldigung« murmelte. »Verdammt«, fluchte der offensichtlich ungekämmte Bursche, »ich bin zu spät. Mein Wagen ist nicht angesprungen. Scheiß Karre! Wo geht's hin?«

»Eins höher und dann links.«

Der Fotograf, schlank und gut eineinhalb Jahrzehnte jünger als der Grizzly, drängte sich an den beiden Polizeibeamten vorbei. Schweiß stand ihm auf der Stirn, er keuchte.

FÜNFZEHN

»Hallöle«, rief die Bäckerin fröhlich, »der nette Herr aus Schussenried!«

Weinschenk drückte die Lippen kurz aufeinander, sodass die Wangen noch speckiger wirkten. »Wir sind von der Kripo«, kam er abrupt und ohne Einleitung zur Sache. »Kripo Ravensburg.«

Die Bäckerin, die Dauerwelle perfekt, erblasste. Sie wollte die Hände zusammenschlagen, überlegte es sich dann aber anders und wischte sie an der weißen Schürze ab. So als wasche sie ihre Hände in Unschuld. »Stimmt was mit unseren Brezeln it?«

»Wir kommen nicht vom Lebensmittelkontrolldienst, sondern von der Kriminalpolizei.«

»Ist das jetzt besser oder schlechter?«

»Kommt drauf an.«

»Auf was?« Die Wangen der Bäckerin glühten. Die Frau erweckte weiterhin einen freundlichen Eindruck. Doch da war noch etwas Zweites, so wie sie die etwas zu dicken Arme in die Seite drückte und herausfordernd über die Theke blickte.

»Wir kriegen zwei Kaffee«, entschärfte Weinschenk, der auch charmant sein konnte, die Situation.

»Gern.« Die Freundlichkeit überwog wieder uneingeschränkt, als die Bäckerin zwei Becher auf den schmalen Ladentisch stellte.

»Wir waren gerade auf der Burg oben«, zeigte Weinschenk mit einer Hand die ungefähre Richtung an, »verdammt anstrengend der Aufstieg.« Der Dicke hechelte. »Ich habe geschnauft wie ein Schlachtross, auf dem ein Ritter mit Rüstung hockt.«

Die Bäckerin grinste.

Vielleicht müsste er doch mehr Sport treiben und im Gegenzug weniger Bier trinken und nicht so häufig Schweinebraten essen. Angeln am stillen Weiher als Ausgleich reichte nicht.

»Kein Wunder, dass die Burg nie erobert worden ist.«

Die Bäckerin schüttelte den Kopf. Die Dauerwelle tat, was sich für eine Dauerwelle gehörte: Sie blieb in Form. »Stimmt nicht ganz. Die Schweden haben die Burg geplündert. Während des 30-jährigen Kriegs. Muss um 1630 gewesen sein, aber die Burgmauern haben sie it geschleift.«

»War wohl zu anstrengend?«

»Genau.« Die Bäckerin nickte voller Gewissheit, als ob sie anno 1630 dabei gewesen wäre. »In der Gemeinde debattieren wir gerade, ob wir einen Aufzug in die Waldburg einbauen lassen. Das würde die Besucherzahl steigern. Vor allem Ältere quälen sich den Burgweg hoch …«

Gehörte Weinschenk mit seinen 46 Jahren bereits zu den älteren Semestern? Seine Augenlider zuckten zwei-, dreimal nach oben. Im Gehirn des Hünen begann es zu rumpeln, wie Seeberger schmunzelnd erkannte. Zahnrädchen griff in Zahnrädchen. Doch er konnte nicht alle Probleme dieser Welt in einer oberschwäbischen Bäckerei lösen. Da wäre auch ein Riese wie Weinschenk überfordert. Deshalb unterließ er jede unangenehme Entscheidung übers Alter und den mächtigen Bauch.

»Wir sind uns aber it einig.«

»Weil die historische Bausubstanz beschädigt wird?«

»Nein, die Finanzierung ist das Problem.«

»Sie meinen, jetzt, wo Herr Zwerger tot ist.«

Ein Kaffeebecher zerschellte auf dem Boden. Die Bäckerin riss die Augen auf. Der Name Zwerger stieß genauso wenig auf Gegenliebe wie Kritik an den Brezeln.

Ohne Ankündigung verschwand die Frau durch eine Seitentür. Nervte sie die Ausfragerei oder brannten die Brezeln im Backofen an? Weinschenk schnüffelte, roch aber nur Kaffeeduft. Wenige Sekunden später erschien sie wieder, in der Hand Kutterschaufel und Kehrwisch. Einen Wimpernschlag später tauchte sie erneut ab. Scherben klirrten und wurden rasselnd in einen Mülleimer gekippt.

»So«, richtete die Bäckerin sich auf und faltete ganz Rebellin die Arme.

Sie hatte eine ansehnliche Figur, wie sie selbstbewusst dastand. Nicht ganz dazu passten allerdings ihre nackten Oberarme, die mollig ausuferten. Sie erinnerten Seeberger an die Wülste seiner kroatischen Großmutter, die jeden Tag stundenlang in der Küche werkelte und trotz Elektrogeräten vieles mit Muskelkraft erledigte. Er musste schmunzeln, als er daran dachte, wie sie wuchtig und unablässig den Teig schlug.

Weinschenk dagegen wirkte unglücklich. Die Falten zogen sich vom Doppelkinn über die Wangen bis zur Stirn hoch. Der nette Herr aus Bad Schussenried fühlte einen bitteren Geschmack im Mund, der sich auch durch mehrfaches Schlucken nicht vertreiben ließ. »Wo bleibt der Kaffee?«

»Sofort. Wir sind hier it mit Blaulicht unterwegs.«

Der Grizzly griff nach der Tasse Kaffee wie ein Ertrinkender nach einem Rettungsring und verbrannte sich sofort die Zunge. Schmatzend zog er Luft ein. Ein Gierschlund hatte es nicht leicht.

Ohne jede Regung wandte Seeberger sich an die rotwangige Bäckerin: »Der Bürgermeister ist nicht Ihr Freund, oder?«

»Der Gessler-Beck?«

»So heißt Ihr Bürgermeister, glaube ich.«

»Mein Bürgermeister ist der it.« Die Bäckerin nahm einen Lappen und polierte die Theke, auf der tatsächlich der Rand einer Kaffeetasse zu erkennen war.

»Die Abneigung scheint gegenseitig zu sein.«

»Wenn Sie darüber Bescheid wissen, wieso fragen Sie dann so blöd? Was kümmert sich die Kriminalpolizei darum, ob unser Bürgermeister nächstes Jahr wieder gewählt wird? Haben Sie nix Besseres zu tun? Oder ist der Gessler-Beck ein Freund Ihres Chefs, und der hat Sie zur Unterstützung hochgeschickt? Können Sie sich sparen. Der Gessler-Beck hat's mit uns verschissen.«

Offene Worte!

Mit beiden Händen umfasste der junge Polizeihauptkommissar die warme Kaffeetasse. Plötzlich war er mit den Gedanken nicht mehr bei der Sache, er hatte saukalte Finger. Durch einen winzigen Spalt hatte sich seine Ex in sein Gehirn gedrängt. Was Katharina in der Landeshauptstadt wohl machte? Seine Ehemalige hatte nach ihrem Auszug keine Mail geschrieben und keine Kurznachricht gesandt. Für sie bedeutete ein Ende tatsächlich das Ende. Merkwürdig, was einem in einer Bäckerei auf dem Land in den Sinn kam? Dabei war es erst Spätsommer und noch nicht Weihnachten, wenn Gott und die Welt über den Sinn des Lebens grübeln. Mäx Seeberger zwang sich zurück in das Hier und Jetzt und würgte mit seinen klammen Fingern die Kaffeetasse: »Eine Verständnisfrage: Sie meinen, Herr Gessler-Beck hat keine Chance mehr.«

»Die Wahl ist gelaufen. Er hat nur noch die Leute vom Förderverein hinter sich.«

»Aber die Kaiserkrone auf der Burg bedeutet doch einen Riesenerfolg für das gesamte Dorf?«

»Ablenkungsmanöver. Der Bürgermeister hat aufs falsche Pferd gesetzt und ist runtergepurzelt. Da hockt er jetzt und reibt sich den Hoseboden.«

Weinschenk, der den Bürgermeister nach dem Sturz vor sich sah, lachte frei heraus.

Die Bäckerin missverstand seine Fröhlichkeit. »Umsonst ist nix. Sie glauben doch it, dass Herr Zwerger aus reiner Nächstenliebe gespendet hat.«

Interessiert hob Weinschenk sein Doppelkinn schräg an.

»Die Tochter vom Gessler-Beck macht eine Lehre in der GPO-Bank. Die ist Ihnen bestimmt aufgefallen, die Sonia. Rote Haare. Ein nettes Mädle, aber die Hellste ist die auch it. Natürlich erwartet Herr Zwerger eine Gegenleistung.«

Eine Hand wusch die andere, wie Seeberger und Weinschenk schon oft erfahren hatten. Als Dank unterstützte der Bürgermeister die Bank und machte Druck, um den Schandfleck, wie er den Hof genannt hatte, zu beseitigen. Doch die Wutbürger und -bauern wehrten sich, gründeten ein Aktionsbündnis ›Pro Gotterbarm‹ und fuhren mit ihren Traktoren vor dem Rathaus auf.

»Wann haben Sie Herrn Gotterbarm, Wilhelm Gotterbarm, das letzte Mal gesehen?«

»Och, lang ist's her.« Fast unmerklich war die Bäckerin in sich zusammengesunken. Ihr Selbstbewusstsein bröselte. Sie senkte den Blick auf ihre Schuhspitzen, suchte, nachdem dies nichts half, an der Decke nach Hilfe und fand diese dann hinter den beiden Polizeibeamten.

Es klingelte. Eine Frau betrat das Geschäft.

Weinschenk wich einen halben Meter zur Seite.

Die Frau mit den schulterlangen braunen Haaren wollte 15 Kaiserwecken.

Während des Einpackens versuchte die Bäckerin, die Kundin in ein Gespräch zu verwickeln, was gründlich misslang. Die zierliche Frau musste zu Hause sein, bevor ihre Halbwüchsigen hungrig wie die Löwen von der Mittagsschule kamen und sich im Wohnzimmer zerfleischten.

Der Aufschub hatte wenig genutzt, denn Seeberger wiederholte die Frage, die er vor wenigen Minuten gestellt hatte.

»Der Gotterbarm? Kann ich it sagen.« Widerborstig biss die Bäckerin auf ihre Lippen.

Ein durchsichtiges Manöver. Von sturem Mauern ließen die Ermittler sich nicht verunsichern. Gekonnt setzten sie auf Attacke: »Wo waren Sie am vergangenen Dienstagabend zwischen 20 und zwei Uhr?«

Ohne Lächeln, aber mühelos hielt Weinschenk dem grollenden Blick der Oberrebellin, wie sie der Bürgermeister genannt hatte, stand. Sie mochte eigensinnig und sogar aufrührerisch sein, doch in ihr schlummerte keine Verbrecherseele.

»Ich? Wieso wollen Sie das wissen, Herr Kommissar?«

»Weil in diesem Zeitraum am Häcklerweiher ein Mensch ermordet wurde.«

Die molligen Oberarme hingen nach unten. Sie waren noch fleischiger geworden und damit kraftloser, bis gar nichts mehr an Energie übrig geblieben war. Die Frau mit weißem Schurz seufzte: »Wir haben uns getroffen an diesem Abend …«

»Wer wir?«

»Die Mitglieder vom Aktionsbündnis …« Der Satz blieb in der Luft hängen. Ohne ihn zu vollenden, wandte die

Bäckerin sich ab. Sie bückte sich und stierte in die Auslage. Die Polizisten erkannten nur Dauerwelle. Bedächtig, aber peinlich genau überprüfte die Bäckerin die Croissants und Schneckennudeln, die in der Auslage nebeneinanderlagen. Kein Grund zur Kritik oder gar Korrektur, denn kein Backstück war auch nur einen Zentimeter aus der Reihe getanzt.

Weinschenk räusperte sich.

Die Bäckerin schreckte hoch. Sie schluckte: »Vom Aktionsbündnis ›Pro Gotterbarm‹. Wir wollten feiern. Feiern, dass der Wilhelm aus der Psychiatrie entlassen worden ist.«

»Dann hamSieihngsehn?« Vor Eifer verschluckte Weinschenk fast die Worte.

»Eben it. Er ist it gekommen …«

»Wie? Er wurde entlassen und ist auf seiner eigenen Party nicht aufgetaucht?«

»Genau.«

Wilhelm Gotterbarm entwickelte sich zum Phantom. Lebte er überhaupt noch? Oder hatte ihn jemand beseitigt, um die eigenen Spuren zu verwischen und den Verdacht auf den Alten zu lenken? »Hat ihn niemand abgeholt?«

»Der Bernd hat ihn abholen wollen.«

»Bernd Gotterbarm? Sein Neffe?«

»Ja. Aber er war zu spät. Der Bernd kommt immer zu spät.« Die Bäckerin schrumpfte. Ihre rechte Schulter fiel nach unten und verhakte sich dort. Die Frau wirkte bucklig. Sie atmete schwer.

»Der Wilhelm ist in Hungerstreik getreten. 20 Tage lang. Und dann haben sie ihn endlich vor einer Woche entlassen.«

»Wegen des Hungerstreiks?«

»Auch. Hat zumindest it geschadet. Wir haben interveniert. Wir haben eine Vollmacht vorgelegt, die uns als

Betreuer vom Gotterbarm autorisiert hat. Und so hat 's Landgericht das Urteil revidiert, und die Tür von der Psychiatrie hat sich geöffnet. Aber der Wilhelm ist nie angekommen.«

»Wer ist der Betreuer?«

»Ja ich.« Die Haut an der Stirn war doch nicht glatt, sondern uneben. Von Furchen und tiefen Rillen durchzogen. Die Bäckerin bestand nicht bloß aus Energie und Frohnatur, was aber erst der zweite oder dritte Blick zeigte.

Der Ort, der Ort der Willkommensparty fehlte noch. »Wo haben Sie gefeiert?«, schaltete Seeberger sich in das Zweiergespräch ein.

Die Bäckerin presste die Lippen zusammen. Sie hauchte eine Antwort.

»Bitte?«

»Im Stallbesen. In Vorsee.«

Mäx Seeberger dachte plötzlich nicht mehr an seine kalten Finger. Das Aktionsbündnis ›Pro Gotterbarm‹ feiert die Freilassung seines Helden im Besen in Vorsee. Auf der Blitzenreuter Seenplatte. Keine zwei Kilometer entfernt vom Häcklerweiher. Allerdings tauchte der Held nicht auf. Wenn die Bäckerin nicht log. Zufällig planscht der Bankchef, auf dessen Betreiben der Bauer enteignet wurde, am benachbarten Weiher. Und zufällig wird er in dieser Nacht gemeuchelt und liegt nackt und tot am Seeufer, umgeben von Salatresten und Erdbeeren.

»Wie viele Leute?«

»Zehn, 15.«

»Bernd Gotterbarm?«

Gehorsam nickte die Bäckerin.

»Wann hat sich die Feier aufgelöst?«

»Elf oder halb zwölf ist's gewesen.«

Was hielt Bernd Gotterbarm davon ab, auf dem Weg nach Hause einen kleinen Umweg über den Häcklerweiher einzulegen? Doch wie hatte er von der Party des Gotterbarm'schen Erzfeinds erfahren? Von seiner Jugendliebe Annika Gutekunst, die ihren Chef hasste, weil er sie nach einer kurzen Affäre verstoßen hatte und die ihn freudig an den Pranger lieferte. Hatte sie auch seinen Tod billigend in Kauf genommen?

Scheiße! Wenn das stimmte, hatte der korrekte Seeberger sich an der Braunhaarigen mit den markanten Wangenknochen die Finger verbrannt. Weinschenk hatte es seinem Kollegen mehrfach vorgehalten. Ausgerechnet Weinschenk, der Gesetz und Buchstaben gern über Bord warf. Dabei ging es dem Hünen im Fall der undurchsichtigen Gutekunst nicht um Gesetz oder Moral, sondern um Menschenverstand. Man ließ sich mit keiner Verdächtigen ein. Oder sprang man etwa aus dem Fenster, wenn draußen einer lauerte, der einen mit MP-Garben niedermähen wollte?

Hirnrissig dieser Vergleich, einverstanden, auch kindisch, aber er brachte Seebergers Dilemma auf den Punkt.

»Bernd Gotterbarm ist also ohne seinen Onkel im Besen angekommen?«

Die Bäckerin nickte.

»Was haben Sie da gedacht?«

»Wenn ich das noch wüsste. Ich hab gedacht …« Die Bäckerin verdrehte die Augen. »Ich hab gedacht: Vielleicht hat der Wilhelm eine Taxe genommen. Er muss schwach gewesen sein. Nach dem Hungerstreik.«

»Sie haben ihn also noch erwartet?«

»Jaja, klar.«

»Hat es Sie überrascht, dass er dann doch nicht aufgetaucht ist?«

»It wirklich. Der Wilhelm ist ein Eigenbrötler. Er kämpft gegen Gott und die Welt. Manchmal übertreibt er ein bissle. Natürlich hat er Verfolgungswahn. Wenn dich einer enteignen lässt, des lässt dich it kalt. Überall wittert der Wilhelm das Böse. Und wer weiß, was sie in der Psychiatrie mit ihm angestellt haben.«

»Sorgen haben Sie sich um Herrn Gotterbarm nicht gemacht, oder?«

Die Frau atmete Luft in ihre linke Schulter, die sich langsam hob. »Eigentlich it.«

»Eigenartig. Ein alter, verwirrter Mann, zwei Wochen im Hungerstreik, wird aus der Psychiatrie entlassen, irrt allein durch Oberschwaben, es ist Nacht. Und Sie feiern ohne ihn. Stoßen auf ihn an.«

»Sie machet mir Angst. Hat der Wilhelm was ausgefressen?«

Die Frau mit den Dauerwellen konnte doch eins und eins zusammenzählen. Aber sie spielte weiterhin die Unbedarfte.

Weinschenk konnte hinterher nicht mehr sagen, an was es lag: am Blick der Bäckerin, die wie ertappt die Augen senkte, als Weinschenk sie fixierte. An einer unbedeutenden Pause zwischen den zwei Sätzen. Oder an der merkwürdigen Überleitung, die hüpfte und ablenkte. Die Polizisten hatten mit ihren Worten das Bild gemalt, der alte Gotterbarm hätte die Orientierung verloren und würde elendig in einem Straßengraben vor sich hinvegetieren. Doch die Bäckerin erkundigte sich, ob der Gotterbarm ein Verbrechen begangen hatte.

Oder lag es gar nicht an der Molligen, sondern an der Spannung in der Luft? An diesem Flüstern von Nirgendwo, das sich manchmal geradezu körperlich aufdrängt. Und das rauscht wie das Blut in den Ohren.

Wie dem auch sei, es war einer dieser Momente, in denen Weinschenk auf seinen Bauch hörte. »Sie haben Herrn Gotterbarm zwar nicht im Besen getroffen, aber hier in Waldburg. Er hatte einen Sauhunger und ist in der Bäckerei aufgekreuzt.«

Die roten Wangen der Bäckerin loderten noch intensiver. »Der Wilhelm ist ein armes Schwein.«

»Ist das ein Grund, einen anderen umzubringen?«

»Noi! Sie verdächtigen doch it den Wilhelm?«

»Sie haben gefragt, was Herr Gotterbarm ausgefressen hat. Nun, wir verdächtigen ihn, dass er mit dem Mord an Herrn Zwerger zu tun hat. Und ihre schöne Unterstützergruppe ist möglicherweise darin verwickelt. Wir nehmen jedes einzelne Mitglied mit aufs Revier …«

»Sie meinen aber it mich, Herr Kommissar?«

»Wir fangen mit Ihnen an. Wollen Sie noch jemanden anrufen? Gern, Sie haben zwei Minuten. Die Schürze können Sie hierlassen.« Es war entschieden: Jogi Weinschenk, der gemütliche Knuddelbär, zeigte die Krallen.

Die Bäckerin glühte wie das Abendrot. Schweiß tropfte von ihrer Stirn auf die Brezeln.

»Ich frage Sie jetzt ein letztes Mal: Wo steckt der Gotterbarm?«

Die Antwort kam ohne Zögern und sofort: »Wahrscheinlich in Weißenbronnen.«

»Kenn ich nicht.«

»Im Altdorfer Wald.«

Na bitte, auch Seeberger verfügte über Intuition. Innerlich fühlte er eine satte Zufriedenheit, die nicht im Hefezopf, seinem hastigen Frühstück, gründete.

Hatte der Polizeihauptkommissar nicht rein logisch durchdacht, wo sich ein Flüchtiger, älteres Semester, verstecken konnte, der sich in der Stadt nicht wohlfühlte? Und hatte er nicht allein durch Logik bereits vor Tagen den Altdorfer Wald, nahe des Gotterbarm'schen Hofs gelegen, als möglichen Ort erwogen und war von HaWe zurechtgewiesen worden. Weil der Ort leider kein Ort und außerdem zu groß war. Dabei müsste der Chef es besser wissen: HaWe betrachtete die Alpen und damit halb Europa als sein eigentliches Zuhause.

»Direkt in Weißenbronnen ist der Wilhelm it. Ist zu belebt. Dort stehen drei, vier Häuser mitten im Wald. Aber wenige Hundert Meter entfernt am Steilufer der Wolfegger Aach liegt eine Jagdhütte, die den Gotterbarms schon seit Generationen gehört. Vom Waldweg aus können Sie den Unterschlupf it einsehen.«

Vorsichtig streifte die Bäckerin die Schürze über die Dauerwellen. »Wie lang's wohl dauert?«

»Wo?«

»Auf em Revier.«

Abwesend stocherte der Grizzly mit dem Kaffeelöffel in der Tasse. Zwei oder drei Tropfen konnte er aufsammeln, die er, genüsslich brummend, schluckte. »Noch mal Glück gehabt, junge Frau. Aber das nächste Mal die Wahrheit. Und zwar prompt. Die reine Wahrheit, nichts als die Wahrheit.«

»Einverstanden.« Trotz der Zustimmung wirkte die Bäckerin unglücklich.

Was konnte frau vom Leben erwarten? Das Ladengeschäft, auf den ersten Blick gut in Schuss, zeigte auf den zweiten Blick Altersspuren: die eine oder andere Delle in der Wand, ein Riss ganz links im Glas der Verkaufstheke, an manchen Stellen der Theke löste sich die Gummiisolierung. Das kalte Kunstlicht hatte nichts mit der Sanftheit einer Sonne gemein, die auch einen oberschwäbischen Himmel blutrot verzaubern konnte.

Eine halbtote Fliege kroch torkelnd in Richtung der Plunderstückchen und würde sie nie erreichen. Das Insekt hatte die besten Zeiten schon hinter sich. Wie Weinschenk und die Bäckerin auch. Ihre Falten hatten die beiden Fahnder nur deswegen nicht bemerkt, weil die Locken in die Stirn hereinwellten.

Hauptsache, man und frau lebte, hatte genug zu essen und ein Dach überm Kopf, das abgezahlt war. Und im Fall Weinschenks die Aussicht auf ein Angelwochenende am Weiher. Wenn nicht kommenden Freitagabend, dann hoffentlich acht Tage später.

»Wann haben Sie das letzte Mal Bernd Gotterbarm gesehen?«

»Ist der in Ihren Augen auch ein Verbrecher?« Eine sympathische Frau, gerade weil sie nicht klein beigab. Auch gegenüber ihrem Bürgermeister nicht. Auch gegenüber zwei Kommissaren aus der Kreisstadt nicht.

»Wann?«

»Bei unserem Treffen in Vorsee.«

Erneut rumorte es in Weinschenks Bauch. Sie log. Garantiert erzählte sie nicht die Wahrheit. Bestimmt hatten Bernd und sie wenigstens miteinander telefoniert. Oder der Neffe steckte zusammen mit dem Onkel in der Gotterbarm'schen Jagdhütte.

»Na dann bis zu unserem nächsten Besuch.«

Die Bäckerin zeigte keinerlei Reaktion. Noch immer hielt sie die Schürze in einer Hand.

Lkw nach Lkw rauschte durch das Dorf. Doch diesmal bog kein Autotransporter um die Kurve, dafür drei Trucks in kurzen Abständen, die Stämme transportierten. Baumriesen, totgeschlagen – und so massig wie aus dem Regenwald.

»Wohin kutschierst du, Mäx?«

»In den Wald. Jetzt will ich's wissen. Wir kriegen den Gotterbarm.«

Seeberger folgte dem Weg, auf dem die Gletscher sich vor 12.000 Jahren Richtung Alpen zurückgezogen hatten. Mal hoch und mal runter. Mal nach links und nach rechts. Der Wagen vollführte auf dem schmalen Sträßchen tänzerisch anmutende Bewegungen voller Leichtigkeit und Sanftmut. Zumindest, wenn man genug Benzin getankt hatte.

Ein Schild erlaubte nur Forstautos die Weiterfahrt, wovon Seeberger sich nicht abschrecken ließ.

Sofort verschluckten die Bäume den Blick in die Tiefe und damit auch die weite sanfte Landschaft. Das Auge reichte nun auf beiden Seiten höchstens bis zur zweiten Baumreihe hinter den vorderen Bäumen. Eine andere Welt tat sich auf: dunkel, undurchsichtig, geheimnisvoll, lauernd.

Nach wenigen Hundert Metern klingelte das Smartphone. »Du bist's, Nina. Gibt's was Neues ... Kann man wohl so sagen. Gut, ich höre ...«

Während Weinschenk angestrengt lauschte, wurde der Pfad enger und schlammiger.

›Baumfällarbeiten!‹ verkündete ein verbeultes Blech.

Fahrzeuge hatten breite Rillen in den Dreck gepflügt. Den Abdrücken nach zu urteilen, stammten die Reifenspuren von Traktoren oder Unimogs.

»Wo bringst du uns hin, Mäx? An den Arsch der Welt. Die Verbindung ist weg.«

Seeberger trat auf die Bremse, Weinschenk stieg aus und lief bis zur nächsten Kurve zurück. »Nina? Du bist da …? Kannst du deine letzten Sätze noch mal wiederholen. Scheiß Funkloch!«

»Ja … Unglaublich! … Scheiße!« Von jetzt auf nachher fühlte der Grizzly sich schlapp. Jedes einzelne Kilogramm spürte er. Nach diesen Neuigkeiten würde nicht allein der Schlaf, sondern auch das Angeln am nächsten Wochenende ausfallen. Vom gemütlichen Zeitunglesen beim Kaffeetrinken gar nicht zu reden.

Seufzend versprach er: »Wir machen uns auf den Weg.« Die Zusage klang alles andere als tatkräftig, eher resignierend.

Ja, man sollte auf einem vermoderten Waldweg nicht aus dem Wagen aussteigen. Weinschenk hatte seine bequemen Schuhe versaubeutelt.

»Mäx, wir müssen zurück …«

»Den Gotterbarm lassen wir uns nicht durch den Lappen gehen. Da komm ich durch.«

Nicht, dass Weinschenk an den Rallyekünsten des Kollegen zweifelte. »Nina …«

»Nachher.« Seeberger drückte behutsam aufs Gaspedal. Die Räder drehten trotzdem durch.

»Nicht nachher, Mäx.« Weinschenk zog die Seitentür zu, dass es krachte. »Der Mörder hat erneut zugeschlagen. Diesmal im Landratsamt. In der Außenstelle. Gleich neben der Polizeidirektion, vielleicht 300 Meter.«

»Der Gotterbarm?«

»Bin ich Wahrsager?«

Seeberger legte die Unterarme auf das Lenkrad und drückte die Stirn gegen die Scheibe. Wilhelm Gotterbarm, Bauer und Erfinder, konnte nicht an zwei Orten gleichzeitig sein. Vor allem konnte er nicht immer schneller als die Polizei sein. Oder hatte die Bäckerin gelogen?

Die Scheibe, verdreckt, bot keinen Durchblick mehr. Die Polizisten erkannten graue Schlieren, aber kaum den Weg vor ihren Augen, geschweige denn Einzelheiten. Von irgendwoher spritzte immer Schmutz hoch, vernebelte den Blick und lenkte ab.

Wer war gerade mit Armen voller Nebelkerzen unterwegs? Wer zündete sie? Oder hatten die Polizisten sich verrannt und aufs falsche Pferd gesetzt? Kaum vorstellbar, Wilhelm Gotterbarm war die Zentralfigur, auch wenn er harmlos in der nahen Jagdhütte hauste oder tot in einem Graben lag.

Oh, Gott – es war zum junge Hunde kriegen – hatten die Polizisten es mit einem Serienkiller zu tun? »Wie heißt der Tote?«

»*Die* Tote.«

»Eine Frau?« Der Scheibenwischer ächzte, es bildeten sich Schlieren auf dem Fenster. Seeberger legte den Rückwärtsgang ein.

»Mäx, du erinnerst dich an die Kletterhalle? An die Vollschlanke mit dem rosa Blumentattoo?

Wer würde das nicht ewig im Gedächtnis tragen, wie die Kletterkönigin von der Hallendecke geschwebt war? »Die Scherle? Irene Scherle?«

»Richtig. Sie liegt tot in ihrem Büro.«

SECHZEHN

»I griaß di.« Neffe und Onkel schüttelten einander die Hand. Feierlich, als ob sie zu einer Hochzeit verabredet wären. Oder zu einer Beerdigung.

»Schee, dass du mi bsuachsch, Bernd.«

»Ich wollte dich von der Klinik abholen. Aber du warst einfach weg.«

Der Alte lachte. Ein kehliges Gurren. »I bin gloffa. Wer guckt scho auf en alte Moa, der die Näbaschtroß lang ghett? Die Jagdhitta g'hert uns nimme, aber i hon no an Schlissel in meim Beitel. Hier find me koiner. Koi Handy, nix, was se orta kenntet. Jo, dein Onkel isch schlau. Wie die alten Raiber im Wald.«

Der Vergleich stimmte. Der Altdorfer Wald, der an die vier oberschwäbischen ›Ws‹ grenzte, war im 19. Jahrhundert eine unsichere Gegend gewesen. In das riesige Waldgebiet zwischen Weingarten, Waldburg, Wolfegg und Waldsee hatten sich damals immer wieder die Räuber zurückgezogen, allen voran der Schwarze Veri, ein Kleingauner, der auch gerne auf abgelegenen Höfen Wurst, Käse und Brot klaute.

Aus Sympathie für den hungernden Räuber hatte die Ravensburger Narrenzunft sich 1970 nach dem Gauner benannt. Die Biberacher, 40 Kilometer entfernt, erweckten Xaver Hohenleiter und seine Genossen gar wieder zum Leben. Auf den Fasnetsumzügen zogen der Schwarze Veri und seine Bande grölend durch die Stadt. Vielleicht hatten die Biberacher auch etwas gutzumachen. Nach seiner Verhaftung hatte die Obrigkeit ihn im Gefängnisturm inhaftiert und in Ketten gelegt. Bei einem Gewitter schlug der Blitz ins Gemäuer ein und raste durch Metall plus Räuber. So starb der Schwarze Veri.

200 Jahre später hatte der junge Gotterbarm gegrübelt, wo der Onkel stecken könnte. Dann hatte ihn die Bäckerin angerufen und verraten, dass der Alte überraschend bei ihr hereingeschneit war. Doch er hatte sich geweigert, auch nur eine Nacht bei ihr zu wohnen, und war eine Stunde später wieder abgezogen.

»Ich hab dir frische Brezeln von der Dorfbäckerei mitgebracht, Onkel. Und Dosenwurst.«

Trotz des Lächelns wirkten Wilhelm Gotterbarms Augen müde. Der lange Marsch von Ravensburg in den Altdorfer Wald hatte ihn mehr angestrengt, als er es eingestehen wollte. Auch schmerzte sein Handrücken noch, in dem über Wochen die Infusionsnadel gesteckt hatte. Der Alte fasste sich an die Stirn. Hin und wieder überkam ihn ein Schwindelanfall, der aber schnell vorüberging.

Obwohl er seit fünf Tagen keinen Menschen erblickt hatte, fühlte er sich verfolgt. Was ihn doppelt verwirrte. Denn er war nicht mehr Teil dieser Welt. Die Fremden, die Feinde hatten ihn ausgestoßen. Wieso hörte er dann ihre Stimmen?

Handelte es sich um die Nebenwirkungen der Medikamente, die er nicht mehr nahm? Obwohl sie ihm in der Klapse eingeschärft hatten, die Pillen weiter zu schlucken. Es gab kein zurück, denn er hatte die Medikamente in einen Graben neben der Straße geworfen.

Und so beschimpften ihn die Geister in der alten Jagdhütte fast ohne Pause. Sie hatten es leicht, denn sie wechselten sich ab: der Bankchef, der Bürgermeister und der

Ravensburger Rechtspfleger, der die Enteignung ins Rollen gebracht hatte. Eine Säge kreischte angenehmer als diese drei Herren, denen Schaum aus den Mündern blubberte: »Herr Gotterbarm, Sie sind Abschaum! Schnee von gestern! So bedeutend wie Spucke! Wie Scheiße! Ab in die Kläranlage! Sie stehen dem Fortschritt im Weg! Leute wie Sie ruinieren unsere Gesellschaft! Unser schönes Oberschwaben!«

Ja, sie hatten ihn ruiniert.

»Des Syschdem …«, Wilhelm Gotterbarm brabbelte die Worte undeutlich, so wie er die Lippen kaum auseinanderbrachte. »I verschdeck mi vor em Syschdem. Die stecket alle untr dr Decke. Und wer ihne it passt, den machet se nieder … Friehr hettet se mi verschossa, aber heit hond se bessere Wäg. S' Gsetz isch auf ihrer Seita. Die Kapitalischte hend 's G'setz gmacht. Nur f'r sich selbr …«

Ihm brummte der Kopf, er hatte nicht einmal ein Aspirin. »Bin i vruckt, Bernd? Oder w'r i's grad? Sag mr's ehrlich.«

Der Onkel hatte Probleme, da brauchte man kein Psychologe zu sein. Er wirkte sichtbar gebrochen. Er glich einem Gespenst, das sich kaum auf den Beinen halten konnte. Mit jeder Minute verlor er mehr an Substanz, so schnell, wie die Dämmerung durch das einzige Fensterloch herein drang.

»Du bist nicht verrückt, Onkel, aber du bist anders …«

»Wie du, Bernd.«

»Wie ich, aber …« Nein, Bernd wollte sich nicht mit seinem Onkel vergleichen lassen. Sein Onkel mit seinen großen und kleinen Erfindungen, der wähnte, er könnte die Welt verändern, und es gar nicht bemerkte, dass er die Leute bloß nervte.

Bernd dagegen hatte sich von dieser Welt zurückgezogen. Hin und wieder brauste er mit dem Motorrad nach Ravensburg. Seine Ziegen hatten mehr Verstand als diese geschäftigen und fröhlichen Oberschwaben, die nichts lieber taten, als Feste zu feiern und Weizenbier zu bechern. Nicht, dass Bernd eine Halbe abgelehnt hätte.

Irgendwie verstand er den Alten jedoch auch. Sie hatten sich gezofft, der Alte hatte ihn aus dem Haus geworfen, aber Blut war dicker als Wasser. Beide Gotterbarms waren gradlinig und kannten keine Kompromisse. Auch wenn es wehtat.

In gewisser Weise konnte Bernd Gotterbarm nichts dafür, dass er nicht verheiratet war. Manche Menschen sind für eine feste Verbindung nicht geschaffen. Und so ließ er sich auf keine Frau ein.

Einmal, vor eineinhalb Jahrzehnten, hatte er gemutmaßt, er hätte seine große Liebe getroffen. Er musste sich wohl geirrt haben. Später hatte sie ihm mit einem Kredit ausgeholfen, aber nur, weil ihre Bank Zinsen verdienen konnte.

Vor einer Woche, bevor Annikas Chef seine letzte Party am Häcklerweiher feierte, hatte sie Bernd eine Nachricht getextet. Erwartete sie, dass er zum See stürzte und den Feind seines Onkels ins Jenseits beförderte? Sollte sie sich doch selber die Hände schmutzig machen, diese Zimtzicke, die nach ihrem Chef lechzte. Diesem Bergstier, der die Frauen der Reihe nach abservierte und Annika wie Dreck behandelt hatte.

»Wenn i amol stirb, dann bisch du mein Erbe.« Der Alte wackelte genauso wie seine Stimme.

Der junge Gotterbarm schüttelte grimmig den Kopf. »Zu spät, Onkel, du hast nichts mehr. Du darfst nicht mal mehr auf deinen Hof. Versuch es, und sie rufen die Polizei.«

»Aber mei Traktor? Mei roter Porscheschlepper?«

»Weg. Verschrottet.«

»Verschrottet?« Fast kippte der Gotterbarm um, konnte sich aber an einer Wand abstützen. »Un der Mais?«

»Deine Äcker gehören dir nicht mehr. Vergiss den Mais. Du hast es nicht kapiert, oder? Du bist ein Nichts. Du hast keinen Besitz und kein Geld.«

»Noch hon i mei Läba.«

»Dein Leben ist vorbei, Onkel. Schau dich nur um.«

Im Zwielicht erkannte man ein Lager aus Reisigbüscheln, darauf eine oder zwei schmuddelige Decken. In der Ecke ein Rucksack, wie ihn heutzutage kein Mensch mehr trug. Nur in Heimatfilmen sah man diese grauen Behältnisse noch. Die Szenerie versank im Dämmerlicht.

»Hosch du die Axscht no, die i dir omal zu Weihnachta gschenkt hon?«

»Du willst ihn erschlagen?«

»I bring den Zwerger om.«

»Er ist tot.«

»Du bisch sicher?«

»Ich hab seine Leiche gesehen.«

»Halleluja!« Er, Wilhelm Gotterbarm, Landwirt und Erfinder, würde in die Kirche gehen. In die Basilika in Weingarten. Vor dem Altar würde er zum Heilig Blut beten. Nein, er lästerte nicht Gott. Der andere hatte Gott gelästert, der Tote. Und er war dafür bestraft worden.

SIEBZEHN

Die Sachbearbeiterin im Gewässerschutz lag vor dem Schreibtisch. Auf einem bläulichen Plastikboden, wie er in vielen deutschen Behörden zur Grundausstattung gehörte. Extrem strapazierfähig und nahezu unverwüstlich, was nicht für die Menschen galt, die in den Büros arbeiteten. Denn Irene Scherle war tatsächlich tot. Obwohl alle Anzeichen einer äußeren Verletzung fehlten, wie Nina Palmer hastig berichtete.

»Der Notarzt ist schon wieder weg. Er hat schnell festgestellt, dass sie tot ist. War auch nicht zu übersehen.« Die Sommersprossen, die normalerweise ausgelassen auf Nina Palmers Nase tanzten, hatten sich tief in die Haut gegraben, als ob ihnen frösteln würde. Die Tote in der Außenstelle des Landratsamts, Gartenstraße 107, war Nina Palmers zweiter Mord, aber ihre erste Leiche. Die Jugend schaute johlend Thriller, in denen die Opfer im Dutzend erschossen wurden oder ein Brutalo ihnen das Genick brach. Eine Leiche im wirklichen Leben stellte aber eine ganz andere Kategorie dar. Auch wenn sie noch alle Gliedmaßen hatte.

»Der Doktor wusste aber nicht, woran Frau Scherle gestorben ist. Sie hat keinen Schlag auf den Kopf bekommen, es findet sich kein Einschussloch hinterm Ohr, noch wurde sie mit einem spitzen oder stumpfen Gegenstand …« – die 23-jährige Polizistin verhaspelte sich – »erstochen … äh, geprügelt … oder ist halt sonst irgendwie zu Tode gekommen.«

Irene Scherle, jung, dynamisch, Kletterass, streckte müde Arme und Beine von sich. Wie eine Schwimmerin, die Toter Mann im Flappachschwimmbad spielte. Oder Tote Frau, wie es in dem Fall richtig heißen musste.

Anders als die Leiche vom Häcklerweiher trug Irene Scherle Kleidung: eng geschnittene Jeans, schwarze Bikerstiefeletten mit Trichterabsatz und eine weiße Bluse, die bis oben zugeknöpft war und ihr ein konservatives Aussehen verlieh. Eine gut aussehende Frau, aber im Büro nicht extravagant. Trotz des rosa Tattoos. Eine Ranke zog sich bis zu ihrem Halsansatz hoch. Als Seeberger sich bückte, spiegelte sich in den fünf silbernen Ohrringen das Licht. Das silberne Kleeblatt hatte Irene Scherle kein Glück gebracht.

Die superschlanke Frau teilte mit einer Kollegin das Büro im dritten Stock. Doch diese befand sich auf einem Ortstermin, wie Nina Palmer bereits recherchiert hatte. Deswegen hatte die Scherle allein vor einer Akte gesessen, als sie ihrem Mörder begegnete.

Der Computer war ausgeschaltet und so weit nach hinten gerückt wie möglich. Verschiedene Schriftstücke lagen offen neben einem geöffneten Aktenordner. Ein Teil der Dokumente war auf den blau gescheckten Plastikboden geflattert.

Seeberger beugte sich vor und las, ohne die Schreiben zu berühren. Es ging um Kolibakterien im Grundwasser. Ein Landwirt, der noch nicht ermittelt war, hatte Gülle ausgebracht und dabei das Wasser verunreinigt. Ein vertrautes Problem auf dem Land.

»In Waldburg?« Weinschenks Frage lag nahe.

»Sieht nicht so aus«, überflog Seeberger die Schreiben weiter. »Und auch nicht auf der Blitzenreuter Seenplatte, falls dich das interessiert. In Horgenzell bei Wilhelmsdorf. Im Westen.«

Kaum vorstellbar, dass der Mord mit der Gülle zu tun hatte. Aber irgendwer hatte die Sachbearbeiterin kalt gemacht. War ein Bekannter oder ein Unbekannter in ihrem Büro aufgetaucht? »Hatte sie Besucher?«, erkundigte sich Seeberger.

»Möglicherweise. Aber niemand hat was gesehen.«

»Du hast die Leute im Umweltamt befragt, Nina?«

»Hab ich, zumindest einige davon. Ich war in den Nachbarbüros. Zeugen hab ich aber keine aufgetrieben.«

Seeberger nickte. In dem roten Klinkerbau glich jede Etage der anderen. Kaum jemand verirrte sich in diese trostlosen und vereinsamten Gänge. Fast alle Türen, außer der vom Kopierraum, waren geschlossen. Niemand hatte die Polizisten bemerkt und niemand einen möglichen Täter.

Jogi Weinschenk hatte sich abgewandt. Wie hypnotisiert stierte er auf den Schreibtisch. Was er dort erkannte? Einen kaum sichtbaren Blutfleck? Ein hieroglyphenartiges Gekritzel, das Irene Scherle mit letzter Kraft hingeschmiert hatte und das den klugen Kombinierer auf den Täter hinwies?

»Habt ihr sowas schon mal gesehen«, murmelte Weinschenk, der sich nicht sattsehen konnte, »ein Schreibtisch ohne Kaffeeflecken?«

Nina Palmer kicherte nervös, doch die Arbeitsplatte erstaunte tatsächlich. Während sich in anderen Büros Gebirge erhoben und Schluchten absenkten, störte auf Irene Scherles Schreibtisch fast nichts die makellose Ordnung. Von dem aktuellen Vorgang, dem Computerbildschirm, einem Telefon und einem penibel gespitzten Bleistift einmal abgesehen. Sonst stand und lag nichts auf der beachtlich großen Arbeitsplatte. Nicht einmal ein Gesetzbuch.

Wer konnte so arbeiten? Weinschenk auf jeden Fall nicht. Wurde der Grizzly auf Unordnung und bräunliche Tassenabdrücke angesprochen, benannte er die eigene Schmuddelei dreist in kreatives Chaos um. Auf Weinschenks Niveau musste man sich nicht herablassen, aber Irene Scherles Schreibtisch entsprach nicht der Wirklichkeit des Lebens. In jeder Landschaft wuchsen Büsche, Bäume, Blumen, Unkraut. Aber hier bestimmte das Flachland alles, eine leblose Einöde. Ohne Tiefe, aber auch ohne Abgründe, was nicht stimmen konnte. Denn Kletterkönigin Scherle lag tot auf dem bläulichen Boden. Und bestimmt nicht, weil sie kein Wässerchen trüben konnte.

Die Sonnenstrahlen leuchteten jede Ecke und Kante des Schreibtisches aus. Doch sie stießen nirgendwo auf Staub. Auch nicht halb unterm Telefon versteckt oder auf dem Fuß des PC-Bildschirms. Auf Weinschenks Schreibtisch dagegen waren die Staubansammlungen zu massigen 3D-Gebilden gewachsen.

Sogar der Papierkorb wirkte ordentlich. Keine Plastikbecher zwischen dem Papier.

»Da könnt ihr zwei Jungs euch 'ne Scheibe von abschneiden.«

In einem offenen Aktenschrank hatte Irene Scherle – möglicherweise auch ihre Kollegin – fein säuberlich Kaffeebecher gestapelt. Auf Küchenkrepp, wie Nina Palmer sofort bemerkte. Becher mit Fasnetmotiven der ›Schwarze Veri Zunft‹: Räuber, Hexen und Ölschwang Papierkrattler. Bei den Umzügen schnappten die Knechte aus der Papiermühle, die Krattler, sich die Hüte oder Mützen der Zuschauer.

Wieder der Bezug auf den Schwarzen Veri, den berühmtesten Räuber Oberschwabens. In der Nähe seines früheren Schlupfwinkels hatte sich wahrscheinlich Wilhelm Gotterbarm versteckt.

»Was fällt noch auf, Töchterchen?« Weinschenk knurrte.

»Die Ordnung?«

»Hatten wir schon. Und sonst?«

Eine Wolke schob sich vor die Sonne. Passend zur Leiche wurde es dunkler und kälter.

»Keine Ahnung.« Ratlos riss die Polizistin ihre hellblauen Augen auf, während sie den Kopf drehte. Erleuchtung stellte sich nicht ein.

»Du bemerkst etwas Privates?«

»Wie meinst du, Paps?«

Die Jugend von heute war zwar nicht auf den Mund gefallen, aber hin und wieder begriffsstutzig. Weinschenk streckte seine linke Pranke aus, die Handfläche nach oben. »Kein Familienfoto, keine Postkarte. Kein Bild von der Lieblingsstadt oder dem Lieblingsurlaub. Auch keine Bergansichten, keine Achttausender im ewigen Schnee. Die einzige Ausnahme ist der Ficus auf dem Fenstersims. Die Birkenfeige als typisch deutsche Büropflanze. Kann natürlich auch von der Kollegin sein. Doch an diesem Schreibtisch hier hat ein Mensch gearbeitet, der sein Privatleben verborgen hat. Warum?«

»Alles recht und gut, Väterchen. Bringt uns die Antwort weiter?«

»Wenn wir dies wüssten«, gestand Weinschenk. Manchmal hatte die Jugend sogar recht. Es lohnte nicht immer, nach Hintergründigem zu suchen. Denn was bedeutete schon normal? Die Definition lag im Auge des Betrachters. Und nicht jeder Mensch stellte wie Weinschenk ein

Familienfoto auf dem Schreibtisch auf – und das noch inmitten des Chaos'.

Während der Grizzly grübelte, lief Seeberger um Leiche und Schreibtisch herum. Der Ficus Benjamini am Fenster hatte einen Zug bekommen, oder der Standort auf der Heizung tat ihm nicht gut. Die Birkenfeige sah fix und fertig aus. Die Hälfte der Blätter grau oder abgefallen.

Der sportliche Polizist mit dem Kurzhaarschnitt pfiff überrascht.

Hellblaue Augen und ein Doppelkinn drehten sich sofort in Seebergers Richtung.

Wer sehen konnte, der sah es. Von einem Blumentopf halb verborgen, lag die Spur auf dem Sims im Büro.

»Gibt es nicht«, staunte Weinschenk.

»Tja, gibt es wohl doch.«

Der Ficus Benjamini verbarg das Mordwerkzeug, das Pestogläschen, dessen Deckel abgeschraubt war. Es war leer. Der Inhalt verspeist und der Esserin nicht gut bekommen. Seeberger und Weinschenk erkannten sofort das handgeschriebene Etikett. Die Gläschen gab es in verschiedenen Chargen: die Mehrzahl harmlos und einige wenige tödlich.

Wieder wies eine Fährte auf die Gotterbarms hin. Gotterbarm senior und Gotterbarm junior, eine gefährliche Familie und jeder für sich ein Phantom.

»Du solltest mal wieder die Schuhe putzen, Grizzly!« Eine raue Stimme, die nach Scherben und Halsweh klang.

Weinschenk, mit guten Nerven gesegnet, schreckte zusammen. »Oh Gott, die Hasenfrau!« Sogar Seeberger, den nichts aus der Ruhe bringen konnte – gleichaltrige Frauen mal abgesehen – zuckte kurz. Als Einzige reagierte Nina Palmer nicht. Anders als Leichen war sie lautes Geschrei gewohnt. Ihr Karateausbilder hatte auch immer gebrüllt wie ein Staff Sergeant der US-Army.

»Warst du wandern? Und bist von Kuhfladen zu Kuhfladen getapst?« Wie immer liebte es Helga Reiff, eine kantige Frau von herber Schönheit, mies gelaunt zu sein. Besonders wenn sie ihrem Lieblingsfeind Jogi Weinschenk begegnete, mit dem sie eine Privatfehde führte, ohne sich über die Ursache Rechenschaft abzulegen. Abneigung auf den ersten Blick, damals bei der ersten Begegnung.

»Die ungleichen Zwillinge und die junge Kommissarin. Ihr zieht mir eine Spur durchs Büro, als ob eine Horde Wildsäue durch ein Maisfeld gejagt wäre!«

Man konnte der taffen Chefin der Spurensicherung einiges unterstellen, aber nicht, dass sie vor bulligen Kollegen, Fäulnis oder zerdepperten Schädeln die geringste Angst oder auch nur Unsicherheit zeigte. Und nicht jede Leiche wartete so friedlich, unversehrt und in einem Stück, wie die von Irene Scherle auf dem Plastikboden.

Wenn Nina Palmer in dem engen Büro auch zunehmend nervöser wurde. Sie empfand, als ob die Tote mit ihrem starren Blick sie in jede Ecke verfolgen würde. Die ehemalige Kletterkönigin hatte nur Augen für Nina. Beängstigend!

Die Frau mit brünettem Kurzhaar zog einen Rollkoffer hinter sich her. »Schon eine Vermutung, um was es hier geht, ihr drei Helden?«

Während Weinschenk sich abwandte, lächelte Seeberger, ganz Typ wohlerzogener Schwiegersohn: »Die Frau hier hat mit dem nackten Mann vom Häcklerweiher zusammen gegrillt, Helga. Oberflächlich sind auch bei ihr keine Anzeichen von Gewalt festzustellen, deshalb tippe ich mal kühn auf Gift. Was zu beweisen wäre. Aber das ist euer

Job. Kümmert ihr euch bitte auch um das Pestoglas auf dem Fenstersims? Schätze mal, da war kein Bärlauch drin, sondern Herbstzeitlose.«

Auf dem strengen Gesicht Helga Reiffs deutete sich ein Schmunzeln an, zumindest eine Regung, die sich als Schmunzeln interpretieren ließ. »Kluger Junge. Nicht umsonst bist du mein Lieblingsschüler, Mäx.«

Lobhudeln war nicht die Sache der Hasenfrau, die nie von Männern schwärmte, aber gern vor Männern von ihren zwei Kaninchen. Zumindest am heutigen Tag wurde dieser Grundsatz ausgesetzt. Helga Reiff befand sich offensichtlich in Gönnerlaune: »Mädel, wenn aus dir was werden soll, dann lass es dir von einer erfahrenen Frau gesagt sein: Halt dich besser an den Gutaussehenden und nicht an den Brummigen!«

Nina Palmer unterließ eine Antwort. Besser nicht noch mehr Öl ins Feuer gießen.

Lieblingsschüler und Grizzly verließen grußlos das Büro. Im dusteren schnurgeraden Gang nickten sie gemächlich zwei uniformierten Kollegen zu, als sich Nina Palmer grob an ihnen vorbeidrängelte. Seeberger fühlte ihren spitzen Ellenbogen in seiner Seite.

Die junge Polizistin brauchte dringend frische Luft und stürmte polternd das Treppenhaus hinunter. In ihrer Nase hing ein modriger Geruch – allerdings nur in ihrer Vorstellung. Im Büro hatte es nicht einmal vom Ansatz her nach Verwesung, sondern nach Parfüm gerochen. Aber die Fantasie besaß eine mächtige Kraft – auch bei Polizeibeamtinnen.

Ohne große Worte drängten sich bei Seeberger und Weinschenk die offenen Fragen auf: Wieso war Frau Scherle aus der Kletterhalle abgehauen und dem Mörder in die Hände gelaufen? Oder der Mörderin. Hätten Seeberger und Weinschenk die Frau vor ihrem Tod bewahren können? Konnte irgendwer ahnen, dass offensichtlich ein Serienkiller Oberschwaben durchstreifte?

Jeder der Beteiligten schien eines dieser sprichwörtlichen Skelette im Kleiderschrank zu verstecken. Was hatte die Scherle verbrochen, ehe sie selbst Opfer eines Verbrechens wurde?

Obwohl es nur 300 Meter zur Direktion waren, kamen sie erneut zu spät. Auch bei der nächsten Sitzung der Mordkommission im Sokoraum. Doch dieses Mal setzte es keine Rüge des Chefs: »Ihr kommt direkt vom Tatort?«

Seeberger berichtete.

Kriminalrat HaWe, Leiter der Mordkommission, reagierte ungehalten: »Ich brauche endlich Ergebnisse, Mäx. Draußen läuft ein Mörder frei herum, und meine besten Beamten schlafen. Ihr kommt jedes Mal einen Schritt zu spät.«

»Wir schlafen nicht, Chef. Wir arbeiten. 14 Stunden und mehr.«

»14 Stunden die ganze Woche? Beeindruckend!« Blondie, der junge Polizist aus der letzten Reihe musste wieder seinen Senf dazugeben.

Weinschenk gähnte laut, als ob er das Vorurteil bestätigen wollte, Seeberger dagegen zog ein langes Gesicht. Immer die gleichen Witze. Von immer den gleichen Nichtskönnern.

Unterstützung erhielt er vom Chef, der laut wetterte: »Witzbolde mag ich heute wirklich nicht!«

Blondie, der beim Kriminalrat meist eine gewisse Narrenfreiheit hatte – niemand wusste wirklich warum –, zog erschreckt den Kopf ein.

»Ich erwarte Konzentration! Von euch allen!« HaWe pochte entschlossen auf den Aktenstapel vor sich. Der Chef zeigte sich ungewöhnlich ernst. Harty Zwerger hatte zu den oberen Zehntausend gehört. Die Mächtigen mochten es nicht, wenn einer aus ihrer Mitte vorzeitig zu Tode kam. Oder fand sich die Ursache für die Schärfe im Privaten: Der Chef hatte am kommenden Wochenende, wie Seeberger über Flurfunk erfahren hatte, eine Bergtour geplant und sah seine Gipfel davonschwimmen.

»Dann fasse ich die Kernfragen zusammen.« Der Chef schaute auf ein Blatt, auf das er während Seebergers Vortrag gekritzelt und kühne Linien gezogen hatte. Der Chef liebte Beziehungsgeflechte. Auch bei einem Verbrechen analysierte er die Verbindungen zwischen den verschiedenen Personen und Gruppen genau.

HaWes italienische Frau Margareta stammte aus Neapel. Durch seine Heirat gehörte er automatisch zu ihrem riesigen Italo-Clan. Als Schwiegersohn und Schwager musste der Chef genau wissen, wer mit wem und wie verwandt war, wenn er sich nicht blamieren wollte. So brachte die genaue Kenntnis der italienischen Großfamilie Vorteile für die deutsche Polizeiarbeit mit sich. Zumindest was das strukturelle Denken betraf.

»Also …« HaWe schüttelte die wenigen Haare, die in einem Kreis angeordnet waren und heute etwas wirr wirkten. »Der Bankchef ermordet, auf seine Neue ein Mordanschlag verübt, sie konnte inzwischen aus dem Krankenhaus entlassen werden, seine frühere Geliebte ist tot, sie wurde, wie ihr Ehemaliger auch, vermutlich vergiftet.« Der große hagere Polizist schaute über eine randlose Lesebrille, die er das erste Mal bei einer Sitzung trug. Der Chef wurde tatsächlich alt. »Was fällt auf?« HaWe, die Augenbrauen dünn wie ein Strich, wirkte unendlich gütig, aber gleichzeitig wie ein Oberlehrer. »Nina!«

»Äh … die unterschiedlichen Mordwaffen?«

»Genau. Zweimal Gift und einmal ein Ast oder Grillspieß, der zwischen Radspeichen gestoßen wurde. Inzwischen haben wir die Laborergebnisse bekommen. Der Holzstab wurde eindeutig zum Grillen benutzt, wie die verkohlte Spitze beweist. An der Oberfläche hingen noch winzige Teilchen einer Bratwurst – einer Roten, um genau zu sein – für das Auge nicht sichtbar. Am Griff haben unsere Experten DNA festgestellt, die wir noch nicht zuordnen können.«

Der Kriminalrat fingerte an seiner neuen Lesebrille herum, als ob sie ihn auf der Nase drückte. »Gift benutzen Menschen, denen es an körperlicher Kraft fehlt. Auf der anderen Seite steht Gift für Heimtücke und Falschheit, ein Holzprügel dagegen für rohe Gewalt. Entweder haben wir unterschiedliche Täter oder wir haben eine Person, die aus Verzweiflung handelt. Weil Frau Engels, die Neue, nicht vom Pesto probieren will, wird sie mit Gewalt vom Rad … fast bin ich versucht zu sagen: geprügelt. Aber sie ist nicht tot. Und sie hat nichts gesehen, was uns weiterbringen könnte. Weil sie hackedicht und nicht mehr Herrin ihrer Sinne war. Zum Glück für den Mörder, zum Pech für das neue Opfer. Hätte Frau Engels uns einen Hinweis geben können, dann hätten wir die Kletterkönigin, wie ihr sie nennt, vielleicht retten können.«

»Ein bisschen viel hätte.« Weinschenk kniff die Augen zusammen wie ein Grizzly, der einen Eindringling wittert.

»Genau. Wir brauchen Fakten. Dringend. Ist unter anderem dein Job, Jogi.« HaWe drückte die Ellbogen auf den Aktenstapel. »Mit Sicherheit wirst du mir aber zustimmen, dass sich hier viel Hass angesammelt hat. Jemand will die Gespielinnen des Herrn Zwerger ausradieren. Aus welchen Motiven auch immer.«

Weinschenk und Seeberger neigten zustimmend den Kopf, während der Chef sich in einen Monolog steigerte. »Wer ist dieser jemand? Die ehemalige Liebhaberin dürfte außen vor sein. Zumindest jetzt, wo sie tot ist. Es bleiben: ein gehörnter Ehemann, den ihr leider immer noch nicht befragt habt – verdammt noch mal! –, neidische Konkurrentinnen vom Häcklerweiher, die aber ein Alibi haben, eine stellvertretende Bankchefin, die zu viel Schminke trägt und ihren Chef gern in ihrem Bett gesehen hätte …«

Seeberger zuckte.

»Und natürlich die Gotterbarms, senior und junior, die den Zwerger wegen der Enteignung abgrundtief hassen. Ist der alte Wilhelm Gotterbarm Opfer oder auch Täter? Eine entscheidende Frage, die wir leider immer noch nicht beantworten können.« Die Stimme des Chefs gewann an Schroffheit, was Seeberger und Weinschenk gleichermaßen ankäste. Wieso dieser versteckte Vorwurf, der bloß oberflächlich getarnt war?

»Du vergisst das Bärlauchpesto«, lenkte Mäx Seeberger auf eine der beiden Spuren. »Alles deutet auf Bernd Gotterbarm, der das Pesto auf dem Wochenmarkt anbietet und in seiner Küche selbst herstellt.«

»Ich vergesse nichts, Mäx. Doch du vergisst, dass in den 450 Pestogläschen, die unsere Toxikologen untersucht haben, keine Herbstzeitlosen reingepanscht waren. Es ist somit völlig offen, wer Herrn Zwerger und Frau Scherle vergiftet hat. Und du verdrängst auch, dass wir die beiden Mordmotive nicht so einfach trennen können. Eifersucht auf der einen und die Enteignung auf der anderen Seite.

Bernd Gotterbarm hatte kurz vor dem Mord Kontakt zu seiner Jugendliebe, die ebenfalls mehr als genug Grund hatte, Herrn Zwerger abgrundtief zu hassen. Nein, mein lieber Mäx, es ist kein Widerspruch, dass sie ihren muskulösen, braun gebrannten Chef nach außen für einen wunderbaren Menschen hält.«

Scheibenkleister! »Mein lieber Mäx« klang verheerend. Sägte irgendwer an Seebergers Stuhl? Weinschenk? Unmöglich, auf den Grizzly konnte er sich verlassen. Dafür würde er seine Hand ins Feuer legen. Weinschenk hatte wahrscheinlich mehr Probleme, als er zugab, aber der Loyalität seines Freundes und Kollegen konnte Mäx Seeberger sich sicher sein. Sie waren ein Team, ein bärenstarkes Team.

»Aber sie hasst den alten Gotterbarm«, entgegnete Seeberger. »Wäre er nicht gewesen, dann hätten sie und Bernd möglicherweise geheiratet.«

»Jetzt benutzt du ein ›hätte‹ und ›wäre‹, Mäx.«

Stimmte. Wieso dieses Ringen mit dem Chef? Offenbarte Seeberger ein schlechtes Gewissen, weil er Annika Gutekunst verteidigen wollte? Wollte er sie tatsächlich schützen? Zumindest unbewusst. Auf der anderen Seite hatte sie seine Deckung überhaupt nicht nötig. Die gut aussehende junge Frau hatte mit dem Mord nichts zu tun. Hundert pro.

Mit den Fingern rieb Seeberger beide Augenbrauen. Er war keine 18 mehr. Er schaffte es kaum noch, eine einzige Nacht ohne Schlaf durchzuhalten. Früher hatte er am Rutenfest, dem Ravensburger Nationalfeiertag, drei Tage am Stück durchgefeiert. Ohne dabei etwas zu denken. Früher. Mein Gott, ein 32-Jähriger schwärmte von früher. Lassen wir das lieber. Allein das Heute zählte.

»Langsam, Chef. So leicht sollten wir Bernd Gotterbarm nicht vom Haken lassen.« Fehlende Hartnäckigkeit konnte dem Polizeihauptkommissar niemand unterstellen. »Gotterbarm junior hat zwei Gründe, den Zwerger zu hassen. Erstens, weil der seinem Onkel übel mitgespielt hat. Und zweitens, weil der Banker eine Zeitlang Bernds Ex gevögelt hat.«

»Ein Jahrzehnt später, Mäx«, schlug sich Weinschenk auf die Seite des Chefs. »Die Liebesaffäre seiner Jugendfreundin ging dem doch am Arsch vorbei. Wenn er überhaupt davon wusste.«

»Trotzdem, lasst uns das mal weiter spinnen. Bernd Gotterbarm hat einen solchen Hass, dass er die ganze Brut ausrotten will. Zwerger plus Gespielinnen. Alle, die an den wöchentlichen Orgien am Häckler teilgenommen haben. Ob der Alte ihn angestiftet hat, können wir lediglich vermuten.«

»Interessant. Jetzt geht es bei dem Bäuerlein bloß noch ums Anstiften zum Mord. Als Täter ist er plötzlich außen vor.«

»Wenn du dich da nicht irrst, Jogi. Und zwar gewaltig!«

»Und wie, Mäx, stellst du dir die Beteiligung des Bauern vor?« Was für ein ironischer Unterton, den selbst Blondie in der letzten Reihe bemerkte. Knarrend rutschte er mit dem Stuhl nach vorn. Anders der Chef. HaWe lehnte sich unmerklich und so, als ob er gar nicht interessiert wäre, nach hinten. Fast gemütlich. War das Unfassbare geschehen? Stritten Seeberger und sein Kumpel Weinberger, die ungleichen Zwillinge, wie sie Helga Reiff gern bezeichnete? Zofften sie sich oder argumentierten sie?

»Jogi, der Alte besucht seinen Enkel, der hockt in der Küche, und da stehen Gläschen mit Bärlauchpesto auf dem Tisch, die der Junge gerade aus dem Keller geholt hat, um sie am nächsten Markttag anzubieten. Und plötzlich hat der Alte eine Bombenidee. Er wird es seinem Feind heimzahlen. Mit tödlicher Konsequenz. Als Bauer kennt er sich auf den Wiesen und in den Wäldern aus. Hat er es offen gemacht oder gewartet, bis der Junge bei seinen Ziegen war, kann ich nicht sagen. Doch die Szene sehe ich vor mir: Wilhelm Gotterbarm sammelt Herbstzeitlose am Waldrand, zerstampft sie und mischt die Pampe unters Pesto. Du musst kein Bär von Mann sein, um Muskelpaket Zwerger mit Gift um die Ecke zu befördern.«

Nina lächelte, während Blondie in der letzten Reihe grell lachte.

Ob Seeberger begriff, in welche Richtung er argumentierte? Da konnte Weinschenk bloß den Kopf schütteln. Der junge Polizeihauptkommissar, berühmt für seine Logik, hatte einen blinden Fleck, wahrscheinlich das erste Mal in seiner Karriere. Das Ende der Beziehung zu Katharina setzte ihm offensichtlich immer noch zu. Wäre Seeberger zehn, 15 Jahre älter, müsste man von Midlife-Crisis reden.

»Wilhelm Gotterbarm wurde aus der Psychiatrie entlassen. Sein Neffe hat ihn verfehlt. Der alte Herr kann den Bankchef nicht umgebracht haben.«

»Unsinn, Jogi! Vielleicht hat Bernd Gotterbarm seinen Onkel tatsächlich nicht abgeholt. Fakt ist aber, dass der Bauer am Mordtag die Psychiatrie verlassen hat. Knappe 20 Kilometer zur Blitzenreuter Seenplatte sind auch für einen alten Herrn kein Problem. Wahrscheinlich hat er sich an die Straße gestellt und den Daumen rausgereckt. Gegen zehn Uhr hatte der Gotterbarm die Abschlussbesprechung, 14 Stunden später war der Bankchef tot. Mehr Zufall geht nicht.«

Gedankenverloren zog Weinschenk an seinen Silberhaaren und ließ sie zurückschnellen. »Der Alte hat also nicht nur seinen Feind Zwerger, sondern auch dessen Gespielinnen im Visier. Warum bringt er dann die Gutekunst nicht um?«

Manchmal öffnet sich auf der Straße von jetzt auf nachher ein Abgrund, ohne dass irgendwer es geahnt hätte. Seebergers Erschrecken war hörbar. Trotz oder gerade wegen der absoluten Ruhe, die für einige Sekunden im Sokoraum herrschte. Man könnte Seebergers Zustand auch mit einem Bungeesprung vergleichen, bei dem du mit dir allein bist und vollkommene Stille herrscht, außer dass die Luft pfeift. Und sich der Schreck an deinem Herzen festklammert.

»Kann noch kommen«, meinte HaWe trocken.

»Werden wir verhindern«, widersprach Seeberger entschlossen und schluckte. Er hatte Mühe, den Kloß aus seinem Hals zu bekommen, doch endlich würgte er ihn herunter.

HaWe verdrehte die Augen, sodass das Weiße zu sehen war. Der Chef döste, als ob er allein im Raum wäre. Bestimmt träumte er von seinen geliebten Bergen. Oder hatte er bereits den Ruhestand im Blick? Endlich reckte er sich. »Ein 78-Jähriger führt die Kripo an der Nase herum. Müsst ihr euch mal auf der Zunge zergehen lassen. Aber jetzt ist Schluss damit!« Gebetsmühlenartig forderte der Kriminalrat: »Wir brauchen die Gotterbarms!«

Na wunderbar! Chefs lebten manchmal nicht mehr in der Wirklichkeit. Glaubte HaWe tatsächlich, er musste es bloß anordnen, und schon würde der alte Gotterbarm, ein Meister des Abtauchens, in der Polizeidirektion auftauchen oder sich wenigstens an eine belebte Kreuzung stellen und brüllen: »Hier bin ich!«

HaWe holte Atem und hielt den linken Zeigefinger in die Höhe. »Und vor allem: Wir müssen die Frauen vom Häcklerweiher und die stellvertretende Bankchefin vor diesem Wahnsinnigen schützen.« Ungeduldig wedelte er mit den Händen. »Blondie!«

»Jawohl, Chef?«

»Du kümmerst dich um die Streifenwagen. Ich will zwei, die regelmäßig an den Wohnungen der Frauen vorbeifahren und auch mal eine Viertelstunde dort anhalten. Ich will Präsenz haben, die auffällt. Klar?«

Der blonde Polizist nickte.

»Und wenn der Irre eine Frau ist?« Der Einwand Nina Palmers hatte die Wirkung eines Hammerschlags. Erneut schwieg der ganze Saal, fast schon betreten.

»Was soll das Problem sein, Nina? Unter Umständen müsst ihr auch die Nacktbaderinnen vor der Bankchefin schützen. Dann tut es.« HaWe knallte gereizt seine Fäuste auf das Pult.

Wieso diese Ungeduld? Hatte der Chef die Wettervorhersage fürs Wochenende zugemailt bekommen? Sollte das Wetter schlechter werden? Aber das Gebirgsklima schlug häufig Kapriolen. In die eine oder die andere Richtung.

Am heutigen Tag fand HaWe kein Ende: »Und nehmt mir endlich den Ehemann der Lehrerin, den Ingenieur Stefan Engels, in die Mangel. Ein bisschen Tempo bitte, ihr Lahmärsche! Wir sind hier nicht im Seniorenclub!«

Lahmärsche! Vor versammelter Mannschaft beschimpfte der Chef seine besten Ermittler. Blondie in der letzten Reihe, der die Erfolge der Kollegen nicht nur positiv sah, kriegte sich nicht mehr ein. Sein hohes Stakkatolachen hallte in den Ohren, bis der Grizzly sich bös brummend umdrehte. Sofort schwieg der Blondschopf und faltete die Hände, als ob er kein Wässerchen trüben könnte.

Nina Palmer lächelte. Ein Imponiergehabe wie in einem Wolfsrudel. Blondie, mit dem sie gut konnte, würde noch ein Jahrhundert brauchen, bevor er den Laden übernehmen konnte. Und als Intelligenzbestie würde er auch nie und nimmer durchgehen. Abendschule hin oder her.

ACHTZEHN

Natürlich war Stefan Engels wieder nicht daheim. »Glauben Sie, mein Mann ist ein Faulenzer?«, flötete der blonde Engel, Katja mit Vornamen.

Widerwillig rückte die Frau, die immer noch einen Gips um den linken Arm trug, die geschäftliche Telefonnummer ihres Gatten heraus. »Stefan hat ein großes Projekt am Laufen. Ein neues Wasserkraftwerk in den Alpen. Er schiebt Überstunden wie verrückt.«

Das Unternehmen lag zehn Autominuten entfernt an den Bahngleisen auf der Hinterseite des Bahnhofs. Und es sah nach Hinterhof aus. Ein Zweckbau, an den mehrfach neue Gebäudeteile angebaut worden waren, die offensichtlich billig sein mussten. Eine architektonische Flickschusterei ohne irgendein Gesamtkonzept.

Der Pförtner musterte kritisch die Dienstausweise, die Seeberger und Weinschenk ihm durch einen Schlitz unten am Fenster gereicht hatten. »Da muss ich meinen Chef fragen.« Er wandte sich ab und bediente einen altmodischen Telefonapparat.

»Der Chef kommt sofort. Wenn Sie bitte warten wollen.« Aufgabe erledigt. Der Pförtner senkte den Blick und hatte nur noch Augen für einen PC-Bildschirm, der im Gegensatz zum Telefon einer neueren Generation angehörte.

Etwa fünf Minuten später rauschte es. Anders ließ sich das Auftauchen eines ergrauten, mittelalten Herrn nicht beschreiben. »Braunwarth, Geschäftsführer.«

Herr Braunwarth, ganz in Schwarz gekleidet, schüttelte die Hände der beiden Polizeibeamten. Ganz offensichtlich verkörperte der Geschäftsführer in dem Turbinen- und Wasserkraft-Unternehmen die Macht. Seine Businessuniform und die Seidenkrawatte Made in Mailand symbolisierten gleichermaßen Selbstbewusstsein und vornehme Zurückhaltung.

So erschien es zumindest Weinschenk. Aber vielleicht mochte Weinschenk auch die Businesselite nicht und zeigte, wie es sich für einen Gewerkschafter gehörte, gesundes Misstrauen. Ob gerechtfertigt oder nicht, kann hier nicht beantwortet werden.

»Unser Unternehmen, meine Herren, steht immer auf der Seite des Gesetzes. Darf ich fragen, in welche Richtung Sie ermitteln?«

»Ein laufendes Verfahren.« Seebergers Antwort klang, als ob es dem Polizeihauptkommissar leidtun würde. »Sie verstehen?«

Herr Braunwarth verstand.

»Wir möchten einen Ihrer Ingenieure befragen.«

»Wen?«

»Herrn Engels.«

Der Geschäftsführer wirkte ehrlich verblüfft. »Herr Engels ist einer unserer tüchtigsten Mitarbeiter.«

»Herr Engels«, erklärte Seeberger mit ruhiger Stimme und treuherzigem Blick, »kann uns möglicherweise helfen, ein Verbrechen aufzuklären.«

»Natürlich, natürlich. Herr Engels treibt als verantwortlicher Ingenieur eines unserer wichtigsten Projekte für die Energiewende voran. Wir setzen ganz auf Wasserkraft und sind überzeugt …«

Der Grizzly streckte sich, dass die Gelenke krachten. Sichtlich irritiert brach Geschäftsführer Braunwarth mitten im Satz ab. »Verstehe, die Polizei ist unter Druck. Die Öffentlichkeit fordert Ergebnisse. Die Öffentlichkeit kann fürchterlich sein.«

Eilig tippte der Geschäftsführer eine Nummer in sein Smartphone, entfernte sich etwa zehn Meter und sprach sanft, aber energisch in das flache Gerät. Kurze Zeit später verstaute er das Handy in seiner Jackeninnentasche und wandte sich Seeberger zu: »Herr Engels trifft Sie in der Kantine. Dort sind Sie um diese Zeit ungestört. Wenn Sie mir bitte folgen.«

Für Herrn Braunwarth war Zeit Geld. Er hatte einen flotten Schritt.

Die Essensausgabe war verwaist. Kein Mensch hantierte hinter der Theke oder wartete auf die Hungrigen. In der Ferne, wahrscheinlich der Küche, klirrte es drei- oder viermal, bevor wieder Stille einzog.

Stefan Engels, untersetzt mit Bauchansatz und Geheimratsecken, stolperte, als er die drei Männer erblickte, fing sich aber wieder. Mit einem kurzen Finger, der rötlich geschwollen war, schob er eine runde Metallbrille auf die spitze Nase zurück.

»Die Herren sind von der Polizei. Aber keine Sorge, lieber Herr Engels, Sie werden keines Mordes verdächtigt.«

Stefan Engels zuckte wie nach einem Peitschenhieb.

»Aber Sie können vielleicht eine wichtige Spur liefern.«

»Ich?« Die Frage klang resignierend.

»Ja, Sie! Enttäuschen Sie uns nicht.«

Zum Abschied schüttelte Herr Braunwarth keine Hände, sondern neigte bloß leicht den Kopf. »Ich empfehle mich.«

Erneut rauschte es. Der Mann im schwarzen Anzug war verschwunden.

Stefan Engels erinnerte an einen Studienrat. Die Stirn hoch, die Haare schwarz mit weißen Einsprenkeln, ein struppiger Fünftagebart wucherte über sein Gesicht.

Noch bevor das Gespräch begonnen hatte, stand dem Ingenieur Schweiß auf der Nase. Gleichzeitig ließ Engels die Schultern hängen. Er verantwortete ein wichtiges Projekt, wirkte aber merkwürdig antriebslos, ja sogar phlegmatisch. Oder stand er kurz vor dem Burn-out? Stress im Job wegen eines schwierigen Projekts, Stress mit der Frau, die ihn betrog. Eine solche Doppelbelastung hatte schon wahre Energiepakete zu Fall gebracht.

»Wir kommen von Ihrer Frau …«

»Katja? Ist ihr etwas passiert?« Der Ingenieur wirkte völlig durch den Wind. Seine runde Metallbrille war ihm auf die Nasenspitze gerutscht.

»Warum glauben Sie, dass Ihrer Frau etwas passiert sein könnte?«

»Weil … nun ja …« Stefan Engels stotterte, während er auf seine ausgestreckten Finger stierte. »Es geschieht schließlich nicht jeden Tag, dass die Polizei … dass die Polizei zu uns in den Betrieb kommt. Ich hatte noch nie …«, Engels zupfte an seinem struppigen Bart und schloss halb ein Auge, als ob er nach dem richtigen Wort suchen müsste, »… Kontakt. Ich hatte noch nie Kontakt zur Polizei. Außer bei einer Führerscheinkontrolle. Zweimal in meinem Leben. Ist nicht oft, oder?« Er lächelte. Als ob er ein Lob erwartete.

»Und deswegen haben Sie ein schlechtes Gewissen?«

Bevor die silberne Rundbrille ganz abrutschte, schob Engels sie auf die Nase zurück. »Ich?« Er verschluckte sich, hüstelte.

»Wundert es Sie, Herr Engels, dass wir hier aufgetaucht sind?«

»Nein, nein, keineswegs …«

»Sie haben uns also erwartet?

»Das … nun auch wieder nicht.« Der Ingenieur murmelte und war kaum zu verstehen.

»Herr Engels«, Seeberger sprach laut und überdeutlich, als ob er zu einem Kind sprechen würde, »was glauben Sie, warum wir hier sind?«

Der Ingenieur räusperte sich, um den Frosch in seinem Hals loszuwerden. Mit fester Stimme, wenn auch unnatürlich hoch, antwortete er: »Spielen wir hier Rätselraten?«

»In gewisser Weise, ja. Vielleicht würden Sie uns verraten, wo Sie gestern zwischen zwölf und 15 Uhr gewesen sind?«

»Ui, warum wollen Sie das wissen?«

Ein merkwürdiger Mensch, der Herr Ingenieur. Auf der einen Seite unsicher, fast schon schuldbewusst, auf der anderen bockig und aufmüpfig. Für Seeberger und Weinschenk nichts Ungewöhnliches. Wahrscheinlich gierte Stefan Engels nach Anerkennung, dabei hatte er in der Kantine keine Zuhörer. Was musste er sich selbst beweisen?

»Weil um diese Zeit eine Frau zu Tode gekommen ist …«

»Zu Tode gekommen. Wie das klingt.«

»Sie machen sich darüber lustig?«

»Gott, nein, habe ich diesen Eindruck erweckt?«

Stefan Engels verhielt sich wie ein kompletter Idiot. Hatte es seine Frau deswegen nicht mehr mit ihm ausgehalten? Oder war es umgekehrt, und man musste sein Auftreten als Folge des Ehebruchs seiner Frau betrachten?

Seeberger unterließ eine Antwort, die ohnehin nichts gebracht hätte: »Herr Engels, ich frage Sie noch einmal. Wo waren Sie gestern Mittag?«

Der Ingenieur stierte an den beiden Ermittlern vorbei auf einen Terminkalender, der nur in seiner Vorstellungskraft existierte. »Mal überlegen … Gestern hatte ich einen Außentermin …«

»Mit einem Kollegen?«

»Nein, nein, allein.«

War es so einfach? Präsentierte sich der Ingenieur offen auf dem Silbertablett? Oder war es so schwierig?

»Ist es üblich, dass Sie Außentermine allein wahrnehmen?«

Der Ingenieur zog die Mundwinkel nach oben. Aber von Fröhlichkeit keine Spur. »Wir sind hier nicht bei der Polizei, wissen Sie. Und wir suchen keine Verbrecher. Deshalb müssen wir auch nicht befürchten, dass uns einer hinterrücks …«

»Sie schauen zu viel Tatort!« Weinschenk hatte genug von diesem Schwätzer, der den Polizisten auf der Nase herumtanzte wie eine freche Fliege. »Wir können Sie natürlich auch in die Polizeidirektion einladen.«

»Ja, ich war allein.«

Fast unmerklich, aber für Seeberger deutlich zu erkennen, wich Grizzly Weinschenk zurück. Sie waren ein eingespieltes Team. Der junge Kommissar erkundigte sich freundlich und kontrolliert, aber unbeirrt: »Haben Sie viele Außentermine, Herr Engels?«

»Selten. Aber manchmal doch.«

»Und wo waren Sie, wenn ich fragen darf?«

»Dürfen Sie.« Stefan Engels richtete sich auf und warf sich in eine gönnerhafte Pose, die erzwungen wirkte. »Im Landratsamt.«

»In der Gartenstraße? Bei Frau Scherle?« Die Idee, eigentlich an den Haaren herbeigezogen, war Seeberger plötzlich gekommen.

»Woher wissen Sie?« Der Ingenieur sank erneut in eine

gebückte Haltung und wirkte noch kleiner. Ungläubig glotzte er Seeberger an.

»Sie sind mit Frau Scherle bekannt?«

»Natürlich, natürlich. Neben dem Megaprojekt, das ich verantworte, bin ich auch für zwei kleinere Vorhaben zuständig. Zwei Landwirte wollen ihre Wasserkraftwerke an der Schussen modernisieren. Dafür brauchen wir die Genehmigung.«

»Und Sie haben Frau Scherle angetroffen?«

»Ja, ich hatte einen Termin.«

»Wann?«

»Gegen 13 Uhr. Direkt nach der Mittagspause.« Der Ingenieur, das Gesicht verzerrt, erweckte einen todtraurigen Eindruck.

»Ist Ihnen in Frau Scherles Büro was aufgefallen, Herr Engels?«

»Herrgott, was soll mir schon aufgefallen sein? Immer diese Fragen!« Der Ingenieur nahm häufig Gott in den Mund, was nicht bedeuten musste, dass er religiös oder gläubig war.

Seeberger lächelte.

Stefan Engels schreckte zusammen. Als ob der Kommissar gefragt hätte, was Frau Scherle angehabt hatte: Minirock, Hotpants, mit oder ohne BH?

Um keine Missverständnisse aufkommen zu lassen, sagte er schnell: »Frau Scherle trug Jeans, wenn es Sie interessiert, Herr Kommissar.«

Seeberger tauschte einen Blick mit Weinschenk. Vielleicht war eine Kantine doch der falsche Ort, um einen Verdächtigen zu befragen. Vielleicht musste man die harte Lehne im Verhörraum spüren, um erfassen zu können, um was es ging.

Allerdings war die Kantine fast genauso wenig einladend wie die Räume in der abbruchreifen Polizeidirektion. Ein grauschwarzer Plastikboden dünstete Putzmittel aus – wie im Krankenhaus. Darüber legte sich immer stärker der Geruch von Bratwürsten. Wahrscheinlich gab es zum Mittagessen Currywurst mit Pommes, ein Nummer 1 Gericht in oberschwäbischen Kantinen.

Grizzly Weinschenk, langsam ungeduldig, schnaufte heftig, beherrschte sich jedoch. Sein Bass tönte wohlklingend, doch die Botschaft war alles andere als positiv. »Auf Frau Scherle wurde ein Verbrechen verübt.«

»Wie – ein Verbrechen?«

»Frau Scherle ist tot.«

Blässe überzog Engels Gesicht. »Und was ist dann mit meiner Genehmigung?« Ungerührt blieb der Ingenieur auf das eigene Ich zentriert. Kein Wunder, dass seine Frau Ablenkung bei ihrem Bergführer gesucht hatte.

»Herr Engels, verraten Sie uns, wann Sie zurückgekommen sind?«

»14 Uhr schätzungsweise.« Die Antworten kamen nun wie aus der Pistole geschossen.

»Was für einen Eindruck hat Frau Scherle erweckt, als Sie gegangen sind?«

»Gut. Sie war gut gelaunt. Unser Gespräch war schwierig genug. Aber wir sind uns einig geworden. Ist ein guter Kompromiss erreicht, sind beide Seiten erleichtert.«

»Haben Sie Frau Scherle vorher gekannt?«

»Gekannt ist übertrieben. Sie ist eine Freundin meiner Frau. Die beiden stecken regelmäßig zusammen. Irene hier, Irene dort. Vor sieben, acht Wochen waren die beiden zusammen im Montafon. Klettern. Meine Frau hat das dringend gebraucht. Seit ihrer Beförderung – sie ist stellvertretende Rektorin geworden – steht sie permanent unter Strom. Sie wissen ja gar nicht, was für einem Stress Schulleiter ausgesetzt sind. Unmenschlich!«

Stefan Engels kniff die Augen zusammen. Als ob er sich vergewissern wollte, dass er die Polizeibeamten von der unerträglichen Situation der Pädagogen überzeugt hatte.

Seit wie vielen Jahren der Ingenieur wohl mit Katja Engels verheiratet war? Er schien seine Frau nicht wirklich zu kennen. Die athletische Scherle und der blonde Engel Freundinnen? Entweder hatte Engels keine Ahnung. Oder er log. Eher hatten beide Frauen um den Bergführer gestritten. Allem Anschein nach hatte Katja Engels gewonnen.

»Essen Sie Pesto? Bärlauchpesto?«

»Bärlauch? Ich hasse es. Den ganzen restlichen Tag lang haben Sie den Geschmack von Knoblauch im Mund.« Engels richtete sich zu seiner ganzen Größe auf, was ihm mit Mühe gelang. Der Ingenieur hatte offensichtlich seine Schwierigkeiten mit dem aufrechten Gang. Die Adern an seiner linken Schläfe traten pochend hervor. »Warum fragen Sie all diesen … diesen, verzeihen Sie, Quatsch. Was hat Bärlauch mit dem Tod Irene Scherles zu tun?«

Seeberger überging die Frage: »Herr Engels, Sie wissen, mit wem Frau Scherle und Ihre Frau ins Montafon gereist sind?«

Stefan Engels hielt den Atem an. Die bleiche Gesichtsfarbe wich einer ebenso ungesunden Röte.

Mäx Seeberger mochte der Typ Schwiegersohn sein, aber er bohrte trotzdem erbarmungslos in einer Wunde, wenn der Beruf es erforderte. »Herr Zwerger. Und Herr Zwerger …«

»Ich lese Zeitung!« Engels hatte seine Tonlage angehoben. Seine Stimme schrillte ungemütlich, fast schon brutal.

»Was habe ich, bitteschön, mit dem Tod Herrn Zwergers zu tun?«

»Ihre Frau und Herr Zwerger …« Behutsam hielt Seeberger den Atem an.

Die Zeit stand still, bis die Antwort aus Stefan Engels Mund schnellte. »Herrgott ja, sie hatten eine Affäre! Na und! Wer hat dies nicht? Wir leben im 21. Jahrhundert! Das Paradies liegt schon Jahrtausende zurück!«

»Richtig.« Wenn Seeberger ehrlich war, genoss er es, wenn es bei einer Befragung polterte und knallte. Wenn Menschen emotional reagierten. Denn dann bewegte sich etwas. Tausendmal lieber einen Verdächtigen, der durchdrehte, als eine coole Socke, die nach außen den Schein wahrte, aber innerlich verfault war.

»Herr Engels, verraten Sie uns freundlicherweise, wo Sie am vergangenen Dienstagabend waren?«

»Ich war ein Pils trinken.« Die Antwort kam schnell, allzu schnell. »In der Räuberhöhle in Ravensburg.«

Die Kultkneipe, vor 150 Jahren gegründet, galt als Treffpunkt der Aufmüpfigen und damit derer, die mit den Herrschenden nicht einverstanden waren. Das linke und grüne Publikum ließ sich fröhlich die überbackenen Seelen schmecken und schwärmte von den Zeiten, als Steine durch die Fenster geworfen wurden und Stinkbomben den Gastraum vernebelten. Obdachlose waren in der Räuberhöhle, direkt an der Stadtmauer gelegen, wohlgelitten. Die Kneipe war jedoch über die Jahre bürgerlicher geworden. Inzwischen herrschte mehr linker Schein als linke Wirklichkeit.

»Sie erinnern sich gut.«

»Natürlich erinnere ich mich. Sie würden sich auch erinnern, wenn Ihre Frau mit einem Muskelmann am See grillen würde. Den fünften oder sechsten Dienstag in Folge. Und zu Hause schwärmt sie Ihnen dann von Erdbeerchen vor, die der Typ ihr in den Mund schiebt. Eklig!«

»Und deswegen sind Sie zum Häcklerweiher raus gefahren?« Weinschenk fühlte eine winzige Chance, dass der Ingenieur sich verplapperte. Doch manchmal irrte sogar der Instinkt des Grizzlys.

»Halten Sie mich für blöd? Wieso sollte ich? Katja lässt sich nicht mehr beeinflussen. Sie hat mit mir abgeschlossen. Aus und vorbei. Ich bin lieber in den Biernebel geflüchtet.«

»Sie haben Zeugen?«

»Wieso Zeugen? Kann ich nicht allein ein Pils bechern, ohne dass gleich die Kripo anrückt.«

»Wer?«

Unsicher beäugte Stefan Engels den frisch geschrubbten Boden. »Ein Freund ...«

»Name?«

Seeberger notierte. »Olaf-Axel Winter. Wir kennen uns von der Schule.«

»Handynummer?«

Der Stift kratzte auf dem Papier.

Der bauchige Ingenieur schnaufte, als ob er mühsam einen Marathonlauf hinter sich gebracht hätte. Doch noch hatte er es nicht geschafft.

Während Seeberger den winzigen Block gemächlich wegsteckte, kniff Weinschenk seine buschigen Augenbrauen zusammen. »Sie wussten also von der Affäre ...«

Der Ingenieur verschluckte sich, er hustete. »Hören Sie mal«, Engels klopfte mit der Faust auf seine Brust und fing sich wieder, »meine Frau hat mir gebeichtet, dass sie einen Lover hat. Sie hat es mit mir nicht mehr ausgehalten. Einem Langweiler, der nur den Job und die Kinder im Kopf hat.

Und so konnte sie einfach nicht anders. Eigentlich war nicht der Bergsteiger schuld. Sie natürlich auch nicht. Ich bin der Schuldige. Katja befand sich in einer Notlage. Eindeutig. Der Bergsteiger hat ihr nur geholfen, aus unserer Beziehung zu flüchten. Wenn es nicht der Bergfex gewesen wäre, dann wäre ein anderer gekommen. Scheiße, oder?«

Wie wohl ein Psychiater geurteilt hätte?

»Und Sie haben sich dies gefallen lassen, Herr Engels?«

»Was soll das jetzt? Wollen Sie mich beleidigen?«

Weinschenk spürte, wie Seeberger einen unsichtbaren Blick mit ihm austauschte. Der Ingenieur, unsicher und gehemmt, schwankte in seinen Stimmungen. Immer wieder brach aus ihm jäh die Abteilung Attacke heraus. Katja Engels hatte ihren Mann betrogen. Kein Wunder, dass der Sand regelmäßig unter Stefans Füßen wegrutschte.

»Nein.« Seeberger schaute ernst. »Wir versuchen, zwei Morde aufzuklären. Und Sie können uns vielleicht helfen, Herr Engels.«

»Ich habe nichts zu verbergen.« Der Ingenieur verschränkte die Arme.

»War Ihre Frau die Einzige, mit der Herr Zwerger …«

»Katja? Natürlich nicht. Der war ein Womanizer, wie er im Buche steht. Geld, Muskeln, schnelles Auto. Und Hirn hatte der Arsch auch noch. Der war auf jede scharf, die er kriegen konnte. Ohne Rücksicht auf Verluste.«

»Hat er mit seinen anderen Kletterkameradinnen auch ein Verhältnis gehabt?«

»Kann ich mir gut vorstellen.«

»Aber Sie wissen es nicht?«

»Ich habe nicht zu diesem erlauchten Kreis gehört. Mir hat das Entscheidende gefehlt, ein Busen. Nur ein einziger Mann hatte Zutritt. Er war der Boss.« Engels biss auf dünne Lippen. Das ganze Gesicht verschob sich. Zerknautschte und alterte. Wie bei einem Boxer, der im Ring Schläge über Schläge einstecken muss.

»Herr Engels, verzeihen Sie, dass ich frage. Aber wie haben Sie reagiert, als Ihre Frau Ihnen von der Affäre berichtet hat?«

»Nichts ist beständig, Herr Kommissar. Du kannst ein Haus bauen, zwei Kinder miteinander zeugen, und es bedeutet nichts. Aber wie sollte es, wenn sich sogar die Kontinente bewegen und damit die Erde, auf der wir stehen?« Was den Ingenieur an dem Fußboden faszinierte? Denn schon wieder hatte er die Stirn gefurcht und den Kopf abgesenkt.

Engels Kinn ruckte nach oben. Der Ingenieur massierte seine müden Augenwülste. »Als ich es endlich geschnallt habe, bin ich durchgedreht. Katja, ihr Typ und die anderen Mädels haben zusammen in der Kletterhalle geübt. Immer am gleichen Tag, dienstags. Ich bin hingefahren und habe den Zwerger abgepasst …«

»Vor der Halle?«

»Auf dem Parkplatz. Vor seinem hellblauen Porsche. Da schwänzelt der Scheißkerl daher, Hand in Hand mit Katja im superkurzen Rock. Ich hab ihn angebrüllt …«

»Sie haben ihn attackiert?«

»Ich hab meine Fäuste erhoben und wollte losstürmen. Aber Katja hat sich zwischen uns geworfen. Sie hat geflennt, dass sich zivilisierte Menschen doch bitte nicht prügeln. Gewalt löst keine Probleme. Was für eine Faselei! Hätt ich ihm doch den Unterkiefer gebrochen …«

»Was hat Sie abgehalten?«

»Meine Frau. Hab ich doch gesagt. Und dann ist der Großkotz noch philosophisch geworden. ›Darf ich dir einen Rat geben? Von Mann zu Mann.‹ Der tat verschwörerisch. Als ob er mich für dumm verkaufen könnte. Er hat gesäuselt: ›Schmetterlinge musst du fliegen lassen.‹«

»Schmetterlinge?«

»Meine Frau. Katja hat er als Schmetterling bezeichnet. Und dann hat er weiter geflötet: ›Ein Schmetterling flattert mal zu der und mal zu der Blüte. Den kannst du nicht einsperren. Das ist gegen seine Natur.‹ Was für eine gequirlte Kacke!«

Weinschenk musste ihm recht geben, tat es aber nur schweigend. »Was haben Sie gedacht«, erkundigte sich der silberhaarige Polizist, »als Sie in der Zeitung gelesen haben, dass der Lover Ihrer Frau tot ist?«

»Ich hab gejubelt! Gebrüllt vor Freude hab ich! Und dann war ich doch wieder unzufrieden. Wir Menschen müssen einfach an allem herumnörgeln. Ich hab geflucht, dass mir jemand zuvorgekommen ist. Ich hätte den Zwerger liebend gern mit eigenen Händen umgebracht. Ich wäre gern der Held gewesen. Auf der anderen Seite bin ich dem Mörder natürlich dankbar. Er hat einen Orden verdient, weil er uns von einem unappetitlichen Zeitgenossen befreit hat. So war ich in den Tagen nach dem Mord mal glücklich und mal stinkig.«

Niemand reagierte, sodass Stefan Engels nachschob: »Was erwarten Sie, wenn einer Ihre Frau vögelt? Mitleid ist bei mir Fehlanzeige! Da bin ich ganz offen!«

Offen oder Flucht nach vorn? Weil einem Verdächtigen, der in die Enge getrieben wird, nichts anderes übrig bleibt?

Wo kommen wir denn hin, dachten Seeberger und Weinschenk übereinstimmend, wenn jeder seinen Nebenbuhler kaltmachen würde? Wenn jeder Ehebruch einen Mord nach sich zöge? Die Bevölkerung Deutschlands würde um Millionen schrumpfen.

Stefan Engels, ein Nervenbündel, vielleicht auch ein Feigling, wirkte nicht wirklich sympathisch. Aber konnten die beiden Polizisten beurteilen, was Verzweiflung mit einem Menschen anrichtete?

Der Ingenieur hatte ein Motiv. Ein starkes Motiv.

Er gab zu, dass er den Geliebten seiner Frau mit Freude gemeuchelt hätte. Er hatte aber nicht einmal den Mut aufgebracht, sich mit ihm zu prügeln. Ob sich Katja Engels wirklich zwischen die Kontrahenten geworfen hatte? Eher hatte er vor dem durchtrainierten Bergsteiger Schiss gehabt und es bei der Drohgebärde belassen.

Hatte er deshalb hinterlistig zu Gift gegriffen? Zweimal zu Gift gegriffen?

Weil er alle hasste, die es mit dem Porschefahrer trieben. Harty Zwerger hatte das Leben des Ingenieurs zerstört. Ähnlich wie der Bankchef das Leben des Bauern und Erfinders Wilhelm Gotterbarm zerstört hatte.

»Der Engels hätte ja auch seine Ehefrau meucheln können«, überlegte Seeberger im Auto, während er den Motor startete.

»Vielleicht hat er es im Wald tatsächlich versucht. Auf der anderen Seite will er sie möglicherweise doch nicht ins Jenseits befördern. Immerhin ist sie die Mutter seiner Kinder.«

Hatte Stefan Engels ein Alibi? Die entscheidende Frage.

NEUNZEHN

Nina stürzte ins Büro. »Endlich!«

»Wir waren nicht im Café«, brummte Weinschenk fröhlich und lehnte sich gemütlich im Stuhl zurück.

Nina Palmers Stimme klang etwas piepsig. »Vor etwa einer Stunde haben wir einen Anruf gekriegt …«

»Anonym?«

»Ne, wieso? Ein Herr …«, Nina Palmer las von einem gelben Zettel ab, »Herr Gessler-Beck.«

»Ah, der Bürgermeister.«

»Genau. Bürgermeister ist er. Bürgermeister von Waldburg. War ihm wichtig.«

»Und warum hat er sich gemeldet?«

»Weil er seinen … seinen staatsbürgerlichen Pflichten nachkommen wollte. Genau diese Worte hat er benutzt.«

Die Neugierde der ungleichen Zwillinge war geweckt. »Und weiter?«

»Ihm, also dem Bürgermeister, sei zugetragen worden, hat er gemeint, dass sich der junge Gotterbarm in der Fischerhütte aufhält.«

»Fischerhütte?«

»In der Fischerhütte am …«, Nina Palmer las wieder von ihrem gelben Zettel ab, »Schleinsee. Kennt ihr?«

»Ne.«

»Ich hab gegoogelt. Der Schleinsee liegt zwischen Tettnang und Kressbronn, Richtung Bodensee. Er ist gegen Ende der letzten Eiszeit vor 15000 Jahren entstanden. Die beiden oberirdischen Zuflüsse sind unbedeutend; das

Gewässer speisen jedoch mehrere unterirdische Quellzuflüsse.«

Alle Achtung! Offensichtlich hatte Nina Palmer den Wikipediaeintrag auswendig gelernt.

Weinschenk strahlte über die Intelligenz seines Töchterleins. Das Doppelkinn schwabbelte vor Freude. »Größe und Tiefe?«

»800 Meter lang. Bis zwölf Meter tief.« Mit einer kecken Kopfbewegung wollte die blauäugige Polizistin ihren Zopf nach hinten werfen, besann sich dann aber eines Besseren und legte vor der Beschleunigung eine Vollbremsung ein. Showeinlagen passten nicht zu einem Mordfall.

»Nina, was hat es mit der Fischerhütte auf sich?« Der junge Polizeihauptkommissar drehte den gesamten Körper zu seiner Kollegin. Der Stuhl quietschte.

»Der Fischereiverein hat einen Teil des Sees gepachtet und am Ufer eine Hütte errichtet. Dort feiern die Angler ihre Feste und laden die Öffentlichkeit im Sommer einmal im Monat zum Fischessen ein.«

Die beiden Gotterbarms hatten ihre Talente. Sie kannten sich aus im schönen Oberschwaben. Richtige Landeier, die sich in der hügeligen Moränenlandschaft wie die Fische im Wasser bewegten. Hatte der Junge sich in der Fischerhütte am Schleinsee verkrochen, und der Alte in der Jagdhütte an der Wolfegger Ach?

Weinschenk hatte einen Streifenwagen in den Altdorfer Wald geschickt. Doch die Ravensburger Kollegen fanden nicht einmal den schlammigen Forstweg, auf dem Seeberger ins Rutschen gekommen war.

Man musste alles selber machen. »Ich fahr zum Schleinsee«, schlug Seeberger vor. »Ohne SEK.« Der Polizist mit kurzem Schwarzhaar starrte auf die Straße hinaus. Seit Richtung Innenstadt eine stationäre Blitzsäule aufgestellt war, rasten die Autos nicht mehr ungehemmt. Ab 22 Uhr galt sogar Tempo 30. »Vorher schau ich kurz in Waldburg vorbei. In zwei Minuten bin ich weg.«

»In der Bank, meinst du. Mensch, Mäx, lass dich nicht mit einer Verdächtigen ein!« Die Auseinandersetzung zwischen Seeberger und Weinschenk, die seit Tagen schwelte, setzte sich nahtlos fort. Unbewusst duckte Nina Palmer sich. Hauptsache, außerhalb der Schusslinie!

»Jogi, Frau Gutekunst ist die Schlüsselfigur. Aber sie mauert.«

»Ich würde behaupten, sie benutzt dich.«

Seeberger spürte eine innere Aggression, die sich immer mehr aufstaute. Entweder er musste jetzt losbrüllen oder eine Stunde durch den Wald joggen. Seine Mundwinkel und sogar die Wangen versteiften. Fast gewaltsam öffnete er die zusammengepressten Lippen: »Wir müssen wissen, was Frau Gutekunst mit Bernd Gotterbarm zu tun hat. Sind die beiden noch oder wieder zusammen? Haben sie sich in den Wochen vor dem Mord getroffen? Und wie oft? Zufällig oder geplant?«

Wie trennend ein Zank sein konnte. Die Konfrontation mit dem einzigen Kollegen, den Seeberger als Freund bezeichnete. Doch Freund hin oder her, kommt es Spitz auf Knopf, bist du allein auf der Welt.

Im Hamburgerrestaurant gegenüber drängten die jungen Leute von den nahen Schulen durch den Eingang. Und noch immer eilten Dutzende von Fast-Food-Fans den Bildungsberg herunter. Alle waren sie allein. Sie wussten es nur noch nicht oder sie hatten es verdrängt. Alles Lachen und Gejohle nützte nichts.

»Und warum, Mäx, gehst du ohne mich? Weil ich sie nerve und sie mich für ein fettes Ungeheuer hält?«

Der Grizzly begriff das Verhalten seines jungen Partners nicht. Was ging in dem 32-Jährigen vor, von dem jeder erwartete, er würde ganz nach oben durchstarten. Manchmal hatte Weinschenk befürchtet, sein immer korrekter Kollege kenne keine menschlichen Regungen und lebe ausschließlich für den Job. Doch jetzt verhielt der drahtige Polizist sich zu sehr als Mensch, genauer als Mann, der seinen Verstand nicht mehr beisammen hat. Mit der blonden blauäugigen Nina Palmer turnte eine Traumfrau vor seinen Augen herum, doch Mäx träumte von einer überkandidelten Schnepfe, die dazu noch in den Fall verwickelt sein konnte. Ein Ausrutscher im Doppelpack.

»Die Gutekunst weiß genau, warum sie mit mir nicht reden will. Weil ich mich nicht übern Tisch ziehen lasse.«

»Ich lasse mich also verarschen? Danke schön! Ob es dir gefällt oder nicht, Jogi, ich bin der Einzige, der zu ihr Zugang hat.«

»Dann nimm unsere Karatekämpferin mit. Und am Schleinsee wartet ein Streifenwagen auf euch.«

»Der Gotterbarm wird uns nicht mit einem Fisch erschlagen.« Doch Seeberger nickte. Auf Ninas Gegenwart reagierte er stets entspannt, auch wenn ihm gerade nicht nach Friede, Freude, Eierkuchen war. Vielleicht, weil er keine Absichten hegte und sie ebenso wenig. Weinschenk dagegen vergötterte Nina offen. Und sie gluckte fröhlich mit ihrem Väterchen und schwärmte ihm von gut aussehenden Schauspielern vor, in die sie sich beim abendlichen Fernsehen verliebt hatte. So dicht kamen Mäx und Nina einander nie.

Das dritte Mal innerhalb von wenigen Tagen steuerte Seeberger Waldburg an. Diesmal hatte er die Strecke am

Flappachweiher vorbei Richtung Grünkraut gewählt. Am Bodnegger Kreisel bog er links ab.

»Du fährst zu schnell, Mäx.« Nina Palmer krallte sich am Haltegriff fest.

»'tschuldigung.« Kurz vor dem Milchsilo an der Käserei in Kohfeld trat Seeberger abrupt auf die Bremse.

Er hatte es mehr als eilig. Heute Abend spielte sein Neffe mit der Big Band der Musikschule in Ravensburg. Seebergers Schwester hatte sich beschwert, er würde seinen Patensohn vernachlässigen. Sie hatte ihn übers Smartphone angebrüllt: »Dein Job ist nicht alles, Mäx! Es gibt auch noch Familie!« Als ob der Mörder Rücksicht auf Seebergers Verwandte nehmen würde.

Ja, Seebergers Neffe war begabt, und der Polizist hätte nach Feierabend liebend gern bei Jazzmusik ein dunkles Weizen in der Zehntscheuer getrunken. Aber noch wusste er nicht, ob sein Arbeitstag am Tag enden würde. Der 32-Jährige bearbeitete die Gangschaltung hart, als ob er sie für seine schlechte Laune verantwortlich machte.

Die Straße schlängelte sich durch eine hügelige Landschaft. Bald kam die Waldburg auf ihrem Bergkegel in Sicht.

Nach dem Indianermuseum, auf das ein grell bemalter Totempfahl hinwies, setzte Seeberger den Blinker. Nachdem er den Wagen gestoppt hatte, legte er entschlossen beide Hände auf das Lenkrad. »Wartest du bitte hier, Nina?«

Die junge Frau nickte. Ihre hellblauen Augen hatten den Glanz verloren. Aber dies konnte auch an der Sonne liegen, vor die sich ein dickes Wolkenpaket geschoben hatte.

Am Bankschalter lehnte die Tochter des Bürgermeisters, die rothaarige Sonia. Ihr leerer Blick füllte sich erst, als Seeberger direkt vor ihr stand. Hatte sie Liebeskummer oder Langeweile?

»Frau Gessler-Beck. Ich würde gern Ihre Chefin sprechen.«

»Und Sie sind?« Ein sanftes Stimmchen, das aber bestimmend sein konnte. Was nicht verwunderte bei ihrem Vater, dem Meister der Diplomatie und Intrige.

»Seeberger«, zog der schlanke Polizist seine Kriminaldienstmarke aus der Tasche. »Kripo Ravensburg.«

»Kripo! Mein Vater hat mich …« Sonia Gessler-Beck wich dem Blick aus den dunkelbraunen Augen aus und zählte eifrig den Staub auf dem Boden. Vor dem Servicepult war gefliest, dahinter lag ein Nadelvliesteppich, an dem nichts zu beanstanden war.

»Ihr Vater hat Sie also vor uns gewarnt, Frau Gessler-Beck …«

Die junge Frau schwieg betreten.

»Und wo finde ich Frau Gutekunst?«

»Sie macht einen dringenden Besuch …«

»Dringend? Dann wissen Sie bestimmt, wo?«

Die 18- oder 19-Jährige atmete seufzend die Luft aus. »Am Schleinsee.«

Seeberger spürte einen Schmerz im Hinterkopf. »Hat Frau Gutekunst verraten, wen sie dort besuchen möchte?«

»Noi, des hot se it und des muss se au it …« Die Rothaarige, die in den Dialekt gefallen war, setzte keinen Punkt. Sie zögerte den Bruchteil einer Sekunde zu lang.

»Aber Sie wissen, um wen es geht?«

Auch bei verzweifelter Suche konnte die rothaarige Frau keine Ausrede auf dem Teppich finden. Sie kniff die Augen zusammen, legte den Kopf ins Genick und blinzelte Seeberger düster an. »Frau Gutekunst wollte einen Bekannten treffen.«

»Herrn Gotterbarm?«

»Kann ich Ihnen nicht sagen …« Mühelos hatte sie ins Hochdeutsche gewechselt.

»Können Sie nicht oder wollen Sie nicht?«

»Ich weiß es nicht. Sie glauben doch nicht wirklich, dass meine Chefin mich bei ihren Privatangelegenheiten zurate zieht.«

»Ihr Wort in Gottes Ohr.« Seeberger lachte.

»Was hat Frau Gutekunst mit Gott zu tun?« Das Gemurmel war kaum zu verstehen. Die Bäckerin hielt die Tochter des Bürgermeisters für nicht gerade die Hellste, wie sie gegenüber den Polizisten offen geäußert hatte. Vielleicht verstand die Bäckerin aber auch keine Ironie, und die Rothaarige hatte mehr Köpfchen, als alle vermuteten. Unstrittig zeigte sie Charakter und Rückgrat – genau wie die Bäckerin übrigens.

Richtung Schleinsee und damit Richtung Alpen folgte Seeberger dem Weg, auf dem sich vor Tausenden von Jahren die Gletscher zurückgezogen hatten.

Wie die Zähne eines Riesen wuchsen die Alpen in die Höhe, jeder einzelne Berg wuchtig, rau, zerklüftet und zum Himmel strebend. Ein Panorama aus hintereinanderliegenden gigantischen Amphitheatern, Halbkreis nach Halbkreis, das noch majestätischer als von Ravensburg aus wirkte. Dazwischen lag wie ein Querriegel der Bodensee, 63 Kilometer lang und immerhin 14 Kilometer breit, aber nicht zu erkennen. Nina Palmer, vom Anblick überwältigt, atmete deutlich hörbar, äußerte aber kein Wort. Ein geheimnisvolles Licht strahlte die schneebedeckten Alpengipfel an, die sich nach unten dunkel und kantig verbreiterten.

Spätsommer und Frühherbst waren Föhntage. Nicht mehr lange, und der leichte Alpenwind würde verschwinden und der Nebel die Landschaft einlullen. Jeden Tag konnte es soweit sein.

Der Urzeitlandschaft, durch die Seeberger steuerte, sah man die Kraft und Wucht nicht mehr an, mit der sie am Ende der Eiszeit geschaffen worden war. Die sanften Hügel erinnerten eher an ein Spielzeugland, durch die eine Dampflokomotive tuckerte. Seeberger hatte in seiner Kindheit noch bei seinem Vetter mit der Eisenbahn gespielt. Dagegen lagen Rangieren und Modellbauen völlig außerhalb des Horizonts der knapp zehn Jahre jüngeren Nina Palmer.

Ein dichtes Teerband überzog Oberschwaben und zähmte es. Zwischen den Sträßchen und Feldwegen ein Klein-Klein aus grünen Wiesen, Äckern, Streuobstparzellen, Apfelplantagen, Hopfenfeldern und Weilern. Alles putzig. Niedlich und knuddelig wie Babys und so reinlich, wie mit dem Besen gefegt. Der Eindruck blieb aber an der Oberfläche und täuschte. Niemand bändigte die Wucht der Erde, zumindest kein Mensch.

Der Weg führte durch Orte wie Unterwagenbach, Tannau, Apflau. Man musste sich die Namen auf der Zunge zergehen lassen, zum Beispiel Unter-wolferts-weiler. Wieder schwang die Vergangenheit mit. Heute hießen die Wölfe Autos und Motorräder, die auf den kurvigen Gefällstrecken regelmäßig zu Unfällen und sogar Toten führten.

Aber diese Bemerkung ist zu negativ. Bei Unterwolfertsweiler klangen noch ganz andere Töne mit. Ein Wohlklang, malerisch, jedoch auch fremd und ungewohnt. Musik hinterm Wald, die von greller Moderne und aggressivem Rhythmus verschont geblieben war.

Die Ortsnamen erinnerten an Einöd, 40 Kilometer entfernt auf der Blitzenreuter Seenplatte. In einem dieser Weiler wohnte Bernd Gotterbarm, der jetzt möglicherweise Zuflucht am Schleinsee gesucht hatte.

»Wo sind die Kollegen?«

»Zwei, drei Kilometer hinter uns.« Nina Palmer tippte wie wild auf ihr Smartphone.

Nach einer halben Stunde Fahrt kam das langgestreckte Gewässer in Sicht. Mäx und Nina passierten eine Kapelle in Ufernähe, um die sich wenige Häuser gruppierten. Sie parkten vor einem Bauernhof neben einem schwarzen Peugeot Cabrio, das Seeberger sofort erkannte. Es gehörte Annika Gutekunst.

Die Alpen berauschten deutlich weniger als vor zwei, drei Minuten. Der Schleinsee, dessen Wasser mehr weiß als blau blinkte, lag in einer Senke und wurde am jenseitigen Ufer von welligen Hügeln begrenzt.

Genießerisch gleiste die Sonne auf der Seeoberfläche. Die Baumreihen, die am Ufer wuchsen, spiegelten sich in der alles verzehrenden Helligkeit. Seeberger kramte in seiner linken Hosentasche und setzte eine Sonnenbrille auf.

»Wo steht die Fischerhütte, Nina?«

»Würde mal behaupten: hinter der Scheune dort. Zwischen den Bäumen. Könnte sie sein, oder?«

»Wahrscheinlich.« Mit schweren, aber entschlossenen Schritten stapfte der athletische Polizist über die Wiese und umrundete das Lagergebäude.

»Wow! Hammer!«

Vor der Holzhütte hing an einem Querbalken ein mächtiger Fisch. Mehr als zwei Meter lang. Durch seine wulstigen Lippen war ein breiter Draht gezogen und das Tier daran aufgehängt. Der Kopf, breit und dunkel, verjüngte sich nach hinten, der Körper wirkte schlangenartig. Dick wie bei einer Anakonda leuchtete der Schwanz goldfarben oder, wenn die Sonne ihn nicht ausleuchtete, matt ocker.

»Ein Wels? Hab ich noch nie live gesehen! Du, Mäx?«

»Lebendig ist der Fisch hoffentlich nicht mehr.« Weinschenk schwadronierte gern – das Anglerlatein ließ grüßen – von Monsterwelsen, die Pudel in die Tiefe zogen oder sich an Armen und Beinen von Schwimmern festbissen.

»Und Jogi, dein treuer Partner, hockt jetzt einsam und allein im Büro. Was hast du dir dabei bloß gedacht?«

Ja, der Grizzly würde Mäx Seeberger verfluchen. Doch irgendetwas stimmte hier nicht. Ein schwäbischer Hai am Haken, und keine Menschenseele in der Nähe.

»Herr Seeberger!«

Déjà-vu. Das Leben glich einem Fluss. Alles wiederholte sich. Seeberger wagte es nicht, den Kopf zu drehen, tat es dann aber doch.

Annika Gutekunst wusste nicht, wohin mit ihren Händen. Verlegen lächelte sie, was ihr einen Schlafzimmerblick verlieh. Männer ließen sich durch lange Wimpern und halb verschwundene Pupillen leicht betören. Offensichtlich war Seeberger ein Mann.

Die Frau im dunklen Businesskleid kam direkt von der Bank. Zumindest sah sie so aus. Wieder diese hochhackigen Schuhe, die keine Frau beim Spaziergang trug.

Während Annika Gutekunst den Polizisten anschmachtete, stierte Nina Palmer ihn böse an. Sie erweckte einen wütenden Eindruck. Die Sommersprossen auf ihrer Nase schienen zu vibrieren, was Seeberger an ihr nicht kannte und nicht einmal bemerkte. Seeberger wäre es wohl nicht einmal aufgefallen, wenn Nina Palmer kehrt gemacht hätte.

»Sie angeln, Frau Gutekunst?«

»Ich doch nicht.«

»Den Wels, den haben nicht Sie ans Ufer gezogen?«

»Ich würde doch nie …«, der vampirschwarze Lidstrich schien zu verfließen, als die leicht erhöhten Wangenknochen nervös zuckten, »ich würde doch nie ein so wunderschönes Tier töten.«

»Und was suchen Sie dann hier, Frau Gutekunst?«

Die braungebrannte Frau reagierte anders, als erwartet. Ihre Pupillen riesengroß, schrie und brüllte sie: »Nein, Bernd! Nicht! Lass das!«

Aus dem Augenwinkel bemerkte Mäx Seeberger einen Schatten, der den Himmel verdüsterte. Ein Unwetter? Blitz und Donner? Eine Frage der Perspektive. Eigentlich handelte es sich um ein Holzruder, das sich rasend schnell näherte. Das Holz schloss die Sonne aus. Und es hatte die Wucht eines Orkans, der Mäx am Hinterkopf erwischte. Knapp neben der Schläfe. Während gleichzeitig die Sonnenbrille auf das niedergetretene Gras purzelte. Der Film in Seebergers Gehirn riss. Wenige Zentimeter weiter vorn, und Nina Palmer hätte den Pfarrer bestellen können. Nicht, dass Seeberger dies noch bekümmert hätte.

Ein Mann, groß, mit zotteligem überlangem Bart, warf das Holzruder verächtlich in den See, bevor er davonrannte.

Bernd Gotterbarm, der drei Jahre im Allgäu gelebt hatte, glich von Statur und Erscheinung dem Wilden Mann, einer Sagengestalt. Der Einzelgänger, im Volksglauben mit Riesenkräften ausgestattet, verkörperte die Natur, unberechenbar und schwer zu zähmen.

Seeberger kannte den Wilden Mann. In Oberstdorf hatte er einmal den Tanz der ›Wilden Mändle‹ bestaunt, der nur alle fünf Jahre aufgeführt wird. Doch nun hatte sein Gehirn eine nebelige Dämmerung überschwemmt, in der alle Einzelheiten verschwunden waren. Eine Schwärze, die den Herzschlag raubte.

Dagegen hatte Nina Palmer noch nie vom Wilden Mann gehört. Ihr kam ein anderes Bild in den Sinn: von Cowboys in altmodischen karierten Hemden, die unrasiert über die Prärie galoppierten.

Schrill jaulte ein Motorrad auf.

Die junge Frau mit den hellblauen Augen verstaute eilig ihr Smartphone in der Jeanstasche – sie hatte noch keinen Notruf abgesetzt – und griff nach ihrer Dienstpistole. Am Verschluss des Holsters nestelnd, brauchte sie endlos lang, bis sie die Heckler & Koch in der Hand hielt.

Annika Gutekunst, die zweite Frau im Ring, war erstarrt und zu einer Salzsäule geworden. Wie die Frau des biblischen Lot, die ein Gebot Gottes übertreten hatte.

Du sollst nicht töten! Du darfst nicht töten! Und wie ist es mit dem Lügen? Zumindest hatte Frau Gutekunst nicht die ganze Wahrheit gesagt.

Der moderne Cowboy raste auf seiner Motocrossmaschine über die Wiese.

Bumm! Eins ... zwei ... drei ... vier ... fünf.

Nina Palmer, Karatekämpferin, gab schnell hintereinander fünf Schüsse ab. Der letzte traf den Wilden Cowboy im Oberschenkel. Bernd Gotterbarm, unbehelmt, kreischte voller Schmerz, ließ den Lenker los und flog wie im Kinofilm durch die Luft. Anders als im Kinofilm stand er nicht mehr auf.

ZWANZIG

Nichts mit Knuddeln. Der Grizzly brummte gefährlich. So als ob er die stellvertretende Filialleiterin gleich in Stücke reißen würde.

Annika Gutekunst hatte sich geduckt und kauerte ängstlich auf ihrem Stuhl. Alles Mache! Unterstellte ihr zumindest der Grizzly. Wie sie sich panisch am roten Hals kratzte. Sodass sich Schuppen lösten und auf den Allerweltsboden rieselten. Der Lack war ab. Der Putz rieselte schneller, als sich die Risse zukleistern ließen.

»Heute müssen Sie mit mir vorliebnehmen, Frau Gutekunst.« Weinschenk unterließ den Zusatz: »Und mich wickeln Sie nicht mit links um den kleinen Finger.«

Seeberger lebte, er war nur wenige Minuten ohnmächtig gewesen. Eine Ambulanz hatte ihn in die Oberschwabenklinik nach Ravensburg transportiert. Gehirnerschütterung lautete die Diagnose. Er würde ein, zwei Tage mit Brummschädel auf der Neurochirurgischen Station verbringen müssen.

Bernd Gotterbarm war nicht so leicht davon gekommen. Ihn hatte der Notarzt mit dem Helikopter abgeholt. Im OP war Gotterbarm junior operiert worden und lag jetzt, keine 100 Meter Luftlinie von Seeberger entfernt, auf der operativen Intensivstation im künstlichen Tiefschlaf. »Wieso sind Sie zum Schleinsee gefahren, Frau Gutekunst?«

»Wegen Bernd.« Die Frau mit dem lila Lidschatten hauchte. Sie hatte Mühe, zu sprechen. Auf Weinschenk hatte die Braungebrannte schon immer seltsam leblos gewirkt. Er begriff nicht, warum Seeberger sich von diesem Kunstprodukt angezogen fühlte.

Der Wilde Mann kein wilder Mann mehr, die Blitzsaubere ihrer lackierten Oberfläche und ihres Parfüms beraubt. Sie roch nach Schweiß. Oder hatte im Vernehmungsraum jemand geraucht, was nicht erlaubt war?

»Verstehe ich dies richtig, Frau Gutekunst, Sie sind Herrn Gotterbarms Komplizin?«

»Wieso Komplizin? Er war mal mein Freund. Als ich noch jung und unschuldig war. Aber das ist schon Ewigkeiten her.« Erneut wehte ein modriger Geruch über das Tischchen zu Weinschenk und Nina Palmer, die bisher geschwiegen hatte.

»Ganz einfach«, Weinschenk lächelte so grimmig wie ein Bär, der Hunger verspürt, »Herr Gotterbarm und Sie haben Herrn Zwerger umgebracht.«

Annika Gutekunst japste nach Luft, was weder Weinschenk noch Nina Palmer beachteten. Die Stuhlbeine kratzten auf dem Boden, als der Grizzly näher rückte. Er legte die Ellbogen auf die Tischplatte, seine Äuglein funkelten.

Wie du mir, so ich dir! Annika Gutekunst spürte Weinschenks fauligen Atem. Er hätte nicht Döner mit Knoblauchsauce essen sollen. Er war sich dessen bewusst. Um die Mittagszeit hatte er mit sich gerungen, doch den Kampf verloren. Wie hätte er auch ahnen können, dass die uniformierten Kollegen eine Stunde später eine Verdächtige in der Polizeidirektion abliefern würden.

Nina Palmers hellblaue Augen kullerten voller Wut. Ein dünnes Band hielt die 23-Jährige in ihrem Innern mühsam zusammen, was keiner – auch nicht Väterchen Weinschenk – erkannte, – und es drohte zu reißen. Doch noch funktionierte die junge Kommissarin, die seit den Schüssen auf den Zottelbart von Selbstzweifeln gequält wurde.

Als Karatekämpferin hatte sie gelernt, den Gegner bei ihrer nächsten Attacke im Ungewissen zu lassen. Sie hasste die Frau, die Seeberger in einen Hinterhalt gelockt hatte. Die Braungebrannte mit den falschen Wimpern hatte den Polizisten abgelenkt, damit ihr Komplize in aller Ruhe zuschlagen konnte. »Als Frau hätte ich das Muskelpaket Zwerger auch nicht offen angegriffen, Frau Gutekunst. Frauen haben Hirn. Ich hätte Herrn Zwerger ebenfalls vergiftet. Eine clevere Entscheidung.«

Die Braungebrannte erbleichte. Ihre Kleidung hing auf einmal schlapp und schräg an ihrem Körper. Auch ihre Frisur machte einen zunehmend wirren Eindruck. Von der zeitlosen Eleganz einer Bankfiliale direkt in das Gefühlschaos der Psychiatrie.

»Frau Gutekunst«, Weinschenk ragte wie ein Turm über der schlanken Frau, »Sie haben kein Alibi und Sie haben Ihren Chef gehasst. Verschmähte Liebe als Motiv. Warum geben Sie die Tat nicht endlich zu?«

Die Brünette stierte von unten zu Nina Palmer herauf. Sie erinnerte an einen geprügelten Hund. Doch auch bei der Polizistin erkannte der Hund kein Mitleid. Beide Frauen glichen einander in ihrem Elend.

Ein Seufzen. »Einverstanden, Harty war gemein zu mir. Und er war ein Schwein.«

Na bitte! Ging doch! Weinschenks Stirn entspannte sich. »Als Schwein haben ihn auch die beiden Gotterbarms empfunden, Frau Gutekunst. Deshalb haben Sie sich mit Onkel und Neffe verbündet.«

»So einfach ist es nicht, Herr Kommissar. Ich hasse den alten Gotterbarm. Und er hasst mich. Ja, Harty habe ich auch gehasst. Vielleicht am meisten von allen.« Der Lidschatten um das linke Auge war zerflossen. Er zog sich gleich einem Spinnennetz die Wange hinunter. »Ich will Ihnen erzählen, was Bernd mir berichtet hat. Heute Morgen am Schleinsee. Er war völlig verzweifelt, weil das SEK sein Haus gestürmt hatte. Den Waffenschrank hatte er noch nie abgeschlossen gehabt, das Schloss ist kaputt. Seine beiden Waffen waren weg. Bernd würde eine Anzeige bekommen. Er hatte Schiss.«

»Das nenne ich jetzt naiv«, knurrte Weinschenk.

Nina Palmer meinte mit einer Stimme, die zugleich kindlich und trotzig klang: »Weil der Waffenschrank nicht verschlossen war, hat sich Herr Gotterbarm in der Fischerhütte am Schleinsee versteckt? Klingt nicht wirklich überzeugend.«

»Die eine Waffe hatte er schwarz gekauft.«

»Und deswegen schlägt er meinen Chef halbtot?« Nina Palmers blaue Augen hatten ihre Helligkeit verloren. Nur mit Mühe hielt die Polizistin sich auf den Beinen. Ihr Gehirn quoll über. Die Schüsse vom Schleinsee hallten nach. Das Stakkato hatte sich in den vergangenen Stunden so oft wiederholt, dass es zu einem Dauerfeuer geworden war. Einem Knallen ohne Ende. Der Tinnitus war die Hölle.

Annika Gutekunst legte die Hände auf das Tischchen und faltete sie. »Bernd geriet in Panik. Er war am Häcklerweiher gewesen.«

Erneut runzelte Weinschenk die Stirn: »Wie … am Häckler?«

»In der Nacht, als Harty … Herr Zwerger ermordet wurde. Sie wissen vielleicht, dass sich im Besen in Vorsee die Unterstützer getroffen haben. Die Initiative ›Pro

Gotterbarm‹. Sie wollten die Entlassung ihres Helden aus der Psychiatrie feiern. Da er nicht aufgetaucht ist, haben sie gebechert. Schussenrieder Naturtrüb. Schließlich gab es allen Grund zum Feiern. Irgendwann, zwischen elf und halb zwölf, muss die Party sich aufgelöst haben …« Die Spröde rieb sich die rechte Augenbraue.

»Bernd fuhr dann zum Weiher rüber. Auf halber Strecke im Wald hat er das Moped abgestellt.«

»Und woher wusste er, dass Herr Zwerger dort eine Party feiert?«

Wie schnell sich eine Fassade völlig auflöste, kaum stand ein Mensch unter Druck. Die vor Kurzem noch respektable Bankerin war jetzt bereit für die Gosse. Ob heute noch irgendjemand den Begriff ›Gosse‹ benutzte? Würde Weinschenks 14-jähriger Sohn verstehen, was sein Papa damit meinte?

»Ich hab ihm eine Nachricht geschickt.« Erschöpft atmete die Gutekunst aus.

Niemand tröstete sie.

»Auf dem Ravensburger Markt sind wir uns zufällig über den Weg gelaufen. Vor zwei, drei Monaten muss es gewesen sein …«

Hatte sie nicht behauptet, sie habe den jungen Gotterbarm fast ein Jahrzehnt nicht mehr getroffen?

»Zufällig stimmt nicht ganz. Bernd ist mit seinem Stand immer vor Ort. Ich hab von ihm einen Ziegenkäse gekauft, da sind wir ins Plaudern gekommen. Bernd war aufgebracht. Mein Chef hatte seinen Onkel ruiniert. Jeden Tag drohte dem alten Gotterbarm die Enteignung. In unserem Hass auf Herrn Zwerger waren wir uns plötzlich wieder ganz nah.«

»Wieso Hass, Frau Gutekunst? Vergangene Woche haben Sie Ihren Chef noch als göttlich bezeichnet?«

»Er hat mich missbraucht. Also, nicht sexuell missbraucht. Obwohl wir … nun ja … natürlich, wir hatten eine Affäre. Harty hat sich immer genommen, was er wollte. Und wenn er nicht mehr wollte, dann hat er dich weggeworfen wie einen alten Sack. Wer hat diesen Egoisten nicht gehasst?«

»Und deswegen haben Sie den jungen Gotterbarm informiert?« Da hatte die stellvertretende Bankchefin ganz schön in die Scheiße gefasst. Ein sauberes Pärchen. »Beihilfe zum Mord nennt sich das, Frau Gutekunst.«

»Bernd hat ihn nicht ermordet. Obwohl er eine Axt dabei hatte …«

»Eine was?« Die Frau mit den ausufernden Schweißringen redete sich gerade um Kopf und Kragen. Die Gotterbarms hatten den Zwerger auf dem Gewissen. Seeberger hatte recht. Doch wieso ging der junge Kollege völlig hirnrissig von der Unschuld der Frau im engen Kleid aus? Weinschenk hatte ihn oft genug gewarnt, von der Gutekunst die Finger zu lassen.

»Eine Axt. Ja, Bernd war kurz davor, durchzudrehen. Er ist tatsächlich los, um Herrn Zwerger in Stücke zu hauen. Glücklicherweise hat ihn die Fahrt auf dem Moped durch den Wald wieder zur Besinnung gebracht. Bernd hat sich dann am Ufer hinter einem Baum versteckt …«

»Verstehe ich dies richtig: Die Axt hat er beim Motorrad gelassen?«

Annika Gutekunst schüttelte energisch den Kopf. »Nein, er trug sie in der Hand. Aber er hat sie nicht gebraucht. Kann ich beschwören.«

Wie wahr. Herr Zwerger war schließlich nicht erschlagen, sondern vergiftet worden. Allerdings hatte sich das Gift im Bärlauchpesto befunden, das Bernd Gotterbarm selbst herstellte. Zufall oder Berechnung? Wollte er sich der Wirkung des Giftes vergewissern?

»Bernd war nicht allein. Fünf Meter entfernt und näher am Lagerfeuer lag einer …«

»Wie?«

»Hinter einem Baum. Ein zweiter Beobachter. Einer, der ebenfalls das Treiben am Ufer beobachtet hat.«

»Ein Spanner?«

»Ich war nicht dabei.«

»Und der andere hat Herrn Zwerger umgebracht?«

»Der lag nur lang ausgestreckt da.«

Was für eine Räuberpistole! Weinschenk brummelte. »Da steckte also noch ein zweiter Typ im dunklen Wald, gut versteckt. Hm … Mann oder Frau?«

»Fragen Sie nicht mich! Fragen Sie Bernd!«

Hanebüchen, was Frau Gutekunst im Verhör von sich gab. Und doch schien sie wieder Hoffnung zu schöpfen. Zwar strahlte ihr Hals an ein oder zwei Stellen fleckig rot, und die Schminke in ihrem Gesicht war zerlaufen, aber die Frau, die bevorzugt hochhackige rote Schuhe trug, schien ihren eigenen Verfall gestoppt zu haben. Sie wirkte merkwürdig fröhlich.

»Und wie war das nochmal mit Ihrem Alibi?« Weinschenks Doppelkinn schwabbelte.

»In der Linse in Weingarten hab ich ein Bier getrunken.«

»Hatten Sie vor einigen Tagen schon mal behauptet. Inzwischen haben wir Ihre Freundin befragt. Franzi heißt sie, glaube ich …«

Annika Gutekunst hielt den Atem an. Irgendwo rauschte Wasser.

»Franzi konnte Ihre Angaben leider nicht bestätigen. Am Mordabend ist Ihre Freundin nicht in der Linse aufgetaucht. Sie arbeitet beim SWR und hatte überraschend Nachtschicht. Sie haben kein Alibi, Frau Gutekunst.«

Ungerührt machte die Brünette einen heiteren Eindruck. Die vergangenen sechs Stunden hatte sie eine Menge erlitten und sich bloß mühsam wieder aufgerappelt. Was bedeutete schon ein fehlendes Alibi in der Vergangenheit gegenüber einer Verhaftung in der Gegenwart? Oder handelte es sich um eine Vernehmung? Annika Gutekunst konnte diesen Unterschied, der in ihrem Kopf herumspukte, nicht beantworten. Und sie getraute sich nicht, das Monster auf der anderen Tischseite zu fragen.

»Ich kann es nur wiederholen, Herr Kommissar. Ich bin allein in der Linse gesessen, im ersten Stock, mit gutem Blick aufs Publikum im Foyer, und hab mein Landzüngle gebechert. Zwei Landzüngle, um genau zu sein. Der Alkohol hat mir ziemlich zugesetzt. Um mich ist es ganz schummrig geworden. Männer lieben ihren Rausch, aber ich hasse den Biernebel.«

Jogi Weinschenk hatte den vagen Verdacht, dass die Gutekunst dem jungen Gotterbarm was anhängen wollte. Da Bernd im künstlichen Koma lag, konnte er sich nicht wehren. Wie passend.

»Frau Gutekunst, was will Herr Gotterbarm am Häcklerweiher beobachtet haben?«

Wieder hielt die Frau, deren Kleid inzwischen völlig verschwitzt war, den Atem an. Sie schloss die Augen, als ob sie sich erinnern wollte. »Vier Frauen und ein Mann. Alle nackt. Außer einer Frau, einer etwas älteren. Sie war nur oben ohne.« Annika Gutekunst lächelte. Unsicher, bitter.

»Die fünf sind im Weiher geschwommen. Und später, alle waren gegangen, hat Harty … Herr Zwerger eine gevögelt, eine Blondine. Sie hatten eine Zeugin. Eine Frau mit bauchfreiem Top ist vielleicht 50 Meter entfernt am Ufer stehen geblieben und hat zugeschaut. Aber die zwei haben sich nicht darum geschert. Sie müssen wie die Irren gebrüllt haben. Eine Lautstärke wie Brunftschreie. Stöhnen Rehe auch oder nur die Hirsche?«

Nina Palmer schüttelte den Kopf. Die Unsympathische hatte merkwürdige Fantasien.

»Wieder später ist die Blonde dann mit ihrem Rad davongefahren. Sie war wohl ziemlich angeheitert und konnte keine gerade Linie mehr fahren. Sie hat nicht mal bemerkt, dass die Bauchfreie mit dem Tattoo auf der Schulter weiter regungslos am Ufer stand. Die Fahrradreifen haben auf den Steinchen geknirscht. Daran erinnert sich Bernd gut. Dann endlich herrschte Ruhe. Hin und wieder das Geräusch eines Autos, das vorn auf der Bundesstraße vorbeigerauscht ist. Schließlich hat Harty angefangen zu tanzen. Ganz allein und ganz nackt. Auf Bernd haben seine Bewegungen wie Beschwörungen gewirkt. Schon vor Tausenden von Jahren haben auf der Blitzenreuter Seenplatte Menschen gesiedelt und ihre Feuer angezündet. Wild, ekstatisch hat Harty getanzt. Aber die Magie hat nicht gewirkt. Plötzlich ist er umgekippt. Einfach so.«

Drei Augenzeugen hatten den Mord beobachtet. Vorausgesetzt, die Gutekunst log nicht, dass sich die Balken bogen.

War Bernd Gotterbarm der Mörder? Als großer starker Bursche hätte er die betrunkene Engels problemlos durch den Wald verfolgen und überholen können. Als sich dann überraschend der Grillspieß zwischen ihre Radspeichen bohrte, war sie gestürzt und hatte das Bewusstsein verloren.

Zeugin Nummer 2, Irene Scherle, konnte nichts mehr aussagen. Eine Woche später hatte Bernd Gotterbarm sie kaltblütig um die Ecke gebracht.

Oder hatte Zeuge Nummer 1, der Ziegenzüchter, den Mord aus der Ferne verfolgt? Geschützt durch den Baumstamm, hatte der Täter ihn nicht bemerkt. Man musste den jungen Gotterbarm befragen. Sobald er aus dem künstlichen Tiefschlaf erwachte.

Zeuge Nummer drei, wenn er überhaupt existierte, blieb ein Rätsel. Warum – seine Unschuld vorausgesetzt – suchte er nicht die Polizei auf. In Weinschenks Gehirn rotierte es. Stefan Engels war eine Möglichkeit. Der Ingenieur, mit dessen Frau es Zwerger am Weiher getrieben hatte. Der Mann mit der runden Metallbrille, der schon Wochen vorher dem Zwerger aufgelauert hatte und ihn verprügeln wollte. Der blonde Engel hatte ihn mit Mühe davon abhalten können. Oder hatte Stefan Engels doch Schiss vor dem sportlichen Bergführer gehabt, mit dem er es an Kraft nie und nimmer aufnehmen konnte? Hatte er deshalb die Herbstzeitlosen als Tatwaffe gewählt?

Natürlich bestand auch die Möglichkeit, dass der Mörder gar nicht leibhaftig am Häcklerweiher aufgetaucht war. Auf irgendeine Art und Weise konnte er Herrn Zwerger das Gift untergejubelt haben.

Aber wenn der Mörder sich vom Tatort ferngehalten hatte, wieso war dann Irene Scherle ermordet worden? Was hatte sie erspäht, was sie besser nicht gesehen hätte?

»Wieso hat Herr Gotterbarm Frau Scherle umgebracht?« Weinschenk beugte sich nach vorn. »Verraten Sie es uns, Frau Gutekunst, immerhin hat er sich bei Ihnen ausgeweint.«

»Wen?«

»Sie kennen keine Frau Scherle? Frau Scherle, die frühere Geliebte Ihres Chefs.«

Die Lockerheit der spröden Bankchefin war nur vorgespielt gewesen. Von jetzt auf nachher hockte sie da wie ein

Häufchen Elend. »Was habe ich Ihnen getan, Herr Kommissar? Woher dieser Groll?«

»Sie unterstellen mir Gehässigkeit, Frau Gutekunst, weil ich die Krallen zeige. Vielleicht sollten Sie besser einmal nachdenken: Frau Scherle wurde umgebracht. Einen Tag später treffen meine beiden Kollegen Sie und Herrn Gotterbarm am Schleinsee. Sofort geht Herr Gotterbarm zum Angriff über und versucht, unseren Polizeihauptkommissar mit einem Holzruder zu erschlagen. Sie stehen daneben …«

»Ich wollte Bernd aufhalten! Wie konnte ich ahnen, dass er durchdreht?«

»Nehmen wir einfach mal an – der besseren Verständlichkeit wegen – Herr Gotterbarm hat Frau Scherle ermordet. Und die Kripo ist ihm dicht auf den Fersen. Nun wissen Sie, warum er reagiert, wie er reagiert hat. Ein wunderschönes Eingeständnis seiner Schuld.«

Die Atmosphäre im Vernehmungszimmer schnürte Annika Gutekunst fast die Luft ab. Sie brauchte dringend eine Dusche. Und noch dringender Parfüm. Aber noch wehrte sie sich: »Von einer Frau Scherle hat Bernd mir nichts erzählt.«

»Doch hat er. Haben Sie uns erzählt, gerade eben. Die Bauchfreie mit dem Tattoo, das war Frau Scherle.«

Wieso antwortete dieser unförmige und unausstehliche Polizist auf jede Aussage mit einem Einwand? »Und sie ist wirklich tot?«

»Sie waren nicht zufällig im Landratsamt gestern?«

»Zufällig war ich in der Bank …«

»Zeugen haben Sie keine?«

»Selbstverständlich habe ich Zeugen!« Es wurde eng. Vermutlich handelte es sich bei der Vernehmung doch um eine Verhaftung. Das Monster traute ihr nicht. Wieso wirkte sie auf manche Männer anziehend und auf andere, wie auch den alten Gotterbarm, so abstoßend?

Wenige Minuten, vielleicht Sekunden, und es würde aus sein. Annika Gutekunst fühlte sich wie ein verfolgtes Reh, das über eine Lichtung flieht und eine Sekunde vor dem todbringenden Schuss erkennt, dass es in die Falle rennt.

»Tja, eine allerletzte Frage hätte ich noch: Welche Rolle haben Sie gespielt, Frau Gutekunst?« Der Grizzly schwieg.

»Und was heißt das nun?«, fragte die ehemalige Geliebte des Ermordeten in die Stille hinein.

»Überlegen Sie sich in aller Ruhe eine Antwort. Wenn Sie nachts allein in Ihrem Bettchen liegen und die Stimmen in Ihrem Kopf durcheinander kreischen. Wir haben unseren Mörder. Sie können gehen.«

Vielleicht war diese Entscheidung ein Fehler. Weinschenk mochte dieses Früchtchen nicht. Er verabscheute die Braungebrannte, so wie sie auch ihn aus ganzem Herzen verachtete. Aber reichte Abneigung als Grund für die Untersuchungshaft?

Weinschenk erhob sich. Man musste sich das auf der Zunge zergehen lassen: Der nackte Mann, angesehenes und spendables Mitglied der Gesellschaft, hatte viele Frauen leidenschaftlich gevögelt und noch mehr übelst getreten. Die Polizei konnte nicht zehn Frauen und Männer inhaftieren, bloß weil die den Bankchef gehasst hatten.

Die stellvertretende Bankchefin rührte sich nicht. Hatte sie Schwierigkeiten mit der Wahrnehmung? Frau Gutekunst war nicht enteignet worden. Sie besaß eine Wohnung mit Alpenblick, die sie abbezahlt hatte. Sie konnte in einem sauberen Bett mit einer Decke und ihren zwei Katzen kuscheln, Kühlschrank und Weinregal waren gut gefüllt. Auf was wartete sie? Auf ein Taxi?

»Haben Sie eine Zigarette … bitte!« Überheblichkeit und stolzer Ton waren verschwunden. Mit den Models in einer Hochglanzbroschüre hatte Annika Gutekunst nichts mehr gemeinsam. Der Lack war ab.

»Ich bring Ihnen eine.« Nina Palmer empfand keine Sympathie – natürlich nicht! – aber immerhin Mitgefühl für diese Frau, die sie vor wenigen Minuten noch gehasst hatte. Was nützten ein gefüllter Kühlschrank und ein fettes Bankkonto, wenn deine Träume zerbrochen waren?

Weinschenks Gedanken gingen in eine andere Richtung. Wie konnte seine geliebte Nina für dieses falsche Weib mit den künstlichen Wimpern Verständnis haben? Vielleicht war die blauäugige Karatekämpferin zu gut für den Polizeidienst, zu sensibel. Eine furchtbare Vorstellung.

EINUNDZWANZIG

Seeberger hatte das Bewusstsein bereits im Sanka wieder erlangt. Doch auch einen Tag später konnte er sich noch nicht an das Geschehen am Schleinsee erinnern. Den jungen Kommissar quälten hartnäckige Kopfschmerzen, was sich nach Ansicht der Ärzte in einigen Tagen legen würde. Die Kernspintomografie hatte glücklicherweise ergeben, dass der Schädel nicht verletzt war, wenn man von der äußeren Schwellung absah. Und es hatte sich im Gehirn kein Blutgerinnsel gebildet. Toi, toi, toi!

Während Weinschenk am Bett des Kollegen einen Kaffee schlürfte, klingelte das Smartphone.

»Paps, du hast Besuch.« Nina Palmer entwickelte sich allmählich zur Telefonzentrale.

»Besuch?«

»Deine Bäckerin aus Waldburg. Sie hat jemanden mitgebracht.«

»Warum so rätselhaft? Wen?«

»Erfährst du noch früh genug. Bis gleich.«

Weinschenk ließ den halb vollen Plastikbecher vom Kaffeeautomaten im Krankenzimmer stehen. Man gönnte ihm keine Muße. Während die Verbrecher wie Bernd Gotterbarm in aller Seelenruhe Riesenwelse angelten, verbrachte der Polizist jeden Tag zwölf Stunden oder mehr bei der Arbeit. Manchmal befürchtete der Grizzly, der Stress des Kriminalers überfordere ihn. Trotz seines dicken Fells.

An manchen Tagen überfordert ihn sogar der Job des Vaters. Heute Morgen war er heftig mit seinem ältesten Sohn Wendelin zusammengerasselt. Es ging um Musik.

Seit dem Häcklerweiher war Weinschenk in düsterer Stimmung. Zum Frühstück hörte er regelmäßig Johnny Cash, American Recordings, die fünfte Scheibe. Mit brüchiger Stimme sang der greise Countrysänger von Särgen, die auf Züge wie den 309 geladen wurden, und von sterbenden Cowboys, die bis zum letzten Atemzug von Frau und Sohn träumten. Musik zum Heulen. Aber irgendwie auch wunderschön.

Wendelin, ein 14-Jähriger mit überlangen Haaren, spielte kein Instrument, aber er liebte Musik. Harte Musik mit treibenden Bassläufen und kreischenden Gitarrensoli, die das Fensterglas zum Klirren brachten.

»Papi, ich halte es nicht mehr aus«, hatte der pubertierende junge Mann geklagt. »Jedes Mal, wenn ihr einen Toten findet, schiebst du wochenlang Müll in den CD-Player.« Wendelin, eigentlich Vaters Liebling, hatte den Vater neuerdings als willkommenes Feindbild entdeckt.

Weinschenks Laune war so bereits am Morgen tief in den Keller gesunken. Er hatte die Kaffeetasse weggeschoben, sodass sie umkippte, und war empört aufgesprungen. Noch konnte er nicht ahnen, dass er auch im Krankenhaus den Kaffee bloß zur Hälfte trinken würde.

In der Polizeidirektion wartete Nina Palmer vor dem Büro im Gang. Ihr blonder Zopf wippte erschöpft, ihre hellblauen Augen wirkten abgehalftert und matt. »Du ahnst es wirklich nicht, Paps?«

»Du bist okay, Nina?« Sein Töchterchen gefiel ihm nicht.

»Klaro.«

Eine glatte Lüge! Heute Morgen hatte ihr Kopf übel gebrummt. Das Knallen im Gehirn hatte Wunden geschlagen, sodass sie nicht wirklich beantworten konnte, von was die Schmerzen herrührten. Das also war eine Migräne! Furchtbar!

Auf dem Weg zur Polizeidirektion hatte sie an einer Apotheke gestoppt und das stärkste Schmerzmittel gekauft, das sie rezeptfrei bekommen konnte. Die Tablette hatte aber nicht gewirkt, sondern die durchgeknallten Nervenzellen höchstens leicht beruhigt. Seitdem schleppte Nina Palmer sich durch den Tag, was sogar Weinschenk auffiel. Gestandene Kollegen wurden aus dem Sattel des Lebens geworfen, wenn sie einen Menschen in Notwehr verletzt oder getötet hatten. Würde sein Töchterchen an den Schüssen zerbrechen? Der Grizzly hatte keine Zeit mehr, nachzudenken, denn vor seinem Schreibtisch stand, die etwas zu molligen Arme in die Seite gestützt, die Bäckerin, heute ohne weiße Schürze. Sie schien im Stehen zu schlafen und wirkte kleiner als sonst, so gebückt, wie sie sich hielt. Wie immer trug sie die Dauerwelle perfekt, die Locken, wie aus den Haaren heraus gemeißelt. Und von einem satten Braun, ohne jedes graue Haar. Weinschenk kam der Gedanke, ob sie vielleicht eine Perücke trug.

Wie auch Nina Palmer wirkte die Rebellin entkräftet. Fast widerwillig, als ob es ihr Mühe bereitete, öffnete sie die Augen.

»Das ist der Wilhelm.« Ihre Pausbacken leuchteten rot.

Neben ihr auf dem Drehstuhl hatte sich ein verschrumpeltes Männchen niedergelassen, dessen Kopf unentwegt nach links und rechts ruckte. Und wieder nach links und wieder nach rechts.

»Herr Gotterbarm? Herr Gotterbarm senior?«

»Genau der bin i.« Eine dünne Stimme, der man die Müdigkeit anmerkte. »Sie hond Froga, Herr Kommissar?«

Weinschenk, den Mund geöffnet, machte momentan nicht den klügsten Eindruck. Ihn irritierte, dass der alte Herr seinen Bürostuhl besetzt hatte. »Nun, zunächst einmal interessiert mich, wieso Sie auf einmal in mein Büro spazieren, Herr Gotterbarm? Seit Tagen suchen wir Sie.«

»Wieso des?«

Der Gotterbarm hatte Nerven! Oder er war nicht auf der Höhe der Zeit, worauf seine Kleidung hinwies, wie sogar Weinschenk bemerkte. Nina Palmer dagegen fiel das nicht auf, denn sie erwartete von einem 78-Jährigen keine Wunderdinge in Sachen Mode.

Die ockerfarbige abgewetzte Hose stammte aus den 60ern. Das karierte Hemd hatte ein Jahrzehnt später die Textilfabrik verlassen.

Ein halbes Jahrhundert ist eine lange Zeit gegenüber den wenigen Tagen, die Wilhelm Gotterbarm in der Jagdhütte verbracht hatte. An was es wohl lag? Am Alter der Kleidung oder an der fehlenden Dusche? Ganz offensichtlich müffelte der Alte. Trotzdem ein zäher Bursche. Annika Gutekunst hatte bereits nach einer halben Stunde Verhör mit dem Verwesen angefangen. Trotz Parfüm und Deo.

»Wir wollten Sie befragen, Herr Gotterbarm. Deswegen haben wir halb Oberschwaben durchkämmt. Warum haben Sie sich im Wald versteckt?«

»Versteckt? Wie soll i mitta em Wald erfahre, dass die Polizei Frage an mi hot? Ohne Fernseher und ohne Strom. Von was schwätztet Se, Herr Kommissar?« Das Männchen suchte Hilfe bei der molligen Bäckerin. Doch seine verhärmten Wangen und die krumm eingelaufene Nase stießen auf keine Anteilnahme. Oder aber die Frau mit den Dauerwellen hatte sich gedanklich an einen anderen Ort geflüchtet. Bereute sie es schon, dass sie ihren Fuß ins Polizeigebäude gesetzt hatte?

»Wo hett i na solla.« Der Bauer, schmallippig, sprach mehr zu sich selber als zu den drei anderen Personen im Raum.

»Die Behörden müssen Ihnen nach der Zwangsräumung eine Ersatzwohnung bereitstellen.«

Das Männchen brabbelte: »Hond se aber it. Ihre Kollege hend me in d' gschlossene Psychiatrie eigwiesa. E schene Unterbringung war des. Scho wiader en Kritiker weggschperrt.«

Das Bäuerlein steigerte sich in einen Vortrag, den es wahrscheinlich schon dutzendfach gehalten hatte. »Mir Gloine sin de Obere doch nur läschtig, Herr Kommissar. Scho mit onsra bloßa Owäseheit vergraule mr se. Schwätzedse Se doch mol mit em Bürgermoischter, dem Gessler-Beck. Der plant bei uns a Induschtriegebiet. Mein Hof war im Weg.« Der Bürostuhl ächzte, als ob Weinschenk seinen mächtigen Hintern in die Sitzfläche drücken würde.

»Eine pure Behauptung, Herr Gotterbarm. Oder haben Sie Beweise?«

»Heret Se mr damit auf, Herr Kommissar. Der Bürgermoischter hat v'rsuacht, mein Hof zom kaufe. Vier- oder fünfmal isch 'r bei mir auftaucht. Doch i hon en von meim Grund und Boda gjagt.« Gotterbarms dunkelgrüne Augen leuchteten plötzlich hellwach.

»Mit dem Traktor?«

»Ka scho sei«, antwortete der Alte und schmunzelte. Während er zurück in die Vergangenheit grinste, hatte sich seine Haltung verändert. Er wirkte wie elektrisiert. Vitalität, Optimismus und Schalk blitzten auf. Doch nur Sekunden später übernahm wieder die Hoffnungslosigkeit. Was in dem tristen Büro in dem maroden Polizeigebäude nicht verwundern konnte.

Wilhelm Gotterbarm hatte also seinen Hof mit Zähnen und Klauen verteidigt. In dem Fall mit den Zinken des Frontladers. Er hatte nicht nur den Bankchef, sondern auch den Bürgermeister rabiat vertrieben. Das Erste hatte Bürgermeister Gessler-Beck den beiden Kommissaren gesteckt, das Zweite hatte er unterschlagen. Aber wer rennt schon gern vor einem durchgedrehten Spinner davon, versaut sich die noblen Anzugsbeine, wenn er in Kuhscheiße tritt, und gibt das hinterher freudig zu? Obwohl Weinschenk das Verhalten des alten Bauern nicht gutheißen konnte, entspannten sich seine Züge, und der grimmige Grizzly wurde zum Knuddelbären. Zumindest für Nina Palmer, die ihren Paps gut kannte. Bauer und Bäckerin bemerkten diese Verwandlung jedoch nicht.

»Der Wilhelm hatte Hunger. Und ihm war kalt.« Die angebliche Rebellin strich mit den Händen über die Schürze, die sie nicht trug.

»Vor allem in dr Nacht.« Der Alte schüttelte sich.

»Und deswegen ist der Wilhelm heut Morgen bei mir in der Bäckerei aufgetaucht.«

Logisch, auch die oberschwäbischen Räuber hatten es vor 200 Jahren nicht ewig im Altdorfer Wald ausgehalten. Regelmäßig überfielen sie mit knurrendem Magen Bauernhöfe am Rand der Dörfer. Sie stahlen keine Reichtümer, sondern Brot und Käse.

»Mein Neffe hot me versorga wella. Aber er hot sich geschtern und vorgeschtern it blicka lasse.« Wilhelm Gotterbarms Kopf zuckte erneut nach links und nach rechts. Hatte der Alte Anfälle oder zeigten sich Nebenwirkungen der Medikamente, die er in der Psychiatrie bekommen hatte?

Hm, grübelte Weinschenk. Könnte stimmen. Am Montag, nach dem zweiten Mord, hatte sich Bernd Gotterbarm vermutlich am Schleinsee versteckt. Vermutlich wussten weder der Alte noch die Bäckerin, dass der junge Gotterbarm schwer verletzt im Krankenhaus lag. Weinschenk würde es ihnen verschweigen. Noch. Er konnte momentan keine Gefühlsausbrüche brauchen, die vom Fall eher ablenkten.

Nina Palmer hüstelte, doch Weinschenk schüttelte sachte den Kopf.

»Ihr verfolget mi … en alte Moa.« Gotterbarm flüsterte heiser. Es klang wie eine Beschwörung.

»Die Gertrud hat mi überredet, dass es besser isch, zu Ihne zu komme. In meim Intresse. Stond Sie auf meiner Seita, Herr Kommissar?«

Merkwürdigerweise schaute der alte Mann die junge Polizistin an. Er bohrte sich in ihre hellblauen Augen, die nun so klar strahlten wie der Himmel an einem Föhntag. Doch diese Augen konnten auch Kopfschmerzen verursachen. Vor allem bei jungen Männern.

»Wir stehen auf gar keiner Seite.« Was erwartete der Gotterbarm? Natürlich fühlte Weinschenk Sympathie mit den Kleinen, Entrechteten. Aber nicht, wenn sie einen Mord begangen hatten, möglicherweise begangen hatten.

»Die Polizei, dein Freind und Helfer. Hoißt's it so, Herr Kommissar?«

»Ja, Herr Gotterbarm, Sie haben recht. Hundert pro. Wir können Ihnen helfen.«

»Wenn i mit Ihna schwätz, mi auf Sie eilass, krieg i dann mein Baurahof z'rick?«

»Leider nein.«

»Säed Se, mir ka koiner helfa. It mol dr Freind und Helfer.« Keine Wut, aber eine tiefe Resignation breitete sich aus. Nina Palmer schluckte und schaute ängstlich zu Weinschenk, der so tat, als ob er dies nicht bemerkt hätte.

»Ihr wellet mi zerbrecha. Ihr stecket alle unter oiner Decke. Aber i geb it auf.«

Der Eindruck mochte täuschen, aber Wilhelm Gotterbarm hatte aufgegeben.

Scheinbar vollkommen unbeteiligt, doch mit Tränen in beiden Augen, starrte die ehemalige Rebellin zu dem Hamburgerrestaurant auf der anderen Straßenseite.

»Was werfet Se mer jetzt vor, Herr Kommissar?« Die schmalen Augen des Alten verengten sich.

Vielleicht hatte der Eindruck doch getäuscht, aber ein Gotterbarm gab sich nie geschlagen. Der Bauer und Erfinder war ein Kämpfer, ein Dickkopf, ein Fantast, aber ihm fehlte es nicht an Mumm, was man bewundern musste. Welche Rolle spielte er bei dem zweifachen Mord?

»Sie wissen, dass Herr Zwerger tot ist?«

Der Alte bekreuzigte sich. »Der Zorn Gottes beschtraft die Frevler.«

»Sie glauben an Gott?«

»Wieder. Er hat mi prüft. Und i hon d' Prüfung it bestanda. I hon zweifelt. Aber Gott hat mich it verstoßa. D' Jungfrau Maria hot moine Gebät erhört.«

»Sie haben nicht ganz zufällig nachgeholfen?«

»Wia moinet Se?« Der Alte musterte den Kommissar, dessen Gesicht regungslos blieb.

»Vielleicht hat ein Mensch Gott gespielt. Ihr Neffe zum Beispiel. Mit genug Alkohol im Blut fühlt sich so mancher als Herr über Leben und Tod.«

»Sie werfet Bernd doch it vor …« Die Stimme des Männleins war wieder brüchig geworden. Sie japste nach Substanz, schaffte es nicht und blieb völlig auf der Strecke. Hoffnung und tiefe Niedergeschlagenheit wechselten sich bei Wilhelm Gotterbarm fast im Sekundentakt ab.

Die Bäckerin trat hinter den Alten und legte ihm beide Hände auf die Schultern. Der Gotterbarm hechelte mit weit aufgerissenen Augen nach Sauerstoff. Sobald der Atem wieder strömte, entspannte sich sein Körper. Nina Palmer hatte schon einen epileptischen Anfall des Bauern befürchtet.

»I schwör«, der dürre, ausgemergelte Mann hielt drei Finger der rechten Hand nach oben, »dass die Familie Gotterbarm mit em Todesfall nix zom doa hot.«

Etwas theatralisch dieser Auftritt, urteilte Nina Palmer. Oder aber die Reaktion eines Menschen, dem die Welt verdammt übel mitgespielt hatte und der sich verzweifelt nach Stille, nach Durchschnaufen, nach dem Ende dieses ganzen Wahnsinns sehnte.

»Verzeihen Sie, dass ich frage, Herr Gotterbarm«, Weinschenk konnte auch diplomatisch sein, »aber wo waren Sie am Dienstag vor einer Woche, als Herr Zwerger ermordet wurde?«

»Sie verdächtiget mi?«

»Wo waren Sie, Herr Gotterbarm?«

Der Alte klappte die Augenlider herunter. Na prima, da machte einer auf erschöpft und senil.

Als Weinschenk sich räusperte, schreckte Wilhelm Gotterbarm zusammen. »Sie wisset wohl scho, Herr Kommissar, dass i am Dienschtagmorga aus der Weißenau entlassa worra bin. Eigentlich hon i ghofft ghet, dass dr Bernd mi abhole dät. Aber er war it do.«

»Fanden Sie das nicht merkwürdig?«

»Noi, wieso?«

Tja, wieso eigentlich? Darauf hatte Weinschenk keine Antwort.

»Haben Sie kein Taxi genommen?«

»A Taxi? I hon mir dr Dag it versaua lasse wella. In dr Bäckerei in Weißenau hon i en Kaffee trunka und en Leberkäswecka gessa. Dann bin i losglaufe. Über kleine Sträßle und Feldweg. I kenn mi aus in Oberschwaba. Zur Zeit wird's friah dunkel, und immer noch hon i d'Waldburg it erreicht ghet. Dr Himmel war wolkelos, und d' Stern hond blinkt, als ob se me mit aller Kraft begriaßa wellet. Dausende, noi Milliona von fremda Welte hon i am Firmament erkenne kenne. I hon mi uf e Bank am Waldrand gsetzt, und in mir hat sich a Gfühl von grenzenloser Freiheit ausbroitet. An dem Abend hat Gott mir a wunderbars Gschenk gmacht.«

Was für eine Doppeldeutigkeit? Ob das Bäuerlein sich dessen bewusst war. An diesem Abend, an dem Gotterbarm den nächtlichen Sternenhimmel bewunderte, war Gotterbarms Feind ermordet worden. Von welchem Geschenk sprach der Alte?

»Zeugen haben Sie keine?«

»S war Nacht, Herr Kommissar.«

»Wann haben Sie Ihren Neffen das letzte Mal gesehen?«

»Hon i doch gsagt.«

»Gesagt haben Sie, dass er Ihnen zwei, drei Tage nicht unter die Augen gekommen ist.«

»Dann«, der Alte biss nachdenklich auf einen lang gestreckten dürren Finger, »muss es vor zwoi Dag gwäse sei. Bernd hat mir in dr Jagdhitta Butterbräzla und Dosewurscht vorbeibrocht.«

»Seitdem hatten Sie keinen Kontakt?«

»Hon i doch gsagt.«

Wilhelm Gotterbarm konnte hartnäckig, fast schon verbissen sein. Weinschenk ebenfalls: »Auch gestern nicht?«

Der Alte lehnte sich in seinem Bürostuhl zurück. »Wenn ich it gut erzoga wär, Herr Kommissar, aber des bin i, dann dät i jetzt behaupte, dass Sie dringend Ihre Ohra putza misset.«

Trotz ihrer Migräne konnte sich Nina Palmer ein Lächeln nicht verkneifen.

Konnte es verwundern, dass der Waldburger Bürgermeister und die stellvertretende Bankchefin geradezu einen Horror vor diesem Bäuerlein hatten, das auch vor Autoritäten – und Weinschenk war eine Autorität – keinen Rückzieher machte? Notfalls ging der Gotterbarm mit seinem Porschetraktor auf die Leute los, wenn sie sein Nein nicht als Absage akzeptierten und ihm dumm kamen. Eine interessante Menschenmischung: einer, der fast ganz allein gegen seine übermächtigen Gegner kämpfte und trotz aller Verzweiflung einen gewissen Humor nicht verloren hatte.

»Und Sie?« Die Rebellin stand immer noch regungslos hinter dem Bauern. »Offensichtlich hat Herr Bernd Gotterbarm bei Ihnen Butterbrezeln abgeholt, um sie seinem Onkel zu bringen …«

Die Frage hing in der Luft, die Bäckerin nickte. Ihre ohnehin schon geröteten Wangen waren noch röter geworden. Anders als die roten Bäckchen sahen die molligen Oberarme zu selten Sonne. Oder aber die Durchblutung zeigte sich wegen der Speckdicke nicht.

»Hat er Sie in den vergangenen Tagen besucht?«

»Bernd …« Die Bäckerin wollte seufzen, schluckte den Klagelaut aber hinunter. Kurz wirkte es, als ob sie sich die Nase zuhalten würde; sie hatte sich aber nur gekratzt.

Im Büro dünstete es nicht nur nach Ungewaschenem, sondern auch nach Angstschweiß und Tod. Oder hätte Weinschenk nicht so viel von der Knoblauchsoße auf sein Döner kippen sollen, das er mittags hinuntergeschlungen hatte? Der weit bekannte Döner-Effekt. Inzwischen diskutierten Tausende im Internet, wie man die Fäulnis im eigenen Mund nach dem geliebten Mittagessen loswerden oder zumindest übertünchen konnte.

»Der Bernd ist ein unabhängiger Geist«, erläuterte die Bäckerin, »geradezu ein Eigenbrötler. Ein bisschen wie sein Onkel. Der informiert niemanden über seine Schritte. Was glauben Sie, warum er auf die Seenplatte gezogen ist? Dort hat er seine Ruhe.«

Gotterbarm senior zeigte mit dem angeknabberten Finger auf den Kommissar: »Lasset Se mein Neffa aus em Spiel. Er hat mit alldem nix zom doa …«

Ja, war der Alte denn begriffsstutzig? »Ihr Neffe«, Weinschenk brüllte, »hat heute Morgen versucht, meinen Kollegen umzubringen!«

Das Männlein schrumpfte weiter zusammen. Als ob es bloß noch aus einer gehirnlosen leeren Hülle bestehen würde. »Ka it sei.«

»Die junge Dame hier hat es beobachtet.«

»Leider ja.« Ninas Stimme klang hart.

»Wir haben auch Grund zur Annahme, dass Ihr Neffe Herrn Zwerger ermordet hat.«

»Bernd? Omeglich.« Glupschäugig, ohne zu atmen, starrte Wilhelm Gotterbarm zuerst den Kommissar und dann die junge Polizistin an. So glupschäugig, wie ein halbes Skelett aus der Wäsche schauen kann.

»Deswega, deswega hat er mi nemme im Wald bsuacht.« Die grauen Augen wurden milchig, bevor Gotterbarm den

Blick wieder senkte. Er trug mit trockenem Lehm verdreckte Bergschuhe, die auch schon bessere Tage gesehen hatten.

»Bernd war immer en guater Bua.« Der Alte krächzte: »Kann ich was zum trinke hon?«

Nina Palmer verschwand und kam sofort wieder. Gierig trank der Alte aus dem weißen Plastikbecher, den sie ihm gereicht hatte. Gotterbarm ließ sich noch einmal nachschenken, bevor er seufzte: »En guater Bua. Er hat mi regelmäßig besuacht. Doch dann isch er auf die schiefe Bahn grote …«

Da Weinschenk, scheinbar uninteressiert, die Decke musterte, fragte Nina Palmer: »Wie das?«

»Die Gutekunscht. Dieses Mischtvieh. Schon in Bernds Jugend hätt se ihn fascht verdorbe.« Der Alte nahm erneut einen Schluck. »Doch i han's verhindra kenne. Den Bua han i in a Lehre brocht. Im Allgai. Vor a paar Monat isch des schamlose Ding wieder auftaucht. Kennet Sie die Gutekunscht?« Der Alte wartete keine Antwort ab. »Die hot am liabschta en Minirock a. Mini isch no übertrieba. Der arme Bua hat dem Anblick it widerstehn kenna. Die Gutekunscht hat mit 'm gmacht, was sie hot wella …«

Immer trugen andere die Schuld. Bei einem Fußballspiel, das verloren gegangen war, meistens der Schiedsrichter. Wenn man sich nicht mehr anders helfen konnte, dann schob man es notfalls auf den Fußballgott, der heute ein Auge zugedrückt hatte. Aber nie auf die eigene Unzulänglichkeit.

Konnte es verwundern, dass Annika Gutekunst an Bernds Onkel kein gutes Haar ließ? Der alte Intrigant hatte ihre Beziehung zu Bernd durchkreuzt und hasste die attraktive Frau, die seinem Neffen den Kopf verdrehte, wie die Pest.

Auf der anderen Seite: Hatte die Gutekunst dem jungen Gotterbarm eingeheizt, oder hatte der Neffe die stellvertretende Bankchefin aufgehetzt? Wer hatte wen zum Mord angestiftet und wer die Tat durchgeführt?

»Mein Kollege, Herr Gotterbarm, hat Ihren Neffen in die Enge getrieben, und deswegen ist Bernd durchgedreht.«

Der Alte fiel in sich zusammen. Als ob er nicht mehr auf dem Bürostuhl sitzen würde. Nur sein Keuchen war noch zu hören.

Was hatte der Gotterbarm mit dem Mord zu tun? Der Bauer und Erfinder gehörte weiterhin zum Kreis der Verdächtigen, ja sicher. Aber ein Mörder? Man musste sich das mal bildlich vorstellen. Ein alter gebrechlicher Mann rannte der sportlichen Frau Engels hinterher, die einen Waldweg abwärts radelte. Und dann schob er ihr ruck, zuck einen Stock zwischen die Radspeichen. Unmöglich!

Natürlich konnte er ihr aufgelauert haben. Aber woher sollte er wissen, welchen Weg sie nehmen würden?

Dass er den Bankchef gehasst und möglicherweise auch vergiftet hatte, einverstanden. Aber was sollte er gegen Frau Engels haben?

Oder das Bäuerchen duckte sich ganz gerissen weg, weil die Polizei ihm auf die Schliche gekommen war.

Nun ja, er konnte kein Alibi vorweisen. Genauso wenig wie Bernd Gotterbarm, der angeblich hinter einem Baum am Häcklerweiher gestanden hatte, oder wie Annika Gutekunst, die in der Mordnacht allein in der Linse in Weingarten saß und wartete. Worauf? Auf ihre Freundin, die nicht erschien. Oder auf die Nachricht vom erfolgreichen Mord?

»Der Bernd war schon immer ein Wilder«, ließ sich die Bäckerin vernehmen. In diesem Moment klopfte es. Blondie, der vorwitzige Kollege aus der letzten Reihe im Sokoraum, streckte den Kopf ins Büro. »Da will dich dringend jemand sprechen, Jogi. Da der Seeberger malad ist, bist du doch der Chef, oder?«

Bevor Weinschenk antworten konnte, hatte sich Stefan Engels an Blondie vorbeigedrückt. Der untersetzte Ingenieur, dessen runde Brillengläser angelaufen waren, zappelte vor Nervosität und rieb sich die Hände, als ob er erfrieren würde.

Zittern wie Espenlaub, heißt ein Sprichwort. Die Blätter der Espe sind an langen Stielen befestigt, sodass sie beim leichtesten Luftzug in Bewegung geraten.

Espenlaub war einbetoniert verglichen mit Stefan Engels, der wankte und sich kaum auf den Beinen halten konnte.

ZWEIUNDZWANZIG

Der Fall beschleunigte sich.

Wer kennt das nicht? Man müht sich und müht sich, etwa bei der Erziehung der Kinder, aber nichts geht voran. Wochen, Monate, Jahre strengst du dich an, dass aus deinen Kindern etwas wird, dass sie endlich kapieren, dass das Leben nicht nur aus Faulenzen besteht. Vergeblich, du hast innerlich bereits aufgegeben. Du hast versagt als Erziehungsberechtigter, obwohl du dir alle Mühe gegeben hast.

Aber auf einmal macht es Klick, und das Verhalten deiner Kinder nimmt urplötzlich Formen an: Sie zeigen gutes Benehmen, putzen regelmäßig die Zähne, gehen jeden Tag freiwillig zur Schule, haben sogar aufgehört, zu fluchen, und wissen, welchen Beruf sie ergreifen oder was sie studieren möchten. Du erkennst deine Kinder nicht wieder.

So ähnlich zeigte sich der Fall Harty Zwerger. Weinschenk und Seeberger hatten gebohrt und geschuftet, waren immer einen Schritt zu spät gekommen, und wenn sie es rechtzeitig geschafft hatten, dann waren sie belogen worden.

Und unerwartet tauchte der alte Gotterbarm, das Phantom, in der Polizeidirektion auf. Freiwillig. Und auch Stefan Engels, Ingenieur, der mehr als genug Gründe gehabt hatte, den Zwerger um die Ecke zu bringen, hielt es bei der Arbeit und zu Hause nicht mehr aus. Sein Gewissen bereitete ihm schlaflose Nächte. Andere Menschen zu ermorden, ist einfach. Aber danach mit dem Verbrechen zu leben, überforderte häufig. Seltsam!

Nervös trat der Mann mit dem Fünftagebart und den Geheimratsecken von einem Bein auf das andere. Hatte er es nicht rechtzeitig aufs Klo geschafft?

»Ich hätte … äh, schon bei Ihrem Besuch ehrlich sein sollen, aber … aber Sie wissen ja, wie das so ist, Herr Kommissar.«

Billige Unterstellungen. Was die Leute alles von Weinschenk erwarteten beim Versuch, gut Wetter zu machen, wenn nichts mehr zu retten war? Weinschenks Gesicht glich einer Maske. Der Speck am Doppelkinn funkelte unter der Funzel im Gang.

»Ich muss Ihnen was immens Wichtiges erzählen, Herr Kommissar. Ich hab die ganze Nacht mit mir gerungen, ich hab keine Sekunde geschlafen …«

Ein Mensch, der sich nicht entscheiden konnte.

Die runde Metallbrille verlieh dem Ingenieur ein intellektuelles Aussehen. Aber Grips und Entscheidungsstärke hingen nicht unbedingt zusammen.

»Herr Kommissar, ich muss ein Geständnis ablegen. Ich hab Sie angeschwindelt.« Stefan Engels kratzte sich am struppigen Bart, der so kurz geschoren war wie die Haare auf dem Kopf. »Darf ich vorher noch mal aufs …«

»Den Gang vor und dann rechts.«

»Danke.« Der Mann mit Bauchansatz trippelte gebückt Richtung Treppenhaus. Der aufrechte Gang war nicht für alle Ewigkeit gemacht. In manchen Situationen wurde der Mensch zum Tier. Hatte sich Stefan Engels in der Mordnacht in einen reißenden Wolf verwandelt und suchte jetzt eine Beichtgelegenheit?

Nina Palmer stellte sich auf die Zehenspitzen und flüsterte in Weinschenks Ohr: »Und die zwei in deinem Büro?«

»Sollen warten.« Weinschenks Bass polterte: »Blondie, du passt auf die Dame und den Herrn auf, ja? Wenn einer der beiden abhaut, bist du dran. Hast du kapiert?«

»Ich bin ja nicht blöd.«

Der Grizzly ächzte.

Im Gang im ersten Stock ging es zu wie im Taubenschlag. Als ob jeder sehnsüchtig auf den Polizeioberkommissar gewartet hätte. Weinschenk hörte, dass es auf dem Fußboden schlurfte. Er kannte dieses Schlurfen, das nicht zu einem Mann passte, der regelmäßig Viertausender bestieg. Aber wer vereint in sich keine Widersprüche? Kurz schloss Weinschenk ein Auge. Wieso drängte sich jetzt auch noch der Leiter der Mordkommission auf?

»Jogi, dich suche ich!« Ohne sich dessen bewusst zu sein, strich HaWe über die aufrecht stehenden Haare, die seine Glatze umkränzten. »Kann ich dich mal …?«

»Im Moment ist es schwierig, Chef.«

»Das war keine Bitte!«

Weinschenk nagte an seiner Oberlippe. »Na dann … dann hab ich eine Bitte an dich, Nina …«

Der Kriminalrat zog die dünnen Augenbrauen nach oben, was Weinschenk nicht bemerkte.

»Beziehst du Position vor der Klotür und schaust, dass Herr Engels es sich nicht anders überlegt? Ich danke dir.«

Die blonde Polizistin legte ihren Kopf in den Nacken und schloss die Augen. Sie spürte das Blut, das pochend in ihr Gehirn schoss. Hoffentlich würde der Ingenieur weiter auf einer Aussage beharren, denn Nina würde ihn nicht flüchten lassen – Migräne hin oder her.

Die 23-Jährige war bei der Kripo Anfängerin, machte sich aber dennoch Vorwürfe. Hätte sie die Schüsse verhindern können? Hatte sie den Wilden Mann unüberlegt in den Rollstuhl befördert oder gar getötet? Gleichzeitig litt sie wie der sprichwörtliche Hund, weil sie die Ruderattacke auf Seeberger nicht vorhergesehen hatte. Sie, eine Europameisterin in Karate, die für ihr gutes Auge berühmt war. Doch die Attacke des jungen Gotterbarm war zu überraschend gekommen. Trotzdem hätte Nina den hinterlistigen Anschlag vereiteln müssen. Hatte sie aber nicht. Und deswegen letzte Nacht genau wie der Ingenieur kein Auge zugemacht – allerdings aus anderen Gründen.

»Bitte keine Gewalt, Töchterchen! Diplomatie!«, rief Weinschenk sorgenvoll der blonden Frau hinterher, deren Pferdeschwanz entschlossen wippte.

»Und das von dir? Alle Achtung! Folgst du mir in mein Büro, Jogi!«

Wieso war HaWe nicht im Sokoraum? Brauchte er eine Pause? Oder wollte er den Grizzly unter vier Augen sprechen?

»Nimm Platz.«

Der Chef umrundete seinen schmucklosen Schreibtisch, der wie immer perfekt aufgeräumt war, überlegte es sich dann anders und tigerte zwischen Fenster und Tür auf und ab und musterte seine Schuhe. Italienische Halbschuhe aus echtem Leder. Stimmte die Qualität nicht? HaWe kaufte nicht nur seine Krawatten, sondern auch seine Treter in Neapel, der Heimatstadt seiner Frau Margareta.

»Habt ihr den jungen Gotterbarm schon vernommen?«

Was für eine blöde Frage. Für Wunder waren andere zuständig. »Bernd Gotterbarm liegt im künstlichen Koma. Müsstest du wissen.«

»Wann wird er wieder bei Sinnen sein?«

»Hans-Werner, bin ich Gott? Ich bin nicht mal sein Arzt.«

Der Chef, der auf Weinschenk dürrer als gewöhnlich wirkte, rieb sich die Hände. Fröstelte ihn oder machte er sich Mut? »Wie schätzt du es ein, Jogi? Ist der junge Gotterbarm der Täter?«

»Vieles spricht dafür.«

»Alles spricht dafür, Jogi! Sobald der junge Gotterbarm aus dem künstlichen Tiefschlaf erwacht, ist er reif. Reif für ein Gerichtsverfahren und lebenslange Unterkunft in einem deutschen Knast!« Schwungvoll ergriff HaWe seinen silbernen Brieföffner und deutete eine Bewegung nach unten an. Fehlte bloß noch, dass der Kriminalrat das verzierte Messer in den Schreibtisch rammte. Doch er legte es fast zärtlich wieder auf die Tischplatte zurück.

»Wir können uns auch täuschen, Hans-Werner. Wir sollten keine voreiligen Schlüsse ziehen.«

»Wieso voreilig? Seit wann so zögerlich, Jogi? Ich dachte, wir hätten den Täter. Allein die Attacke auf Seeberger kostet den Gotterbarm einige Jahre.«

Der korpulente Polizist nickte. War der Fall gelöst? Schwierig zu beantworten.

Plötzlich sah Weinschenk die Szene vor sich: ein nackter Mann, hingestreckt am Weiher. Das Bild, schwarz-weiß und matt, hatte alle Farbe verloren. Die Ränder schimmelten, Risse fraßen sich von außen nach innen, erreichten den muskulösen Toten aber noch nicht.

Was bedeutete diese Momentaufnahme? In Weinschenks Bauch knurrte es. Nicht, weil er Hunger verspürte, sondern weil er instinktiv nach etwas suchte.

»Hans-Werner, der Fall ist noch nicht rund. Die Scherle macht mir Kopfzerbrechen. Den Zwerger hat jede und jeder gehasst. Auch der untersetzte Ingenieur, der vor zwei Minuten auf die Toilette gerannt ist. Der Bankchef hat sich mit dessen Frau, einem blonden Engel wie aus dem Bilderbuch, vergnügt. Doch wieso Zwergers Ehemalige, die Kletterkönigin? Oder irren wir uns? Was haben wir übersehen? Welches winzige Mosaiksteinchen? Bernd Gotterbarm könnte uns weiterhelfen. Aber er kann es im Moment nicht.«

»Das heißt warten?«

»Was heißt warten? Wir kommen voran, sind ganz dicht dran. Vorhin ist in meinem Büro wie aus dem Nichts der alte Gotterbarm aufgetaucht, den wir seit über einer Woche vergeblich gesucht haben. Wilhelm Gotterbarm, 78-jähriger Bauer und Erfinder, den die Bank …«

»Ich kenne den Namen. Herr Gotterbarm konnte also dem Fahndungsdruck nicht standhalten und hat sich gestellt.«

»Was für ein Fahndungsdruck? Manchmal fällt dir etwas in die Hand, ohne dass du das Geringste dafürkannst. Der alte Gotterbarm hat in einer Jagdhütte mitten im Altdorfer Wald gelebt und hatte wahrscheinlich keinen Schimmer, dass die Polizei ihn befragen will. Kapitalismuskritik wird nicht gern gesehen in diesem unserem Staat«, brummte Weinschenk. »Deshalb mögt ihr alle das Bäuerlein nicht, Seeberger eingeschlossen.«

»Jogi, ich habe Seebergers Protokoll genau studiert. Wilhelm Gotterbarm hat sein Geld für obskure Patentstreitigkeiten aus dem Fenster geworfen und konnte seine Schulden nicht mehr bezahlen. Er war bankrott.«

Ungerührt meinte Weinschenk: »Eine Allianz von Funktionären und Besserwissern hat sich gegen ihn verbündet!«

»Und du bist der Heilige Martin, der dem Gotterbarm ein Stück seines Mantels schenkt.« HaWe ließ sich in seinen Bürostuhl fallen und zupfte an seinem Haarkranz.

»Jogi, lass endlich den Grizzly raus und nimm den Alten in die Mangel.«

Störrisch verschränkte der Grizzly die Arme: »Du bist unter Druck, Chef?«

»Hast du das Gefühl?«

»Jetzt lenkst du ab.«

HaWes Haarkranz ragte aufrecht wie trockene Grasähren. Der Kriminalrat linste über seine randlose Lesebrille in die Ferne, die nur er selbst sehen konnte. »Kannst du laut sagen, Jogi. Am Wochenende hab ich eine Bergtour geplant. Ins Berner Oberland. Das Wetter soll phänomenal sein. Vorher muss der Fall gelöst sein.«

Weinschenk lachte so schallend, dass sein Doppelkinn hüpfte. »Hans-Werner«, entgegnete er langsam und betonte jede Silbe, als ob er einem Kind etwas Schwieriges erklären würde, »diesen Unsinn kannst du deiner Schwiegermutter erzählen.«

Der Kriminalrat, ohnehin hager, wirkte auf einmal halb verhungert. Trotz der italienischen Hausmannskost, die ihn zu Hause regelmäßig erwartete. Die Adern an seiner Stirn traten heraus, als er die Lippen aufeinander presste. Er entspannte sich wieder, bevor er gestand, ohne den Grizzly anzublicken: »Der Chef macht mir mächtig Druck. Er fordert, dass wir endlich den Fall lösen.«

An ruhiger Souveränität konnte es mit HaWe kaum einer aufnehmen. Deshalb vergaß Weinschenk regelmäßig, dass der leidenschaftliche Bergsteiger nur die Nummer 2 in der Polizeidirektion war.

»Aha, die Mächtigen mögen es nicht, wenn einer der Ihrigen zu Tode kommt, nicht wahr, Chef?«

HaWe riss sich vom Anblick des Königsees los. Das Foto hatte der Kriminalrat bei einer Besteigung der Watzmann Ostwand in luftiger Höhe geschossen und rahmen lassen. »Jogi, ich hasse Verschwörungstheorien. Aber leider hast du in diesem Fall recht.«

Der oberste Polizeichef, die Nummer 1, gehörte zu den Rotariern. Bürgermeister Gessler-Beck war Rotarier, und ein Bankchef, selbst auf dem Dorf, gehörte wohl ebenfalls zu dieser illustren Gesellschaft von Chefs.

»Du meinst, die Gotterbarms waren es nicht.«

»Ich meine, dass der Herr, dessen Vernehmung du unterbunden hast …«

»Wieso unterbunden?«

Weinschenk brummte mit einem Bass, der jedem Oratorienchor zur Ehre gereicht hätte: »Hans-Werner, du hast mich in dein Büro zitiert. Und deshalb passt Nina gerade auf Herrn Engels auf. Nochmal langsam zum Mitschreiben: Stefan Engels ist mit Katja Engels verheiratet. Bankchef Zwerger hat in der Mordnacht am Häcklerweiher mit der Engelsfrau gevögelt.«

»Ein starkes Motiv!«

»Wie der Zufall es will, hat Engels Frau Scherle kurz vor dem Mord in der Außenstelle des Landratsamts besucht. Rein geschäftlich, wie er behauptet hat.«

»Na dann, knöpf ihn dir vor.« HaWe wedelte mit den Händen. Die erzwungene Audienz unter vier Augen war zu Ende. »Ich zähle auf dich, Jogi.«

Weinschenk verschluckte die Antwort.

DREIUNDZWANZIG

Man hatte vom vierten Stock aus einen tollen Blick übers Schussental, in dem sich die ehemals freie Reichstadt Ravensburg ausbreitete. Aber das Bett am Fenster war leer und mit Plastikfolie überzogen. Seebergers Pritsche stand nahe der Tür, und so konnte er die Aussicht von der Hanglage des Krankenhauses aus nicht genießen.

Dafür roch es nach Blumen und Duftwasser. Auf dem Nachttisch breitete sich in einer dickbauchigen Vase ein riesiger Blumenstrauß aus. Weiße Rosen, rosa Nelken und blaue Blumen, deren Namen Nina Palmer nicht kannte.

Der Polizist nahm den Kopfhörer ab und legte das Smartphone zur Seite. Sein Neffe hatte ihm per Mail eine Aufnahme vom Big Band-Konzert in der Zehntscheuer zugeschickt, das er verpasst hatte. Jazz konnte auch sanft umschmeichelnd sein und den Kopf beruhigen. Was für paradiesische Harmonien! ›Angel Eyes‹, ein Lieblingstitel seines Neffen und ein populärer Jazzstandard aus den 1950er Jahren, den bereits Ella Fitzgerald und Frank Sinatra in die Mikrophone gesäuselt hatten.

Die Sängerin der Big Band der Musikschule konnte Ella Fitzgerald nicht die Stimme reichen, natürlich nicht. Trotzdem ließ ihre Interpretation eine Saite in dem harten Polizisten erklingen. Die 17-Jährige sang von einem alten Herzen, das sich nach Engelsaugen sehnte und dabei keinen Zentimeter an Boden gewann.

»Eine Verehrerin?« Die junge Polizistin zeigte auf die Blumen und lächelte verkrampft.

»HaWe. Er hat mich heute Morgen kurz besucht.«

»So ist der Chef. Er kümmert sich um jeden seiner Mitarbeiter.«

Seeberger nickte. Sein Kopf schmerzte inzwischen weniger, aber der Polizist fühlte sich immer noch durchgerüttelt. Und er brauchte etwas länger, als gewohnt, um seine Gedanken auszusprechen.

Bevor er antworten konnte, klopfte es. Eine Millisekunde später rauschte ein Arzt herein, gefolgt von einem ganzen Tross von weißgekleideten Frauen und Männern.

Dr. Ebersbächer, Oberarzt, las Nina Palmer auf einem Metallschildchen.

Der Mediziner beugte sich mit einer eleganten Bewegung zu Nina herunter, die auf einem Stuhl saß. »Würden Sie bitte kurz draußen warten.«

Die junge Polizistin nickte.

Im Gang roch es nach Desinfektionsmitteln und Urin. Wie im Männerklo, kam ihr in den Sinn. Sie hatte noch nie ein Männerklo besucht, aber ihr Ex hatte dauernd mit drastischen Worten von irgendwelchen Toilettenerlebnissen berichtet.

Seine Lieblingsgeschichte spielte in den Katakomben des Frankfurter Fußballstadions. Bei einem Länderspiel in der Halbzeitpause musste er mal und erkannte plötzlich neben sich Maradona, den weltberühmten argentinischen Fußballspieler. »Stell dir das vor, Nina, ich stehe neben dem göttlichen Maradona, und um uns stinkt es nach Urin.«

Die Wochen vor dem Schlussstrich hatte der Wichtigtuer sie unablässig genervt. Permanent erzählte er von seinen Abenteuern, die alles andere als Abenteuer waren.

Wegen dieses Idioten war sie nach Oberschwaben umgezogen. Manchmal vermisste sie das Remstal. Vor allem den Apfelkuchen ihrer Großmutter.

»Sie können wieder.« Unbemerkt war der Arzt neben sie getreten. »Herrn Seeberger geht es besser. Noch einige Tage zur Beobachtung, und wir können ihn entlassen. Sie sind seine Frau?«

Das Lächeln der blonden Polizistin erfror. »Nein.«

»Upps, dann hätte ich Ihnen das gar nicht erzählen dürfen. Ich hab also was gut bei Ihnen, ja?«

Wollte er sie anmachen? Nina Palmers Antennen klingelten.

»Wir sehen uns.«

Sie nickte. Eine Bestätigung, die nichts bedeuten musste.

Der Tross rauschte hinter Dr. Ebersbächer her. Die Jüngerinnen und Jünger bemühten sich, dass nicht zu viel Abstand zum Chef entstand. Die Prozession verdeutlichte die Macht des Oberarztes. In der Polizeidirektion ging es auch hierarchisch zu, natürlich, aber etwas Derartiges hatte Nina Palmer noch nie beobachtet. Mit eiligen Schritten verschwand die Meute im nächsten Krankenzimmer.

»Wo waren wir, Mäx?« Nina Palmer ließ sich vorsichtig auf den Billigstuhl fallen, der wie aus dem Baumarkt wirkte.

Seeberger fasste sich an die Nasenwurzel. Draußen über dem Schussental wurde es langsam dunkel. Der Polizeihauptkommissar nahm die rötliche Färbung des Himmels nicht wahr. Noch immer verspürte er Kopfschmerzen, was der Oberarzt nach diesem heftigen Ruderschlag als ganz normal eingestuft hatte. »Stefan Engels, der Ingenieur, er hat gestanden, dass er in der Mordnacht am Tatort war … Hast du gesagt, Nina.«

»Genau. Er lag hinter einem Baum auf der Lauer.« Die junge Polizistin irritierte, dass Seeberger nur Augen für sie hatte. Aber ihr gefiel es, wenn sie zu sich selber ehrlich war.

In Wirklichkeit aber täuschte dieser Eindruck. Seeberger ging mit seinem Kopf bloß sorgfältig um. Er fürchtete sich davor, ihn zu bewegen, weil die Schwellung dann noch mehr schmerzte. Streng genommen stierte er an seiner Kollegin vorbei.

»Dann hatte Frau Gutekunst recht …«

Der Polizist schreckte zusammen.

Nina Palmer tat, als ob sie dies nicht bemerkt hätte, und fuhr fort: »Bernd Gotterbarm, unser Verdächtiger Nummer 1, hat tatsächlich auch hinterm Baum gesteckt. Woher könnte sie sonst gewusst haben, dass noch ein zweiter Zeuge den Tod des Bankchefs beobachtet hatte?«

»Sie kann selber vor Ort gewesen sein.«

»Richtig. Aber nach ihrer Aussage hat sie in der Linse in Weingarten auf eine Freundin gewartet.«

»Die nicht aufgetaucht ist, wie wir wissen. Nina, mit welcher Absicht ist Herr Engels zum Häcklerweiher rausgefahren?«

»Er wollte sich wohl ein Bild machen, er wollte wissen, was wirklich läuft. Schon mehrfach war er mit dem Zwerger zusammengerasselt. Von einer Auseinandersetzung hast du mir auf dem Weg zum Schleinsee berichtet, Mäx.«

»Hab ich das?« Seeberger schloss halb die Augen. »Richtig, ich erinnere mich. Auf dem Parkplatz vor der Kletterhalle hat es zwischen beiden gekracht.«

»Nicht nur dort. Einige Wochen vorher ist Stefan Engels seiner Frau hinterhergefahren, als sie ihren Geliebten in dessen Haus besucht hat. Herr Engels hat geklingelt, Herr Zwerger geöffnet, und dann haben die beiden sich im Freien angebrüllt. An diesem Abend konnte es Katja Engels bloß mit Mühe verhindern, dass ihr Mann den Zwerger verprügelte. Wobei überhaupt nicht klar ist, wer im Zweifelsfall wen k.o. gehauen hätte. Ich schätze, wäre es hart auf hart gekommen, hätte der muskulöse Bergsteiger den Ingenieur umgenietet. Obwohl man nie weiß, wie sich ein Schwächling verhält, wird er an die Wand gedrückt.«

Nina Palmer atmete tief durch. Die Migräne hatte anders als bei Seeberger nachgelassen, dafür hatte sich Schwindel breit gemacht, der bis in den Magen hinunterzog. »Offensichtlich hat die Engelsfrau keinen Hehl daraus gemacht, dass sie nach dem Klettern noch mit der ganzen Gruppe feiern geht. Alle acht Tage wurde am Weiher gegrillt und gefeiert. Was genau am Lagerfeuer ablief, wusste Herr Engels nicht. Am Mordabend hat er sich mit einem Kumpel in der Räuberhöhle in Ravensburg getroffen …«

»Wie hieß der Freund noch? Axel …«

»… Olaf Winter, Professor an der Pädagogischen Hochschule.«

»Habt ihr ihn befragt?«

»Nein, scheinbar ist Herr Winter mit einer Studentengruppe in die USA gereist. Aber inzwischen wissen wir auch so, Engels hat kein Alibi. Gegen 23 Uhr ist er nämlich abgezogen und hat sich auf den Weg zum Häcklerweiher begeben. Hat er uns offen gebeichtet.«

»Und dann hat er regungslos zugeschaut, wie es seine Frau mit ihrem Lover getrieben hat?«

»Erzählt hat er, dass er vor Zorn mit den Zähnen geknirscht hat. Angeblich hat er sich dabei die Spitze eines Eckzahns abgebissen. Die Szene am Ufer muss jenseits seiner Vorstellungskraft gewesen sein. Er war erschüttert, fassungslos und wie erstarrt. Vielleicht hatte er auch Schiss.«

»Nina, wie lange hat er hinterm Baum gelauert?«

»Konnte er nicht wirklich abschätzen. Eine halbe Stunde wird es wohl gewesen sein. Mindestens. Vielleicht auch 'ne Stunde. Und irgendwann hat sich seine Frau aus der Decke geschält. Sie war splitterfasernackt und hat sich hastig ihre Kleidung übergezogen, bevor sie mühsam auf ihr Rad gestiegen ist. Eine andere Frau, die Irene Scherle, hat alles von weiter vorn vom Kiesweg aus beobachtet.«

»Ist Frau Scherle zu Herrn Zwerger zurückgekommen?«

»Nein, beide Frauen sind abgezogen. Die Engels schwankend zuerst, die Scherle hinterher. Sie ist gerannt.«

Mäx Seeberger schloss die Augen. Es schmerzte, dauernd im Bett zu liegen. Aber er hasste es auch, wie ein Tattergreis durchs Krankenhaus zu wackeln. Und er musste dringend aufs Klo. Aber nicht, während Nina Palmer ihn anschmachtete. Und das tat sie. Ganz offensichtlich.

Abrupt richtete er sich auf. Die hastige Bewegung ließ ihn zischend Luft einatmen. Der Schmerz, der sich sternförmig ausgebreitet hatte, zog sich wieder zusammen. »Langsam wird mir klar, Nina, was im Wald vor dem Mord passiert ist. Die zwei Frauen haben sich gezofft. Jede wollte den nackten Mann für sich allein haben. Unsere tätowierte Kletterkönigin hat die Nerven verloren, weil ihr die Felle davon geschwommen sind. Deshalb hat sie ihre Konkurrentin verfolgt und ihr einen Grillspieß zwischen die Radspeichen gehauen. Könnte doch sein, oder?«

»Hat auch Väterchen Jogi gemeint.«

Seeberger strahlte. »Intelligenz und Instinkt treffen sich.«

»Gratuliere.«

»Anstatt mir den Bauch zu pinseln, beantworte mir lieber eine Frage: Was ist weiter am Lagerfeuer passiert?«

»Begreifen wir nicht so ganz.« Nina Palmer spürte, sie waren ganz dicht an der Lösung des Falls. Womöglich hatte Stefan Engels etwas gesehen, das er nicht als wesentlich eingestuft hatte, und es deshalb nicht wahrgenommen. In der Direktion hatten sie den Ablauf mit dem Ingenieur dreimal durchgekaut. Weinschenk hatte ihn mit Samthandschuhen angefasst. Doch der eigentliche Mord verbarg sich weiter vor ihnen. Als ob auf ihm Nebel liegen würde. Denn der Tathergang, von dem Engels berichtete, machte wenig Sinn.

»Die Engelsfrau und die Tätowierte sind also beide abgezogen. Herr Zwerger saß noch eine Weile am Weiherufer. Auf einmal hat er die Decke von sich geworfen und ist aufgestanden. Er hat gezuckt, die Gliedmaßen ausgestreckt und merkwürdig gebogen. Oder getanzt. Der Unterschied war nicht eindeutig zu erkennen. Und dann ist er umgekippt. Von jetzt auf nachher.«

Klar, das Gift. Doch wer hatte ihn vergiftet. Und wann?

Hatte eine der Frauen das Pestogläschen mitgebracht? Hatte ein Spaziergänger es ihm untergejubelt oder Herr Zwerger es selber im Gepäck? Und wie war sichergestellt, dass er und niemand sonst von dem Pesto aß?

»Bernd Gotterbarm hat sich nicht eingemischt, Nina?«

»Herr Engels ist nicht mal aufgefallen, dass einen Baumstamm entfernt noch jemand Wache schob.«

Machte alles Sinn und irgendwie auch nicht: zwei Männer, die beide ein fettes Motiv hatten.

Wollte Bernd Gotterbarm sich vergewissern, dass sein Pesto tödlich wirkte? Aber wieso hielt er dann eine Axt in der Hand, wie die Gutekunst behauptet hatte? Falls die Herbstzeitlosen nicht wirkten. Kaum. Bernd Gotterbarm reagierte unüberlegt, hastig und voller Emotionen. Wurde er bedrängt, schlug er um sich und andere halb tot. Gift passte nicht zu seinem wilden Charakter. Aber warum die Aggressivität gegenüber der Polizei?

Und Stefan Engels? Hatte der Ingenieur wieder gelogen? War es nach Mitternacht im Wald doch zu einer Begegnung zwischen ihm und dem muskulösen Bankchef gekommen?

»Ich hätte auf Frau Scherle, die frühere Geliebte, getippt«, gestand Nina Palmer.

»Sie wurde umgebracht. Die Engelsfrau …«

»… war die Gewinnerin.«

»Genau!« Aber was bedeutete das? War ein nächster Mord möglich oder stand gar noch bevor? Streifen fuhren regelmäßig die Wohnungen der drei Frauen vom Weiher und der Gutekunst an. Bis jetzt hatten sie noch nichts von Gestalten gemeldet, die um die Häuser schlichen. Trotzdem durfte die Polizei in der Wachsamkeit nicht nachlassen, selbstverständlich nicht.

»Als Herr Zwerger tot auf dem Boden lag«, Nina Palmer faltete unbewusst die Hände, »hat Herr Engels anscheinend Schiss bekommen. Er ist abgehauen. Er hat wohl befürchtet, wir würden ihm was anhängen. Deshalb hat es so lange gedauert, bis er gestanden hat, dass er vor Ort war.«

Die Brutalität und gleichzeitig die Sanftheit des Todes. Sanft wie ein Stilett, das dem Opfer ins Herz dringt, als ob es sich um Schinkenwurst handeln würde. Und dann die gnadenlose Unerbittlichkeit. Der Tod war unumkehrbar. Nicht nur am Häcklerweiher. Unmöglich, ihm von der Schippe zu springen. Die junge Polizistin schluckte.

»Nina, wieso ist Herr Engels auf dem Heimweg nicht auf seine Frau gestoßen?«

»Blöde Frage! Er fuhr mit dem Auto auf der Landstraße Richtung Schussental. Seine Frau ist auf dem Bike durch den Wald gebrettert.«

Hatte Stefan Engels die Wahrheit berichtet? Was verstand der Ingenieur unter Wahrheit?

»Kann ich dir noch mit irgendwas helfen, Mäx?« Nina Palmers Stimme klang ohne Emotion. Was gespielt war. Sie hatte sich bei ihm entschuldigen wollen, aber es nicht fertiggebracht. Sie empfand eine merkwürdige Gehemmtheit, wenn sie Mäx Seeberger, dem aufstrebenden Star der Polizeidirektion, allein gegenüber saß. Sie schob es darauf, dass er kränkelte und ihr übel war. Bekam sie eine Grippe?

»Whisky wäre nicht schlecht, Nina, aber bittschön echt schottischer. Hab ich auf der Getränkeliste nicht gefunden.«

»Du trinkst Whisky?«

»Seit ich im Krankenhaus liege, träume ich davon. Ich fantasiere regelrecht.«

Seeberger zeigte Humor, ein gutes Zeichen, das aber auch täuschen konnte. Der Polizeihauptkommissar fühlte sich so erschöpft wie nach einem Zwölfstundentag. Das Denken bereitete ihm Mühe, die Schmerzen pochten von der Schläfe bis zur Stirn. Ein Specht hackte auf Seebergers Schädel ein. Zeit für die Schmerztablette.

»Dann geh ich mal …«

»Eine Sekunde noch.« Seeberger streckte einen Arm aus. »Der Chef hat es gut gemeint, aber was soll ich mit Blumen? Nimmst du sie mit?«

Was für eine Schnapsidee? Offensichtlich ging es Seeberger schlechter, als erwartet. Er müsste doch wissen, dass man geschenkte Blumen nicht verschenken durfte. Was war mit seiner berühmten Logik geschehen?

»Ich mache mir nichts aus Katzen. Und nichts aus Blumen.«

»Ich liebe Katzen ...«

Viele Frauen mochten Katzen: Seebergers Ex Katharina, Annika Gutekunst und auch die Kollegin, von der Mäx Seeberger wenig wusste. Außer dass sie Europameisterin in Karate geworden und wegen ihres Freundes nach Oberschwaben gezogen war. Bestimmt würde sie sich um den Kater in seiner Wohnung kümmern. Er musste sie nur fragen.

Weshalb schwärmten so viele Frauen von den Mäusefängern? Wegen ihrer Unabhängigkeit, die sie sich ebenfalls wünschten? Oder wegen der Krallen?

Richtung Parkplatz kam Nina Palmer sich saublöd vor. Sie hatte den Blumenstrauß an sich gedrückt, als ob sie ihn umarmen wollte. Wie töricht. Ihre Bluse hatte sich wegen der patschnassen Stiele so eingenässt, dass das Wasser auf den Boden tropfte und hinter ihr eine Spur herzog.

Pure Romantik! Oder Dummheit?

VIERUNDZWANZIG

Zu viel war innerhalb kurzer Zeit auf die Polizeibeamten eingeprasselt. Weinschenk war auch bloß ein Mensch, der seine Gedanken ordnen musste.

Kurz nach vier Uhr, mitten in der Nacht, erwachte er und erhaschte, während er die Augen öffnete, ein Mosaiksteinchen. Es lag vor ihm, aber er konnte es nicht greifen. Vorsichtig bewegte er seinen massigen Körper und stand auf. Neben ihm schnarchte Miriam leise.

In der Essküche legte er Johnny Cashs Todessongs ein und brühte sich einen Kaffee auf. Kurze Zeit später hörte er ein metallenes Scheppern. Seine angespannte Miene hellte sich auf, als er sich gähnend zum Briefkasten bewegte. Wieder zurück im Wohnzimmer ließ er sich in einen Sessel fallen. Mechanisch, ohne viel zu denken, las er die Montagszeitung von hinten nach vorn. Die Ravensburg Towerstars hatten ihren Eishockeygegner aus dem Bayrischen mit 5:1 aus dem Stadion gefegt. Und er hätte das Spiel sehen können. Doch er hatte das Ticket verfallen lassen müssen. Ohne neue Erkenntnisse zu gewinnen. Davon sprach HaWe nicht. Der Chef war ein guter Chef, aber die ganze Welt drehte sich um sein Gehirn und die Berge, die er besteigen wollte.

Weinschenk trank noch einen zweiten Kaffee. Er leerte die Tasse – sie war mit einem Motiv aus Paris bedruckt – bis auf den letzten Tropfen.

Dann setzte er sich an den Computer und stöpselte einen USB-Stick ein. Er überflog die E-Mails, die Seeberger auf dem Rechner des Bankchefs gefunden und kopiert hatte. Nirgendwo war zu lesen, wer Zwerger umgebracht hatte. Aber die Person des Ermordeten wurde für Weinschenk plastischer. Wie viele erfolgreiche Menschen hatte Harty Zwerger unter Lieblosigkeit gelitten, zumindest unter dem Gefühl, dass niemand ihn liebte. Ohne Hintergedanken, so wie es nur ein Kind oder ein Hund vermag.

In Weinschenks Augenwinkel hing eine Träne, die über die zu fette Wange kullerte und verdunstete. Der Polizist musste blinzeln, sodass ein winziges Härchen aus dem Auge geschwemmt wurde. In dem Moment fiel der Schleier von seinem Gehirn. Das Mosaiksteinchen hatte Farbe angenommen.

In 35 Minuten, gegen sieben Uhr, erreichte er die Polizeidirektion. Nina Palmer hatte er eine Nachricht geschickt. Sie wartete außerhalb der Einfahrt und schlug sich mit den Armen heftig auf die Schultern, um sich zu wärmen.

Die Frau mit dem blonden Zopf lächelte matt: »Schön warm, dein Wagen.«

»Wenn ihr jungen Leute einen Schal umbinden würdet, dann wärt ihr nicht dauernd erkältet.«

»Aha, da hat jemand Erziehungsprobleme.«

Weinschenk knurrte.

»Wohin fahren wir, Paps?«

»In die Weststadt.«

»Heißt das, du hast eine Erleuchtung gehabt?«

Wortlos rauschte der Polizeioberkommissar bei Gelb über die Kreuzung. Ihm folgten noch zwei Autos. An der nächsten Ampel stoppte er bei Dunkelgelb. Hinter ihm hupte es wild, was Weinschenk nicht beachtete.

»Weißt du noch, mein Töchterchen, über was wir am Samstag geredet haben?«

»Hm?«

»Dass der Zwerger die Frauen benutzt hat. Seine Scheidung hat ihn offensichtlich schwer getroffen. Schon Frau Gutekunst hatte uns darauf hingewiesen. Würde mich auch fertigmachen, wenn meine Frau mit einem 25-Jährigen durchbrennen würde. Und in ihren E-Mails hat ihm seine Ehemalige von der Insel der Wollust vorgeschwärmt, auf der sie mit ihrem Lover lebt. Kein Wunder, dass der Zwerger, Alphatier, gut aussehend, sportlich und in Gelddingen flüssig, durchdreht. Er vögelt jede Frau, die er kriegen kann. Und dann wirft er sie von sich, um sich die nächste zu angeln. Aber die Verletzung, die ihm seine Frau zugefügt hat, will nicht heilen. Der Schmerz bleibt, wird sogar noch größer. Er muss ein Trauma gehabt haben. Problemlos kann er sich jede angeln, aber seine Ex hat er gelangweilt. In ihren Augen hat er im Bett versagt.«

»Hast du das aus der Gutekunst rausgequetscht, Paps? Aber ich war doch bei der Vernehmung dabei.«

»Ne, so ähnlich hat es mir Mäx berichtet. Doch die Quelle, die du angenommen hast, stimmt. Vor eineinhalb Wochen hatte unser lieber Kollege Frau Gutekunst auf der Seenplatte getroffen. Heute Nacht hab ich nochmal die E-Mails überflogen, die wir auf dem Zwerger'schen Computer gesichert haben. Sie haben die Aussagen der stellvertretenden Bankchefin indirekt bestätigt.«

»Und jetzt willst du die Gutekunst wieder einsacken …«

Es hupte. Gemächlich fuhr Weinschenk an und wurde nach wenigen Metern von einem schwarzen BMW überholt.

»Nachdem wir sie am Donnerstag haben laufen lassen.«

Weinschenk lachte. Ein gefährliches Lachen.

Er bog nach rechts ab. Die Umgehungsstraße führte in leichten Kehren durch das Industriegebiet an der Kletterhalle vorbei in die Ravensburger Weststadt.

»Paps, hast du rausgekriegt, wieso der junge Gotterbarm Mäx attackiert hat?« Nina Palmers Stimme klang ähnlich dünn wie die Stimme des alten Gotterbarm bei der Vernehmung.

»Ich nehme mal an, er wollte den Feind seines Onkels umbringen. Immerhin hatte der Zwerger ihn um ein mögliches Erbe gebracht …«

Nina Palmer krallte sich am Sitz fest.

»Doch ein anderer ist ihm zuvorgekommen.«

»Er war's also nicht?«

Bedächtig schüttelte Weinschenk den Kopf. »Hat er dem Zwerger den Kopf gespalten? Nein. Was fragst du also?«

Die junge Polizistin starrte aus dem Autofenster. Ihre Migräne hatte sich aufgelöst, aber das Klingeln in den Ohren war geblieben. Sie brauchte dringend eine Pause, aber noch musste sie durchhalten. Sie war es Seeberger schuldig, sie seufzte.

Linker Hand reihten sich eckige Industrieanlagen aneinander, rechts wechselten sich Grünflächen und Sportgelände ab. Im Westen trainierten Fußballer, Triathleten, Karateka und Skateboarder. Allerdings nicht um 7.10 Uhr am Morgen. Menschen gleich Fehlanzeige. Wenn man von den Plakaten absah, die an den Straßenlaternen hingen. Auf den bunten Kartons warben Stars und Sternchen für ihre Auftritte in der Oberschwabenhalle. Hoffentlich boten sie live mehr Emotionen.

Aber nicht nur wegen der fehlenden Menschen wirkte die Umgebung leblos. Obwohl direkt an der Straße in immer gleichem Abstand gleich aussehende Bäume gepflanzt waren. Dahinter und zwischen den Sportstätten wuchs eine Mischung aus Rasen und Wiese. Eine riesige Grasfläche, die ein großer Rasenmäher problemlos in wenigen Stunden mähen konnte. So wie die Kehrmaschine einen betonierten Schulhof fegte. Eine Gegend völlig ohne Individualität. Eine Gegend, in der die Gedanken abschweiften.

Wieso hatte Bernd Gotterbarm am Schleinsee so rabiat auf die Anwesenheit der Polizei reagiert? Weil er ein Gewehr schwarz gekauft hatte und sein Waffenschrank nicht abgeschlossen war? Hatte ihn der SEK-Einsatz so aufgewühlt, dass er sich für einen Schwerverbrecher hielt? Als Wilden hatte ihn die Bäckerin bezeichnet. Nach ihrer Aussage hatte Bernd Gotterbarm immer Probleme gehabt, sich Regeln und Fesseln zu unterwerfen.

Geräuschvoll blies Weinschenk die Luft aus seinen Backen. Wie dem auch sei – mit dem Mord am Häcklerweiher hatte Bernd Gotterbarm nichts zu tun. Punkt. Außer dass er sich in der Mordnacht hinter einem Baum versteckt gehalten hatte, die Axt in der Hand.

»Weißt du, Töchterchen, wenige Meter entfernt lag Engels auf der Lauer. Und so hat der junge Gotterbarm gezögert. Was sollte er auch tun, außer abwarten. In der Folge ist ihm dann ein anderer zuvorgekommen. Können wir den Ziegenzüchter verhaften, bloß weil er den Bankchef liebend gern mit seiner Axt erschlagen hätte? Sind die Gedanken nicht frei?«

»Paps, es geht um Mord.«

»Mit dem Bernd Gotterbarm aller Voraussicht nach nichts zu tun hat. Er hat den Bankchef nicht getötet. Unter einer Voraussetzung natürlich: wenn Engels nicht gelogen hat. Den jungen Gotterbarm können wir momentan leider nicht befragen.«

»Und die 450 Pestogläschen, die wir in Gotterbarms Küche gefunden haben?«

»Halb Oberschwaben hat auf dem Markt Gotterbarms Bärlauchpesto gekauft.«

»Jetzt übertreibst du aber.«

»Zugegeben.«

»Und wer … wer ist dann der andere, der Bernd Gotterbarm zuvorgekommen ist?«

»Abwarten!« Weinschenk bog nach rechts ab. Die wie mit dem Lineal gezogene Straße zog sich in einem langen geraden Anstieg bis zur Weststadt hoch. Vor einer grellgelben Tankstelle setzte Weinschenk den Blinker.

Bodennebel wallte von den Rabatten über den Teer. Die Autos steckten bis zur Radhöhe in Watte und rollten dennoch mühelos voran.

Wieder nach links wurde die verkehrsberuhigte Straße schmaler. Betonkübel versperrten in kurzen Abständen die Hälfte der Fahrbahn. Weinschenk ächzte jedes Mal, wenn er den Wagen hart nach links und wenige Sekunden später hart nach rechts steuern musste. Die Pflanzen verwelkt, hatten kurz vor ihrem Ableben die Gliedmaßen in die Höhe gestreckt. Die Blätter wirkten wie Knochen, das Fleisch bereits verwest. Wollten sie noch eine Botschaft in die Welt hinausbrüllen?

Nun ja, sie hatten zu wenig Wasser abgekriegt.

Vor einem Einfamilienhaus mit viel Holz stoppte Weinschenk sanft.

Das Gebäude mit einem mächtigen Balkon aus akkurat gehobelten Holzbrettern hätte auch in den Alpen stehen können. Die Oberschwaben, nicht nur Kriminalrat HaWe, liebten ihre Berge, hatten aber auch ihren Stolz und ließen sich ungern von Fremdem vereinnahmen. Dieses Jahr hatte um das Rutenfest, den Nationalfeiertag der ehemals freien Reichstadt Schwabens, ein heftiger Zwist getobt. Wild gestritten wurde, ob die Teilnehmer am Festumzug Dirndl und Lederhosen, also bayrische Kleidung, tragen durften.

»Was suchen wir hier, Väterchen?«

»Wir reden.«

»Mit wem?«

»Familie Engels.«

Nachdem Weinschenk sich aus dem Auto gewuchtet hatte, zögerte er, an der Haustür zu klingeln. Denn im Osten, jenseits des Mehlsackes, ging die Sonne auf. Eine kreisrunde riesige Apfelsine hing über den Dächern. Überreif drohte sie zu explodieren. Es würde ein schöner Tag werden. Aber nicht für alle.

HaWe hatte recht gehabt. Es hatte sich gelohnt, noch einmal klettern zu gehen. Solange man es noch konnte. Für Montagnacht hatten die Wetterfrösche einen heftigen Temperatursturz angekündigt. Künftige Partys am Häcklerweiher mussten den Rest des Jahres wegen Kälte abgesagt werden. Hätte es früher gestürmt, vielleicht würde der Bankchef noch leben. Was für eine Tragik! Den nackten Mann ereilte der Tod, bloß weil der Spätsommer länger geblieben war.

In der Einfahrt schräg gegenüber knallte die Haustür, ein Vater scheuchte seine Kinder ungeduldig ins Auto.

Weinschenk drückte den Klingelknopf. Die Kinderstimmen, die durch das geöffnete Esszimmerfenster fröhlich nach außen gedrungen waren, verstummten.

Weinschenk hasste sich für das, was er tun würde. Tun musste.

Stefan Engels öffnete. »Herr Kommissar …« Der untersetzte Ingenieur ließ Kopf und Oberkörper fallen. Überrascht und irritiert schob er seine runde Metallbrille auf die hervorstechende Nase zurück.

»Dürfen wir eintreten, Herr Engels?«

»Äh … ja … natürlich … obwohl die Kinder … die Kinder müssen zur Schule …Sie fahren mit dem Bus«, fügte er hinzu, während er voranging.

Katja Engels' Gesicht, gut durchblutet, glänzte rötlich. Sie hielt mit der rechten Hand ihren Gipsarm fest und begutachtete stolz ihre beiden Töchter, die geräuschvoll Müsli löffelten.

Die zwei Mädchen, vielleicht acht und zehn Jahre alt und strohblond wie ihre Mutter, strahlten Weinschenk und Nina Palmer an. Hatten sie die Hoffnung, dass die Schule ausfallen würde? Einer Respektsperson wie Grizzly Weinschenk konnte man allerhand zutrauen.

»Sie wollen zu meinem Mann?«

»Auch.«

»Ich dachte«, Stefan Engels hielt kurz die Luft an, »wir hätten alles geklärt.«

»Wieso geklärt?« Die Stimme von Katja Engels hatte an Schärfe gewonnen. Sie tönte nicht mehr sanft, sondern schrill und nervtötend. Die Stimmung war nicht gut im Hause Engels, was nicht verwundern konnte. Da betrügt Katja Engels ihren Mann, wovon dieser irgendwann erfährt. Und nur weil Monate später ihr Lover getötet wird, beginnen zu Hause keine zweiten Flitterwochen.

»Nun, ich war …« Der Ingenieur, der sich am Fünftagebart kratzte, blickte hilfesuchend zu den beiden Polizisten. Verspürte er Rückenschmerzen? Er krümmte sich noch gebückter als das letzte Mal. Oder lähmte den untersetzten Mann eine aberwitzige Angst, dass sein Kopf nicht durch alle Türen passte und er ihn anschlagen würde?

»Nun?« Der Blick des Engels mit den smaragdgrünen Augen konnte Menschen erdolchen. Nur wer sich durchsetzte, machte Karriere. Und Frau Engels hatte es immerhin zur stellvertretenden Schulleiterin geschafft.

Allwissend schien sie nicht zu sein. Wusste sie etwa nicht, dass ihr Mann in der Polizeidirektion eine Aussage gemacht hatte? Hatte er den Besuch vor ihr geheim gehalten? Auf den zweiten Blick logisch, denn wahrscheinlich war ihm das Geständnis peinlich, dass er seine Frau beim Sex mit ihrem Geliebten erwischt und – noch schlimmer – beobachtet hatte.

»Was hast du mir zu sagen?« Die Engelsfrau, die ihre blonde Kurzhaarfrisur schüttelte, hatte Haare auf der Zunge.

»Ich war bei der Polizei.«

»Bei der Polizei? Ja spinnst du, Stefan?«

Die beiden Töchter hatten das Müslischaufeln eingestellt. Nervös streckten sie ihre Löffel in die Luft, ohne loszulassen.

»Ihr geht jetzt besser ins Bad und putzt eure Zähne. Der Bus wartet nicht.«

»In Ordnung, Mama.« Die zwei Mädchen antworteten zeitgleich wie zwei Synchronspringerinnen, die sich in ein und derselben Sekunde vom Sprungbrett stürzten. Kleiner als Weinschenk es erwartet hätte, trippelten sie auf Stoppersocken durch die Wohnküche und verduftetent.

Das Haus erweckte einen freundlichen Eindruck. Anstatt schwerer Eichenmöbel bestimmten helle Hölzer die Einrichtung. Skandinavische Leichtigkeit und Offenheit anstelle von deutscher Dunkelheit und Hinterlist. Aber so konnte man sich täuschen.

»Dann gehe ich mal, Stefan …« Frau Engels, die perfekte Verkörperung eines Schwedenmädels, verließ kopfschüttelnd die halb volle Müslischale und sprang auf. Sie trug ein kariertes Holzfällerhemd, das unförmig an ihrem Oberkörper hing und bis zu den Knien reichte.

»Wir haben einige Fragen, Frau Engels.«

»Ich dachte, Sie wollten zu meinem Mann.«

Weinschenk lächelte. Es wirkte, als ob ein Grizzly die Zähne fletschen würde.

Eine tiefe Falte zog sich von der Stirn auf Katja Engels Nasenwurzel herunter. »Die Mädchen müssen zur Schule. Es macht einen schlechten Eindruck, wenn die Töchter einer Lehrerin zu spät kommen.«

»Einen ganz schlechten Eindruck. Richtig.« Weinschenk, übergewichtig und beleibt, rückte nicht aus dem Weg, sondern wuchs noch mehr in die Breite. In der Wohnküche wirkte er so wie eine Barriere, die nicht zu überwinden war.

Katja Engels ließ sich von Größe und Speck nicht beeinflussen: »Ich muss in meinen Unterricht.«

»Tut mir leid.« Weinschenk, so viel war jedem klar, tat dies überhaupt nicht leid. »Wir haben an Sie noch einige Fragen, Frau Engels.«

»Kann das nicht ein anderes Mal sein? Wir haben nachher eine wichtige Rektoratsbesprechung. Ich habe die Möglichkeiten einer Kooperation mit einer anderen Schule erarbeitet und muss die Ergebnisse präsentieren. Kann ich unmöglich ausfallen lassen. Es geht um die Zukunft meiner Schule.«

»Hier geht es um die Zukunft Ihrer Familie.«

»Stefan …« Die smaragdgrünen Pupillen funkelten. Ein wütender Engel, der kein Leben rettete, sondern Blitze schleuderte. »Was hast du verbrochen?«

»Willst du das wirklich wissen, Katja? Die Frage müsste doch lauten: Wie hätte ich mich wehren sollen? Aber ich bin wohl ein Schlappschwanz.« Auf Stefan Engels Nasenspitze hatten sich Schweißperlen durch die Haut gedrückt.

Angeblich ging es Frauen heutzutage immer um die Romantik. Dieser Einfall kam nicht Weinschenk, sondern Nina Palmer. Doch die Frau des Bankchefs hatte ihren Mann verlassen, weil er im Bett keine Höchstleistungen mehr brachte. Hatte die Engelsfrau ihren biederen Ingenieur aus demselben Grund betrogen?

Katja Engels rundliches Gesicht rötete sich noch stärker, aber die Lehrerin schwieg.

Der bauchige Ingenieur setzte auf Angriff: »Würden Sie uns endlich verraten, was Sie hier wollen? Sie fallen am Morgen in unser Haus ein, verwirren unsere Kinder, beleidigen meine Frau …«

»Oh mein göttlicher Ehemann. Endlich zeigt er Biss. Alles, damit der heile Schein gewahrt wird. Ist das nicht ein bisschen zu spät? Was hast du der Polizei verraten? Dass du mich liebst?«

»Ich liebe dich natürlich noch, Katja.«

»Idiot!« So zischte eine Schlange. »Was muss noch passieren, damit du es endlich kapierst, Stefan! Wir haben fertig miteinander!«

Die heile Welt in der Ravensburger Weststadt wies Risse auf. Als ob sie den Gedankengang Nina Palmers gehört hätte, gestand die Engelsfrau: »Wir brauchen nicht um den heißen Brei herumzureden. Unsere Ehe ist ein Modell für die Vergangenheit. Unsere Beziehung hat sich überlebt. Was ich aber überhaupt nicht kapiere: Was hat der Zustand unserer Ehe mit der Polizei zu tun? Ist es ein Verbrechen, wenn man sich scheiden lassen möchte?«

»Du willst die Scheidung?«

»Herrgott, Stefan …«

Dem untersetzten Mann war die Metallbrille auf die Nasenspitze hinuntergerutscht. Er fasste mit zitternden Fingern, an denen Butter klebte, in das linke Glas und nahm das Gestell ab. Ohne Brille wirkte er mit seiner spitzen Nase wie eine Maus, die nicht deutlich sah und deswegen in der Luft herumschnupperte.

Falten glitten über Stefan Engels Stirn, sein Gehirn arbeitete mit Hochdruck. »Haben Sie an meiner Aussage von vergangener Woche etwas auszusetzen, Herr Kommissar?«

»Ich? Nein. Wieso sollte ich? Sie haben uns sehr geholfen.«

»Habe ich das?«

Eine gute Frage. Zumindest hatte Stefan Engels bezeugt, dass Bernd Gotterbarm nicht Hand an den Zwerger gelegt hatte. Was bei Gift als Todesursache auch nicht zu vermuten gewesen war. Das entscheidende Problem hatte er aber nicht gelöst: Warum hatte der Täter Irene Scherle umgebracht?

Was konnte die Tätowierte gesehen haben?

Was hatte Stefan Engels übersehen?

An diesem Punkt kamen die Ermittler nicht weiter. Sackgasse.

Als ob nichts geschehen wäre, stürmten die zwei bildhübschen Mädchen ins Wohnzimmer. Ihre Schuhe klackten auf dem hellen Parkettboden. »Tschüss, Mami!« Die zwei Gören, kleinere Ausgaben der Engelsfrau, bogen bereits in den Flur ab, doch Katja Engels rief: »Gebt ihr eurer Mama keinen Kuss?«

Wieder pochten schnelle und gleichzeitig kurze Schritte. Die Engelsfrau schloss die Augen, als das kleinere der beiden Mädchen voller Genuss ihre Wange abschleckte.

Eine halbe Minute später schepperte die Haustür. Stefan Engels, die Metallbrille wieder auf der Nase, runzelte die Stirn. Die überbordende Energie der Kinder hielt auf Dauer kein Schloss aus.

»Sie haben hoffentlich nichts dagegen, dass wir uns setzen?«

»Dauert es so lange? Aber meine Schule …«

»Und ich«, stammelte der Ingenieur. »Ich muss zu meinen Turbinen.«

»Du bist besser ruhig, Stefan.« Herr Engels erstarrte, als ob jemand den Ausschalter umgelegt hätte. Unwirklich, wie der strohblonde Engel mit seinem Ehemann umging. Eine Parodie mit schlechtem Beigeschmack.

Niemand bot Weinschenk einen Tee oder wenigstens ein Glas Wasser an. Ungerührt ließ der Koloss sich in einen Stuhl mit Blumenpolster fallen, der knarzte.

Bei dem Geräusch schloss Katja Engels die smaragdgrünen Augen. Sie musste es sich gefallen lassen, dass der unförmige Grizzly das Heft des Handelns in die Hand genommen hatte. Deutlich sichtbar plusterte sie ihre Lippen auf.

Die Anwesenden zerfielen in drei Gruppen: auf der einen Tischseite die zwei Polizeibeamten, denen die Engelsfrau direkt gegenüber saß. An einer Tischecke und damit deutlich von seiner Frau getrennt, hatte der Ingenieur mit den Geheimratsecken Platz genommen.

Wer belauerte hier wen? Erwartungsvoll verschränkte Nina Palmer die Arme.

Und was, um Himmels willen, wollte Weinschenk bei den Engels? Dass Katja Engels ihren Ehemann verabscheute, einverstanden. Offensichtlicher ging es nicht. Doch die Polizisten waren weder Sozialarbeiter noch Seelsorger – zumindest nicht im Erstberuf.

»Frau Engels«, Weinschenks Bass vibrierte sanft, »seit Tagen zermartern wir uns den Kopf: Warum hat der Mörder Frau Scherle umgebracht, aber Sie hat er laufen lassen?«

»Er hat einen Anschlag auf mich verübt. Ich hatte Glück, dass ich überlebt habe.« Katja Engels pochte mit ihrem Gipsarm sanft auf den Holztisch.

»Ich glaube nicht, dass der Mörder Sie angegriffen hat …«

»Sie glauben. Gehen Sie in die Kirche? Schön für Sie. Auf der anderen Seite: Jetzt enttäuschen Sie mich, Herr Kommissar.«

Weinschenk blickte in zwei smaragdfarbene Diamanten, die einen Mann verzaubern und betäuben konnten. Bevor die Engelsfrau ihn hypnotisierte, zwinkerte der Grizzly. Mit einem lässigen Lidschlag hatte er sich befreit.

»Wie wir aus Zeugenaussagen erfahren haben, Frau Engels …«

»Zeugen? Was für Zeugen?«

»Sie wurden am Weiher beobachtet.«

»Von dir?« Der Engel schrie, das Gesicht verzerrte sich. »Stefan, du warst am Häcklerweiher? Du Scheißkerl!« Während Weinschenk und auch Stefan Engels keine Miene verzogen, legte Nina Palmer mit einem Ruck den Kopf quer, als ob sie sich gegen einen Angriff stemmen müsste. Ihr Zopf hüpfte und pendelte dann langsam aus.

Wo würde der Showdown zwischen dem Ehepaar hinführen? Eine kaum noch versteckte Feindschaft und sogar Hass hatten sich ausgebreitet. Wo würden diese Emotionen an diesem sonnigen Spätsommertag aufschlagen? Hatte Weinschenk diesen Gefühlsausbruch erhofft oder überraschte ihn dieser? Nina Palmer jedenfalls war von den Socken, ließ sich aber nichts anmerken, was keine große Schwierigkeit darstellte. Niemand beachtete sie, was selten geschah.

Stefan Engels visierte die Tischplatte, als ob er in den leeren Müslischüsseln die Zukunft lesen könnte. »Ich habe gesehen wie du … du und dieser Harty …« Seine Stimme würgte und brach ab.

»Du …!« Katja Engels brüllte nun ungehemmt und angriffslustig. Am Frühstückstisch saß kein Schmuse-, sondern ein Racheengel. »Du hast Harty umgebracht! Du Mörder!« Tränen rieselten aus ihren Augen. »Hast du ihm einen Knüppel über den Kopf gezogen? Außer Brutalität fällt euch Brutalos nichts ein.«

War sie verwirrt oder verkaufte sie sich bewusst als Dummchen? Die Lehrerin musste doch wissen, dass Herr Zwerger an Gift gestorben war. Die Schwäbische Zeitung hatte dieses Detail genüsslich ausgebreitet und die Marktbesucher in Ravensburg, Weingarten und Wangen befragt, ob sie noch Pesto aßen. Wie üblich gingen die Meinungen bunt durcheinander.

Einen Tag später folgte ein Test, welche Pestosorten Liebhaber ohne Angst verzehren konnten, ohne befürchten zu müssen, auf dem Friedhof zu landen. Gift war in den Proben keines entdeckt worden, was der Hysterie keinen Abbruch tat.

Zwei Tage später hatte die Schwäbische dann ein Foto des Ravensburger Oberbürgermeisters abgedruckt. Die Scharfeinstellung der Kamera zeigte in Großaufnahme Spaghetti mit Pesto, die der OB, sein Gesicht verschwommen im Hintergrund, um eine Gabel gewickelt hatte. Motto der Aktion: ›Unsere Lebensmittel sind sicher.‹

Nun, ja.

»Frau Engels, dürfen wir Ihnen noch einige Fragen stellen?«

»Seit wann so höflich?«

Nicht nur der Ingenieur, auch die Engelsfrau setzte auf Konfrontation.

»Gut.« Entspannt streckte der Grizzly die Beine von sich. »Sie erinnern sich an die Nacht am Häcklerweiher ...«

»Zum Teil. Vieles liegt im Dunkel. Seit dem Sturz, wissen Sie.«

»Natürlich, natürlich ... Wie konnte ich den Unfall vergessen? Sie verzeihen. Aber trotzdem nochmal zurück. Frau Scherle dürfte damals kurz vor Ihnen aufgebrochen sein. Nach unseren Informationen ist sie aber in einer Entfernung von 50 Metern stehen geblieben.«

»Ja?« War dies nun eine Antwort oder eine Frage?

»Haben Sie Frau Scherle am Weiherufer nicht bemerkt, Frau Engels?«

Mit halb geschlossenen Augen schüttelte die Engelsfrau den Kopf. Der Bob, der in ihre Stirn hereinragte, erzitterte wie vor wenigen Minuten Nina Palmers Zopf. Und beruhigte sich noch schneller wieder.

»Später haben Sie sogar mit Ihrer Freundin geredet.«

»Frau Scherle war nicht meine Freundin.«

»Aber Frau Scherle hat auf Sie gewartet, Frau Engels, oder nicht?«

Die blonde Frau mit den wunderbaren Augen, die verräterisch flackerten, schob ihren Gipsarm lautlos über den Tisch. »Sie müssen mir auf die Sprünge helfen, Herr Kommissar.«

»Wir haben zwei Zeugen, die das Gespräch bestätigen.«

»Zwei?« Kurz brach die gespielte Gleichgültigkeit der blonden Engelsfrau zusammen. Wieso musste der Dicke sie nur so quälen? Sie hasste Weinschenk nicht, so wie die Gutekunst ihn aus vollem Herzen verachtete. Aber sie ahnte, dass der Kommissar nicht aus Höflichkeit morgens um 7.30 Uhr in die Weststadt gefahren war.

»Waren Frau Scherle und Sie …« Weinschenk zögerte, »Konkurrentinnen?«

»Vielleicht hat sie mich als Konkurrentin betrachtet, ja.«

Katja Engels Tränen waren getrocknet. Sie lächelte sanft, während die Erinnerung zurückkehrte. Wie war es gewesen, in jener Nacht, die so tragisch endete? Nach dem Schwimmen im Weiher hatte sie sich allein auf Harty konzentriert. Zwei Menschen wurden eins. Das ewige Mysterium der Liebe, das nicht bei allen auf Gegenliebe stieß, sondern Neid, Hass und heftigste Aggressionen verursachte. Wenn Katja damals auch keine einzige negative Schwingung empfangen hatte. Unter der Wolldecke vögelten Geliebte und Liebhaber wie in einem schalldichten Iglu, abgeschlossen von Gott und der Welt.

Die eifersüchtige Irene war wutentbrannt und ohne Gruß abgezogen. Einen Moment dachte Katja, dass Hartys Ehemalige außerhalb des Feuerscheins stehen geblieben war, doch sie scherte sich nicht darum. Im Gegenteil: Das Bewusstsein, dass sie beäugt wurde, hatte sie aufgegeilt. Das Ziel erreicht, der Berg erklommen. Ein Sieg auf der ganzen Linie.

»Es war also kein erfreuliches Gespräch zwischen Frau Scherle und Ihnen.«

»Was erwarten Sie, Herr Kommissar? Okay, wir haben Krach gehabt. Deshalb haben wir uns gezofft. Lautstark.«

»Warum haben Sie uns das bis jetzt nicht verraten?«

»Weil es mir erst vor Kurzem wieder eingefallen ist. Ich konnte mich an wenig erinnern. Wie oft muss ich dies noch wiederholen. Ist ja auch Schnee von gestern und unwichtig. Ja, ich habe der Irene ihren Typen ausgespannt …«

Stefan Engels hieb mit der Faust auf den Tisch. Der Ingenieur krümmte seinen ohnehin schon krummen Rücken stärker, so sehr schmerzte der Schlag. »Und das verrätst du offen jedem, der es wissen will?«

»Der Herr Kommissar ist nicht jeder.«

»Als Nächstes beichtest du einem Journalisten der Schwäbischen Zeitung. Und wir lesen den Beginn einer wunderbaren Serie über ›Wer vögelt wen in Oberschwaben‹. Ist dies dein Ziel?«

»Jetzt mal langsam, Stefan. Du bist durch die Kneipen gezogen und hast nach dem dritten Glas Bier jedem ins Gesicht geschleudert, dass dich deine Frau betrügt. ›Wie tragisch, ich armer hintergangener Ehemann!‹ Deine Rolle hast du dabei vergessen.«

»Meine Rolle? Ich hab mich immer um die Familie gekümmert.«

»Job und Haus. Was anderes gab es für dich nie. Du warst schon immer der perfekte Langweiler.«

»Und diese Frechheit muss ich mir von dir anhören, Katja?«

»Du musst dir gar nichts anhören, Stefan. Und du hältst besser einfach mal die Klappe.«

Da konnte Nina Palmer nur über die Macht der Frauen staunen, denn der Ingenieur schloss tatsächlich den offen stehenden Mund. Klappe dicht!

»Wegen was haben Sie am Häcklerweiher gestritten, Frau Engels?«

»Reicht es Ihnen nicht, wenn mein Mann …«, sie betonte das »mein« neckisch, »in Ihrer Polizeidirektion frei von der Leber weg geplaudert hat? Sie wissen doch schon alles. Verraten Sie mir lieber den Namen des zweiten Zeugen.«

»Können wir nicht.«

»Herr Kommissar, bluffen Sie oder hat an jenem Scheißabend tatsächlich neben meinem sauberen Ehemann noch jemand im Wald gesteckt? Dann will ich endlich erfahren, um wen es sich handelt. Das ist mein Recht. Denn das war Stalking. Stalking ist strafbar.«

Weinschenk seufzte. Zumindest tat er so, als ob er ächzen würde. »Frau Scherle war wütend auf Sie, oder?«

»Sie hat mich zur Sau gemacht. Als ob ich was dafürkönnte. Die Beziehung zwischen ihr und Harty ist doch schon vorher in die Brüche gegangen. Harty war ein göttlicher Mensch, aber er hatte auch seine üblen Momente. Wissen Sie, seine Frau hat ihn betrogen und ihm übel mitgespielt. Er hat Liebe gesucht und nach Bestätigung gegiert. Ein Traum von einem Mann und gleichzeitig verletzlich. Und er hat … er hat andere verletzt. Harty hätte sich auch sanfter von Irene trennen können, logisch. Es geht einfach nicht, dass man die Geliebte per Kurznachricht aufs Abstellgleis schiebt. Das war Hartys dunkle Seite, sein Trauma. Wenn er von einer Frau die Nase voll hatte, hat er ihr ohne Hemmungen wehgetan. Gnadenlos, als ob er uns Frauen etwas zurückzahlen und uns bestrafen müsste. Ja, ich verstehe Irene.«

Blutleer hockte der Ingenieur am Frühstückstisch. Er bestand allein aus einer Hülle, die mit etwas abgestandener Luft gefüllt war. Arme und Oberkörper so ausgemergelt wie nach einer Hungersnot. Stefan Engels hatte sich in sein Schicksal ergeben. Obwohl er überlebt hatte. Er hätte triumphieren können. Doch von Jubel keine Spur.

»Frau Scherle hat Sie also beschimpft?«

»Ja …«

»Und dann ist Sie neben Ihrem Rad hergerannt.«

»Wieso das?« Frau Engels fasste an das silberne Kreuz, das um ihren Hals hing und seither in der Bluse verborgen gewesen war. Eine Arbeit im keltischen Stil, wie Nina Palmer sofort bemerkte.

»Sie waren betrunken, Frau Engels. Schwankend auf dem Rad konnten Sie sich nicht absetzen. Frau Scherle war austrainiert. Sie hat sich problemlos an Sie gehängt. Aus irgendeinem Grund hatte sie einen hölzernen Grillspieß in der Hand. Vielleicht hatte sie einen Plan gefasst. Vielleicht geschah die Attacke aber auch aus einer Laune des Schicksals heraus. Auf dem Waldweg jenseits der Bundesstraße hat Ihre Konkurrentin Sie eingeholt und den langen Ast zwischen Ihre Radspeichen gestoßen. Und Sie sind über den Fahrradlenker gesegelt.«

Nina Palmer stützte sich auf ihre rechte Handfläche und stierte neugierig die Engelsfrau an, die erstarrt schien.

»Sie irren sich, Hartys Mörder hat einen Anschlag auf mich verübt.«

»Nicht der Mörder. Frau Scherle, Ihre Konkurrentin. Unser Labor hat am Ast DNA festgestellt, verschiedene DNA-Spuren. Ein Teil davon stammt eindeutig von Frau Scherle.«

»Ich erinnere mich nicht.«

»Erinnerung, Frau Engels, bedeutet nicht immer etwas Schönes. Besonders in diesem Fall, in dem es um Betrug und Verletzung und Rache geht.«

Was bedeutete es, wenn nicht der Mörder versucht hatte, die vermeintliche Zeugin Katja Engels zu beseitigen? Hatte Irene Scherle den Mord begangen? Aber die tätowierte Kletterkönigin war selber umgebracht worden. Nina Palmer war ratlos und blieb es.

Bis sie plötzlich begriff: Es existierte noch eine zweite Möglichkeit. Sie hob das Kinn, schwieg aber, als sie die Konzentration ihres Väterchens bemerkte. Der Grizzly angelte nach einem dicken Fisch. Der umschwamm den Köder. Noch hatte er die Möglichkeit, sich in die Tiefe abzusetzen.

Doch er zögerte, denn Flucht konnte man als Eingeständnis der Schuld bewerten. Vielleicht war es besser, den Wurm an der Angel zu umschwänzeln. Denn der Kommissar hatte keinen Beweis, sondern nur eine Vermutung. Auf der anderen Seite: Je länger der Fisch den zappelnden Wurm im Blickfeld hatte, desto leichter begab er sich in Gefahr. Aufgescheucht und nervös geworden, konnte er jederzeit einen verhängnisvollen Fehler begehen. Dann würde er am Haken hängen.

»Seither«, Weinschenk brummte etwas undeutlich, »seither sind wir davon ausgegangen, dass der Mörder Sie, Frau Engels, und damit eine unliebsame Zeugin aus dem Weg räumen wollte …«

Ein Stuhl kratzte auf dem Boden wie Kreide auf einer Schiefertafel.

»Jetzt haben wir festgestellt, dass Sie von Frau Scherle angegriffen wurden.«

Die blonde Engelsfrau regte sich nicht.

»Vergangene Nacht …«, Weinschenk musste gähnen und zeigte zwei goldene Backenzähne, einen rechts und einen links unten. »Verzeihen Sie, aber dieser Mordfall raubt uns den letzten Schlaf. Vergangene Nacht konnte ich nicht schlafen …«

»Tut mir leid für Sie.« Die Ironie triefte.

»Und da habe ich die Schulhefte meiner Tochter durchgeblättert. Heute Morgen um vier Uhr nach der zweiten Tasse Kaffee habe ich mich an ein Gespräch vor einigen Tagen beim Abendessen erinnert. Meine Tochter hat uns stolz über Gifte in der Natur erzählt: Tollkirsche, Eibe, Fingerhut und Herbstzeitlose …«

Man hätte eine Stecknadel fallen hören können.

Ob Stefan Engels sich bewusst war, auf was Weinschenk hinsteuerte? Wohl kaum. Der Ingenieur war zu sehr mit seinem eigenen Elend befasst. Aber die zwei Frauen, beide blond, die eine mit Zopf, die andere mit perfekt gestyltem Bob, hingen an Weinschenks Lippen. Wenn auch die Engelsfrau so tat, als ob sie gedankenverloren in die Ferne stieren würde.

»Meine Tochter geht in die dritte Klasse. Sie unterrichten doch auch in der dritten Klasse, oder nicht, Frau Engels.«

»Ich unterrichte in allen Klassen der Grundschule.«

»Und Sie kennen sich in Biologie aus, wenn ich nicht irre. Haben Sie nicht sogar Biologie studiert?«

Katja Engels Kinn wippte angespannt. »Biologie und Englisch.«

»Und Sie wissen, dass Herbstzeitlose im Bärlauchpesto nichts zu suchen hat.«

»Das weiß jedes Kind.«

»Genau. Jedes Kind, das die Grundschule besucht. Und jede Lehrerin. Sie wissen aber auch, dass Herbstzeitlose und Bärlauch leicht zu verwechseln sind.«

»Von was reden Sie, Herr Kommissar?«

»Ich zitiere Sie, Frau Engels: ›Wenn er von einer Frau die Nase voll hatte, hat er ihr ohne Hemmungen wehgetan.‹«

»Ja, aber was hat das mit mir zu tun? Wir hatten Sex, guten Sex. Irene war eifersüchtig und ist deshalb hinter mir her gespurtet. Wie oft muss ich mich wiederholen?«

»Sie erinnern sich nun?«

»Erinnern? Wahrscheinlich. Ich bin nicht sicher, aber ich glaube …«

»Jetzt glauben Sie, Frau Engels. Interessant, nicht?«

Der hellblonde Schopf der Engelsfrau ruckte ausweichend zur Seite. Sie verharrte und kniff die Augen zusammen, als ob sie Nina Palmer das erste Mal sehen würde.

Hätte der Pony in der Stirn nicht fast bis zu den Augenbrauen herunter geragt, hätten die zwei Polizeibeamten die tiefen Furchen sehen können. »Lassen Sie mich endlich in Ruhe, Herr Kommissar. Mein Unterricht hat begonnen, und meine Schüler warten …«

»Ach ja, die Schulkonferenz.«

»Dann komme ich eben zu spät …«

Niemand reagierte wie erhofft.

Hundertmal lieber würde auch Weinschenk an einem anderen Ort als in diesem hellen Einfamilienhaus mit seinen düsteren Bewohnern sitzen, zum Beispiel an seinem Fischweiher in der Nähe Bad Schussenrieds. Ein Teil seines Gehirns brüllte laut nach Koffein, was offensichtlich nur er hören konnte. Sucht war schon etwas Blödes, denn sie lenkte ab und allein auf sich selbst. Wie wunderbar es sich nun in der freien Natur anfühlen würde – auf dem zusammenklappbaren Regiestuhl, den auch Angler gerne benutzten. Das tuchene Klappmöbel sah unbequem aus und vermittelte doch ein Gefühl von Urlaub und gleichzeitig Gemütlichkeit. So gut man es sich beim Camping halt gemütlich machen konnte; die Angel hing auf der Halterung, die Emailletasse mit lauwarmem Kaffee ruhte in der breiten Hand.

»So, so, Frau Scherle hat Sie also vom Fahrrad gehauen. Rohe Gewalt, weil Frau Scherle Sie abgrundtief gehasst hat.«

»Ja genau, so war es. Muss es gewesen sein.«

»Sie haben Herrn Zwerger nicht verabscheut?«

»Verabscheut?« War die Erde eine Scheibe? Floss Wasser den Berg hinauf? Sank die Sonne ins irdische Meer, um sich am nächsten Morgen neu zu gebären? »Ich habe ihn geliebt.«

»Und trotzdem haben Sie ihn …?« Gequält schüttelte Weinschenk den Kopf.

»Was hab ich, bitte schön?«

Stefan Engels spitzte die Ohren, was ihm nicht leicht fiel. Die Ohrläppchen wucherten fleischig in die Länge. Ein auffallender Gegensatz zu seiner Gestalt, die für ihre Breite zu klein war.

Weinschenk brummte sanft. »Die unterschiedlichen Waffen hätten wir schon länger ernst nehmen sollen. Auf der einen Seite das Gift im Bärlauchpesto, auf der anderen Seite ein angespitzter Ast, praktisch ein Prügel, den jemand mit Kraft oder auch verzweifelter Entschlossenheit geschwungen hat. Wenn wir das genau betrachten, erkennen wir plötzlich zwei Täter. Dann hat Ihr Fahrradunfall überraschend nichts mit dem Mord zu tun. Zumindest nicht direkt. Doch wer war der Mörder? Mit hoher Wahrscheinlichkeit kein Unbekannter, sondern jemand aus Herrn Zwergers engstem Kletter- und Grillzirkel.«

»Sind Sie jetzt fertig, Herr Kommissar?« Die smaragdgrünen Augen strahlten unergründlich und tiefer, als Weinschenk blicken konnte. Sie wirkten auf einmal so schlangengleich und bedrohlich, dass Nina Palmer kurz erschrak. Gleichzeitig fragte sich die junge Frau, warum ausgerechnet Schlangen für Menschen das Böse verkörperten. Und die Versuchung. Katja Engels verkörperte auf der einen Seite einen Engel und auf der anderen eine Schlange. Was für ein Klischee und doch auch Wahrheit. So nah man der Wahrheit mit Worten kommen konnte.

»Für was Grundschulwissen gut ist, Frau Engels. Sie bringen den Kindern das Wissen über die Gifte der Natur bei, weil Sie Leben retten wollen. Die Kinder sollen ja nicht die Beeren der Eibe verzehren. Aber dieses Wissen lässt sich auch missbrauchen. Unter dieser Voraussetzung macht Herbstzeitlose in Pesto tatsächlich Sinn. Eine perverse Logik, nicht?«

»Ich verstehe nicht, auf was Sie hinaus wollen, Herr Kommissar.«

»Ich will darauf hinaus, dass Sie, Frau Engels, ausgerechnet Sie, die Geliebte, an jenem Abend am See einen Mord verübt haben.«

Stefan Engels, von den Halbtoten erwacht, keuchte: »Du!«

»Du hältst dich besser raus, Stefan!«

Ohne Widerrede fiel der Ingenieur in seine Schockstarre zurück.

»Sie können nicht mich meinen. Sie müssen sich irren.« Die Worte klangen wie eine Kampfansage, doch die Engelsfrau lächelte müde. Dabei war sie erst vor einer Stunde aus dem Bett gekrochen.

»Ja, Sie. Wir haben Grund zur Annahme, dass Sie, Frau Katja Engels, Ihren Liebhaber vergiftet haben.«

»Aber … was für einen Grund sollte ich haben, den Mann meiner Träume umzubringen?« Erneut rieselte es aus den smaragdgrünen Augen.

»Tja, was war Ihr Motiv? War es unter der Wolldecke doch nicht so prickelnd, wie es von außen den Anschein hatte? Was hat Herr Zwerger Ihnen in der romantischen Nacht am Häcklerweiher angedroht? Hat er Sie beschimpft? Sind Sie ihm – Sex hin oder her – auf die Nerven gegangen? Weil Sie im Klettern nicht top sind? Haben Sie ihn bei seinen Gipfeleroberungen gebremst? Herr Zwerger, das haben wir immer wieder gehört, war kein toleranter Mensch. Er tolerierte keine Schwächen.«

»Sie haben keinen Beweis.«

»Nein, haben wir nicht. Aber danke für Ihr Geständnis.«

»Das Ihnen nichts nützt.«

Der Grizzly mit den silbergrauen Haaren wartete geduldig.

Das Schwedenmädel hockte da, einen guten Meter vom Tisch entfernt, die Arme auf die Knie gelegt, der Körper gebeugt, als ob sie meditieren würde. Nach Minuten richtete sie sich wieder auf. Die smaragdgrünen Augen hatten sich prall mit Wasser gefüllt. Die Brühe schwappte über. Das bedächtige Rieseln ging in einen Dauerregen über, der langsam abebbte.

»Ich habe ihn gehasst.«

»Was hast du?«

Katja Engels beachtete ihren Mann nicht. Wer war er schon? Sie hielt ihn für nicht besser als Dreck. Im besten Fall für eine Nulpe, ein Nichts. Wenn zwischen dem Ehepaar jemals so etwas Ähnliches wie Liebe bestanden hatte, dann war diese unwiderruflich Vergangenheit geworden. Als ob sie nie existiert hätte. So weit entfernt und zurückliegend wie das Paradies, von dem auch niemand mehr sicher wusste, ob es jemals Realität gewesen war.

Was musste zwischen den Engels geschehen sein? Welche Enttäuschungen, Beleidigungen, Entgleisungen hatten Liebe in Gleichgültigkeit und Langeweile verwandelt? Oder reichte die ganz normale Abnutzung einer Ehe, die man oder frau gar nicht wahrnimmt? Tag für Tag, Woche für Woche. So wie das plätschernde Wasser unmerklich auch den mächtigsten Felsen abreibt, bis irgendwann nichts mehr vorhanden ist. Null. Sind zehn oder 20 Jahre Ehe genug, um das Nichts zu erreichen?

»Ja, stimmt, Herr Kommissar. Harty hat Frauen zur Seite geworfen, wie es ihm gepasst hat. An Frauen hat er sich abreagiert. Und jetzt war ich an der Reihe. Oh ja, der göttliche Harty war in Wirklichkeit nicht göttlich, sondern launisch. Und immer für eine unliebsame Überraschung gut. Doch anders, als Sie annehmen, hat er mich nicht wirklich überrascht. Nur wollte ich es nicht wahrhaben …«

Die smaragdgrünen Augen hatten ihren Glanz verloren. Ein Häufchen Elend hockte still am Tisch. Die Pupillen mutlos, fast gebrochen.

»Von einem grundlosen Ende kann natürlich keine Rede sein. Aus der Sicht des Mannes, der nur ein Ziel hat, seinen Samen weit und breit in die Welt hinauszugießen, um für Nachkommen und damit den Fortbestand der Art zu sorgen.«

»Wieder spricht aus Ihnen die Biologin.«

»Ach was!« Obwohl sie Weinschenk widersprach, war jede Schärfe verschwunden. Die Engelsfrau hatte zu viele Leben nebeneinander geführt. Mal Engel, mal Teufel, diese Zerrissenheit ermüdete.

»Sie wollen wissen, was am Weiher passiert ist, Herr Kommissar? Damals, als mir Irene aufgelauert hat?«

»Aufgelauert?«

»Sie hat auf mich gewartet. Und sie hat es mir ins Gesicht geschleudert. Obwohl ich ziemlich betrunken war, habe ich kapiert, dass sie mit ihren Worten in meiner Wunde wühlt und es genießt:

›Na, wie fühlt es sich an, Engelchen, wenn er dich das letzte Mal vögelt?‹

›Woher weißt du?‹

›Du bist out, Engelchen, Schnee von gestern! Dein Ehemaliger hat sich mit mir verabredet!‹

›Mit dir? Wann?‹

›Morgen Abend.‹

›Du bist doch gar nicht sein Typ. Du hast zu wenig Busen.‹

›Du armes ehemaliges Engelchen. Was du dir nicht alles einbildest! Nur weil ihr es unter einer Decke am See getrieben habt.‹

Irene hat gekichert. Ich habe ihr Gesicht nicht erkennen können, es lag im Dunkeln. Doch ich habe ausgeholt – ich wollte ihr mitten in die Fresse reinschlagen – habe die blöde Kuh aber verfehlt. Beschwipst, wie ich war. Und dann bin ich abgehauen. Ihr Gesabber war zu viel für mich. Sie rannte hinter mir her. Ich hab sie nicht abhängen können. Wenige Hundert Meter später bin ich dann vom Rad geflogen.«

Die Stille, die folgte, weitete die Ohren. Es rauschte, ohne dass ein Wasserhahn angestellt war.

»Hat Herr Zwerger Ihnen an diesem Abend angedroht, dass er sich von Ihnen trennen möchte?«

Seufzend ließ die Engelsfrau ihren Gipsarm auf den Tisch fallen. Die harte Schale berührte den Rand eines Frühstückstellers, der zu tanzen begann, das Gleichgewicht verlor und auf den Parkettboden hinunter segelte. Wumm! Weder Stefan noch Katja Engels wurden durch das Klirren aus ihrer Trägheit gerissen. Diese Scherben brachten kein Glück.

Katja Engels hatte nur Augen für die Vergangenheit: »Bereits eine Woche vorher. Er hat mir eine Nachricht getextet, dass er mich noch einmal möchte. Ein letztes Mal. Das hat er schwarz auf weiß angekündigt. Der hat wirklich gemeint, ich freu mich drauf. Auf Abschiedssex. Und ich dachte, er macht Witze. Wirklich geglaubt hab ich es nicht und doch … Bei ihm hast du nie gewusst, wie das Pendel ausschlägt. Doch ich lasse mich von keinem Mann für dumm verkaufen, nicht mal von Harty. Deswegen war ich vorbereitet. Auf alle Eventualitäten …« Sie sagte es, als ob sie einen Orkan erwartet hätte oder einen Meteoriten, der im Häcklerweiher einschlagen würde.

»Wir haben es miteinander getrieben. Zum Abschied, wie er mir genüsslich unter die Nase rieb. Er hoffte wohl, ich würde ihm dankbar den großen Zeh abschlecken. Nach dem ersten Höhepunkt hab ich ihm das Bärlauchpesto gefüttert. ›Weil es gut für deine Potenz ist. In Oberschwaben, mein Geliebter, brauchen wir keine asiatischen Sexrezepte, wir schwören auf unsere geheimen Tinkturen.‹ Obwohl das natürlich Blödsinn war, hat er mitgespielt. Und dann hat er mich noch ein letztes Mal genommen. Das letzte Mal in seinem Leben hat er eine Frau gespürt. Ich hoffe, ich bin ihm in guter Erinnerung geblieben.«

Weinschenk musterte die Engelsfrau, die seinem Blick ohne jede Aggression begegnete. Das Bekenntnis hatte ihr gut getan. Die smaragdgrünen Pupillen glänzten wieder wunderschön. Und tödlich.

»Und jetzt möchten Sie noch eines wissen, Herr Kommissar, wieso der Schweinehund mich weggeworfen hat?«

Der Grizzly atmete tief durch. »Nein, ich habe mein Ziel erreicht …«

Anders Nina Palmer. Fast hätte die junge Polizistin den Zeigefinger in die Höhe gereckt. Sie zog ihn hastig zurück und bat stattdessen: »Dann verraten Sie es uns.«

Die Engelsfrau verschränkte ihre Arme, als ob sie eine extra Einladung brauchen würde. Nach einer halben Minute rang sie sich zu einer Antwort durch. »Herr Kommissar, Sie haben recht.« Das Geständnis klang gequält. »Unter der Wolldecke war es alles andere als prickelnd. Ich hatte keine Freude. Wenn ich mir auch alle Mühe gegeben habe, es nicht zu zeigen. Schon allein wegen Irene.«

»Aber warum?«, erkundigte sich Nina Palmer verwirrt.

»Ich habe eine Blasenentzündung. Das Baden vor zwei Wochen im kalten Weiher hat mir nicht gut getan, ich hab mich blöd erkältet. Doch Harty wollte nicht warten, bis die Medizin wirkt. Harty wollte nie warten. Er wollte nur die Bestätigung, dass er mich zum Jaulen bringt. Vielleicht war er doch nicht der Mann meiner Träume.«

Der Ingenieur stöhnte auf.

»So sind Männer. So war Harty.«

Katja Engels lehnte sich zurück. Mit den Männern hatte der blonde Engel kein Glück gehabt. Der eine, ihr Ehemann, hatte sich in einen blutleeren Familienvater ohne Leidenschaft, Schneid und Träume verwandelt, der ihr in 15 Jahren Ehe nie einen Blumenstrauß geschenkt hatte. Einen Mann, den die engagierte Lehrerin als besseren Trottel behandelte, was umgekehrt jegliche romantischen Restgefühle in dem bauchigen Brillenträger austrocknete. Der andere, der göttliche Harty, entpuppte sich als gnadenloser Selbstdarsteller auf einem Egotrip, der die Frauen der Reihe nach flachlegte und anderntags zur nächsten Eroberung weiterzog.

»Und jetzt nehmen Sie mich mit?«

»Was erwarten Sie?«

Lächelnd nickte Katja Engels. Was für ein Irrsinn, dass Harty Zwerger diese unvorstellbaren Augen verschmäht hatte. Diese smaragdgrünen Augen mit ihrem Hunger nach Leben, der bei Männern zwangsläufig zu Wackelknien führte. Man musste bei diesem Anblick in zügelloses Schwärmen geraten.

Die Spannung im Raum hatte sich gelöst. Weinschenk lächelte, er träumte von einem Zweimeterwels, den er aus seinem Weiher zog, und war für diese Hammerfrau nicht empfänglich. Ein oberflächlicher Beobachter hätte ein Teekränzchen vermutet, wenn auch immer noch kein Kaffee für die beiden Polizisten auf dem Tisch stand. Nicht zur lockeren Stimmung passte die fassungslose Miene des Ingenieurs, den das Geständnis seiner Frau ins Herz getroffen hatte.

Die Lehrerin dagegen wirkte mit sich im Reinen. Ernüchterung würde sich spätestens im Gerichtssaal einstellen. Denn der Staatsanwalt würde keinerlei Verständnis zeigen. Für die Frau, die gewagt hatte, wozu vielen der Mut fehlt: aus dem Trott auszubrechen und den Träumen zu folgen. Leider hatte sie schlecht geträumt.

Anders als der zufriedene Weinschenk ließ Nina Palmer sich nicht so einfach abspeisen: »Und wieso bitte musste Frau Scherle dran glauben?«

»Ahnen Sie das nicht? Oder haben Sie keine Fantasie? Entschuldigung, ich wollte Sie nicht beleidigen. Aber Sie, Herr Kommissar, Sie lassen mich nicht im Stich. Sie wissen, weshalb.«

»Ich bin in keiner TV-Ratesendung. Unser Gespräch, Frau Engels, ist bittere Realität. Die Antwort liegt auf der Hand. Da gibt es nichts mehr herumzurätseln.« Der Grizzly, den Angriffsmodus ausgeschaltet, lehnte sich nach hinten. »Ich stelle es mir folgendermaßen vor: Am nächsten Tag, nachdem der Mord über die Medien bekannt geworden ist, haben Sie Besuch bekommen: Ihre Kletterkollegin Frau Scherle. Sie hat Ihnen vorgeworfen: ›Du, Katja, hast Harty auf dem Gewissen!‹«

Die Zeit der Geständnisse nahm kein Ende. Die Engelsfrau nickte. »Richtig. So ungefähr war es. Irene hat mich im Krankenhaus angerufen. Und übelst beschimpft. Ich habe dann ein Treffen vorgeschlagen. In der Kletterhalle.«

»In Ravensburg?«

»Hm, was für ein Zufall, finden Sie nicht? Ich hatte unverschämtes Glück. Ich sah Sie mit Ihrem Kollegen reingehen, Herr Kommissar, und hab mich davon geschlichen. Auf dem Parkplatz an der Straße habe ich vor Irenes Auto gewartet. Sie ist aus allen Wolken gefallen, als ich plötzlich vor ihr stand. Ich hab gleich gespürt, dass ich sie bei was ertappt hatte, wenn ich auch nicht sicher wusste, bei was. Aber sie hat so einen Eindruck erweckt, als ob irgendwer hinter ihr her wäre. Sie befand sich eindeutig auf der Flucht. Vor Ihnen? Vor dem Mörder? Ja, Irene hatte offensichtlich Dreck am Stecken, und sie konnte das nicht verbergen. Ich hätte laut loslachen können. Irenes Unwohlsein habe ich mit Freude geschürt und habe dabei gequält aus der Wäsche geguckt. ›Irene, warum glaubst du, dass die Polizei hier ist? Weil sie dich verdächtigen.‹ Und sie hat sich fast in die Hose gemacht vor Schiss. Sie hat gefragt: ›Wieso ich? Du bist die Verdächtige Nummer 1, Katja.‹ Ich hab ihr dann erklärt, dass Harty einen Herzfehler hatte und nach der heißen Sexnummer umgekippt ist …«

»Waren Sie nicht im Krankenhaus, Frau Engels?«

»Na und? Ich bin runter ins Café und dann einfach eine Stunde verschwunden. Am Freitagnachmittag hat das kein Mensch bemerkt.«

»Sie sind zur Kletterhalle gelaufen.«

»Ich hab ein Taxi genommen.«

»Glückwunsch.«

»Nun ja, ganz perfekt war ich offensichtlich nicht.«

»Nicht wirklich. Den angeblichen Herzfehler finde ich übrigens kühn. Hat Frau Scherle Ihnen geglaubt?«

»Komischerweise ja. Logisch denken konnte sie bei all der Aufregung nicht mehr. Wir sind uns um den Hals gefallen und haben zusammen geweint. ›Oh diese traurige und ungerechte Welt.‹ Zur Versöhnung hab ich Irene ein Glas Bärlauchpesto geschenkt …«

»Bärlauchpesto, das keinen Bärlauch enthielt.«

»Ich hab Blut und Wasser geschwitzt. Ich hab schon befürchtet, sie hätte das Gläschen in die Speisekammer gestellt und vergessen …« Eine sanfte Stimme, betörend. Die Schuhe zeigten nicht mehr länger – wie vor einer halben Stunde – zur Seite, Richtung Fluchtweg, sondern offen geradeaus.

Der Mann mit Geheimratsecken rührte sich nicht mehr. Er blieb mit dem Stuhl, auf dem er wie eine welke Pflanze hing, verwachsen. Sein Horizont war auf wenige Zentimeter Gehirn begrenzt. Hätte er sich nicht allein auf sich selbst konzentriert, wäre er verrückt geworden. Hätte durchgedreht. Wäre Amok gelaufen.

Die Engelsfrau hatte ihn verstoßen. Sie, die perfekte Frau, die einen Schwächling als Mann geheiratet hatte. In ihrem Geständnis tauchte er nirgendwo auf. An keiner Stelle, nicht einmal im unwichtigsten Nebensatz.

Der blonde Engel und der Ehemann tauschten an diesem Morgen kein Wort mehr aus. Völlige Funkstille. Nichts von Versöhnung oder wenigstens der Bitte um Vergebung. Sie schieden wortlos, blicklos, regungslos.

Würden sie sich wieder sehen? In der Zukunft, die keine Zukunft bot? Im Himmel? In der Hölle? Oder würde er heute noch zum Scheidungsanwalt gehen?

Es konnte keine Antwort geben, nicht einmal eine Andeutung. Keine Silbe. Keinen Ton.

Der blonde Engel, der Polizeioberkommissar, groß und wuchtig wie ein Bär, und die zierliche Karatekämpferin erhoben sich.

Die Haustür, die ins Schloss fiel, krachte wie Donner.

FÜNFUNDZWANZIG

Gute Nachrichten! Seeberger würde heute aus dem Krankenhaus entlassen werden. Papa Weinschenk hatte Töchterchen Nina gebeten, den Kollegen abzuholen. »Ich komm nicht dazu. Ich muss den Bericht schreiben. Und du weißt, wie ich mit deutscher Grammatik auf Kriegsfuß stehe. Du würdest mir einen Gefallen tun, mein Töchterlein.«

Wer hier wem einen Gefallen tat?

Als Nina Palmer das Auto verließ, hing die schon lange angekündigte Regenfront über dem Krankenhaus, einem verschachtelten Komplex aus verschieden großen Quadern. Eine Krankenfabrik: beeindruckend und einschüchternd, ein Ort der Tränen und der Heilung. Während Seeberger bald wieder zur Arbeit zurückkehren würde, wartete der junge Bernd Gotterbarm weiter auf ein Wunder.

Wobei niemand genau wusste, ob er wirklich wartete. Denn niemand konnte die Frage beantworten, wie stark sein Gehirn geschädigt war.

Die zierliche Polizistin, eine Jutetasche über der Schulter, steuerte zielgerichtet die Eingangshalle an. Heute Nacht hatte sie zum x-ten Mal davon geträumt, wie der Wilde Mann vom Motorrad geflogen war. Schüsse und Sturz gehörten inzwischen zum Schlaf untrennbar dazu. Wenigstens waren Migräne und Übelkeit verschwunden, nicht jedoch das entnervende Klingeln in den Ohren. Trotzdem fühlte Nina Palmer erstmals wieder so etwas wie einen zarten Hauch von Leichtigkeit. Sie lief forsch, als ob sie fest entschlossen wäre, die nächste Europameisterschaft in Karate zu erringen. Plötzlich bog sie in einem unnatürlichen Winkel zur Seite ab, huschte hinter einen Ständer mit Flyern und Broschüren über das Krankenhaus.

Nina Palmer den Rücken zugewandt, standen Max Seeberger und eine Brünette im strengen Businesskleid vor einem Schalter. Sie nickten, murmelten einen Gruß, drehten sich heiter und spazierten eng an eng, wenn auch nicht Hand in Hand, Richtung Ausgang. Sie beachteten weder die blonde Frau in gebückter Haltung noch einen der zahlreichen anderen Patienten und Besucher.

Zu spät! Nina Palmer war zu spät gekommen. Hätte es etwas genutzt, wenn sie als Erste im Krankenhaus erschienen wäre? Hängt das Glück eines Lebens vom Zufall und von wenigen Minuten Vorsprung ab? Ein junger Mann, das rechte Bein in einem mächtigen Gips, grinste die etwa gleichaltrige Polizistin an. Sie schaute, ohne das Interesse zu bemerken, in die Ferne. Sie hatte 50 Euro in den Sand gesetzt. Wer würde nun den zwölf Jahre alten Whisky trinken, den sie in der Ravensburger Altstadt eingekauft hatte?

Draußen stockte die Frau mit dem lila Lidschatten. Unschlüssig zeigte sie zum violetten Blau des Himmels hinauf.

Mäx Seeberger schüttelte den Kopf und zog die Brünette hinter sich her. Der schlanke Polizist wollte auf keinen Fall freiwillig in das Krankenhaus zurück. Von einem Wolkenbruch würde er sich nicht zurücktreiben lassen.

Die ohnehin schon massigen Wolkenpakete hatten sich weiter zusammengeballt. Von jetzt auf nachher legte sich ein düsterer Schatten über die Stadt, sodass es sogar Nina Palmer im Gebäudeinnern fröstelte.

Sobald Annika Gutekunst einen Regenschirm aufgespannt hatte, hakte Seeberger sich bei ihr ein.

Vor der Apotheke, kaum 50 Meter entfernt, passierte dreierlei: Die Straßenlaternen gingen an. Der Himmel hustete voll grimmiger Wucht. Seine Schleusen öffneten sich erschreckt, es prasselte. Das Stakkato des Regenschauers übertönte sogar die Gespräche im Krankenhausfoyer.

Der Polizist in Turnschuhen und die stellvertretende Bankchefin in High Heels fielen in einen schnellen Trab. Doch sie hatten das Wettrennen in derselben Sekunde verloren.

Wie aus Kübeln goss es. Das Wasser kam von allen Seiten. Als hätten sich die himmlischen Gewalten gegen die zwei Liebenden verschworen.

Mit einer gewissen Schadenfreude stierte Nina Palmer nach draußen. Annika Gutekunst war keine Mörderin. Aber musste Nina die Konkurrentin gleich sympathisch finden?

Wasser schwappte der Gutekunst in die Pumps. Sofort befreite sie sich von Seebergers Arm und gestikulierte heftig mit ihrem Regenschirm. Den Mund schrill geöffnet, wich ihr Schlafzimmerblick heftigem Entsetzen. Das Partygirl erweckte den Eindruck, als ob es den Kommissar für das schlechte Wetter verantwortlich machen würde. Aber vielleicht wünschte sich Nina Palmer diese Auseinandersetzung auch nur.

Die stellvertretende Bankchefin lief allein und mit kurzen ungeschickten Schritten los. Fast sofort knickte sie um. Seeberger ließ das Köfferchen, das er mit der linken Hand trug, fallen. Ähnlich wie vor einer Viertelstunde Nina Palmer kam er ebenfalls zu spät. Die Blitzsaubere saß bereits auf dem Hosenboden. Das Kleid, klatschnass, konnte sie gleich ausziehen. Nina Palmer erschrak über diesen Gedanken. Würde dies in zehn Minuten in Seebergers Altstadtwohnung passieren?

In diesem Moment vibrierte Nina Palmers Smartphone. Eine Kurznachricht. Von Weinschenk: »Alles okay?«

Nichts war okay. Nina Palmer antwortete nicht. Mit Männern hatte sie einfach kein Glück.

Als Seeberger die Gutekunst am Arm packte, um ihr hoch zu helfen, schüttelte sie ihn ab. Die Haare triefend nass und gleichzeitig dürr, deutete sie eine Handbewegung an, als ob sie den 32-jährigen Kommissar ohrfeigen wollte. Ihr Gesicht mit den hohen Wangenknochen verzerrt, die Schminke verlaufen. Schönheit sah anders aus.

Der Mann mit dem schwarzen Kurzhaarschnitt wich einen Meter zurück und wartete.

Die Furie rappelte sich hoch. Sie griff nach ihren High Heels und warf sie in hohem Bogen davon. Mit großen Schritten, ohne sich umzublicken, hetzte sie bestrumpft zum Parkplatz, während Seeberger wie ein begossener Pudel im Regen stand.

Nina Palmer lächelte. Noch eine Frau, die Probleme mit Beziehungen hatte.

Vor Wut und Erschöpfung ließ Annika Gutekunst vor ihrem Peugeot Cabrio den Autoschlüssel fallen. Sie fluchte, wie sie in ihrem Leben noch nie geflucht hatte. Sie fühlte sich erbärmlich, ausgenutzt und erniedrigt. Und wusste nicht, woher diese Gefühle rührten. Sie hatte ihre Schwierigkeiten mit Männern, einverstanden, doch musste die Beziehung zu dem schlanken Polizisten bereits scheitern, ehe sie richtig begonnen hatte?

Heulte sie deswegen Rotz und Wasser?

Vielleicht spürte sie auch unbewusst die Energie, die sich in dem Unwetter sammelte. In dem Moment, in dem Annika Gutekunst nach ihrem Schlüssel unterm Auto griff, wurde das schwarzgraue Firmament von einem

Monsterblitz gespalten, der sich auf dem Parkplatz der Oberschwabenklinik entlud.

Keine Sorge, der Blitz verfehlte die Frau im patschnassen Businesskleid um mehrere Hundert Meter.

SECHSUNDZWANZIG

Fünf Kilometer entfernt in der Basilika in Weingarten kniete ein knorriges Männchen in einer Kirchenbank. Wilhelm Gotterbarm, ehemaliger Psychiatrie-Insasse und Erfinder, hatte eine Kerze für seinen Neffen angezündet. Gebannt beobachtete er, wie der Rauch nach oben kräuselte und in göttliche Sphären einzog.

Unentwegt prasselte der Regen gegen den Barockbau und hämmerte an die Fenster. Als wollte er den Gotterbarm aus der Kirche jagen. Der 78-Jährige hatte sich seit zwei Stunden im Gottesbau eingenistet. Er fühlte sich vollkommen sicher wie im Bauch einer Mutter. Mochte der Donner draußen auch noch so stark toben.

Wasser tropfte von der riesigen, mit farbenfrohen Fresken ausgemalten Kuppel in den Innenraum. Der Mann in der abgetragenen Kleidung hatte für den Bildercomic in 70 Metern Höhe keinen Blick übrig. Er schloss die Augen. Die Lippen bewegten sich wortlos.

Der Gotterbarm betete zum Heiligen Blut. Das Goldreliquiar an der Vorderfront des Altars enthielt, so die kirchliche Überlieferung, Blut Jesu'. Bei der Kreuzigung vor 2000 Jahren war der Lebenssaft heruntergetropft und hatte, mit Erde vermischt, die Zeiten überdauert.

Das Heiligblut hatte den Gotterbarm beschützt. All die Jahre.

Halt, das stimmte so nicht. Trotz seiner Gebete hatte er viel leiden müssen. Auch das Heiligblut zog gegen Gewinnstreben und Willkür den Kürzeren.

Doch die Mühlen Gottes mahlen langsam. Und unerbittlich. Davon war Wilhelm Gotterbarm überzeugt. Er hatte fast alles verloren, doch sein Leben behalten. Anders als der große Gewinner und Banker Harty Zwerger, der abgesahnt hatte, aber nicht mehr lebte.

Gab es tatsächlich so etwas wie Gerechtigkeit? Man konnte es sich einbilden. Wenigstens das.

Das Neueste aus der Gmeiner-Bibliothek

Unser Lesermagazin

Bestellen Sie das kostenlose Krimi-Journal in Ihrer Buchhandlung oder unter www.gmeiner-verlag.de

Informieren Sie sich ...

www ... auf unserer Homepage:
www.gmeiner-verlag.de

@ ... über unseren Newsletter:
Melden Sie sich für unseren Newsletter an unter www.gmeiner-verlag.de/newsletter

f ... werden Sie Fan auf Facebook:
www.facebook.com/gmeiner.verlag

Mitmachen und gewinnen!

Schicken Sie uns Ihre Meinung zu unseren Büchern per Mail an gewinnspiel@gmeiner-verlag.de und nehmen Sie automatisch an unserem Jahresgewinnspiel mit »mörderisch guten« Preisen teil!

GMEINER SPANNUNG

WWW.GMEINER-VERLAG.DE
Wir machen's spannend